Maya Rock

Blissful High

Das Leben kann tödlich enden

MAYA ROCK

BLISSFUL HIGH

Das Leben kann tödlich enden

Aus dem Amerikanischen
von Catrin Frischer

cbt

Bei diesem Buch wurden die durch das verwendete Material und die Produktion entstandenen CO_2-Emissionen ausgeglichen, indem der cbj Verlag ein Projekt zur Aufforstung in Brasilien unterstützt. Weitere Informationen zu dem Projekt unter: www.ClimatePartner.com/14044–1912–1001

MIX
Papier aus verantwortungsvollen Quellen
FSC® C014496

Wir produzieren Klimaneutral
ClimatePartner.com/14044-1912-1001
Druckprodukt

Penguin Random House Verlagsgruppe
FSC® N001967

1. Auflage 2022
Erstmals als cbt Taschenbuch März 2022

Die Originalausgabe erschien 2015 unter dem Titel »Scripted« bei G. P. Putnam's Sons, einem Imprint der Penguin Publishing Group, einem Verlag von Penguin Random House LLC, New York

Übersetzung: Catrin Frischer
Lektorat: Christina Neiske
Umschlaggestaltung: Carolin Liepins, München unter Verwendung der Fotos von © Shutterstock (Andrey Arkusha; Daboost; Omnart)
MP · Herstellung: IH
Satz: Buch-Werkstatt GmbH, Bad Aibling
Druck: GGP Media GmbH, Pößneck
ISBN 978-3-570-31098-4
Printed in Germany

www.cbj-verlag.de

Für meine Mutter Gwendolyn Williams,
das Licht, das mich leitet,
und meinen Vater Anthony Rock,
den ich für immer im Herzen behalte.

1

Nach der Mittagspause bin ich gern auf dem Flur. Geräusche der sich dort noch herumtreibenden Darsteller erfüllen den Raum wie ein Chor. Grillen mit Kameras auf den Schultern schlängeln sich auf der Suche nach guten Szenen durch die Menge. Unsere Spinde stehen mittendrin, auf halbem Weg zwischen dem Haupteingang und der Cafeteria. Von hier beobachte ich alle, aber mein Blick wandert immer wieder zurück zu Callen.

»Selwyn, jetzt sag schon …«, drängt Lia. Sie wirft ihr flammend rotes Haar zurück und wühlt weiter am Grunde ihres Spinds herum.

Heute in der Mittagspause hat Lincoln Grayson erzählt, er habe letzten Samstag im Strandhaus seiner Eltern ein Close-up gehabt, nach dem offiziellen Ende der Apokalypse (Lincoln gibt seinen Partys gern grandiose Namen). Wir haben versucht zu erraten, wer es gewesen ist – Geraldine Spicer? Caren Trosser? Aber bei jedem Namen, den wir nannten, hat er bloß den Kopf geschüttelt.

Lia grummelte, Geheimnisse unter Freunden seien eine Sünde, dann beschuldigte sie ihn, alles nur erfunden zu haben. Doch weder die eine noch die andere Taktik verhalfen ihr zu einem Namen. Fieberhaft vor uns hin spekulierend steckten wir die Köpfe zusammen, bis wir irgendwann die Cafeteria verließen und Selwyn damit rausrückte, dass sie die wahre Geschichte kannte: »Es ist nicht so, wie er gesagt hat. Ich hab gehört, wie das Mädchen das Ganze sieht.«

»Wer? Wer denn?«

»Mehr kann ich nicht sagen.« Selwyn fummelt an ihren *Liberato*-Perlen herum. »Ich hab zufällig mitgehört, als sie mit ihren Freundinnen geredet hat – Lincoln bringt mich um, wenn ich das verrate.« Die Tonqualität macht mir Kummer: Selwyns Stimme ist von Natur aus leise und bei dem Lärm auf dem Flur kann ich sie kaum hören. Die Quote vom letzten Quartal hat mich auf die A.-L. befördert, deshalb habe ich dafür zu sorgen, dass alle meine Szenen sendetauglich sind. Mit einer schnellen Fingerbewegung (für die Zuschauer wird es aussehen, als würde ich mich am Hals kratzen) richte ich das Mikrofon an meinem Kragen und trete ein Stück vor, um die Lücke zwischen uns zu schließen.

»Wir werden es für uns behalten, stimmt's, Nettie?« Lia, die immer noch am Boden hockt, gibt mir mit dem Ellenbogen einen Stoß an die Wade. Ihr Blick schießt zu mir hoch und fordert Bestätigung.

Ich sage immer, was sie hören will. »Ich erzähle es nicht weiter«, verspreche ich. Mein Blick folgt indessen Callen, der in Begleitung von Rawls Talon, dem Second Baseman der *Pigeons*, von seinem Spind weggeht. Callens Schopf, so blond, dass er fast schon weiß ist, bahnt sich einen leicht zu verfolgenden Weg durch die Menge der Darsteller. Er bleibt vor dem Schulleiterbüro stehen und schaut sich den Aushang auf dem Schwarzen Brett an.

Von hier aus kann ich ihn nicht lesen, aber ich kenne ihn auswendig. Ich war bei Lia, als sie ihn geschrieben hat.

AUSBILDUNGSANKÜNDIGUNG

Ablauf und Anweisungen

Die dreiundsiebzigste Ausbildungsankündigung

20. April

ABLAUF

10:00 Uhr – Rede des Bürgermeisters

10:15 Uhr – Gedicht

10:30 Uhr – Zeremonie

KLEIDERORDNUNG

Mädchen: festliche Kleider

Jungen: Anzüge und Krawatten

Selwyn schaut angestrengt auf ihre *Liberato*-Mokassins. Sie hält sich immer möglichst genau an das gerade geltende Ausstattungs- und Kleidungs-Motto. Schließlich strafft sie die schmalen Schultern und spuckt es aus: »Mollie Silverine.« Sie grinst, erleichtert, weil sie den Druck nun los ist. Dann wird das Lächeln schief, sie zieht nämlich die Lippe runter, weil sie verbergen will, dass ihr oben links eine Ecke vom Schneidezahn fehlt. Niemand sonst bemerkt diesen Schönheitsfehler, aber es ist ihr total unangenehm.

Lia grinst hämisch. »Mollie Silverine? Im Ernst? Das kommt dann wohl nicht in ihre Klatschkolumne.« Sie hat mit dem Rumwühlen aufgehört und konzentriert sich ganz auf unser Gespräch.

»So war das nicht. Sie hat geschlafen und Lincoln hat versucht an ihr rumzuschmusen«, fährt Selwyn fort. »Und sie hat ernsthaft geglaubt, das wäre der Hund, und hat ihn weggeschubst. Sieht für mich nicht nach einem Close-up aus.«

»Natürlich war das kein Close-up«, sagt Lia verächtlich. »Ich glaube nicht, dass Lincoln jemals ...«

»Psst, nicht so laut.« Selwyn wedelt mit der Hand, auf keinen Fall will sie die Aufmerksamkeit der anderen Darsteller auf sich ziehen, die gerade den Flur bevölkern.

»Lincoln hat bisher noch nicht mal jemanden geküsst«, flüstert Lia.

»Wahrscheinlich wollte er Flood mit ihr spielen«, sage ich und teile imaginäre Karten aus. Die unpraktischen Blusenärmel flattern dabei in der Luft. Lincoln ist ganz versessen auf Flood. Er hat sich schon derart von Spielen mitreißen lassen, dass er die Gläser auf unserem Mittagstisch umgeworfen hat.

»Lincoln und sein Flood.« Lia seufzt. Selwyn kichert. Ich krempele die Blusenärmel auf. Ich kann den Mottowechsel gar nicht erwarten, diese Bluse ist so was von durch. Auf Lias Gesicht liegt immer noch ein Lächeln, als sie wieder anfängt, sich durch das Zeug in ihrem Spind zu wühlen. Sie gehört zu den Darstellerinnen, die von einem Lächeln völlig verändert werden. Ohne Lächeln kann sie mit ihren strengen Zügen, den hohen Wangenknochen, dem entschlossenen Kinn und den harten grünen Augen irgendwie kalt wirken.

Selwyn rückt näher an mich und Lia heran, sie versucht uns vom Rest des Flures abzuschirmen. »Denkt dran, das ist ein Geheimnis.«

»Schon klar.« Lia schaut nicht auf. Alte Programmhefte von Schulaufführungen und zerknitterte Verpackungen von Schokoriegeln segeln wie Herbstlaub herunter. Ein Stift fällt klappernd zu Boden, triumphierend schnappt sie ihn sich. Es ist der tolle rote Stift, den ihr Vater ihr vor zwei Staffeln zum vierzehnten Geburtstag geschenkt hat. Den benutzt sie, wenn wir an unserem Schicksalstagebuch arbeiten – sie glaubt, er bringt Glück.

»Gott sei Dank. Bei diesem Chemietest kann ich jede Hilfe gebrauchen.« Sie steht auf und steckt den Stift in ihre Tasche. Bücher und Hefte stopft sie zurück in den Spind, gegen dessen Tür sie sich mit dem ganzen Körper stemmen muss, sonst lässt sie sich nicht schließen.

»Was das angeht, bist du genauso schlimm wie Callen. Der legt seinen Handschuh vor jedem Spiel unter die Eiche in seinem Garten, weil das angeblich Glück bringt«, sage ich und möchte sofort vor Peinlichkeit im Boden versinken. Vor ihr von ihm zu sprechen, ist der kleine Stich, den ich mir immer wieder geben muss.

Lia zieht die Mundwinkel runter. »Callen«, murmelt sie.

Das kann ich nicht so stehen lassen. »Wie meinst du das? Was ist mit ihm?«

Selwyn summt, unrhythmisch lässt sie den obersten Verschluss von ihrem Cellokasten auf- und zuschnappen. Sie steckt in einer Klemme, von der Lia nichts ahnt. Um uns herum verstärkt sich das Gewimmel der Darsteller, die nun den Flur verlassen und zu den Kursräumen gehen.

»Die Sache mit dem Handschuh hat er letztes Jahr gemacht«, erwidert Lia. »Aber ich glaube, mittlerweile ist es ihm egal. Gestern hat er doch tatsächlich vergessen, seinen Handschuh zum Training mitzunehmen.« Sie verdreht die Augen. »Das erinnert mich an etwas ... Ich muss mit ihm über heute Abend reden. Seine Eltern gehen aus. Vielleicht ist es dann endlich so weit ...«

Neinneinnein. Ich drehe mich schnell um und stelle mit zittrigen Fingern mein Zahlenschloss ein, es klappt nicht auf Anhieb. Lia fängt einfach immer wieder davon an, dass Callen kein Close-up mit ihr will.

»Was glaubst du, Nettie, warum will er es nicht tun?«, fragt sie lächelnd.

»Vielleicht hat er Angst?« Endlich höre ich das Klicken, mein Spind geht auf. Hätte er auch Angst davor, wenn er mit mir zusammen wäre? Ich merke, wie ich rot werde, und stecke den Kopf in den Spind, damit ja niemand meine Verlegenheit bemerkt.

»Armer Callen«, sagt Selwyn hinter mir.

»Armer Callen?«, quäkt Lia entrüstet und lehnt sich mit

dem Rücken gegen ihren Spind, ihr Gesicht ist nur ein paar Handbreit von meinem entfernt. Sie lässt den Blick über den Flur schweifen wie eine Königin. »*Ich* bin zu bedauern. Irgendwas stimmt nicht mit ihm. Was könnte das sein?«

Ich schnappe mir mein Mathebuch und tauche wieder aus dem Spind auf, ruhiger.

»Vielleicht ist es eine Art Ritual, wie die Sache mit dem Handschuh.« Das klingt vernünftig, finde ich. »Er glaubt womöglich, er würde Spiele verlieren, wenn er während der Baseball-Saison ein Close-up hat.«

»Vielleicht«, sagt Lia und trommelt mit den Fingern auf ihrem Spind herum. »Was es auch sein mag, er muss drüber wegkommen. Ich bin jedenfalls so weit, wenn ihr wisst, was ich meine.«

Selwyn prustet vor Lachen, sie muss ihr Gesicht auf den Arm pressen, um das Geräusch zu ersticken.

Ich zucke mit den Schultern. »Nicht so richtig.« Sie weiß, dass ich noch nie ein Close-up hatte.

Lia seufzt. »Nun ja, ich kann ihm nur raten, nicht wieder abzusagen. Heute Abend habe ich sowieso vor, spät nach Hause zu kommen. Mom macht schon wieder Randale.« Das Getrommel bricht ab, als ihr aufgeht, dass sie zu viel gesagt hat. Ihr Blick schießt zur Kamera – damit riskiert sie ein Bußgeld, aber sie hofft, die Aufnahme damit unbrauchbar zu machen.

Den Zuschauern kann sie sich entziehen, nicht aber Selwyn.

»Randale? Wie?«, fragt Selwyn zögernd. Ihre tintenschwarzen Augen sind weit aufgerissen.

»Hm? Ach, du weißt doch, wie Mütter so sein können.« Lia nimmt die stylishe Strohtasche, die sie sich für *Liberato* besorgt hat. Vor diesem Gespräch will sie sich drücken. Die Alkoholsucht ihrer Mutter hat sie vor den anderen Darstellern geheim gehalten, und deshalb will sie vor der Kamera möglichst nicht darüber sprechen – obwohl die Zuschauer wahrscheinlich Bescheid wissen.

»Na ja, meine Mom …«

»Wo ist Callen?« Lia reckt den Hals und sucht den Raum ab. »Das ist jetzt meine letzte Chance, vor dem Training noch mit ihm zu reden.«

»Am Schwarzen Brett, er redet mit Rawls«, melde ich. Die beiden gucken nicht mehr auf den Aushang. Jetzt redet Rawls vor sich hin und Callen hört zu, wie üblich.

»Okay, gut.« Ihr Blick geht an ihm vorbei zu Mollie, der großen Ungestümen, die Lincoln verschmäht hat. Sie schlendert mit ihrer Freundin durch den Flur, der muskulösen Thora Swan, Selwyns Konkurrentin um den Ausbildungsplatz. »Mollie ist wirklich was erspart geblieben«, sagt sie nachdenklich. »Sie ist so nett und er ist so Lincoln. Wie wäre es, wenn wir einen anonymen Beitrag darüber an ihre Kolumne schicken? Vielleicht merkt sie nicht mal, dass es um sie geht, und er wäre total sauer. Was haltet ihr davon?«

Ich schüttele den Kopf.

»Du hast recht«, sagt sie und rückt die Tasche unter ihrem Arm zurecht. »Zu fies. Okay, ich muss Callen erwischen. Gott, ich sollte was Anonymes über *ihn* an ihre Kolumne schicken.«

Ich steige darauf ein: »Welcher Wahnsinnswerfer …«, sage ich, während Selwyn wieder anfängt, am Verschluss des Cellokoffers herumzufummeln, total verlegen.

»… kann wohl im echten Spiel keinen Treffer landen?«, beendet Lia den Satz kichernd. »Ciao.« Sie rauscht den Flur entlang und brüllt seinen Namen. Callen schaut auf, grinst und wartet. Ich mag die Art, wie er wartet. Wenn er so dasteht, erinnert er mich an einen Fluss, der sein Flussbett nicht verlässt … und doch fließt er kraftvoll dahin. Lia schließt zu ihm auf, sie fassen sich an den Händen. Die beiden zusammen, das wirkt verkehrt. Ihr entschlossener Schritt, sein lockeres Dahinschlendern.

Was für ein Albtraum.

»Das muss echt schräg sein für dich, und total traurig.« Selwyn drückt meine Schulter. Ihre Berührung ist leicht. Sie ist wie eine zum Leben erwachte Puppe mit ihrer kleinen, flachen Nase, den tintenschwarzen Augen und dem breiten Gesicht. Alles an ihr ist mild und unbedrohlich, vor allem ihre kleinmädchenhafte Flüsterstimme.

»Lass uns von was anderem reden.« Ich winde mich aus ihrem Griff und schaue hoch zur Wanduhr. Zehn Minuten bis zum Unterrichtsbeginn. »Wie läuft's im Orchester?«

Jemand stößt im Vorbeilaufen gegen den Cellokasten, Selwyn zieht ihn fester an sich. Er ist fast so groß wie sie. »Ich übe. Viel. Nicht zu fassen, wie bald das Doppel-A ist, oder?«

Ich stopfe mein Mathebuch in die Büchertasche. »Ist immer noch ein Monat bis zum zwanzigsten April.« Je näher unsere Ausbildungsankündigung rückt, desto weniger aufgeregt sehe ich dem angeblich wichtigsten Tag meines Lebens entgegen.

Selwyn mustert mich genauer. »Du bist nicht aufgeregt?«

»In letzter Zeit war ich nicht so oft bei *Fincher's*«, gestehe ich. Normalerweise investiert man vor dem Doppel-A viele Stunden in die Ausbildung, die man machen möchte. Das ist wie eine Art Vor-Ausbildung, damit die Darsteller, mit denen man zusammenarbeiten wird, einen Eindruck von einem bekommen können. Meine Ausbildung zur Reparaturmechanikerin würde bei *Fincher's* Fix-Its stattfinden, also schleppe ich mich da so oft wie möglich hin, um mich mit kaputten Uhren und defekten Toastern herumzuschlagen. Es ist todlangweilig, geradezu stumpfsinnig. Die Vorstellung, ein Leben lang in einem staubigen Laden festzusitzen, ist schon trostlos genug, aber die Alternative, beliebig irgendeinem lahmen Job, den keiner will, zugewiesen zu werden, ist noch schlimmer. Wenn ich deprimiert bin, versuche ich mir in Erinnerung zu rufen, dass haufenweise Leute in den Sektoren nicht mal Aussicht auf lebenslange Jobs haben. Verglichen mit den Reals habe ich es leicht.

Mit einem Blick über die Schulter versichert Selwyn sich, dass niemand lauscht, dann wendet sie sich wieder mir zu und flüstert: »Ist es wegen Witson?«

»Nein, nicht wegen ihm – also, nicht nur wegen Witson.« Unglücklicherweise ist Mr Fincher der Vater von meinem

Ex – und Witson drückt sich immer heimlich in den Ecken rum, wenn ich in der Werkstatt bin. Aber es gelingt ihm nie, in Deckung zu bleiben, weil er ständig über Farbeimer und Schachteln mit Nägeln stolpert und dann Entschuldigungen stammelt und alles wieder aufsammelt, während ich ihm dabei zugucke und denke: Nicht zu fassen, dass unsere Lippen sich je berührt haben. »Mit Witson könnte ich schon klarkommen, wenn ich ein besseres Gefühl wegen der Ausbildung hätte.«

»Gefällt dir die Aussicht, Reparaturmechanikerin zu werden, nicht mehr?« Selwyns Cellokasten schwankt, weil die schlaksigen Elftklässlerinnen hinter ihr dagegenstoßen. Sie hält ihn fest. »Das schien doch so gut zu dir zu passen.«

»Mom findet das auch. Sie findet es perfekt, weil ich gern Sachen baue. Aber die Werkstatt fühlt sich an wie eine Fledermaushöhle und nach einer Weile ist die Arbeit irgendwie immer dieselbe«, sage ich. »Tja, für einen Wechsel ist es nun zu spät.«

»Genau genommen ist es nicht zu spät, etwas anderes zu machen.« Selwyn kräuselt die Lippen und dreht beim Nachdenken an den Knöpfen ihrer geblümten Strickjacke. »Die Ausbildung dauert ein Jahr, aber der Beruf ist für immer. Auf die Doppel-A-Bewerbung kannst du schreiben, was du willst … oder gar nichts.«

»Wenn ich was Neues reinschreibe, trete ich gegen Leute an, die für den Job schon Zeit investiert haben. Und wenn ich gar nichts eintrage, wird mir was Beliebiges zugewiesen – und das wäre eine Katastrophe. Sieh den Tatsachen ins Auge, ich hänge fest.« Ich drehe mich wieder zu meinem Spind um und bleibe mit dem Blusenärmel am Griff hängen. »Im wahrsten Sinne des Wortes.«

»Oh«, gurrt Selwyn und eilt sofort herbei, um mich loszumachen. Lia hätte nur gelacht.

Diese Bluse werde ich heute nach der Schule tragen, wenn ich zu meiner Show-Gesundheitsuntersuchung im Center radele. Ich habe die wallende *Liberato*-Mode so satt. Ich habe *Fincher's* so satt. Ich habe Lia und Callen so satt.

»Sieh es positiv. Immerhin kriegst du die Teile umsonst, die du für deine Projekte brauchst, so wie dieses Diodendings für das Radio, das du baust.« Selwyn fährt mit der Hand durch ihre langen nachtschwarzen Haare.

»Ja. Toll.« Ich werfe einen Blick in die Leere des Spindes, dann hole ich mein Chemiebuch heraus. »Das ist schön – es hilft mir nur nicht, wenn ich in der Werkstatt bin und mir vor Langeweile die Augen auskratzen möchte.«

Selwyn seufzt. »Wenigstens weißt du, dass du den Ausbildungsplatz als Reparaturmechanikerin wahrscheinlich bekommst. Ich habe keine Ahnung, ob ich …«, sie senkt die Stimme, »ob ich mich für den Platz im Orchester gegen Thora Swan durchsetzen kann. Sie übt andauernd. Sie ist ein Monster. Am Ende kriege ich bestimmt eine beliebige Zuweisung für die Müllabfuhr …«

Stampf. Stampf. Stampf. Unterbewusst registriere ich das Geräusch von Schritten, den gleichmäßigen Rhythmus, das Mechanische. Selwyn erstarrt und beklagt sich darüber, dass ihre Eltern ihr kein neues Cello kaufen wollen. Dann hört sie auf zu reden, und mir fällt auf, dass alle anderen das auch getan haben – abgesehen von diesen hallenden Schritten ist es still auf dem Flur. Ich drehe den Kopf vom Spind weg, Angst flackert in mir auf, ich muss an meine letzte Quote denken.

Die Offiziellen ziehen hinter Selwyns Rücken vorbei, ihre Schritte hallen laut, und die Darsteller treten zur Seite, um ihnen Platz zu machen. Sie eilen den Flur entlang, ein schwarzer Nebel. Fünf. Ihre Waffen ruckeln in den Halftern.

»Mein Cello klingt alt – und hat keinen … funktioniert nicht richtig.« Selwyn zerrt an ihrer Halskette, die sich eng um ihren Hals legt wie eine Schlinge. Im Kopf wiederhole ich das, was Mik, mein Producer, mir gesagt hat: *In der Serie sind Patrioten ein natürlicher Bestandteil des Lebens.*

Selwyns Stimme zittert, als die Offiziellen den Flur verlassen und in die Cafeteria stapfen. Der Chor der Stimmen wird lauter, als alle sich bemühen, wieder in den Showmodus zurückzufinden.

»Du bist aber sympathischer als Thora und im Orchester zählt Persönlichkeit«, sage ich und drehe das Kinn dabei so, dass mein Mund direkt über dem Mikro ist. Selwyn nickt mit dem Kopf, es hat ihr die Sprache verschlagen.

Lia und ich treffen uns auf der Treppe. Die Lippen zusammengepresst, kommt sie mit Raketengeschwindigkeit herunter, während ich mich mit hochgezogenen Schultern nach oben zur Mathestunde schleppe. Meine Quote spukt mir im Kopf herum. Ehe ich irgendetwas sagen kann, zerrt sie mich zum Geländer hinüber, ein paar zu ihren Kursen eilende Darsteller müssen uns ausweichen.

»Was ist los?«, sage ich fürs Mikro. Dann steige ich eine Stufe hoch, sie beugt sich zu mir runter und ich lege die Hand über mein Mikro. »Wer war es?«

Ihr Fuß tippt auf den Boden, während sie abzuschätzen versucht, wie viel Zeit wir haben. Ihre katzenartigen Augen bewegen sich hin und her, als sie die Umgebung nach Grillen absucht.

»Komm mit in den Waschraum«, sagt sie. »Ich muss meinen Lippenstift nachziehen.«

Ich nicke. »Okay.« Da können wir in Sicherheit über den Cut reden, Waschräume sind kamerafrei. Sie packt meinen Arm, zusammen laufen wir die Treppe hoch und stürmen in den Waschraum am Ende des Flurs, wo wir Mollie Silverine, Thora Swan und Terra Chiven stören, die vor den Kabinen zusammenstehen.

»Hi.« Mollie schnieft, sie wickelt sich eine lange Strähne ihres honigblonden Haares um den Finger, dicke Tränen kullern ihr über die blassen Wangen. Als sie mich sieht, steigt ihr noch mehr Wasser in die blauen Augen. Mir stockt der Atem, wahrscheinlich denkt sie: Nettie wird die Nächste sein.

Thora, die Cellistin mit der Statur eines Linebackers, grunzt ein Hallo.

Terra, die im Gegensatz zu den anderen beiden schon in der Zwölften ist und die pummelige kleine Anführerin der Gruppe, tritt einen Schritt vor und schleudert giftige Blicke. Hauptsächlich in meine Richtung. Wie üblich. »Solltest du nicht im Unterricht sein?« Sie seufzt und zieht die dicken Augenbrauen zusammen. Mit ihren Rattenschwänzchen sieht sie viel unschuldiger aus, als sie ist. Alles, was Terra tut, geschieht mit maximaler Anstrengung, angefangen bei der Organisation ihrer sozialen Kontakte und ihrer aufreibenden Ausbildung zur Ärztin bis hin zu extremer Grobheit mir gegenüber. Sie glaubt nämlich, dass ich auf ihren Schwarm, Scoop Cannery, stehe.

»Solltest *du* nicht im Unterricht sein?«, erwidert Lia. »Ich bringe mein Make-up in Ordnung.« Sie stiefelt zum Fenster und lässt ihre Strohtasche aufs Fensterbrett fallen.

»Nettie, hast du schon mal dran gedacht, dich zu schminken?«, schnurrt Terra. »Ich habe gehört, es gibt bei *Delton's* Startersets als Sonderangebot. Aber ich könnte mir vorstellen, dass selbst die ein bisschen zu teuer für dich sind.«

»Äh, nein«, stammele ich, weil mir – wie üblich – keine Zehn-plus-Replik einfällt. Terra wohnt wie Lia in Treasure Woods, einem der reichsten Wohngebiete der Insel. The Arbor, wo ich wohne, ist solide Mittelklasse. Bei *Delton's* kann ich mir nicht mal Zahnstocher leisten. Während ich mich abmühe, eine passende Antwort zu finden, fangen Terra und ihre Freundinnen an, tonlos miteinander zu reden. Von den Lippen zu lesen lernen Darsteller schon als Kinder, damit sie an den Mikros und Kameras vorbei über verbotene Themen sprechen können, ohne dafür Bußgeld zahlen zu müssen. *Media 1* hat in seinen Verträgen strenge

Klauseln gegen dieses *Verratschen*. Das Trio würzt sein Gespräch mit fürs Mikro eingeflochtenen Bemerkungen über Make-up und andere Aktionsangebote von *Delton's*.

»Sie sollte sich mal das Shake-It-Off-Sonderangebot genauer ansehen«, raunt Lia mir zu, als ich mich zu ihr vor den Spiegel am Fenster stelle. Shake-It-Off ist ein beliebtes Schlankheitsgetränk, das in Dosen mit bonbonfarbenen Streifen angeboten wird. Ab und zu sehe ich leere Dosen davon bei Lia zu Hause. Sie sagt, ihre Mom zieht sie sich vor den Show-Gesundheitsuntersuchungen rein, weil ihr Zielgewicht so niedrig ist, dass sie es auf normalem Weg nicht erreichen kann. Das erinnert mich wieder daran, dass ich nach der Schule zu meiner eigenen Show-Untersuchung ins Center muss. Puh. Ich will einfach nur nach Hause und diesen Tag vergessen.

»Schschsch«, mache ich, denn ich befürchte, Terra könnte uns hören. Witzig war das ja, aber zu gemein. Eigentlich tut Terra mir leid, wenn ich sehe, wie gnadenlos Scoop sie ignoriert. Ich weiß nur allzu gut, welche Qual es ist, für jemanden zu schwärmen, der unerreichbar ist.

»Sie hat es verdient.« Lia geht zu den Waschbecken und dreht sämtliche Wasserhähne auf. Dann kommt sie wieder zurück ans Fenster, das sie weit aufreißt. Draußen brausen Autos vorbei. Hinter dieser Aktion steht die Absicht, dass *Media 1* Autos und rauschendes Wasser für die schlechte Qualität der Tonaufnahme verantwortlich macht. Lia schiebt ihre Strohtasche zur Seite, setzt sich auf die Fensterbank und lässt die langen Beine über dem Heizkörper baumeln.

»Belle«, sagt sie, nur mit den Lippen. »Vor zwei Wochen ist sie sechzehn geworden. Sie haben sie in der Cafeteria geholt.« Während sie auf meine Antwort wartet, bürstet sie sich Heizkörperstaub von ihrem beigefarbenen Rock.

»Belle Cannery?«, erwidere ich tonlos. Mein Magen krampft sich zusammen. Scoops Schwester. Schmal und schüchtern mit mausbraunen Haaren, die über die überdimensionale Schildpattbrille fielen. Belle habe ich oft getroffen, wenn ich Mom in der Bibliothek besucht habe. »Belle ist Patriotin?« Kein Wunder, dass Mollie so verstört ist. Dass jemand so bald nach Erreichen der Quotenverantwortlichkeit rausgeschnitten wird, habe ich noch nie gehört. Es kommt nur ganz selten vor, dass jemand rausgeschnitten wird, der noch zur Schule geht.

Lia holt mich aus meinen Gedanken, indem sie an meiner Bluse zupft. »Wir nehmen uns morgen Vormittag das Tagebuch vor, einverstanden?«, sagt sie fürs Mikro.

»Ja, gut, komm so gegen zehn vorbei.« Mein Blick geht zur Straße mit den Autos, Lastwagen und Lieferwagen. Wahrscheinlich sitzt Belle jetzt in einem der weißen Lieferwagen von *Media 1* und ist unterwegs zum Center.

»Okay, super. Oh, und das läuft heute Abend, mit Callen.« Lia hüstelt, damit ich mich wieder konzentriere. Ich zwinge mich, den Blick auf sie zu richten, aber als ich ihre Augen sehe, möchte ich am liebsten im Erdboden versinken. Deshalb starre ich auf den abblätternden Linoleumboden. Die Bereiche, in denen keine Kameras installiert sind, sind nie so gepflegt wie die Sets. »Bei ihm zu Haus«, fährt

Lia unbeirrt von meiner fehlenden Reaktion fort. »Du erfährst alle schmutzigen Details morgen früh.« Ich registriere ihre Bemerkungen kaum, und das zeigt eindeutig, wie sehr mich die Sache mit Belle aus der Bahn geworfen hat. Mein umnebelter Blick haftet auf dem abgetretenen Fußboden.

Lia stupst mein Bein mit ihrem Fuß an. Wieder schaue ich auf, blinzele.

»Alles in Ordnung mit dir?«, fragt sie tonlos.

»Weißt du noch, wie meine letzte Quote war?«, erwidere ich auf die gleiche Art. Wenn wir zehn Jahre alt sind, fängt *Media 1* damit an, uns unsere Quoten mitzuteilen. Vierundzwanzig Quartale lang ist die Reduzierung der Bezahlung die einzige Konsequenz, wenn Darsteller zehn Prozent unter ihrer Zielquote liegen. Aber sobald wir sechzehn werden, kommen wir auf die A.-L., die Auswahl-Liste, wenn wir unsere Zielquote um zehn Prozent unterschreiten. Bis zum Beginn des nächsten Quartals können wir dann jederzeit rausgeschnitten werden – und dann wird alles wieder auf null gestellt. Ich bin vor sechs Monaten sechzehn geworden und habe bei meiner letzten Darstellerbeurteilung erfahren müssen, dass ich mich auf der A.-L. befinde.

Lia nickt heftig. »Wie war das noch mal? Hundertzweiundachtzig?«

»Hundertachtundsechzig«, korrigiere ich. Einhundertzweiundachtzig ist das wenigste, was Lia sich quotenmäßig vorstellen kann. »Mein Ziel war zweihundertzweiunddreißig.«

Ihr Mund zuckt, als wäre sie eben gestochen worden,

dann wird ihr Blick weich und sie sagt tonlos: »Du wirst nicht rausgeschnitten, du bist viel zu wich-«

»Ich bin auf der A.-L., Lia. Als die Producer-Konferenz die Entscheidung getroffen hat, war mein Name auf der Liste, genauso wie Belles. Ich könnte die Nächste sein. Ich könnte Patriotin werden.«

Genau wie mein Vater.

»Schon klar, Nettie. Du bist auf der A.-L. Aber das sind haufenweise andere Darsteller auch – und die meisten davon werden nicht rausgeschnitten. Schon gar nicht in unserem Alter. Du machst dich bloß verrückt«, sagen Lias Lippen. »In ein paar Monaten bist du wieder da runter.« Sie hat die Sonne im Rücken, Schatten liegen auf ihrem Gesicht, die Sommersprossen um ihre Augen sind gerade noch zu erkennen. Mit ihren scharf hervortretenden Wangenknochen und dem langen Hals wirkt sie majestätisch. Ihre grünen, von langen Wimpern umrahmten Augen glitzern. Sie sieht aus, als würde sie glauben, was sie sagt.

Ich wünschte, ich könnte das auch.

Im Fenster sehe ich mein Spiegelbild, die welligen dunklen Haare, die nach hinten fallen. Ich habe sie mir für *Liberato* wachsen lassen, und jetzt gehen sie mir gerade über die Schultern. Mein Gesicht ist freundlich: herzförmig mit schmalen Lippen und einer kleinen, runden Stupsnase. Es ist ein gutes Gesicht, aber plötzlich wünsche ich mir verzweifelt, es wäre mehr als das. Ich wünschte, es würde die Zuschauer bezaubern können.

»Niemand weiß, was im nächsten Quartal passieren

wird«, sage ich tonlos, dann drehe ich mich zu den anderen Mädchen um, in dem Versuch, Lias unwirksamen Beschwichtigungen zu entgehen.

»Belle hat sich nicht genug um ihre Quote gekümmert«, sagt Thora gerade tonlos und verschränkt ihre muskulösen Arme.

Mollie wischt sich die Augen mit dem Ärmel. »Ob Scoop wohl Bescheid weiß?«

»Ich werde für ihn da sein«, haucht Terra feierlich. So, als wäre ihr eine heilige Pflicht in die Hände gelegt worden.

Lia stößt mich an und ich schaue wieder zu ihr. »Ich glaube, sie ist die jüngste Patriotin der letzten sieben Staffeln«, sagt sie tonlos. Es klingelt. Die anderen trotten aus dem Waschraum, sie lachen und reden über ihre Wochenendpläne, als sie wieder vor die Kameras treten. Die Tür fällt zu, und der Lärm vom Flur verhallt langsam, als alle Schüler nach und nach in ihre Kursräume gehen.

Jedes Jahr werden etwa fünfundzwanzig Darsteller rausgeschnitten. Circa zwei im Monat. Je länger ich lebe, desto wahrscheinlicher wird es, dass ich auch darunter bin, wenn meine Quote sich nicht verbessert.

Lia beobachtet mich, während sie gedankenverloren lose Farbe vom Fensterbrett kratzt. »Nettie, du bist nicht wie Belle«, flüstert sie mir ins Ohr.

»Ich bin vielleicht nicht wie sie, aber meine Quote ist genau wie ihre. Lia, du bist hohe Quoten gewohnt. Für mich ist es nie leicht gewesen. Für meinen Vater war es auch nie leicht.«

In Lias Augen funkelt Entschlossenheit. »Weißt du was? Belle ist besser dran, wenn sie für die Firma arbeitet. Du gehörst hierher, Nettie, nicht in die Sektoren – und sprich nicht von deinem Dad.«

Sprich nicht von deinem Dad. Als wir zehn oder elf waren, war ich ganz besessen davon, wissen zu wollen, wo er war und was er da machte. Eigentlich wollte ich nur wissen, *wie* er war, doch das war nicht möglich. Deshalb stürzte ich mich stattdessen auf die Wo- und Was-Fragen. Manchmal versuche ich fürs Leben Lösungen zu finden, so wie für eine Matheaufgabe oder einen Defekt in einem Toaster bei *Fincher's*.

Im Vertrag steht: »Patrioten werden in die Dienste von *Media 1* berufen und erhalten Wohnung und Versorgung mit Lebensmitteln auf Lebenszeit.« Nicht mehr, nicht weniger. Trotzdem überborden die Gerüchte – ich hatte gehört, dass Patrioten Producer für die Show wurden, dass sie neue Identitäten erhielten und in den Sektoren angesiedelt wurden oder dass sie die Fußarbeit für *Media 1* erledigten, Kabel instand hielten und Sets bauten. Ich glaube, ich hatte insgesamt etwa sieben verschiedene Gerüchte gehört und war allen nachgegangen, immer mit Lia im Schlepptau.

Ich trieb mich vorm Center herum, weil ich hoffte, einen Blick auf die Patrioten erhaschen zu können, die Producer geworden waren. Ich beschattete Grillen, um sie zu belauschen, wenn sie über Patrioten redeten. Ich nervte Lia immer wieder damit, dass sie Vorschläge machen sollte. Als sie schließlich genug hatte von meiner Manie, hat sie die Wahrheit aus ihrer Producerin Bek herausgepresst. Die hat sie schwören lassen, kein Wort zu verraten, und ihr dann enthüllt, dass die Patrioten in Zenta, der Hauptstadt der Sektoren, für *Media 1* in der Werbung arbeiten. Da schreiben sie Zeitschriftenartikel über die Sendung, entwerfen Plakate und Bücher für Fans und geben Interviews.

Nichts Schlimmes, aber für mich wäre das nichts.

»Ich will einfach nur auf der Insel bleiben«, hauche ich. »Ich will dich nicht von den Sektoren aus im Fernsehen sehen.« Die Sektoren sind das Land, aus dem die Originals geflohen sind, das Land, in dem die Zuschauer leben. Es ist riesig und vielfältig, aber echte Stabilität, wie wir sie auf Bliss haben, gibt es dort nicht: Es gibt keinerlei Garantie, einen Arbeitsplatz zu bekommen oder auch nur ein Dach über dem Kopf, von schönem Wetter ganz zu schweigen.

Lia hüpft von der Fensterbank und stützt die Hände auf die Hüften. »Wir brauchen doch nur ein paar spannende Plotlines für dich, mehr nicht. Plotlines, die mal andere Seiten von dir zeigen. Lern neue Leute kennen. Oder Leute, die ›mehr als nur Freunde‹ sind. Seit Witson guckst du ja keinen mehr an. Und das ist ewig her.«

Ich habe Callen angeguckt. Aber das kann ich nicht sagen. Nachgedacht habe ich schon darüber, meine Schwärmerei auszuschlachten, um von der A.-L. runterzukommen – beste Freundinnen, die in denselben Jungen verliebt sind, geben eine Spitzen-Plotline her –, aber ich will nicht, dass Lia dahinterkommt. Deshalb beschränke ich mich darauf, ab und zu einen kleinen Blick zu riskieren und mich ein bisschen bei Selwyn auszuheulen.

»Vier Monate seit Witson, das ist nicht ewig«, hauche ich und rutsche dichter ans Fenster, meine Jeans scheuern am Heizkörper. Schaumschnee bedeckt den Hügel, der zur Straße runterführt, er glitzert in der Sonne. Normalerweise ist der Rasen grellgrün, verstärkt durch das Zeug, mit dem er von den Grillen besprüht wird. Eine Bemerkung über den Schnee würde weiterhelfen, wenn ich ein paar Szenen in der Show landen wollte. Selbst wenn *Media 1* keine Bildaufnahme von mir hat, könnten sie meine Dialoge immer noch in pittoreske Szenen mit schaumschneebedeckten Hügeln und so einspielen. Aber ich kann nur denken: Die Schaumschneemaschinen haben mich letzte Nacht lange wach gehalten. Und verratschen.

»Vier Monate, das ist mehr als ein ganzes Quotenquartal. Ich denke mir heute Abend ein paar Plotlines aus, über die können wir dann morgen reden, wenn wir am Tagebuch schreiben.« Lia nagt an der Unterlippe, eine Gewohnheit, in die sie reinrutscht, sobald die Kameras nicht mehr auf sie gerichtet sind. »Aber weißt du, was wirklich helfen würde – hast du von der Initiative gehört?«

»Die Initialen?«

»Nein.« Es passiert selten, dass ich sie missverstehe beim Lippenlesen. »Die Initiative«, wiederholt sie langsamer. »Hast du davon mal gehört?«

»Nein, was ist das?« Hört sich an wie eine von Lincolns

Partys. Von denen erfahre ich immer nur durch Lia. Er lädt mich nie direkt ein.

»Ach, egal«, sagt sie tonlos. Dann zückt sie einen blassrosa Lippenstift, dreht das Gesicht zum Spiegel und trägt geübt Farbe auf. »Wir müssen zum Unterricht. Du hast Mathe, oder? Du solltest mit Scoop reden.«

»Und was sagen?« Scoop und ich sind befreundet, aber nicht eng.

»Rede einfach über das, worüber ihr beiden sonst auch redet – Dreiecke oder so?«, schlägt Lia vor, und das ist nicht mal ein Witz. Sie dreht die Wasserhähne zu. »Terror-Terra ist wirklich die Letzte, die ihm heute unter die Augen kommen sollte. Die wird sich viel zu sehr ins Zeug legen.« Sie mustert mich. »Du siehst echt fertig aus. Irgendwie krank. Die Grillen sind direkt vor der Tür.« Jetzt, wo sie es sagt, höre ich das Summen der Kameras hinter der Tür.

»Mach das hier.« Lia kneift sich in die Wangen.

Ich sehe mein blässliches Gesicht im Spiegel und befolge Lias Anweisung, dann lasse ich die Finger knacken und den Kopf kreisen. Ganz so, als würde ich mich auf eine Schlägerei vorbereiten. Aber es gibt keinen Feind, mit dem ich es aufnehmen muss. Nur die Zuschauer.

Ich gehe in den Kursraum und rutsche auf meinen Platz neben Scoop. Seit Anfang des Schuljahres sitzen wir nebeneinander. Das ging von ihm aus – hauptsächlich damit ich ihm bei den Hausaufgaben helfe, aber jetzt sind wir irgendwie Freunde, so seltsam einem das auch vorkommen mag.

Er ist beliebt, charismatisch, ein Abschlussklassenschüler zum Dahinschmelzen. Ich dagegen bin still und hebe den Kopf nur zum Fragenbeantworten. Ein guter Teil von meiner Schüchternheit ist dadurch begründet, dass ich die einzige Elftklässlerin in diesem Kurs bin. Abgesehen von den paar Tagen im Monat, an denen mein Stufenkamerad Revere zu uns stößt und Mr Black assistiert, um sich seine Anwartschaft auf den Ausbildungsplatz zum Mathelehrer zu sichern.

Heute ist nichts mit Charisma bei Scoop. Er starrt aus den riesigen Fenstern des Klassenzimmers hinaus auf den Schaumschnee-weißen Rasen.

Ich weiß nicht so recht, was ich sagen soll, deshalb gucke ich auf die Tischplatte vor mir, bis mir ein frisch geritzter Spruch darauf auffällt. *Die Initiative ist scheiße.*

Lia fand sie gar nicht so scheiße.

Mr Black kommt immer zu spät, deshalb haben sich die Darsteller im Raum verteilt, reden und lachen – laut! –, um den Schock wegen Belle zu überspielen.

»Lasst es mich wissen, wenn ihr Fragen habt! Ich bin hier, um euch zu helfen!«, verkündet Revere Yucann in seinem Singsang. Er steckt in einem karierten Oberhemd und glatt gebügelten Jeans – er kleidet sich immer ordentlich an seinen Mathehelfer-Tagen. Sogar seine strähnigen Haare sind sorgfältiger als sonst zum Pferdeschwanz zusammengebunden. Er flitzt von einem Schüler zum nächsten und bietet mit strahlendem Lächeln seine Hilfe an. Er zwinkert mir zu, als er an mir vorbeigeht. Wir stehen uns nicht besonders nahe, aber Revere ist einer der Darsteller, die ich am meisten bewundere. Immer gut gelaunt und großzügig mit seiner Zeit, selbst für die größten Dumpfbacken der Abschlussklasse. Er wird einen großartigen Mathelehrer abgeben.

Draußen verzieht sich eine Wolke und die Sonne wärmt mein Gesicht. Okay. Eine Gesprächsidee. Ich glaube, so lange hat Scoop noch nie dagesessen, ohne zu reden.

»Es ist so warm, man könnte meinen, es wäre Sommer«, sage ich. Zu spät fällt mir ein, dass wir letzte Woche per Missiv aufgefordert worden sind, so zu tun, als wäre es kalt. Deshalb der Schaumschnee. Die Firma hat es gern, wenn unser Wetter so ungefähr dem der meisten bewohnten Gebiete der Sektoren entspricht. Manchmal manipulieren sie das Wetter mit Chemikalien, manchmal lassen sie uns was vorspielen, manchmal beides. Unterm Strich: Mein Patzer wird nicht auf Sendung gehen.

Scoop dreht den Kopf, anscheinend kann er nicht einordnen, welche Sprache ich gerade gesprochen habe. Mein Puls wird schneller. Mit seinen hohen Wangenknochen, dem markanten Kinn und den dunkelbraunen Haaren, die über seine Stirn fallen wie eine Welle, gilt er allgemein als gut aussehend. Mädchen schmelzen in seiner Gegenwart dahin. Anfangs fiel es mir schwer, ihn anzusehen, wenn er mit mir geredet hat. Lia nannte es das Scoop-Schmachten. Manchmal sagt sie im Scherz, dass wir doch miteinander gehen sollten, obwohl das Schmachten längst Vergangenheit ist.

»Wahrscheinlich hast du Fieber oder so, es ist nämlich klirrend kalt«, sagt Scoop schließlich lahm. Ich atme aus, total erleichtert. Er zeigt auf die Strickmütze auf seiner Büchertasche. »Bei der Schulversammlung heute Morgen musste ich tatsächlich die Mütze aufbehalten. Das Gute daran war: Ich konnte Martin nicht hören.«

Ich lache, als hätte ich heute noch nichts Witzigeres gehört. Bei Martin Fennel, dem Oberstufensprecher mit der Wampe eines gesetzten Fünfzigjährigen, werden die wöchentlichen Ankündigungen zu einem endlosen Monolog. Er ist seltsam. Lia und er sind früher mal miteinander gegangen, und sie hat ihn erwählt, um ihr die Jungfräulichkeit zu nehmen (um sie »loszuwerden«, wie sie es formulierte). Danach berichtete sie, dass er dabei von Anfang bis Ende hilflos rumgefummelt und ununterbrochen geredet hat.

Mein Lachen scheint Scoops Energie anzufachen, er grinst. »Neunundneunzig oder hundert?«, fragt er.

»Was meinst du?« Ich lächele vorsichtig zurück. Er scheint sich im Griff zu haben.

»Oder willst du noch höher hinaus? Hundertzehn? Ist das überhaupt möglich?« Scoop rückt zu mir herüber.

»Redest du vom Test? Hundert, glaube ich.« Mathe ist mein bestes Fach, es ist mir immer leichtgefallen.

Er rückt näher und schaut kurz hoch zu den Kameras an der Decke. Nur eine ist auf uns gerichtet.

Schützend legt er die Hände um den Mund. »Ich mache mir Sorgen um Belle. Was glaubst du, wo dein Vater ist?«

Rede nicht über deinen Vater.

Ich erinnere mich noch allzu gut an die finsteren Tage, die ich wegen Dad hatte. Die könnte ich Scoop ersparen, wenn ich ihm erzähle, dass sie Werbung machen. Aber ich musste Lia schwören, das geheim zu halten, weil sie Bek nicht in Schwierigkeiten bringen will. Ich schaue hinunter und fange an, die ausgefranste Ecke meines Mathebuchs hin und her zu schieben. Wenn wir doch wirklich einfach nur über Dreiecke reden könnten.

»Hier bin ich.« Mr Black kommt reingewackelt, er lässt seinen speckigen Oberkörper wabbeln, bis der Draht sich strafft, der sein Mikro mit dem Akku verbindet. Bei diesen Zuckungen wird uns ein Blick auf die ständig wachsende kahle Stelle auf seinem Kopf zuteil – blank wie ein Ei. Alle gehen zurück an ihre Tische und ächzen und stöhnen wegen des Tests. Mr Black tritt erfolglos gegen den Türstopper. Erst fünf Versuche später löst der sich und die Tür fällt zu. Er ist total ungeschickt. Eine Katastrophe für die Kamera.

»Lasst mich nur, äh … Sekunde … ähm«, sagt er und zieht die Blätter aus seiner Aktentasche. Beim Austeilen zwängt er sich durch die Gänge zwischen den Tischen. »Leg dein Buch weg, Ella. Jetzt können dir nur noch Gebete helfen.« Er wiehert über seinen eigenen Witz.

Scoop spielt mit – er wendet das Gesicht der mit Kameras gespickten Decke zu, schließt die Augen und faltet die Hände zum Gebet. Belle und er haben die gleichen vollen Lippen und Haselnussaugen. Näher werde ich Belle Cannery nie mehr kommen.

Als er die Augen wieder aufschlägt, erwischt er mich dabei, wie ich ihn anstarre, und es platzt aus mir heraus: »Es tut mir leid.« Alle hören mich, wie ich bei laufenden Mikros verratsche, Terror-Terra und Mollie wechseln einen missbilligenden Blick.

»Dass du für den Test nicht gelernt hast«, ergänze ich hastig.

»Mir auch«, sagt Scoop und klopft mit seinem Bleistift auf den Tisch. Mr Black verteilt die Arbeitsblätter für den Test und ich lege die Handflächen auf das weiße Papier und versuche mich zu konzentrieren. Aber ein ungutes Gefühl steigt in mir auf und schnürt mir die Brust zu.

Belle hat das nicht verdient, selbst wenn die Originals einen Vertrag unterzeichnet haben, der zulässt, dass Sechzehnjährige rausgeschnitten werden. Selbst wenn Lia recht haben sollte damit, dass Belle besser in die Sektoren passt, ist Belle noch zu jung, um aus ihrer Familie gerissen zu werden.

Ich werfe einen Blick hinüber zu Scoop. Soll ich es ihm erzählen? Er kritzelt Lösungen hin – na ja, Vermutungen. Er spürt meinen Blick, hebt den Kopf, grinst sein schnelles, elektrisierendes Grinsen. Und ich denke, dass er die Zuschauer vielleicht täuschen kann, mich aber nicht. Ich erinnere mich noch gut an die schlimmsten Tage, an denen ich mich wegen meines Vaters verrückt gemacht habe: das Gefühlschaos, die Unsicherheit und die Fragen, die einen Käfig um mich errichteten.

2

Mit dem Test bin ich zwanzig Minuten zu früh fertig. Mr Black lässt mich gehen und ich schieße den Flur hinunter. Beim Geschichtsraum drossele ich mein Tempo. Mit entspanntem Gesicht, das Kinn in die Hand gestützt, sitzt Lia vorne auf ihrem Platz, neben Callen. Bestimmt hat sie längst aufgehört, an Belle zu denken. Lia kommt schnell über Sachen hinweg. Ich winke. Sie bemerkt das, hebt die Hand, lächelt und formt mit den Lippen die Worte: »Alles okay, okay?« Schnell wie der Blitz. Ich nicke, und sie dreht sich wieder zu der Landkarte von der Insel um, die vorne im Kursraum hängt.

Bliss Island sieht aus wie ein vierblättriges Kleeblatt, inmitten von endlosem Blau. Aber alle wissen, dass die Karte nicht stimmt. Im Osten, gegenüber von Avalon Beach, müsste ein Stück der Festlandsektoren zu sehen sein. Auf der anderen Seite der Insel, im Südwesten, gegenüber von Eden Beach, müsste wenigstens ein klein wenig von den Drowned Lands zu erkennen sein, einer Inselgruppe, zu der Bliss Island genau genommen gehört. Ich glaube, *Media 1* hat die Insel von der Regierung der Sektoren gepachtet. Die Drowned Lands, die Tausende von Meilen vom Festland entfernt sind, bereiten allen übrigen Sektoren ständig Probleme, weil sie mit Abspaltung drohen.

Aber wir kriegen einfach das unendliche Blau vorgesetzt, weil *Media 1* nicht will, dass wir allzu viel über das nachdenken, was da draußen vorgeht.

Ich wende den Blick von der Landkarte ab und schaue schnell zu Callen hinüber, der in einem verschossenen roten T-Shirt und dunklen Jeans neben Lia sitzt. Entspannt auf dem Stuhl zurückgelehnt, lässt er den rechten Arm hängen. Dabei ballt und streckt er unbewusst die Hand, das ist zur Gewohnheit geworden, seit er Pitcher ist. Ein langer Seufzer hallt durch den leeren Flur, und mit Entsetzen wird mir klar, dass der von mir kam. Nichts wie weg hier.

Vor meinem Spind stopfe ich wenig später meine Bücher so schnell in die Tasche, als wären sie heiße Kohlen. Je mehr ich an Callen denke, desto mehr will ich ihn, und je mehr ich ihn will, desto weiter weg scheint er mir zu sein. Das ist absurd, weil wir tatsächlich sogar Nachbarn sind. Früher haben wir immer bei ihm auf der Veranda gegessen und miteinander abgehangen, das war total normal. Da war nichts mit Hirnumnebelung oder Herzklopfen. Aber unsere Freundschaft wurde wackelig, als mir bewusst wurde, dass ich mehr wollte, und als er dann anfing mit Lia zu gehen, ist sie total zerbrochen.

Ich bin dann mit Witson zusammengekommen, um Callen aus dem Kopf zu kriegen, aber aus dieser Beziehung habe ich hauptsächlich eines gelernt: Gefühle lassen sich nicht zusammenbauen oder zerlegen wie Uhren oder Radios.

Ich schließe mein Rad vor den Büros für Darstellerangelegenheiten an und rausche an dem Schaukasten mit dem Vertrag und den Weisungen für diese Staffel vorbei zum Eingang. Ein summendes Geräusch, das mit einem schrillen Pfeifen unterlegt ist, lässt mich den Kopf zum Himmel heben: ein Kampfflugzeug. In letzter Zeit haben viele davon auf dem Weg zu den Drowned Lands und wieder zurück unseren Luftraum gekreuzt. Wenn ich im Center bin, darf ich zu ihnen hochgucken, weil die Kameras nicht laufen. Wenn es früher so viel Flugaktivität gegeben hat, dachte ich immer, das wären Übungen. Aber jetzt ... nun ja, entweder üben die ziemlich viel oder die Drowned Lander machen ernsthaft Ärger.

Ich tippe meinen Code in das Keypad neben der Tür. Als sie sich öffnet, betrete ich die Lobby, in der es von schlampigen Reals wimmelt, die sich laut und schnell unterhalten.

Egal, wie spät es ist, sie arbeiten immer. Die lila und grünen Nylon-Overalls rascheln, Turnschuhsohlen dröhnen dumpf über den Boden, während sie hin und her laufen und miteinander brabbeln. Mit gesenktem Kopf gehe ich auf das Treppenhaus zu, das den Darstellern vorbehalten ist. Ich werde kein Bußgeld zahlen müssen, wenn ich die Reals im Center zur Kenntnis nehme, aber das heißt nicht, dass ich etwas mit ihnen zu tun haben will. Lia sagt, wenn man sich die Reals genau genug anguckt, sieht man die Dreckschicht auf ihnen. Wahrscheinlich, weil es in den Sektoren so chaotisch ist. Da gibt es jede Menge Krankheiten, weil Impfung und ständige medizinische Überwachung nicht Pflicht sind, und außerdem ist die Umweltverschmutzung enorm.

Ich klettere hoch zum vierten Stock, *Show-Untersuchungen.* Hier ist das Licht gedämpft, ein Hausmeister schiebt einen Mopp den Flur entlang. Ich weiche ihm aus auf meinem Weg zu Dr. Kanavans Sprechzimmer am Ende des Ganges. Meine Ohren machen einen leisen Strom von Geräuschen aus, und ... klar, als ich zur Tür komme, sehe ich, dass das Fernsehgerät auf dem Aktenschrank eingeschaltet ist. Ich blinzele und versuche, so viel wie möglich von *Blissful Days* in mich aufzunehmen.

Der Schulhof der Bliss-Grundschule, in der Pause. Die Rutsche, die Fichte mit den eingeritzten Initialen, die knarrende Wippe. Kinder toben herum und lachen ...

Damals war alles noch anders. Keine Bußgelder, keine Zahlungen, keine Quote. Keine A.-L.

Dr. Kanavan, deren blonde Ringellocken zu einem wirren Dutt zusammengebunden sind, wirft alle paar Sekunden einen Blick zum Fernseher. Ruckartig geht ihr Kopf hoch, sie hat etwas von einer übereifrigen Kuckucksuhr. Mik, mein Producer, sagt, Reals sind richtig süchtig nach der Serie. Keine Ahnung, wie sie das hinkriegen, bei Lias Theatergruppenvorstellungen werde ich schon nach einer halben Stunde kribbelig. Aber Mik sagt, die Reals können sich das tagelang angucken, und *Media 1* gibt ihnen die Gelegenheit dazu, indem sie jeden Tag rund um die Uhr eine einstündige Episode an die andere reihen.

Dr. Kanavan verbringt jedoch nicht ihre ganze Freizeit

mit *Blissful Days*. Sie reist unheimlich gern, und zwischen zwei Blicken zum Fernseher streicht sie Tage auf dem Kalender aus, den sie über ihrem Schreibtisch aufgehängt hat. Der Countdown für ihren nächsten Urlaub läuft. Und immer steht in dicken schwarzen Buchstaben ein neues Ziel auf der Liste. Heute ist es *Zenta!* In der Vergangenheit war es *Kyliss! Misk!* Sie ist eine Abenteuerin. Auch in ihrer Kleiderwahl. Sie muss sich nicht an Outfit-Weisungen halten, unter ihrem weißen Kittel trägt sie ein glitzerndes grünes Paillettentop, das bei jeder Bewegung blitzt und blinkt.

Nicht ein einziges Mal während der zehn Staffeln, die ich schon hierherkomme, habe ich Dr. Kanavan eine Reise wiederholen sehen. Die Sektoren sind tausendmal größer als Bliss und sie scheint jeden Zentimeter bereisen zu wollen. Keine Ahnung, warum. Ich mag das Vertraute auf der Insel. Dank toller Set-Designer liegt nichts, was ich mir je zu sehen wünschen könnte – Klippen, Wasserfälle, Ebenen, Obstgärten, Hügel, Täler –, weiter als eine Stunde entfernt.

Meine Schultern tun weh, ich lasse die Büchertasche auf den Boden rutschen. Dr. Kanavan wirbelt herum. »Nettie«, quietscht sie, steht auf und läuft zum Fernseher. Die blonden Locken wippen hinter ihr her, ihre hochhackigen Schuhe – aus grünem Satin, passend zum Top – klingen wie das Trommeln von Regen auf einem Blechdach. Sie stellt den Fernseher ab und kommt mit schuldbewusster Miene zu mir herüber, so als wäre es das erste Mal, dass ich sie bei eingeschaltetem Fernseher erwische.

Dr. Kanavan mit ihren wirren Locken, den roten Wangen

und der Stupsnase ist süß für eine Real. Trotzdem würde sie wie die meisten Reals auf der Insel fehl am Platz wirken. Alle Darsteller sehen besser aus als die Reals, die Originals sind nämlich nach Aussehen gecastet worden.

Ein weiterer Unterschied ist, dass Reals schneller sprechen als Darsteller. Aber die, die es gewohnt sind, sich mit uns zu unterhalten, stellen sich darauf ein, und mir macht es keine Schwierigkeiten, Dr. Kanavan zu verstehen.

»Pünktlich wie immer«, stellt sie fest und scheucht mich vom Fernseher weg. »Das hast du von deiner Großmutter. Gestern Abend in der Sieben-Uhr-Episode habe ich gesehen, dass Violet ganz pünktlich zu ihrem wöchentlichen Bingospiel erschienen ist. Das hat mich an dich erinnert.« Dr. Kanavan hat schon immer viel freier als Mik über das geredet, was sie in *Blissful Days* gesehen hat.

»Zehn plus«, murmele ich verlegen. Der Ausdruck »zehn plus« hat seinen Ursprung darin, dass Darsteller Bonuszahlungen erhalten, wenn sie ihre Quote um zehn Prozent übertreffen. Eine Situation, in die ich noch nie gekommen bin. Für Lia jedoch ist das Quotenrealität, und für Callen wahrscheinlich auch, seit er Baseball spielt.

»So, dann wollen wir mal.« Sie reicht mir einen blassgrünen Papierkittel und ich trete zum Umziehen hinter den Wandschirm. Am Strand dröhnt ein Nebelhorn, als ich meine Bluse falte. Die Wände zittern. Ob Belle wohl gerade dort ist und in ein Schiff verfrachtet wird, das Kurs auf die Sektoren nimmt? Nun zittere ich. Als ich hinter dem Schirm hervorkomme, ziehe ich Schuhe und Socken aus, dann stelle ich mich auf die Waage an der Tür. Ich balle die Fäuste, während ich die elektronische Anzeige bei ihrem Entscheidungsprozess beobachte.

»Du hast dein Gewichtsziel erreicht.« Dr. Kanavan nimmt einen Eintrag in meiner Akte vor.

»Toll.« Ich entkrampfe die Finger. Wenn doch nur alles so einfach wäre. Wenn ich mein Quotenziel nicht erreiche, wird es nichts nützen, weniger Süßigkeiten zu essen. Ich kann mir denken, was die Zuschauer sehen wollen, aber genau werde ich es nie wissen. Bei meiner letzten Darstellerbeurteilung habe ich Mik gefragt, ob er irgendeine Vermutung habe, warum meine Quote gefallen ist. Er hat nur jovial geschmunzelt, mir den Kopf getätschelt und mich an Artikel 57 erinnert, der den Einfluss der Reals auf die Serie beschränkt. Diese Klausel soll das Natürliche, Lebensechte von *Blissful Days* garantieren.

Ich setze mich auf den Metalltisch mitten im Raum und beobachte, wie Dr. Kanavan einen Code in das Tastenfeld eines Medizinschranks eingibt. Sie schiebt die Abdeckung hoch und holt ein Tablett mit Spritzen heraus, das sie auf den Tisch an meiner Seite stellt. Ich strecke den Arm aus und sie bereitet die Nadel vor, dann tastet sie nach einer Vene. Teilnahmslos beobachte ich, wie die Nadel unter meine Haut gleitet, mühelos wie ein Taucher ins Wasser.

Selwyn behauptet, ihr Arm würde noch Wochen nach den *Media-1*-Impfungen wehtun, aber ich spüre nicht viel, und die roten Knubbel, die nach den Impfungen zurückbleiben, verschwinden nach ein, zwei Tagen. Ich drehe den

Kopf und betrachte den schmalen Himmelsstreifen, der nicht vom Fensterrollo verdeckt ist, helles Blau mit weißen Untertönen. Das erinnert mich an Callens Augen.

Wenn ich an Callen denke, gerät alles ins Schwanken.

»Es ist wunderschön, oder?«, sagt Dr. Kanavan, die meinem Blick zum Fenster folgt.

Aber ich falle niemals. Blinzelnd kehre ich ins wirkliche Leben zurück.

»So schön. Der Drehbuchhimmel«, fährt sie fort.

Heute Morgen, während meiner Geschichtsstunde, haben die knatternden Hubschrauber der Firma mich aus meinem Halbschlaf geschreckt. Die Fenster waren beschlagen, wegen der Chemikalien, die sie zur Kontrolle des Wetters einsetzen.

Aber heute Nachmittag waren die Fenster wieder klar, die Wolken verschwunden und es gab nur noch Drehbuchhimmel.

»Zu Hause sieht es nie so aus«, bemerkt Dr. Kanavan, während sie eine weitere Spritze aufzieht. »Immer dreckig, wegen der Luftverschmutzung. Der Himmel in Zenta wird wahrscheinlich pechschwarz sein, wenn ich da bin.«

»Das ist ja übel.« Ich schüttele den Kopf, als ich mir Belle und meinen Vater unter einem pechschwarzen Himmel vorstelle. Dr. Kanavan gibt mir noch eine Spritze.

»Zenta war nicht meine erste Wahl«, murmelt sie. Sie konzentriert sich auf die Nadel. »Ich wollte in die Drowned Lands. Da ist alles so billig, der Himmel ist sauber, das Essen frisch, und wie ich gehört habe, ist das Wasser glasklar, aber in den Hotels kann man sich nicht auf die Hygiene verlassen. Es gibt da so viele verdreckte Buden, und ich hab gehört, dass einen überall bettelnde Kinder belästigen. Abgesehen davon sind die Drowned Lands zurzeit nicht besonders sicher für Festländer.«

Sie zieht die Spritze zurück, die Nadel gleitet aus der Haut.

»Ich habe die Kampfflugzeuge gehört«, sage ich vorsichtig. Ich muss mich hüten, ja nicht zu interessiert zu klingen.

»Die Abspaltungsbewegung ist stärker geworden, und die Regierung hat große Mühe, all die Rebellengruppen zu zerschlagen. Sie sagen, einige Landesteile sind sicher, aber ich werde nichts riskieren. Ich halte mich an den Luxus von Zenta«, erklärt Dr. Kanavan. Mit ihrer kleinen Hand packt sie meinen Arm und verpasst mir noch eine Spritze. Ich wende den Blick ab und sehe zu, wie der Hausmeister seinen Wischeimer den Flur entlang und durch die offene Tür schiebt. Ob Belle wohl in die Drowned Lands reisen wird, wenn sie in den Sektoren ist?, frage ich mich.

Ein plötzlicher Druck am Arm lässt mich zusammenzucken. Ich wende mich wieder Dr. Kanavan zu, die sich zur Seite dreht, um für die hoffentlich letzte Impfung einen besseren Winkel zu finden. In dieser neuen Haltung glitzern die Pailletten. »Gleich fertig«, sagt sie. Sie will wieder zurück zu ihren Ferien-Tagträumen und dem Fernsehen. Wie auf Autopilot legt sie die Ampullen zurück aufs Tablett, das sie wieder im Medizinschrank verstaut. Beim Warten lasse ich die baumelnden Füße Kreise ziehen und genieße den

Anblick meiner lackierten Zehennägel: Citrus Sensations – ein Nagellack, den ich mir von Lia geliehen habe.

Als Nächstes hört Dr. Kanavan meine Herztöne mit dem Stethoskop ab, danach prüft sie meine Reflexe. Sie nimmt Blut ab. Die Ärzte von *Media 1* sind äußerst wachsam bei der Gesundheitskontrolle. Das Familien-Mapping hasst die Unberechenbarkeit, die durch Krankheiten entstehen kann: Wenn irgendwelche Darsteller dahingerafft werden und die Demografie verhunzt wird.

Dr. Kanavan mustert mich eingehend und gibt missbilligende Töne von sich. »Nettie, ich sehe, dass du dein Hautreinigungsprogramm immer noch nicht durchführst.« Stimmt. Wenn ich vor der Wahl stehe, entweder fünfzehn Minuten länger zu schlafen oder die Lotionen und Peelings von *Media 1* aufzutragen, dann fällt meine Wahl auf Schlaf.

»Ich weiß. Ich werde mich bessern.«

Dr. Kanavan zieht ihre zu stark gezupften Augenbrauen hoch und ich spüre einen Hauch Verärgerung. Glaubt sie wirklich, dass die Hautprozedur meine Quote verbessern wird? Mein Gesicht war schon immer eher das eines Sidekicks als das eines Stars.

»Im Moment magst du das vielleicht noch nicht einsehen, aber wenn du älter bist, wirst du begreifen, dass es manchmal der Schlüssel dazu ist, sich Fans zu erhalten, wenn man so perfekt aussieht wie möglich.« Sie stellt meine Akte wieder in den Aktenschrank. »Du hast eine Pflicht gegenüber den Zuschauern, du musst sie bei Laune halten, indem du ihnen einen erfreulichen Anblick bietest.«

»Okay, danke.« Ich schwinge mich von der Pritsche. Auf dem Weg zum Wandschirm in der Ecke werfe ich einen Blick auf den dicken Zeitschriftenstapel neben einem Sehtestplakat. Ein Kittel liegt darüber, aber etwa die Hälfte der Titelseite der obersten Zeitschrift ist zu sehen. Begierig lese ich: »Zehn Strategien, beim Lebensmitteleinkauf zu sparen.« Und daneben: »Ich war eine Geisel in den Drowned Lands.« Hilfe. Scheint ganz so, als ob Zenta die richtige Wahl für Dr. Kanavan war.

Ich verschwinde hinter dem Metallwandschirm und betrachte mein verschwommenes Spiegelbild darin. Ich brauche die Bestätigung, dass es gar nicht so schlimm um meine Haut steht. Ebenmäßig, olivfarbener Teint, wie meine Großmutter. Relativ glatt. Aber meine Haare sehen schlimmer aus als vorhin. Um es ganz deutlich zu sagen, sie sehen aus, als hätte ich die Finger in eine Steckdose gesteckt. Wenn meine Quote gut wäre, könnte ich sicher darauf bauen, dass mir wirre Haare auf total charmante Art Pep geben. Aber so ist es ja nicht, ich bin auf der A.-L. und muss alles tun, um da wieder runterzukommen. Was heißt, dass ich für morgen früh den Wecker so stellen muss, dass ich das Hautprogramm durchziehen kann, bevor Lia kommt.

Auf meinem Heimweg färbt die untergehende Sonne den Drehbuchhimmel feurig rot. Beim Radfahren muss ich immer an Belle denken. Sie passte tatsächlich nicht so richtig in ihre gesellige, glamouröse Familie. Scoops Vater ist Anwalt, bekannt für seine Wortgewandtheit vor Gericht, und seine Mutter ist Fotografin. Sie läuft immer mit Schlapphut und Sonnenbrille auf der Insel herum und schießt Fotos für Zeitungen und Zeitschriften. Seine Tante, meine alte Geschichtslehrerin, war auch ziemlich sympathisch, wenn auch etwas exzentrisch.

Belle passte nicht da rein.

Die Cannerys leben in einem der Häuser, die man nur mit einer guten Quote kaufen kann. Ich wette, Belles Quotenziel war auch hoch, so wie meines. *Media 1* hat vielleicht nicht erwartet, dass sie im Mittelpunkt irgendwelcher Szenen steht, aber sie sind bestimmt davon ausgegangen, dass sie eine gute Kontrastfigur zu ihrem Bruder und ihren Eltern abgibt.

Eine heikle Lage. Ich weiß, wovon ich rede. Früher war mein Quotenziel auch eher niedrig. Es ist erst langsam gestiegen, als Lia und ich uns näherkamen. Die Anzahl der Zuschauer pro Quartal, die sich für mich interessierte, ist ebenfalls gewachsen, aber manchmal schien das keine große Rolle zu spielen. Für *Media 1* zählt nämlich nicht nur die Anzahl der Reals, die einen gucken, sondern ob diese Zahl über oder unter dem Ziel liegt, das ihre Berechnungen ergeben haben – und so wird das Quotenhonorar ermittelt.

Mik hat mir die Formel gezeigt, die die Ziele generiert. Ich habe all die Variablen gesehen, die *Media 1* berücksichtigt, um die Zahlen vorherzusagen. Anzahl der Special Events, an denen der Darsteller teilgenommen hat, Alter des Darstellers, Bildschirmzeit im vorangehenden Quartal. Durchschnittszahlen der Freunde. Das hält meine Zahlen oben. Die Durchschnittsquote der Familie wird auch berücksichtigt. Wahrscheinlich war Belle deswegen dem Untergang geweiht. Aber wer weiß? Die Formel ist so komplex. Wie lautet sie noch gleich? Xe, Ypsilons und Zetts wimmeln mir im Kopf herum.

Ich bin so damit beschäftigt, mir die Formel in Erinnerung zu rufen, dass ich die Gestalt in der blauen Jacke, die mir auf der Strecke zwischen der Bliss High und The Arbor in die Quere kommt, erst sehe, als es schon zu spät ist.

Ein Schwenk nach rechts mit dem Lenker – und das Rad rammt den Rinnstein und kippt zur Seite. Ich lande im Gras.

Da liege ich auf dem Rücken, blicke hastig atmend und mit rasendem Herzen in den Himmel. Es ist nichts passiert, glaube ich, aber ich bin so benommen, dass ich mich nicht rühren kann.

»Nettie, alles okay mit dir?« Jemand hockt sich neben mich. Ich erkenne die tiefe Stimme und riskiere es, den Kopf zu drehen. Okay. Geht. Tut weh, funktioniert aber. Ich sehe blaue Turnschuhe mit weißen Streifen. Mein Blick wandert hoch, ganz hoch, zu blauen Augen unter hellblonden Haaren. Callen?

»Callen?«, sage ich laut.

Er nickt und schaut sich mein Gesicht genauer an, wahrscheinlich befürchtet er, dass der Sturz mein Hirn durcheinandergerüttelt hat. »Alles okay mit dir?«

Ich hole tief Luft, schöpfe wieder Kraft. »Glaub schon.« Ich stütze mich auf den Ellenbogen. »Ist nur … der

Schreck.« Ich setze mich auf, alles dreht sich. Ein Blick auf meine Kleider – Grasflecken überall auf der Jacke, aber nichts ist zerrissen, kein Blut.

»Ja, das kam … unerwartet«, murmelt er. Sein typisches Understatement. Er steht auf und streckt mir die Hand hin. »Ich hätte besser aufpassen sollen. Danke, dass du mich nicht über den Haufen gefahren hast.«

Ich nehme seine Hand, er zieht mich hoch und wir stehen voreinander. Meine Knie sind wacklig, ich weiß nicht, ob der Grund dafür der Sturz ist oder die Tatsache, dass ich ihm direkt ins Gesicht sehe. Witson war zu groß, denke ich. Callen ist mittelgroß, ich muss nicht den Hals recken, um ihm in die Augen zu schauen. Lia beschwert sich immer, weil er fünf Zentimeter kleiner ist als sie, aber für mich ist er …

Lia.

Wir halten uns immer noch an den Händen.

»Oh, ups.« Ich ziehe die Hand weg und bürste mir demonstrativ Gras und Sand von den Jeans. Aber das ist so, als wollte ich seine Berührung wegbürsten, weil sie sich viel zu gut anfühlte und ich mich jetzt schuldig fühle.

»Nein, das war meine Schuld. Tut mir leid, nächstes Mal achte ich darauf, wo ich hinfahre«, fasele ich. Er sagt gar nichts.

Während ich das Rad hochhieve und es in Fahrtrichtung rücke, überlege ich fieberhaft, was ich noch sagen könnte. Es ist schon eine Weile her, seit Callen und ich mal allein zusammen waren.

»Bist du sicher, dass du weiterfahren kannst?« Er guckt sich mein Gesicht noch mal genauer an. Wie benommen sehe ich denn aus? Unter seinen prüfenden Blicken fallen mir meine krisseligen Haare wieder ein. Die müssten jetzt noch mal schlimmer aussehen als beim letzten Check. Ich versuche ganz locker zu wirken, als ich mir mit der Hand durchs Haar fahre.

»Mir geht's gut.« Ich liefere die bestmögliche Imitation der strengen Bibliothekarinnenstimme meiner Mutter. Trotzdem beunruhigt mich die Vorstellung, wieder aufs Rad zu steigen.

»Bist du auf dem Weg nach Hause?«, fragt er und wirft einen Blick die Straße hinunter.

»Ja.«

»Ich auch. Wir können ja zusammen gehen«, schlägt er mit einer einladenden Handbewegung vor.

»In Ordnung«, sage ich schnell, froh darüber, nicht wieder aufs Rad steigen zu müssen. *Allein mit Callen.* Weit ist es nicht bis nach Hause, vielleicht zehn Minuten, aber trotzdem.

Die ersten paar Schritte herrscht Schweigen. Ich schwitze, zum Teil, weil ich nervös bin, aber auch, weil es für die Jacke viel zu warm ist. Die trage ich nur wegen der Wetter-Weisungen. Ich räuspere mich. *Sag was.*

»Du bist ja gar nicht beim Training.« Ich beiße mir auf die Lippe. Genauso gut hätte ich sagen können: Ich bin schnarchlangweilig. Beachte mich gar nicht.

»Der Trainer ist krank, deshalb fällt es aus.« Wortlos biegen wir von der Hauptstraße ab und sind in The Arbor. Diesen Weg könnten wir im Schlaf zurücklegen. Wir haben den Gehweg verlassen und laufen auf den größtenteils leeren, kopfsteingepflasterten Straßen weiter. Über uns huschen Eichhörnchen durch die Bäume.

»Ganz schön mutig, so kurz vor dem Spiel das Training abzusagen.«

Unsere Schulmannschaften treten nächste Woche zum ersten Spiel der Saison an, der Zeitpunkt ist so gewählt, dass er mit dem Beginn der neuen Staffel von *Blissful Days* zusammenfällt. Und diese neue Staffel bringt zum Glück auch ein neues Motto. Das Spiel ist eine große Sache, ein Special Event, es findet im Stadion statt, das normalerweise unseren beiden Profi-Baseballmannschaften vorbehalten ist.

»Mutig? Mag sein.« Er geht langsamer und langt dabei in die hintere Tasche seiner Jeans. Man braucht nicht zu erwähnen, dass Callen selbst wahrscheinlich der Grund für die Zuversicht des Trainers ist. Callen zieht eine Schachtel Zigaretten und ein Feuerzeug aus der Tasche. Mir klappt das Kinn herunter, als er die Hände schützend um die Flamme legt und sich eine Zigarette anzündet.

»Du rauchst?« Ich bleibe wie angewurzelt stehen.

»Manchmal.« Er bläst den Rauch nach rechts, von mir weg. »Was denn? Ach so, hätte ich dir eine anbieten sollen?« Er grinst.

»Auf keinen Fall.« Ich sorge für größeren Abstand zwischen uns und gehe weiter. Rauchen habe ich immer für blöd gehalten, für ein Zeichen von Schwäche. Das liegt wohl auch an Lia, die diese Angewohnheit noch viel mehr hasst als ich. Ihre Mutter war früher Kettenraucherin und hat das ganze Haus verpestet. Ein beliebtes Spiel in den frühen Tagen unserer Freundschaft war: Wir spülen Moms Zigaretten im Klo hinunter.

»Ist Rauchen nicht schlecht für einen Baseballer?« Ich schiebe meinen Lenker mit mehr Kraftaufwand vor mir her, weil es bergan geht.

»Kann sein.« In der Art, wie er das Kinn reckt, steckt so was wie ein Anflug von Trotz. »Aber es gefällt mir. Ein Laster darf jeder haben. Was ist deins?«

Du. »Ich glaub, ich hab keins«, erwidere ich und verfolge fasziniert, wie die Sonne sein gebräuntes Gesicht streift. Er führt die Zigarette an die Lippen und inhaliert. Seine sehr vollen, sehr tollen Lippen. Lia konnte gar nicht aufhören, von seinen Lippen zu reden, als sie anfingen, miteinander zu gehen.

»Glaube ich. Du bist ein gutes Mädchen«, sagt er. Wir sind oben auf dem Hügel angekommen und biegen in die Poplar Street ein, eine der weniger schattigen Gegenden von The Arbor. Unsere Häuser liegen am anderen Ende der Straße, und ich gehe langsamer, um noch möglichst viel Zeit mit ihm zu haben.

»Außer bei *Fincher's*. Da bin ich nicht mehr so gut. Ich hab Selwyn schon erzählt, wie festgefahren ich mich da fühle. Aber es ist meine beste Option – echt übel, dass ich keine Aussicht auf was Besseres habe.« Ich schaue zu ihm rüber, fordere ihn zum Widerspruch heraus. Er beobachtet, wie das Rauchgekräusel zum Himmel steigt, mit diesem verträumten Gesichtsausdruck, den Lia nicht ausstehen kann.

»Das sagen mir meine Eltern immer zu Baseball«, sagt er, das Gesicht noch immer gen Himmel gerichtet. »Das ist meine beste Option …«

»Nun ja, das ist etwas, das … das du gut kannst und …«

»Und womit ich viel Geld verdienen kann«, beendet er den Satz. Er lässt die Zigarette fallen und tritt sie aus. »Ich weiß.«

Er wird nicht nur ein gutes Honorar bekommen, Baseball garantiert ihm auch eine Spitzenquote für die nächsten Staffeln. Er wird sich nie Plotlines ausdenken müssen, um mehr Zuschauer für sich zu gewinnen. Tolle Quoten und die damit einhergehende Bezahlung kriegt man automatisch, wenn man ein guter Spieler ist.

»Du hast Glück.«

»Hab ich wohl, aber manchmal kommt es mir so vor, als sei Baseball einfach so passiert – so wie das, was du da vorhin gemacht hast.« Er lacht.

»Na, einfach so passiert ist es nicht.« Ich bleibe an dem gepflasterten Weg stehen, der zu seinem Haus führt. Meine Auffahrt ist leer, Mom ist also noch nicht zu Hause. Seine ist auch leer, nichts als schimmernder Kies. Seine Eltern werden erst spät nach Hause kommen und Lia wird ihn besuchen – und dann ist wohl ein Close-up zu erwarten.

»Du warst nie in irgendeiner Mannschaft, aber du hast

dich immer ...« Eigentlich will ich sagen »gut bewegt«, aber er soll nicht mitkriegen, dass mir das so genau aufgefallen ist. »Geschickt angestellt.«

»Vielleicht, aber ich hab Sport nie gemocht. Mir fehlt die freie Zeit.« Er schiebt die Unterlippe vor wie ein trotziges Kind. »Es fehlt mir, in den Brambles wandern zu gehen und mit Connor und Garrick abzuhängen. Oder Mom bei der Gartenarbeit zu helfen. Zurzeit bin ich viel zu erschöpft, um irgendwas zu unternehmen an den Wochenenden. Und dann das Training ...« Er schüttelt den Kopf und zupft an seinem T-Shirt. »Das hier hab ich nur angezogen, um die zu ärgern, weil es rot ist, und unsere Farbe ist Blau.« Er kichert. »Heath, der Mannschaftskapitän, hat tatsächlich gesagt, ich soll das nie wieder machen. So leicht kann man die auf die Palme bringen.«

»Das ist witzig – die wirken ja immer so ...« Kreischende Bremsen unterbrechen mich. Moms feuerwehrrotes Auto biegt ein paar Meter weiter in unsere Auffahrt ein. Callen macht Anstalten reinzugehen, aber ich mache ihm ein Zeichen, doch zu bleiben, in der Hoffnung, dass Mom uns nicht bemerkt. Sie stellt den Motor ab und springt aus dem Auto, ihr volles Schlüsselbund klimpert laut. Die Sache mit Belle hat sie wahrscheinlich inzwischen erfahren, also wird sie ziemlich angespannt sein. Sie bückt sich und sammelt mit einem empörten leisen Zischen ein mikroskopisch kleines Stück Müll von der Auffahrt, dann geht sie mit großen Schritten hocherhobenen Hauptes auf unsere Haustür zu, die große Tasche voller Bücher fest unter den Arm geklemmt. Als sie an der Tür angekommen ist, hält sie inne, dreht sich um und lässt den Blick durch die Nachbarschaft schweifen. Am Ende des Gartenweges entdeckt sie uns und zieht die Augenbrauen hoch.

»Nettie, müsstest du nicht bei *Fincher's* sein?«

Sorgenfalten furchen ihre Stirn, sie schiebt ihre eckige Brille auf die Nasenwurzel. »Hi, Callen«, sagt sie in einem Ton, der nicht zur Fortsetzung des Gesprächs einlädt. Ihre Stimme, ihre Adlernase und ihr Haarschnitt, der in ganz scharfer Linie am Kinn entlangführt, sorgen dafür, dass Mom eigentlich immer streng wirkt. Ihre schlichte Kleidung – heute ein schwarzer Wollblazer und eine Seidenbluse zu einem langen schwarzen Wollrock – verstärkt diesen Eindruck noch.

»Nein, heute nicht.« Mom möchte unbedingt, dass ich die Ausbildung bei *Fincher's* mache. Sie hat immer gern Bücher gelesen, deshalb ist sie Bibliothekarin geworden. Und sie denkt sich, weil ich gern Geräte baue, sollte ich Reparaturmechanikerin werden. Wahrscheinlich glaubt sie auch, dass es zu Zehn-plus-Quoten führen wird, wenn ich etwas tue, das ich gut kann. Aber meine Aufgaben bei *Fincher's* erledige ich in einer solchen Wolke von Trübsal, dass mir wahrscheinlich keiner lange zuschauen will.

Mit Mom habe ich nicht über meine Zweifel geredet. Sie und ich verratschen nie über Quoten – wir verratschen eigentlich nie über irgendetwas. Sie hat damit aufgehört, weil ich als kleines Kind so schrecklich schlecht darin war. Immerzu habe ich bei laufendem Mikro gepatzt und Sachen gesagt wie: *Ich hab dieses Motto satt*, oder: *Dieser Special-Event ist mir total egal.* Aber auch wenn sie mit mir nicht über Quoten reden will, weiß ich genau, dass sie sich Gedanken macht – jede Menge. Mehr als einmal hab ich sie nach einer Darstellerbeurteilung beim Durchsuchen meines Papierkorbs erwischt.

»Dann gehst du also am Wochenende zu *Fincher's*?« Sie lässt nicht locker. Ihre Hand packt die Tasche fester. Sie trägt ein Hanfarmband – wegen *Liberato*.

»Vielleicht.« Ich verschränke die Arme. Wenn sie doch bloß reingehen würde. Ich werfe einen Blick zurück zu Callen. Er tritt von einem Fuß auf den anderen und starrt auf den Boden, tut so, als würde er nicht lauschen, aber ich bemerke das kleine Lächeln auf seinem Gesicht.

»Nettie, du musst ihnen dein Interesse zeigen«, sagt Mom. Sie stellt die Tasche auf der Fußmatte ab. »Was, wenn sich jemand anders bewirbt und du am Ende als beliebig Zugewiesene dastehst?« Sie steigt die Verandatreppe ein paar Schritte herunter. Oh-oh. Ich will nicht, dass sie herkommt und mich noch mehr in Verlegenheit bringt.

»Ich hab's verstanden, Mom«, schnappe ich. »Ich gehe morgen, wenn Lia wieder weg ist.«

Sie setzt den Marsch in meine Richtung nicht fort, ihr Blick schießt rüber zu Callen, und sie kapiert, dass ich in Ruhe gelassen werden will. »Gut. Okay. Das Essen ist bald fertig, und dann muss ich den Zeitplan für die freiwilligen Helfer ausarbeiten und das Nötige für den Buchklub lesen, am besten lege ich also gleich los«, sagt sie und verschwindet ins Haus. Mom hat immer viel zu tun – Arbeit, Kochen, Buchklub oder sie geht zu diesen öden Single-Bällen. Trotzdem scheint diese Geschäftigkeit sie nicht zu beglücken, sie macht sich ständig damit verrückt, was alles schiefgehen könnte. Und, was noch seltsamer ist: Ich bin mir ziemlich sicher, dass sie glaubt, glücklich zu sein, solange sie ihr Quotenziel erreicht.

Ich wende mich wieder Callen zu. »Tut mir leid, das eben. Manchmal übertreibt sie's ein bisschen.«

»Sie ist eben besorgt«, sagt er milde. »Und sie scheint sich viele Sorgen zu machen. Wahrscheinlich ist es für euch beide nicht ganz leicht.«

»Jaja, ich wünschte nur, sie würde es etwas mehr für sich behalten. Das Problem ist, sie glaubt, wir wären gleich.« Ich kicke den Schaumschnee auf seinem Rasen.

»Und das seid ihr nicht? Nicht mal ein kleines bisschen?«, zieht er mich auf. »Ich wette, über mein Rauchen wäre sie genauso entsetzt.«

»Ich bin nicht entsetzt«, protestiere ich, doch offenbar überzeugt ihn das nicht. Er zieht nur kurz die Augenbrauen hoch. Mir ist der Gesprächsstoff ausgegangen, aber die Stille ist gar nicht schlimm – zumal die Sonne gerade so spektakulär untergeht, den Himmel überziehen Millionen Schattierungen von Pink, Lila und Gelb.

»Wie schön«, hauche ich. Er nickt. Wir sehen uns das Schauspiel ein paar Sekunden zusammen an, dann bückt er sich und bindet seine Schnürsenkel neu. Unwillkürlich starre ich auf seine Finger, wie geschickt sie sich bewegen.

Er schaut auf und ertappt mich beim Starren, und ich fange wieder an, mir Jacke und Jeans abzubürsten. Dabei nuschele ich, dass Mom mich umbringen wird, wenn ich Dreck ins Haus schleppe.

»Ja, ich geh auch lieber mal rein«, sagt er und beäugt mich. »Lia sollte eigentlich schon hier sein.«

Bei ihm ist alles so zielgerichtet, und jetzt ist Lia sein Ziel.

»Oh, stimmt, sie hat mir erzählt, dass ihr heute Abend … was zusammen macht.« Ein Close-up. Der traurige Albtraum, total schräg. Warum kann ich nicht einfach jemanden mögen, der mich auch mag?

Ehe ich darüber nachdenken kann, kommen mir schon die zickigen Worte über die Lippen: »Wenn du mich schon schlimm findest, nun ja … Lia hasst Rauchen noch viel mehr.«

»Lia hasst eine ganze Menge«, sagt Callen und presst die Lippen aufeinander.

Bilde ich mir das ein oder ist da ein scharfer Unterton in seiner sanften Stimme? Ich warte noch etwas, fordere ihn dazu heraus, mehr zu sagen, aber er zuckt irgendwie nur ein bisschen mit den Schultern. Ich bin irritiert. Das hier ist doch blöd. Ich interpretiere viel zu viel hinein, in alles, was er sagt und tut, weil er mir so viel bedeutet.

»Tja. Nun ja, Lia ist eben ein leidenschaftlicher Mensch.« Ich schnappe mir mein Rad und stapfe auf unsere Garage zu. »Äh, ich muss jetzt. Bis morgen.«

3

Der Lavendelgeruch vom Desinfektionsmittel liegt in der Luft. Wahrscheinlich ist Mom sofort zum Putzschrank gegangen, nachdem sie mit Callen und mir geredet hat. Sie hat schon immer einen Putzfimmel gehabt, und das verschlimmert sich noch, wenn Darsteller rausgeschnitten werden. Jetzt fegt sie unten die Küche. Ihr Haus, ihre Regeln. Ich glätte die Falten auf dem langen Läufer im Flur, dann rücke ich die Landschaftsgemälde meiner Großmutter an der Wand gerade.

Unter der geschlossenen Tür meines Zimmers am anderen Ende des Flurs blinkt ein grünes Licht. Ich betrete mein Zimmer und gehe auf den blinkenden eckigen Bildschirm zu, der in die Wand neben meinem Schreibtisch eingelassen ist.

Unten in der Küche scheppern Töpfe – zusätzlich zu den Putzaktionen widmet Mom sich nach einem Cut auch noch der Zubereitung kulinarischer Meisterwerke. Ich drücke den silbernen Knopf des Missivor und der Monitor wird weiß, der Text ist grün.

Belle Cannery ist heute gemäß Artikel 53, Absatz A (nicht zufriedenstellende Quote), zur Patriotin gewor-

den. Wie vertraglich vereinbart, ist die Erwähnung Belles zu vermeiden. Wie vertraglich vereinbart, sind sämtliche an Belle erinnernden persönlichen Gegenstände aus dem Umfeld der Darsteller zu entfernen. Quote: 168; Quotenziel: 293.

Ich schnappe hörbar nach Luft, bei laufendem Mikro, presse die Hand auf den Mund, lasse sie aber gleich wieder fallen. Ich versuche mich für die Kameras zusammenzureißen. Quote: 168.

Genau die gleiche Quote wie meine.

Ich drücke erneut den silbernen Knopf und der Missivor geht aus. Man gesteht uns nur eine Minute zu, um Anweisungen zu lesen, weil diese Szenen nicht gesendet werden können. Ich drehe mich um und lasse meinen Blick auf der Suche nach Erinnerungsstücken langsam durch mein kleines, karges Zimmer schweifen ... über die größtenteils weißen Wände, den Schreibtisch aus Holz, das niedrige Bett und die langen Regale neben dem Wandschrank.

Die Serie soll das wahre Leben wiedergeben, das ist die Leitlinie. Aber im wahren Leben verschwinden Menschen nicht einfach. *Media 1* will nicht, dass die Zuschauer zu sehr darüber nachdenken, das würde nur die Einschaltquote für *Blissful Days* ruinieren. Deshalb dürfen wir die Patrioten nie mehr erwähnen und müssen alles entfernen, was Erinnerungen an ausgeschiedene Darsteller wecken könnte.

Ich durchforste Regale und Wandschrank, obwohl ich sicher bin, dass ich nichts von Belle habe. Dann lege ich mich auf den Boden und gucke unters Bett, wo ich einen türkisen Ring entdecke, der vor ein paar Wochen verloren gegangen ist. Ich lasse ihn in mein ziemlich leeres Schmuckkästchen fallen. Nach Erinnerungsstücken zu suchen beruhigt mich irgendwie. So langsam ergeben die Ereignisse des Tages einen Sinn. Abgesehen von ihrem Alter und dem Umstand, dass ich sie kannte, ist eigentlich nichts Ungewöhnliches an Belles Cut.

Wie die meisten Patrioten ist sie ein Artikel-53-Absatz-A-Cut. Absatz-B-Cuts – Risiko für die Serie – betreffen Darsteller, die auf besonders ungeheuerliche Weise verbrennen oder die Vierte Wand durchbrechen. Solange ich lebe, ist das nur ein Mal vorgekommen: Lynne Thrush, die bei der Doppel-A-Zeremonie ihres Sohnes die Fassung verloren und darüber geklagt hat, dass *Media 1* bei der Zuweisung der Ausbildungsplätze seine Lieblinge bevorzugt hätte. Ich war nicht dabei – das Doppel-A ist ein Special Event, und die Teilnahme ist freiwillig, wenngleich erwünscht. Lia ist natürlich hingegangen – sie lässt kaum einen Special Event aus –, und sie hat mir später erzählt, wie die Offiziellen aus dem Nichts reingestürmt waren und Lynne gepackt hatten, während sie ihre Tirade abließ.

Ich habe gehört, dass die Offiziellen Soldaten aus den Sektoren sind, oder vielleicht auch ehemalige Soldaten, die *Media 1* angestellt hat, um den Frieden zu wahren. Sie sind die Polizei der Reals – unsere Polizei hat keine Macht über sie.

Manchmal frage ich mich, warum die Reals keine Grillen schicken, um die Patrioten abzuführen, sondern bedrohliche Männer mit Gewehren. Ich habe noch nie gehört, dass Widerstand geleistet wurde. Warum auch? Es steht im Vertrag, dass man Patriot wird.

»Rawls ist Runden gelaufen.« Ich höre Lias Stimme draußen, sie dringt durch den Lärm, den Mom beim Kochen macht. Ich trete an das Fenster hinter meinem Schreibtisch und gucke rüber zur Veranda der Herrons. Unter mir stehen Lia und Callen sich gegenüber, neben der Hollywoodschaukel.

»Na und?« Callen tritt einen Schritt zurück und fährt sich mit der Hand durch die Haare. Für seine Verhältnisse ist das ein ausgewachsener Wutanfall.

»Musst du denn nicht auch in Form bleiben?«, sagt sie streng. Sie macht einen Schritt vor, doch er weicht noch weiter zurück in die Ecke der Veranda.

»Keine Ahnung, warum dich das so interessiert«, grummelt er.

»Wir stehen unmittelbar vor den Ausbildungsankündigungen«, seufzt sie. Sie küsst ihn auf die Wange – wie ein Theatervorhang verbergen ihre Haare das vor meinem Blick. Lias *Liberato*-Outfit sieht viel besser aus als meines. Die kurzärmelige weiße Bluse mit den kleinen gestickten Blümchen am Kragen hat sie in den engen beigefarbenen Rock gesteckt, der genau über ihren Knien endet. Sie trägt ihre dicken Clogs, in denen sie einen Kopf größer ist als Callen.

Die Stimmen der beiden werden leiser, sind nicht mehr zu

verstehen. Ich ziehe mich vom Fenster zurück, lasse mich aufs Bett fallen und streife die Turnschuhe ab. Vor fünf Monaten habe ich auch hier gesessen, als Lia von meinem Schreibtisch aus verkündete, sie finde, Callen sei eine Möglichkeit.

Ich glaube, so hat sie das formuliert. *Eine Möglichkeit.* Dasselbe Wort hat sie letztes Jahr auch beim Casting für das Stück der Theatergruppe benutzt. Sie hat Callens gute Eigenschaften nacheinander aufgelistet, so als würde sie eine teure Anschaffung erwägen. *Hervorragend in Baseball. Schöne Haare. Manchmal witzig.* Sie hatte sogar so was wie *Wahrscheinlich gut für meine Quote* verratscht.

Ich weiß noch, wie ich sie angesehen und gedacht habe: Vielleicht sollte ich etwas sagen. Aber dann, im nächsten Moment: Was gibt es da zu sagen? Ich habe Gefühle, die nirgendwo hinführen? Ich hab mir eingeredet, dass es nicht so schlimm wäre. Lia hatte nach Martin reihenweise Jungs gedatet und wieder fallen gelassen. Ich war davon ausgegangen, dass ihre Beziehung mit Callen genauso laufen und eher eine Sache von Tagen als von Monaten sein würde.

Viereinhalb qualvolle Monate sind das nun.

Das Schlimmste daran ist, dass sie ihn immer noch nicht kennt, obwohl sie so viel Zeit mit ihm verbracht hat. Nicht so wie ich jedenfalls. Vielleicht gehört das ja dazu, wenn man von jemandem besessen ist. Oder vielleicht bin ich besessen, weil ich diese Dinge sehe. Das ist wie diese Sache mit Henne oder Ei. Ich sehe, dass er mit seiner Unnahbarkeit seine Sensibilität überspielt. Ich sehe, wie er in der Mittagspause Abstand zu uns anderen hält, und ich weiß, dass er sich immer noch als Außenseiter in sämtlichen sozialen Situationen sieht, obgleich wegen seiner sportlichen Erfolge eher das Gegenteil zutreffend ist. Mir musste er nicht erst erzählen, dass er Baseball leid ist. Ich sehe, wie er zusammenzuckt, wenn die anderen Spieler zu rüpelhaft werden. Ich weiß, dass er nicht das Gefühl hat, einer von ihnen zu sein. Ich weiß, dass er keiner von denen ist.

Bei den Herrons knallt die Fliegentür zu. Jetzt sind sie drinnen. Ich stehe auf und zerre an der Kordel des Rollos, ignoriere die Aufforderung von *Media 1*, die Fenster unverhängt zu lassen. Ich kann nicht riskieren, irgendwas von ihrem Close-up mitzukriegen. Schlimm genug, dass Lia mir alle Einzelheiten erzählen wird, wenn sie morgen kommt. Sie wird begeistert sein – und das nicht nur, weil sie es getan haben. Als sie die ersten Close-ups mit Martin hatte, sind ihre ohnehin schon hohen Quoten in den Himmel geschossen, und sie ist sicher, dass es daran gelegen hat. Auch wieder ein Indiz dafür, wie ihr Begehren dem entspricht, was die Zuschauer sehen wollen.

Als ich vom Fenster weggehe, stoße ich mit dem Ellenbogen an eine leere blaue Flasche, die neben dem alten Telefonempfänger steht, den ich für das Radio benutze. Mir stockt der Atem, als die Flasche ins Schwanken gerät. Ich greife danach und halte sie fest. *Sämtliche an Belle erinnernden persönlichen Gegenstände sind aus dem Umfeld der Darsteller zu entfernen.*

Diese Flasche hat Belle mir in der sechsten Klasse geschenkt.

Wir hatten einen Ausflug nach Avalon Beach gemacht und an der Küste Fangen gespielt. Ich war Selwyn und Geraldine Spicer entwischt und wollte nach Muscheln suchen. Aber Belle mit ihren Spinnenbeinen war schon am Strand, sie bückte sich gerade und zog eine Flasche zwischen den Steinen heraus.

»Was ist das?«, fragte ich.

Sie schnappte nach Luft, total überrascht, und stammelte: »Tut mir leid, ich dachte ... ich hab dich nicht gehört. Ach, ich hab nur ... das ist eine Flasche.«

Ich ging näher ran. »Die ist schön«, sagte ich.

Sie sah die Flasche an und dann mich. Ihre haselnussbraunen Augen musterten mich und sie entspannte sich. Ich hatte sie nur ganz selten mal ohne Brille gesehen, so sah sie beinahe hübsch aus, ihre strähnigen Haare waren nass und klebten ihr an den Wangen.

»Findest du?« Sie wartete nicht auf eine Antwort, stand einfach da und streckte mir die Flasche hin. »Hier, nimm sie.«

»Oh, okay, danke«, sagte ich und drückte die Flasche an mich. Da huschte Belle schon über die Steine zurück zu den anderen. Das war's.

Seit vielen Staffeln habe ich nicht mehr an Belle und die Flasche gedacht.

Ich will sie behalten.

Ob es für Mom wohl schwer gewesen ist, alles zu entfernen, was an meinen Vater erinnerte? Wenn sie die Sachen nicht freiwillig hergegeben hätte, wären sie von *Media 1* weggenommen worden und Mom hätte Bußgeld zahlen müssen. Ich könnte nicht sagen, ob ihnen etwas entgangen ist. Mein Vater ist vor langer Zeit rausgeschnitten worden und ich habe keine Erinnerungen an ihn. Manchmal plappert meine Großmutter Violet was über ihn, so als wäre er immer noch auf der Insel. Nach allem, was ich aus zufälligen Enthüllungen zusammenstückeln konnte, war er schüchtern. Er mochte Regen. Er hasste das Geräusch, das Filzstifte auf Papier machen.

»Ich muss irgendwas tun«, murmele ich vor mich hin. Ich hab das Denken satt, deshalb beschließe ich, weiter am Radio zu arbeiten. Alle sind so beeindruckt, weil ich Sachen bauen kann, weil ich rauskriege, wie Strom, Knöpfe, Schalter und Transistoren funktionieren, aber das ist ganz leicht, wenn der Lohn für die Arbeit an einem Projekt Frieden ist. Bei *Fincher's* stellt sich dieses Gefühl nie ein, da werde ich immer angetrieben und muss mich beeilen, um etwas zu reparieren. Das ist etwas ganz anderes, als runterzukommen und etwas zu erschaffen.

Ich bin in der Endphase. Das Material, das ich brauche, habe ich – jetzt kann ich alles zusammensetzen. Mit einem alten Kugelschreiber bohre ich vier Löcher in eine leere Wasserstoffperoxid-Flasche, die ich aus dem Chemieraum habe mitgehen lassen, dann flechte ich vorsichtig grünen Isolierdraht durch die Löcher. Dabei befolge ich die Anleitungen in einem Elektronikbuch, das ich mir bei *Fincher's* ausgeliehen habe. Dann wickele ich den Draht um die Flasche herum. Ich befestige die Drähte mit Isolierband an der Germaniumdiode und verbinde das andere Ende der Diode mit der Kupferfolie unter den bloßgelegten Telefondrähten. Dazu benutze ich eine Krokoklemme. Dann halte ich mir den Empfänger ans Ohr und bewege die Krokoklemme an dem um die Flasche gewickelten Draht hin und her, bis ich ein schwaches Geräusch höre. Die Lautstärke schwankt.

Ein Sender ist besonders laut, Oldies, sie spielen die mitreißenden Melodien von Staffel achtundsechzig, *Gaudacious*. Ich berühre eine andere Drahtwindung und höre Nelly und George, beliebte Talkshow-Moderatoren, die über das Baseballspiel nächsten Sonntag plaudern.

»Ich setze auf die *Pigeons*«, sagt George. Er ist aus The Arbor, er muss also für die *Pigeons* sein.

»Ganz deiner Meinung, George«, gurrt Nelly. »Für die *Ants* wird es nicht leicht sein, gegen Callen Herron anzutreten.«

Heute kann ich Callen einfach nicht entkommen. Plötzliches Rauschen bringt mich dazu, die Krokoklemme am Draht weiter nach unten zu schieben. Wieder kratzt es in meinem Ohr, dann höre ich gedämpfte Stimmen.

»Hast du die Sendung gesehen?«

»Meine Mom sagt, es war unheimlich.« Mehr Geräusche, dann eine unverständliche Folge von Silben. *Snbug*. Hört sich an wie Reals. Von *Blissful Days* besessene Reals, wie Dr. Kanavan. Ich presse das Ohr fester an den Empfänger. Ich glaube, ich habe eine ihrer Walkie-Talkie-Übertragungen angezapft.

»Sandburg.« Das höre ich aus dem Kauderwelsch heraus. Nicht *Snbug*, Sandburg. Wahrscheinlich amüsieren sie sich am Strand. Dann löst sich die ganze Übertragung in Rauschen auf und nach ein paar Minuten gebe ich auf.

4

Ich verteile die rosa Lotion aus dem Hautpflegeprogramm von *Media 1* auf meinem Gesicht und lasse sie einwirken, während ich zum Bullaugenfenster des Badezimmers gehe. Der Schaumschnee ist geschmolzen und im Garten der Herrons öffnen sich alle Blumen und begrüßen die Morgensonne. Wenn *Media 1* es echt ernst meint mit dem Wetter-Fake, säbeln sie die Pflanzen ab, aber bisher ist der Garten verschont geblieben. Callens Mutter ist bestimmt froh darüber.

Während ich die Lotion abwasche, denke ich an den Tag, der vor mir liegt. Lia müsste bald hier sein, wegen des Schicksalstagebuchs. Danach werde ich mich zu *Fincher's* aufmachen. Ein normaler Tag. Ohne Belle. Dieser eine Gedanke verändert alles. Schon erwische ich mich dabei, wie ich mein Gesicht im Spiegel anschaue und mich frage, ob Belle gestern Morgen wohl ihr Hautpflegeprogramm durchgezogen hat.

Sie dachte, es wäre ein normaler Tag, und sie hat sich geirrt. Mein Spiegelbild nimmt eine grünliche Färbung an, weil das Licht des blinkenden Missivor in meinem Zimmer vom Spiegel reflektiert wird. Ich schlinge mir ein Handtuch um und gehe nachsehen.

Produktwerbung: Überlege dir etwas zu den Vorteilen von Obst aller Art. Orangen, Äpfel, Weintrauben, Bananen. Obst ist köstlich und gesund. Rede mit Freunden und deiner Familie darüber, wie gern du Obst magst.
Wetter: Bitte reagiere auf das Wetter so, wie es dir angemessen scheint.

Die erste gute Nachricht seit Langem. Ich schalte den Missivor ab und hole ein limonengrünes Tanktop und die Jeansshorts, die ich für *Liberato* ausgefranst habe, aus dem Wandschrank. Als das Telefon klingelt, laufe ich zum Nachttisch und nehme ab, wobei ich versuche, Handtuch und Kleider fest im Griff zu behalten.

»Nettie, das ist ein Notfall.« Selwyns heisere Stimme haucht aus dem Hörer. »Ich hab eine Kakerlake beim Herd gesehen und rufe dich vom Tresen aus an, auf dem ich Zuflucht gesucht habe.«

»Du bist wo? Auf dem Küchentresen?« Ich klemme den Hörer zwischen Kinn und Schulter. Selwyns Küche ist nicht besonders groß und die Arbeitsflächen sind bei ihr zu Hause immer vollgemüllt mit Töpfen und Tellern, Cornflakes-Schachteln und Chipstüten.

»Ja, neben dem Toaster und dem Serviettenhalter war Platz. Als ich sie gesehen habe – na ja, erst hab ich sie gehört, so ein Geräusch, als ob jemand Nadeln fallen lässt –, bin ich sofort kreischend hier raufgesprungen. Ich hab noch nichts gegessen, ich wollte mir ein Ei kochen, aber jetzt hab ich zu viel Angst, um mir irgendwas zu machen.«

»Du bist eine Gefangene.« Ich winde mich in meine Kleider, dann lasse ich mich aufs Bett fallen und starre regungslos auf die Kameras an der Decke. Sie bewegen sich fast nie, wenn ich mit Selwyn rede.

Sie seufzt. »Lenk mich ab. Hatten Lia und Callen ein Close-up?«

»Keine Ahnung – und es macht mich fertig«, berichte ich. Meine Stimme ist belegt, so elend ist mir zumute.

»Wahrscheinlich hatten sie gar keins«, sagt sie. »Sonst hätte Lia dich längst angerufen. Ach was, sie wäre gleich danach zu dir rübergekommen. Du kennst ja Lia. Drüber zu reden, gefällt ihr noch besser, als es zu tun.«

Es. »Uh, hör auf.« Ich schließe die Augen und versuche die Bilder zu verdrängen, die mir durch den Kopf wirbeln. »Ich will es mir nicht mal …«

Selwyn kreischt und ich halte den Hörer weg vom Ohr.

»Ich dachte, ich hätte die Kakerlake gehört«, keucht sie. »Aber das war bloß der Kühlschrank.«

»Sind deine Eltern bei der Arbeit?«

»Ja«, bestätigt Selwyn. Ihre Eltern verbringen oft Nächte und Wochenenden im Krankenhaus, da haben sie Jobs in der Verwaltung. Ihre beliebigen Zuweisungen haben zu diesen Berufen geführt. Die Bakers schaffen es nur selten zu Schulveranstaltungen, und wenn sie kommen, wirken sie irgendwie fahrig und haben dunkle Ringe unter den Augen.

»Okay, das reicht«, sage ich und zwinge mein Hirn in den Problemlösungsmodus. »Du musst da raus. Vergiss das

Ei. Schnapp dir ein paar Scheiben Brot und dann raus aus der Küche.«

»In Ordnung.« Sie versucht langsamer zu atmen. »Ich setze jetzt den Fuß auf den Boden ...«, berichtet sie in angespanntem Ton. Ich lausche ihrer Beschreibung der vier Schritt langen Reise zum Brotkasten, gefolgt vom Öffnen der Brottüte, der Entnahme von zwei Scheiben und dem Wiederverschließen der Tüte. »Ich nehme das mit nach oben«, sagt sie hastig. Ich höre, wie sie die mit Teppich ausgelegte Treppe hoch und den Flur entlang zu ihrem wandschrankgroßen Zimmer huscht.

»Du packst das«, sage ich, um ihr Mut zu machen.

»Geschafft«, verkündet sie ein paar Sekunden später. »War das unheimlich!« Ich höre, wie sie die Tür zuknallt.

»Ich weiß. Gut gemacht«, sage ich. Lia reagiert mit Ungeduld auf Selwyns Empfindlichkeit, aber Selwyn und ich sind seit dem Kindergarten Freundinnen – viel länger als Lia und ich. Ich vertraue ihr völlig, obwohl sie ein bisschen überdreht ist. Zurzeit ist sie unheimlich wichtig für mich, da sie diese Sache mit mir und Callen nachempfinden kann. Oh, da fällt mir etwas ein.

»Selwyn, ich hätte Callen gestern fast ins Krankenhaus befördert«, berichte ich.

Sie schnappt nach Luft. »Wirklich?«

Ich schildere ihr den ganzen Weg mit ihm und sage düster: »Wenn ich ihn doch bloß voll erwischt hätte. Ihn außer Gefecht gesetzt hätte, ehe es zum Close-up kommen konnte.« Über mir drehen sich die Kameras.

Lia kommt, als ich gerade am Radio herumfummele und versuche, den Sender der Reals wiederzufinden. Ich höre, wie Mom, die wahrscheinlich seit Sonnenaufgang wach ist, zur Tür geht, um sie reinzulassen. Mom betet Lia an, weil sie mir immer wieder die Aufmerksamkeit der Zuschauer verschafft.

»Hey, Ms Egretine, wie geht es Ihnen? Ich hab die neue Leseecke in der Bibliothek mit all den weichen Kissen gesehen. Total hübsch.« Lia klingt munter. So als hätte sie gestern Abend bekommen, was sie wollte.

Während sie und Mom sich unterhalten, stelle ich mich vor den Spiegel und übe, normal auszusehen. Ich setze ein kleines Lächeln auf, um ihr zu zeigen, dass ich mich freue, sie zu sehen.

Noch ein paar Minuten Geplauder mit meiner Mutter, dann kommt Lia hoch, sie stößt meine Tür mit der Hüfte auf und ich höre die blechernen Geräusche rotierender Kameras, die auf sie schwenken.

»Zeit fürs Tagebuch«, trällert sie, zieht ihre Jacke aus und schnuppert daran. »Die stinkt. Nach Rauch. Hab ich dir erzählt, dass Callen angefangen hat zu rauchen? Es ist über zwölf Stunden her, dass ich bei ihm war, und ich kann es immer noch riechen. Am ganzen Körper. Mom raucht immer noch, wenn …« Sie bricht ab. »Ich hasse es einfach.«

»Callen raucht? Wirklich?«, quietsche ich, ohne ihr in die Augen zu schauen.

»Ich hab ihm gesagt, dass er ein abgehärmter alter Mann werden wird, aber er will nicht hören. Er ist so stur. Ich sage, geh nach rechts, und er schwenkt sofort nach links.« Sie tigert durchs Zimmer, auf der Suche nach einem Platz, an dem sie ihre Jacke ablegen kann. Ich stehe immer noch am Spiegel und beobachte sie. »Nicht einfach nur links, sondern irgendwie, *links – jetzt sofort und für immer*. Gestern ist der Trainer krank geworden und hat das Training abgesagt, aber die meisten *Pigeons* sind trotzdem geblieben. Callen nicht. Er ist so was von faul.«

»Faul sind wir doch alle mal.« Wäre sie so genervt von ihm, wenn sie gestern ein Close-up gehabt hätten?

»Hmm, das gilt vielleicht für dich.« Sie wirft die Jacke über die Rückenlehne von meinem Schreibtischstuhl. Sie trägt Jeans und eine neue *Liberato*-Bluse. Ihre ist aber wieder mal schöner als meine, hauchdünn, rosa, mit Spitzenstickerei an den Ärmeln. Sie hat sogar Form, weil Lia einen Gürtel umgelegt hat. Sie setzt sich aufs Bett, mit Schmollmund. »Findest du, dass ich zu fies zu ihm bin?«

»Weiß nicht«, sage ich, die reine Wahrheit. Dann halte ich es nicht mehr aus. »Und … gestern Abend?« Ich mustere meine Fingernägel.

»Gestern Abend?«, wiederholt sie. Sie wickelt ihren Zopf um den Finger. »Was meinst du?«

Ich schlucke den Kloß in meinem Hals runter. »Du und Callen?«

»Was … ich und Callen?« Aber dann lacht sie laut los. »War nur ein Witz. Ich weiß, was du meinst. Es ist nicht passiert.«

Erleichterung durchströmt mich. »Oh, nein … warum nicht?«

»Na ja, wir waren auf dem Sofa und meine Hand geht runter und ich will ihm gerade den Reißverschluss von den Jeans runterziehen, da mach ich die Augen auf – und, Nettie, da hat er seinen Ich-bin-gar-nicht-richtig-hier-Blick aufgesetzt.« Lia macht Callens entrückten Blick perfekt nach. »Wir machen rum und er hat nicht mal die Arme um mich gelegt. Die hängen runter, so als wäre es irre schwer, mich zu berühren. Gott, ich hatte das Gefühl, ich müsste ihm den Mund aufhebeln. Bin ich denn sein Zahnarzt? Ich konnte es einfach nicht durchziehen.«

»Hm, seltsam.« Kopfschüttelnd setze ich mich neben sie. Von hier habe ich einen freien Blick auf die Jacke, die sie über meinen Stuhl geworfen hat. Ich widerstehe dem Drang, sie in den Schrank zu hängen. Lia hasst es, wenn ich ihr hinterherräume.

»Ich weiß nicht mal, ob er es überhaupt schon mal gemacht hat. Ich war davon ausgegangen, dass alle Spieler es gemacht haben, aber vielleicht irre ich mich ja. Was, wenn er noch Jungfrau ist?« Ihre Augen treten aus den Höhlen.

»Keine Ahnung.« Ich kichere nervös. Sie wartet darauf, dass ich mehr sage, gibt aber bald auf und holt ihren Glücksstift aus der Strohtasche. »Na, egal. Diese Woche will ich ein paar Zehn-plus-Vorsätze zu Papier bringen. Wie die, über die wir geredet haben.« Sie schaut mich bedeutungsvoll an, und ich brauche einen Moment, bis mir wieder einfällt, dass sie sich prickelndere Plotlines für mich ausdenken wollte.

»Ach ja, ich erinnere mich.«

»Dreiundzwanzigster März«, verkündet sie und schreibt

das Datum auf. Ein Glitzern lenkt sie ab, und als sie zum Fenster schaut, zieht sie scharf die Luft ein. Oje. Mit einer Handbewegung schiebt sie die Haare nach vorn, sodass ihr Mund vor den Kameras verborgen bleibt. »Du musst die Flasche loswerden.«

Ich stütze das Kinn auf die Hand und lege die Finger vor die Lippen. »Ist das wichtig? Das merken sie nicht.«

»Nettie, mach es einfach. Du willst doch kein Bußgeld zahlen wegen einer dreckigen alten Flasche.«

Ich starre die Flasche an, die in der Morgensonne glitzert. »Das ist alles total deprimierend«, hauche ich. Mir kommt Scoops gequältes Gesicht in den Sinn und seine Fragen. Belle ist weg, aber sie ist doch noch da, in seinem Kopf und in meinem.

»Ja, Nettie, ich weiß, dass es deprimierend ist, aber du musst diese Flasche wegschmeißen«, sagt Lia tonlos. Sie legt mir die Hand auf den Arm.

»Ich will aber nicht«, erwidere ich stur. »Ich finde sie schön, und es ist Staffeln her, seit Belle sie berührt hat.« Ich lasse den Kopf hängen.

Vor meinem Gesicht schnippt Lia mit den Fingern. »Hör auf. Du bist melodramatisch. Ich hab's dir schon gesagt, Belle ist wahrscheinlich glücklicher, wenn sie Werbung in den Sektoren macht. Aber du bist immer noch in der Serie. Also verhalte dich auch so.«

Sie hat recht. Die Firma kümmert sich nach wie vor um Belle. Ich klammere mich an dieses Wissen wie an einen kostbaren Edelstein und meine Zweifel schwinden.

»Was waren deine Guten Dinge diese Woche?«, frage ich und nehme Lia Notizbuch und Stift ab.

»Ich hab eine Eins im Literaturtest gekriegt«, beginnt sie. Sie liegt jetzt auf dem Rücken, die Kameras an der Decke können sie voll erfassen. »Schönes Foto«, bemerkt sie, als sie hinter uns die gerahmte Aufnahme einer Muschel neben dem Regal entdeckt. Lia nervt mich schon seit Staffeln damit, dass ich mein Zimmer dekorieren muss. Sie findet meine Wände viel zu weiß, ich wusste also, dass ihr dieses Foto gefallen würde, das ich bei einem Ausverkauf in Four Corners erstanden habe. Sie reckt die Arme über den Kopf und stemmt sich zu einer Brücke hoch wie eine Turnerin, dann hebt sie das Bein, bis ihre Zehen die Deckenschräge über meinem Bett berühren. »Jippie«, kräht sie, ehe sie sich fallen lässt. Ich spüre ihre Erleichterung darüber, dass ich mit dem Verratschen aufgehört habe, ihre natürliche Unbefangenheit vor den Kameras kehrt zurück. Sie ist wie eine dimmbare Glühbirne und jetzt ist sie gerade auf voller Wattzahl. Ich notiere ihre Zensur.

»Und Ms Pepperidge mag das Stück.«

»Zehn plus.«

»Jaja, ich weiß. Das hebt mich von all den anderen Blisslet-Bewerberinnen ab.« Lia will die Ausbildung zur Schauspielerin in der Inseltheatertruppe. Es gibt vier Plätze und neun Mädchen, die sich dafür interessieren. Aber sie ist Lia – sie wird einen Platz kriegen.

Mit einem Ruck setzt sie sich auf und dreht sich so hin, dass ihr Gesicht von mindestens vier Kameras optimal erfasst wird.

»Übrigens habe ich eine wichtige Änderung in dem Stück vorgenommen«, vertraut sie mir an. »Statt im Chemietest zu mogeln, wird die Mia-Darstellerin sich Gelder von der Bank ihres Vaters erschleichen.«

»Ach ja?« Ich höre Lia gern zu, wenn sie über ihre Theatersachen redet. Mein Verstand arbeitet ganz anders als ihrer, bei mir läuft alles mit nüchterner Logik.

»Ja, und vielleicht muss ich sie sogar ins Gefängnis schicken. Was denkst du?«

»Also, ich …«

»Ich weiß, ich weiß.« Sie spielt wieder mit ihrem Zopf. »Jetzt werden die Leute sie vielleicht hassen. Aber ich glaube, ich kann ihre Verletzlichkeit trotzdem zeigen.« Sie nimmt das Notizbuch.

»Okay, nun zu deinen Guten Dingen.«

Ich habe nur den Mathetest von gestern.

Lia schreibt das auf und seufzt. »Und schon ist es Zeit für Schlechte Dinge.« Sie summt beim Nachdenken. »Nun, klar, kein Close-up und …« Sie zögert, dann kritzelt sie ein kleines *m* allein für sich in eine Zeile. In diesem Band des Tagebuchs findet man überall winzige *m*s.

»Deine Mom schon wieder?«, frage ich.

Sie nickt, duckt sich aus dem Blickfeld der Kameras und winkt mich unauffällig zu sich heran. »Montag hat sie sich so volllaufen lassen, dass sie die Treppe runtergefallen ist und sich den Knöchel verstaucht hat. Dad hat sich einfach in seinem Arbeitszimmer verschanzt.« Lias Vater geht ganz auf in seinem Beruf, Erwachsenenbildung. Meistens wirkt er wie ein zerstreuter Professor, der nur mal das Wort ergreift, wenn Lias Schulleistungen nicht den Erwartungen entsprechen. Wenn man ein Blisslet werden will, spielen Schulzensuren keine Rolle, aber er will, dass sie so ist wie er.

Ich beiße mir auf die Lippe und überlege, wie ich auf diese Sache reagieren soll. »Das tut mir leid«, sage ich fürs Mikro und rücke ein Stück zurück. Mehr fällt mir nicht ein, und da meine Quote ist, wie sie ist, muss ich vor der Kamera bleiben. Das bedeutet, ich darf nicht so viel verratschen.

»Ja, das nervt«, sagt sie unverblümt und greift wieder nach dem Tagebuch. »Hey, da fällt mir was ein – bist du mit deinem Radio fertig? Das wäre etwas Gutes.«

»Ja, bin ich.« Ich schaue rüber zu dem zusammengebauten Radio auf meinem Schreibtisch. Gerade will ich ihr erzählen, was ich auf dem Walkie-Talkie-Sender von *Media 1* gehört habe, da hat sie sich schon auf etwas anderes gestürzt.

»Wie kriegen wir dich jetzt bei *Fincher's* raus?«, fragt Lia. Sie nagt an ihrem Glücksstift. »Vielleicht solltest du Mr Black wegen der Mathelehrer-Ausbildung fragen. Das könnte dein Vorsatz für die nächste Woche sein.« Sie pikt mir den Stift ins Knie, dabei zieht sie die Augenbrauen hoch. *Verstehst du?* Das ist es. Ihr Versuch, mich von der A.-L. runterzukriegen.

»Aber Revere arbeitet schon für den Platz, seit er angeboten wird. Ich kann da nicht mehr aufholen«, protestiere ich und rolle mich neben ihr zusammen.

»Das Doppel-A ist in einem Monat. Noch ist Zeit.« Lia

schreibt ins Buch. »Ich glaube, du wärst eine großartige Lehrerin.« Ins Mikro kann sie es nicht sagen, aber ich höre die unausgesprochene Begründung: Vielleicht wäre meine Quote besser, wenn ich eine Ausbildung mache, die mir gefällt.

Aber ... Revere. »Ich würde mich aber mies fühlen, wenn ich den Platz bekäme. Revere wäre stinksauer, wenn er als beliebig Zugewiesener dastehen würde.«

»Ach, was redest du denn da. Revere ist gar nicht fähig dazu, wütend zu werden. Hör mal, es kann doch nicht schaden, mal zu fragen«, sagt Lia. Sie legt den Stift neben ihrem Bein ab, und ich sammele ihn da diskret auf, weil ich keine roten Flecken auf meiner Decke haben will. Sie liest laut vor, was sie geschrieben hat. »Vorsätze. Nettie Starling nimmt sich vor, mit dem Trübsalblasen aufzuhören. Sie wird Mr Black fragen, welche Aussichten sie hat, den zur Verfügung stehenden Platz für die Ausbildung zur Mathelehrerin zu bekommen.« Sie schirmt das Gesicht vor der Kamera ab und sagt tonlos: »Das Publikum wird darauf abfahren, wenn es einen Konflikt zwischen dir und Revere gibt.«

Ich nicke langsam. Für Lia ist es etwas ganz Selbstverständliches, sich Zehn-plus-Plotlines auszudenken. Ich stelle mir vor, wie ich im Kursraum an Revere vorbei nach vorne stürme und von Mr Black fordere, mir eine Chance zu geben. Das alles unter den Anfeuerungsrufen der Zuschauer.

»Ich denke drüber nach«, sage ich.

»Frag ihn. Montag.«

»In Ordnung.« Ich schaue auf die Uhr auf meinem Nachttisch. »Ich muss jetzt los.«

Lia klappt das Tagebuch zu. »Okay, vielleicht besuche ich Callen. Die Sache hat kein Zehn-plus-Ende genommen gestern Abend.« Sie greift nach ihrer Tasche. »Das heißt, wir haben so heftig gestritten, wie Callen überhaupt streiten kann. Mit anderen Worten: verschiedene Arten des Schweigens. Ich-hasse-dich-Schweigen, Ich-bin-verletzt-Schweigen, Ich-hab-dieses-Schweigen-satt-Schweigen.«

Ich präsentiere ihr mein eigenes Schweigen. Ein Ich-wäre-begeistert-wenn-er-nie-wieder-mit-dir-reden-würde-Schweigen oder etwas in der Art. Ich streiche die Falten in meiner Decke glatt. »Hoffentlich vertragt ihr euch wieder«, sage ich schließlich.

Ich nehme den ganz langen Weg zu *Fincher's*, fahre am Ostufer entlang, gleite an den Häusern von Avalon Beach vorbei, auch an dem von Lincoln. In der Ferne leuchtet etwas Blaues. Das Aquarium. Da arbeitet Scoop jedes Wochenende, das gehört zu seiner Ausbildung. Ich denke an ihn, wie er trauert, während er die Filter in den Becken reinigt, und das weckt in mir den Wunsch, ihm irgendetwas über die Patrioten zu erzählen.

Wenn ich mich beeile, kann ich ihn aufspüren, ihm sagen, was ich zu sagen habe, und trotzdem noch pünktlich bei *Fincher's* antreten. Ich hole mir eine Eintrittskarte, schließe mein Fahrrad an einen Kamerapfahl an und tauche in die Menge ein, die durch die Flure des Aquariums wimmelt. Die Luft hier drinnen ist irgendwie frisch und rein, sie hat was eben erst Gestaubsaugtes, Institutionelles an sich. Ich war als Kind das letzte Mal im Aquarium und bin jetzt fast hypnotisiert von den Oktopussen, Quallen, Hummern und Aalen, Lachsen und Haien.

Jede Menge faszinierender Meerestiere, aber kein Scoop. Ich unterbreche meine Suche und will mir ein Eis von einem Verkaufsstand holen. Als ich in die Kühltruhe schaue und mich für eine Sorte zu entscheiden versuche, fällt mir die Promo-Anweisung aus dem Missiv wieder ein.

»Haben Sie auch Obst?«, frage ich den älteren Mann mit dem üppigen Schnurrbart.

Er schlurft zu einer Kiste mit Äpfeln und gibt mir einen. »Das macht einen halben Cetek«, sagt er unleidlich. Wahrscheinlich ein beliebig Zugewiesener …

Den Apfel in der Hand, setze ich mich auf eine Betonbank und beiße hinein. Saftig und süß. Muss aus der Granary sein. Das beste Obst wird dort angebaut – eine Reihe von Farmen und Plantagen an der Südspitze der Insel. Ich lege den Apfel in den Schoß, lehne den Kopf an die Wand und schließe die Augen. Wie wäre das wohl, wenn Callen mit mir hier wäre, um die Quallen zu beobachten, die mit ihrer glatten, transparenten Haut im Wasser schweben wie in der Luft flatternde Seidentücher? Dann stelle ich mir uns beide auf dem Sofa der Herrons vor … Er hat die Arme um mich geschlungen. Ganz fest.

Ich bin so gebannt von meinen Tagträumen, dass Scoop sich unbemerkt anschleichen kann.

»Du betrachtest dieses Becken da drüben beinahe so intensiv, wie du Callen in der Mittagspause anstarrst.« Grinsend wartet er auf meine Antwort.

Wie bitte? Außer Selwyn habe ich keinem Darsteller je ein Wort über meine Gefühle für Callen verraten. Scoop sitzt in der Mittagspause auch nicht oft mit an unserem Tisch – er rotiert irgendwie zwischen verschiedenen Tischen –, und es schockt mich, dass er das mitgekriegt hat. Er steckt in der Standarduniform der Aquariumsmitarbeiter: blöde blaue Nylonhosen, die viel zu weit sind, ein korallenfarbenes Polyester-Polohemd und eine blaue Jacke mit einer Delfinstickerei über dem Herzen. Mit seinem hinreißenden Gesicht und den markanten Wangenknochen schafft er es trotzdem, die ganze Lächerlichkeit dieses Aufzugs verblassen zu lassen und damit noch gut auszusehen.

»Ich … ich weiß überhaupt nicht, was du da redest«, stammele ich wenig überzeugend.

»Wenn du meinst.« Er hat auch einen Apfel und kaut ihn geräuschvoll. »Kiel-Äpfel sind die besten. So saftig.«

»Kiel-Äpfel geben mir total viel Energie«, antworte ich. Wenn es ihm aufgefallen ist, müssen andere Darsteller es auch bemerkt haben. Vielleicht sogar Callen. Aber das ist jetzt nicht wichtig. »Ich muss mit dir reden, Scoop. Nicht über Callen«, sage ich und sehe mich im Raum um. An dieser Stelle sind wir so ungeschützt. Ein würfelförmiger Ventilator mit Schläuchen, die sich ins Becken schlängeln, scheint mir vielversprechend, denn der brummt so laut, dass Geflüster übertönt wird.

»Komm mit.« Ich lotse ihn zum Ventilator, dann hocke ich mich hin und zeige auf die zerbröselnde Nachbildung eines Korallenriffs. »Ich glaube, da ist ein Seepferdchen«, sage ich laut. Ich werfe einen prüfenden Blick nach oben: Solange wir hocken bleiben und nach unten schauen, kann uns die Kamera nicht erfassen. Scoop folgt meinem Beispiel.

»Das ist ein Geheimnis, du darfst es also niemandem verraten«, flüstere ich. »Die Patrioten machen in Zenta Werbung für *Media 1.* Du weißt schon, Anzeigen schreiben, Fanpost beantworten. Belle wird es gut gehen.«

Scoop packt mich am Handgelenk und zieht mich näher zu sich heran. Das Herumalbern ist vorbei. Ich kann sehen, dass seine Augen gerötet sind, so als hätte er die ganze Nacht durchgeweint. »Wo hast du das gehört? Ich glaub es nicht.«

Ich merke, wie ich rot werde. »Ich kann nicht verraten, wer es mir gesagt hat, aber es ist eine *Media 1*-Quelle. Eine zuverlässige.«

Er zieht den Reißverschluss von seiner Jacke hoch. »Ich hab eine andere, ebenfalls zuverlässige Quelle …«

»Wirbraucheneinretake«, sagt jemand hinter uns. Mein Puls fängt an zu rasen und meine Kehle wird trocken. Langsam schauen wir auf. Eine männliche Grille. Hat er unser Verratschen gehört? Ich kann mir keine Bußgeldzahlung leisten, bei dem bevorstehenden Mottowechsel schon gar nicht.

Die Grille hat eine Nase wie ein Boxer, schief, so als wäre sie mal gebrochen und falsch verheilt. Seine Augen sind klein und dunkel wie Oliven. Er ist hässlich, sogar für einen Real, und seine Stimme klingt heiser.

»Wirbraucheneinretake«, wiederholt er.

»Hm?«, mache ich und stehe auf. »Was … was haben Sie gesagt?«

»Wo sollen wir anfangen?«, fragt Scoop neben mir. Er zieht die Manschetten seiner Jacke glatt und macht den Reißverschluss wieder auf. »Sie brauchen ein Retake, hat er gesagt«, beantwortet er meine Frage. Eine Wiederholung der Szene. Meine Atmung normalisiert sich wieder – es ist okay. Sie wollen nur die Promo. Ich bin in Sicherheit.

»Geht zurück zur Bank«, sagt eine jüngere Real mit wippendem Pferdeschwanz, die eine Kamera auf der Schulter balanciert. Ich rücke die Träger meines Tanktops zurecht und gehe wieder zur Bank. Bin ich froh, dass ich das Hautprogramm heute Morgen durchgezogen habe. Retakes habe ich nur selten, und wenn, dann waren es in der Vergangenheit normalerweise stumme oder Sidekick-Rollen in Szenen mit Lia. Retakes sind schon fast eine Garantie dafür, dass die Szene gesendet wird.

Wir warten. Die Grille hat Mühe, sich die schwere Kamera auf die Schulter zu hieven.

Wie sich herausstellt, wollen sie die Promo gar nicht. Die männliche Grille spricht uns unseren Text mehrmals vor, und wir wiederholen ihn, angefangen bei »Du betrachtest dieses Becken da drüben beinahe so intensiv, wie du Callen in der Mittagspause anstarrst«. Mir ist das so peinlich, dass ich mehrere Takes verhaue. Es ist zwar aufregend, dass die

Zuschauer sich dafür interessieren könnten, aber die Darsteller im Raum sollen das auf keinen Fall mitkriegen. Irgendjemand könnte es Lia erzählen.

Der Retake geht bis zum Ende der Promo für Kiel-Äpfel. Das Verratschen danach haben sie anscheinend nicht bemerkt.

Die männliche Grille murmelt der weiblichen etwas zu, während sie sich die Aufnahmen auf ihrem Display ansehen. Hoffentlich gefällt ihnen, was sie da sehen. Ein Wort höre ich immer wieder. *Manetten.* Der Real mit dem hässlichen Gesicht guckt rüber zu uns, etwas, das ich für ein Lächeln halte, zieht Falten in sein grobes Gesicht. »Wir haben, was wir brauchen.«

»Was war das für ein Wort, das sie immer wieder gesagt haben ... Manetten?«, flüstere ich Scoop zu, als sie weggehen.

»Marionetten«, flüstert er zurück. »So nennen die Aufnahmeteams uns.«

»Wirklich?«, sage ich tonlos. Ich habe mich den Reals immer überlegen gefühlt, und irgendwo im Hinterkopf bin ich davon ausgegangen, dass sie das genauso sehen. Aber Marionetten – das ärgert mich.

Scoops Lippen bewegen sich. »Lass sie nicht an deinen Fäden ziehen. Abgesehen davon, was hast du denn erwartet? Sie sind nicht unsere Freunde.«

»Ja, aber sie ...« Ich hangele nach den richtigen Worten. »Ihnen liegt was an uns. Wenn wir nicht wären, müssten sie in den Sektoren leben. Sie hätten vielleicht nicht mal Jobs, wenn es die Serie nicht gäbe.« Mir fällt wieder ein, wie Dr. Kanavan einmal darüber lamentiert hatte, dass eine Schulfreundin von ihr, eine Krankenschwester, in den Sektoren keine Arbeit finden konnte.

»Den Zuschauern liegt vielleicht was an uns. Aber *Media 1* nicht«, flüstert Scoop. Er streift seine Jacke ab, und es kommen Arme zum Vorschein, die ganz schön muskulös sind für jemanden, der keinen Sport treibt. Scoop ist weder schlaksig groß, so wie Witson, noch beeindruckend breitschultrig wie einer von den Baseballspielern. Er ist gerade so kräftig, dass man sich bei ihm sicher fühlt, aber nicht eingeschüchtert. Belle hatte Glück, ihn zum großen Bruder zu haben.

Aber er ist nicht mein Bruder. Wir sind nicht mal enge Freunde, und ich hab das Gefühl, wenn ich noch länger hierbleibe, wird er wieder versuchen, mit mir über sie zu verratschen. Es war eben schon knapp, wir wären fast erwischt worden. Ich drücke die Hand auf mein Mikro. »Ich muss los, bei *Fincher's* aushelfen.«

»Warte«, sagt er. »Weißt du, was die Sandburg ist?«

Ich weiche einen Schritt zurück, ein kalter Schauer durchläuft mich. Ich reibe mir die Arme, frage mich, ob ich ihm sagen soll, dass ich das Wort in meinem Radio gehört habe, auf der Frequenz von *Media 1.*

»Du hast davon gehört, oder?«, flüstert er und schließt die Lücke zwischen uns. »Ich glaube, da halten sie die Patrioten fest. Ich bezweifle, dass sie es bis in die Sektoren schaffen.«

»Ich … ich muss jetzt los«, verkünde ich und bewege mich durch die Gänge, so schnell ich kann, ohne so richtig loszurennen. Ich darf mich nicht wieder von den Gedanken an die Patrioten runterziehen lassen, nicht solange ich auf der A.-L. stehe.

5

Am Sonntagabend liege ich auf meinem Bett und lese *Der Spieler auf dem Dachboden*. Dabei dämmere ich langsam weg und bin schon gefährlich nah dran, auf die Bettdecke zu sabbern, als das Telefon schrillt.

»Nettie. Ich bin's«, verkündet Lia.

»Du hast mich geweckt«, begrüße ich sie benommen. »Hab versucht, das Buch zu lesen. Kannst du mir nicht einfach erzählen, was passiert?«

»Klar. Aber können wir uns jetzt gleich auf dem Spielplatz treffen?« Dieses Anliegen schießt raus wie einen Pfeil auf eine Dartscheibe. »Es ist wichtig.«

Sie ist aufgewühlt, das merke ich an ihrer Kurzangebundenheit. »Okay. Bin gleich da.« Ich steige in die Turnschuhe und verlasse das Haus, die kurze Strecke zum Spielplatz, der The Arbor von Treasure Woods trennt, ist schnell zurückgelegt. Hier haben wir früher beim Schaukeln immer verratscht, die Kameras hatten uns dabei nicht so gut im Blick. Lia wartet auf mich, mit hängenden Schultern sitzt sie auf einer Schaukel, ihre Hände umklammern die Ketten. Als sie mich sieht, lächelt sie schwach. Ihre Augen sind geschwollen.

Trotzdem sieht sie schöner aus als je zuvor. Sie trägt ein

langes, ärmelloses weißes Kleid und die *Liberato*-Perlen, die sie auf einer Einkaufsorgie mit Selwyn gekauft hat. Aus der Nähe kann ich den Eyeliner erkennen, der ihre Katzenaugen betont, und Mascara, die ihre hellbraunen Wimpern schwarz färbt. *Media 1* hat sie zu individuellem Coaching im Center eingeladen, das wird Darstellern mit hohen Quoten angeboten, damit sie lernen, wie sie für die Kameras noch perfekter werden.

»Hey.« Ich lasse mich auf die Schaukel neben ihr fallen und komme mir underdressed vor in meinen ausgefransten Jeansshorts, denen von gestern.

»Callen und ich haben Schluss gemacht«, sagt sie dumpf und starrt geradeaus.

In meinem Kopf klirrt es, zackige Risse ziehen sich um ihre Worte. Nervös feuchte ich die Lippen an, weil ich wohl irgendwas dazu sagen sollte, aber Lia redet weiter, ohne auch nur einen Blick zu mir rüberzuwerfen.

»Gestern, nachdem ich bei dir war, bin ich zu ihm rübergegangen. Ich wollte mich entschuldigen, wegen des Abends davor. Es war, als habe er gewartet. Als habe er seit Wochen gewartet … auf den richtigen Moment.« Schnell guckt sie zu mir rüber, um sich zu versichern, dass ich zuhöre, und ich nicke. »Er sagt, wir wollen unterschiedliche Dinge. Das ist wahr.« Sie lacht bitter. »Er ist sich noch nicht mal sicher, ob er den Baseball-Ausbildungsplatz überhaupt haben will. Ich habe Ziele.«

Mit den Turnschuhen male ich Kreise in den Sand und versuche Gedanken vorzubringen, die zu der verlässlichen

Freundin passen, die sie braucht – und nicht zu der, die sie hat. Der, die hinter ihrem Freund her ist.

»Du hast Ziele«, bringe ich hervor. »Dein Ehrgeiz ist eine deiner besten Eigenschaften.« Das meine ich ernst. Sie weiß so sicher, was sie will und wie sie es kriegen kann, in jedem Bereich ihres Lebens.

Während ich ziellos vor mich hin treibe, genau wie Callen.

»Seit gestern bin ich in einem Schockzustand«, sagt sie, lehnt sich auf der Schaukel zurück und strampelt mit den Beinen in der Luft wie ein temperamentvolles Baby. »Ich dachte, alles wäre gut!«, brüllt sie. Dann setzt sie sich wieder auf. »Wir haben gestritten, ich weiß, aber, mein Gott. Ich habe ihn total falsch interpretiert.«

»Ich dachte auch, alles wäre in Ordnung«, sage ich, obwohl diese leichte Schärfe in seinem Ton, als er Freitag über sie geredet hat, mir jetzt viel bedeutsamer scheint. »Ich hab das überhaupt nicht kommen sehen.« Aber Callen kann schon dafür sorgen, dass wir nichts mitbekommen, er hat sich gut im Griff.

Ich werde nie wieder zugucken müssen, wenn sie Händchen halten, wird mir klar. Nie wieder werde ich mir etwas über potenzielle Close-ups anhören müssen. Nie wieder werden heimlich erspähte Küsse mir Pfeile ins Herz treiben. Die Qualen sind vorüber.

»Komm, wir gehen ein Stück.« Sie springt von der Schaukel. Wir verlassen den Spielplatz und gehen die Elm Street hinunter. Ein sirrendes Geräusch durchdringt das leise Vogelgezwitscher, ich schaue auf. Wieder mal ein Kampfflugzeug.

»Ich wusste ja, dass ich mich irgendwann mit ihm langweilen würde«, sagt Lia nachdenklich. Sie pflückt ein Blatt von einer Hecke. »Callen ist nicht der Gesprächigste. Du weißt, was ich meine?« Sie reißt das Blatt in Stücke, die sie auf dem Boden verstreut, so als wollte sie eine Spur legen, damit wir den Weg zurückfinden.

»Ja, er ist still«, bestätige ich. Wir gehen an einem Haus nach dem anderen vorbei, überall spielen sich sonntagabendtypische Familienszenen ab. In einem Haus sehe ich Vater und Tochter über ein Brettspiel gebeugt. In einem anderen eine Familie mit drei Kindern – eine echte Seltenheit auf der Insel –, die an einem Mahagoni-Esstisch Eisbecher vertilgt.

»Aber ich wäre länger mit ihm zusammengeblieben«, gesteht sie ein und legt einen Schritt zu. Je länger wir gehen, desto schneller wird sie. »Wenn das meine Entscheidung gewesen wäre.«

Wenn das meine Entscheidung gewesen wäre. »So ist das mit vielen Dingen«, sage ich. »Wir haben selten die Wahl.«

Lia zieht die Augenbrauen zusammen, Falten bilden sich auf ihrer Stirn. »Nettie, mein Gott. Zieh mich nicht noch tiefer runter.«

»Sorry.« Wir gehen die breite Straße entlang, die aus The Arbor rausführt, und kommen an der Stelle vorbei, an der ich vom Rad gefallen bin. Keine Häuser mehr, nur Bäume, Verkehrsampeln und wir auf dem Gehweg, die wir ab und zu zusammenzucken, wenn ein Auto vorbeirast. Wir lassen die Highschool hinter uns liegen und gehen rüber zur Innenstadt.

»Wo sollen wir hin?«, fragt Lia, als wir an einer Reihe geschlossener Läden vorbeikommen, darunter *Delton's*, das Luxuskaufhaus, mit dem Terra mich aufgezogen hat. Restaurants und Bars sind geöffnet, und weil das Wetter schön ist, essen Darsteller draußen, lachen leise und nippen Wein. Die Grillen haben die öffentlichen Plätze für *Liberato* verändert, sodass alles in Beige- und Naturtönen gehalten ist, sämtliche Bänke bestehen aus Weidengeflecht und alle Schilder haben eine betont locker gestaltete Beschriftung. Wir bleiben in einer kleinen Gruppe hängen, die darauf wartet, in einen Spielsalon eingelassen zu werden. Letztes Mal, als wir da waren, hat Selwyn stundenlang wie hypnotisiert am Flood-Tisch gestanden. Selbst zu spielen, hält sie nicht aus – sie sagt, ihr Herz schlägt dabei viel zu schnell –, aber sie schaut für ihr Leben gern zu.

Lia drängelt sich durch die Menge und rempelt einen bulligen Zwölftklässler an, dessen Name mir nicht einfällt. »Pass doch auf, wo du hinläufst!«, meckert er sie an.

Als er sie erkennt, schaltet er in den Versöhnlichkeitsmodus um.

»Ups, meine Schuld«, sagt er und nimmt die Hände hoch. »Ich war abgelenkt.«

»Was du nicht sagst.« Lia rauscht an ihm vorbei. Ich werfe einen Blick zurück und sehe, dass er ihr noch immer ganz bezaubert nachschaut. Lia haben immer alle gemocht, bewundert, ja sogar gefürchtet. Aber in der elften Klasse hat sich irgendwas verändert. Nachdem sie mit Martin gegangen und zehn Zentimeter gewachsen ist und in der letzten Staffel die Hauptrolle bei der Aufführung der Theatergruppe bekommen hat. Sogar die Sommersprossen um ihre Augen sind sexy geworden.

»Eine Menge Jungs werden froh sein, dass Callen aus dem Weg ist«, bemerke ich, als sie mich in die kleine Gasse zwischen dem Spielsalon und dem Music Maven zieht.

»Kann sein«, murmelt sie und beschleunigt ihren Schritt gleich wieder, als wir zurück auf die Straße kommen. Sie zeigt auf eine Reihe von Erkerfenstern mit Blumenkästen über einem Eisladen. »In diesen Wohnungen sollten wir nach unserem Schulabschluss wohnen.« Mit ausgestreckten Armen balanciert sie auf dem Rinnstein wie auf einem Drahtseil. »Bis zum Blisslet-Theater ist es nicht weit und alle Zehn-plus-Restaurants der Insel sind hier. Ich könnte zu Fuß zu den Proben und Aufführungen im Theater gehen. Und du könntest auch zu Fuß zur Arbeit gehen.« Sie wirft mir einen übermütigen Blick zu. »Zu deiner Arbeit als Mathelehrerin an der Bliss High.«

»Hör auf.« Ich schubse sie ein bisschen und sie schwankt, aber ihre Füße bleiben immer noch auf dem Rinnstein, und bald läuft sie wieder weiter, dieses Mal noch schneller. »Na gut, ich frage Mr Black – auch wenn ich mir sicher bin, dass er Revere will. Aber es wäre schön, hier zu wohnen«, sage ich, als ich sie eingeholt habe. Eine Lüge, in der Innenstadt ist es mir zu laut, aber ich will sie davon abbringen, an Callen zu denken.

Ich bin mir nicht sicher, wo auf der Insel ich nach dem Schulabschluss landen möchte. Wenn ich genug spare, könnte ich mich um so ein Strandhaus bewerben, wie Lincolns Familie eins hat. Aber das würde *Media 1* mir nur geben, wenn meine Quote höher wäre – genau wie die Vergabe von Ausbildungsplätzen ist auch die Vergabe von Wohnungen eine gemeinsame Entscheidung von *Media 1* und den Eigentümern der Darsteller.

»Lass uns mal die Plaza für das Doppel-A auschecken.« Vor dem Rathaus hüpft Lia vom Rinnstein und biegt um die Ecke des Gebäudes. Ich folge ihr auf den Fersen. Wir kommen auf die Plaza, die im grellen Licht Dutzender Lampen daliegt, die *Media 1* auf allen wichtigen Sets aufstellt. Lia setzt sich auf den Rand des Springbrunnens und haut einer Nixe auf den hohlen Bronzeschwanz.

»Er wird in der Mittagspause nicht mehr bei uns am Tisch sitzen«, verkündet sie, als ich auf sie zugehe.

»Ja, das wird seltsam«, sage ich und tunke die Finger in das kühle Wasser des Springbrunnens. Am Grund glitzern Münzen, all die vielen runtergeschluckten Wünsche. Ich will meine Solidarität unter Beweis stellen. »Ich will nicht mal mehr mit ihm reden, nach dem, was er mit dir gemacht hat.« Ist mir das peinlich. Ich kann die Lüge laut und deutlich hören, aber Lia ist allem Anschein nach so in ihre eigenen Gedanken versunken, dass sie nichts merkt.

»Danke«, sagt sie. »Er hat mich nicht verdient, und er hat meine Freunde nicht verdient. Er kann all die Sportstypen kriegen, zu denen er angeblich nicht passt.«

»Ja.« Ich setze mich neben sie. »Es war echt mies, wie er dich verletzt hat.«

»Stimmt.« Lia lässt die Schultern hängen, ihre finstere Stimmung von vorhin ist wieder da. »Ich hab immer gewollt, dass wir uns näherkommen. Ich rede nicht vom Close-up, ich meine, so … gefühlsmäßig, und ich hatte gehofft, dass wir eines Tages dahin kommen würden, aber …« Sie verstummt und betrachtet ihre Schuhe, ganz niedergeschlagen.

»Es sieht so aus, als ob Callen nicht der Richtige für dich gewesen ist«, sage ich und lege den Arm um sie. Sie reagiert nicht, also wechsele ich das Thema. »Gestern bin ich ins Aquarium gegangen.«

Lia hebt den Kopf, sie grinst. »Du hast Scoop besucht? Akzeptier es endlich, ihr seid füreinander geschaffen. Er ist groß, genau dein Typ.« Sie klatscht in die Hände.

»Nein, nein, das …« Plötzlich möchte ich ehrlich zu ihr sein, so als könnte diese zusammenhanglose Wahrheit meine Lüge auslöschen, nicht mit Callen reden zu wollen. Ich streiche meine Haare nach vorn, so ist mein Mund vor den Kameras verborgen, die auf die Meerjungfrau gerichtet sind. »Ja, ich hab ihn besucht, aber das war nichts Romantisches. Ich hab ihm erzählt, dass die Patrioten in Zenta Werbung machen, damit er nicht mehr so traurig ist wegen Belle.« Lia klappt der Mund auf und ich beruhige sie schnell. »Aber keine Sorge, ich hab ihm nicht gesagt, dass die Information von dir oder Bek kommt.«

Entsetzt krallt sie die Hände an die Schläfen. »Nettie, das war ein Geheimnis.«

»Aber es schadet doch keinem«, flüstere ich zurück. »Niemand kann es zu dir zurückverfolgen. Abgesehen davon hast du doch selbst gesagt, dass ich mit ihm reden soll.«

»Ich hab gesagt, du sollst ihn auf andere Gedanken bringen – nicht, dass du ihm etwas verraten sollst, was du mir schwören musstest geheim zu halten. Wir könnten gewaltigen Ärger kriegen«, zischt sie. Dann rückt sie von mir ab, schaut mit zusammengekniffenen Augen in den Nachthimmel und denkt nach, ehe sie wieder die Haare übers Gesicht fallen lässt, um es vor den Kameras zu verbergen. »Das eigentliche Problem ist – warum macht dir das so viel aus?«, flüstert sie. »Du warst nicht mal mit ihr befreundet. Lass Scoop damit fertigwerden und weitermachen, so wie alle anderen auf dieser Insel, deren Verwandte rausgeschnitten wurden.«

»Ich mische mich ja nicht ein in …«

Ehe ich den Satz beenden kann, packt Lia mich am Arm. »Weißt du was? Vergiss es, halb so wild. Aber mach das nicht noch mal, okay? Und schmeiß diese dreckige Flasche weg.« Sie springt auf und rennt die Stufen runter, bevor ich ihr sagen kann, dass ich nicht die Absicht habe, die Flasche wegzuwerfen.

»Es gibt noch so viel zu tun vor dem Doppel-A«, ruft sie mir über die Schulter hinweg zu, wieder auf Mikro. »Du ahnst ja nicht, wie langsam das Planungskomitee ist. Manchmal wünschte ich, ich könnte die ganze Zeremonie im Alleingang managen.« Ein Eichhörnchen steckt den Kopf aus einem Mülleimer und macht sich davon, als es uns sieht. Lia runzelt die Stirn. »Eklig. Ob wir für die Zeremonie wohl Mülleimer mit Deckeln kriegen können?«

»Das lässt sich bestimmt machen«, sage ich und gehe die Stufen runter. »Das wird großartig, Lia. Wir haben Glück, dass du die Leitung für so viel davon übernommen hast.« Auf der untersten Stufe bleibe ich stehen. Ich stelle mir vor, was das für ein Gefühl sein wird, hier zu sitzen und Bürgermeister Cardinals Eröffnungsrede und dem traditionellen Gedicht über unsere Zukunft zu lauschen und darauf zu warten, dass die Ausbildungsplätze ausgerufen werden.

Wenn ich meine Zuweisung entgegennehme, werde ich aufs Podium treten und dem Bürgermeister die Hand schütteln. Und ich werde lächeln, für die Fotos. Endlich werde ich es wissen. Dann ist meine Zukunft geregelt. Irgendwie hat diese Vision etwas Verschwommenes, sie löst sich schnell wieder auf. Was zurückbleibt, ist eine nahezu menschenleere Plaza und meine Gegenwart, die aus nichts als Ungewissheit besteht.

Gegen acht sind wir wieder zurück in The Arbor. Lia scheint ihr Selbstvertrauen zurückgewonnen zu haben. Sie begleitet mich bis zur Haustür und schaut augenrollend rüber zu Callens Haus, während ich meine Taschen nach dem Schlüssel absuche.

»Die züchten da einen echten Dschungel«, bemerkt sie höhnisch.

Eigentlich finde ich den Garten der Herrons zehn plus, es ist cool, dass sie keine Angst haben, sich abzuheben von den zahmen Rasenflächen ringsherum. »Ja«, sage ich mit einem Achselzucken. »Im Sommer flippen die Mücken da aus.«

»Igitt«, sagt sie und verfällt in Schweigen. Mittlerweile habe ich den Schlüssel gefunden und hole ihn betont langsam heraus. Sie soll nicht das Gefühl bekommen, dass ich es eilig habe wegzukommen.

Sie verbringt einige Zeit damit, eine Schleife am Kragen ihres Kleides zu binden. Zweimal schaut sie dabei auf, dann sagt sie: »Wenigstens wird mein nächster Freund keine Angst vor einem Close-up haben. Oder davor, mich in den Armen zu halten.«

»Du bist so viel besser dran. *Vorwärts durch die Tumulte*«, sage ich und zitiere damit eine Zeile aus einem Stück der Theatergruppe, über das wir uns immer lustig machen. Es handelt von einem Mädchen, das mit tragischen Folgen in einem Biologietest schummelt. Dieses ziemlich mittelmäßige Stück hat Lia schließlich davon überzeugt, selbst eines schreiben zu können.

»*Das Morgen winkt*«, erwidert sie darauf. »Und wo wir gerade von morgen sprechen: Bleib bei deinem Entschluss, mit Mr Black zu reden, okay?« Sie legt mir die Hand auf die Schulter, als wären wir Sportler vor einem Wettkampf.

Ich nicke. »Mach ich. Es war schrecklich gestern bei *Fincher's*. Fünf Stunden für eine kaputte Spieluhr!«

»Black ist dein Ausweg. Bis dann.« Sie marschiert davon und ich gehe rein. Hoffentlich erwische ich die Reals noch mal im Radio. Aber die Idee fällt gleich unter den Tisch, als ich das grüne Licht vom Missivor sehe. Vorsichtig nähere ich mich meinem Zimmer. Hoffentlich gibt es keinen neuen Patrioten …

> Nettie Starling: Bitte finde dich Samstag um 8 Uhr im Center zu einer vorverlegten Darstellerbeurteilung ein, bei der du über die Initiative informiert werden wirst.

Die Initiative. Ich drücke den Ausschaltknopf, ganz fest, nehme *Der Spieler auf dem Dachboden* zur Hand und blättere die Seiten durch, für die Kameras. Ich lese nicht. Ich kann mich nicht konzentrieren. Lia hat ziemlich positiv über die Initiative gesprochen, aber ich habe immer noch das Gekritzel auf meinem Mathe-Tisch vor Augen.

6

Von hinten schleppe ich einen in Plastik gewickelten Batzen Ton zu dem Tisch, den Selwyn und ich uns im Kunstunterricht teilen, unserem ersten Kurs am Montag. Dabei bin ich auf Umwegen unterwegs, weil ich einen großen Bogen um den Tisch von Rawls und Callen mache, aber ich kann nicht widerstehen und gucke mich trotzdem um. Nicht zu fassen, dass ich Lia gesagt habe, ich würde nicht mehr mit ihm reden. Wie lange mag es wohl dauern, bis es ihr egal ist?

Mein Weg führt mich an Belles altem Tisch vorbei, den sie mit Shar Corone geteilt hat, einem schüchternen Muskelprotz mit ultrabreiten Schultern und leiser Stimme. Belles Hocker ist weg, und Shar hat sein Material so ausgebreitet, dass die Illusion erweckt wird, er habe da immer allein gesessen. Selwyn und ich haben Plätze vorn im Raum. Ich hieve den Batzen auf unseren Tisch, wo er mit einem enormen Platsch landet.

»Na, wieso hat das denn so lange gedauert?« Selwyn lächelt und bindet sich die Schürze um. Sie steckt die Haare noch mal mit Spangen fest und geht zur Sache, schnappt sich den Tonklotz und zieht die Plastikhülle ab wie von einem Geschenk. Nachdem sie sich ein großes Stück Ton herausgeklaubt hat, beginnt sie daraus Schlangen zu rollen für ihre Schale. Selwyn hatte auch andere künstlerische Ausbildungen erwogen, bevor sie sich dann fürs Cello entschieden hat.

Ich beäuge den Ton wie einen Feind, der meine Versuche, ihn unter Kontrolle zu kriegen, mit Sicherheit vereiteln wird.

»Nettie, fang endlich an«, kommandiert Ms Shade, unsere junge Kunstlehrerin mit der Irokesenfrisur und dem einzelnen großen Ring im Ohr, während sie Pfefferminzkaugummi kauend im Raum herumtigert. »Ton beißt nicht.«

»Okay.« Ungeschickt reiße ich mir ein Stück ab. Kunst verwirrt mich, weil es da nie ein festes Ziel gibt. Anders als bei meinem Radio – da wusste ich, dass ich ein Objekt baue, das mit dem im Buch identisch ist. Und was mache ich jetzt? Ms Shade hat eine Schale als Modell hingestellt, besteht aber darauf, dass wir »unsere eigene Interpretation einer Schale in Aufbaukeramik« schaffen sollen.

Ich rolle eine Wurst, aber meine wird nicht glatt und fest wie Selwyns, sondern irgendwie klumpig, und dann beginnt sie sich zu meinem Entsetzen auch noch an den Enden aufzulösen. Forschend schaue ich mich um – bei niemandem sonst ist das so. Ms Shade kommt zu mir rüber, als sie sieht, was los ist. Sie legt ihre Hände um meine und führt sie, damit mehr Druck auf den Ton ausgeübt wird.

»Du musst den Ton formen, Belle – Nettie«, sie merkt es noch, aber es ist zu spät. Selwyn schnappt nach Luft, legt die Hand an ihre feinen Lippen, und Ms Shade lässt meine Hände los und stürzt an einen anderen Tisch. »Viel Glück«, murmelt sie dabei. Ihr Nacken ist rot. Sogar ihr rasierter Schädel ist rot. Mir war nicht klar, dass Schädel rot werden können.

»Äh, ich habe Lia gesehen«, zwitschert Selwyn und schleudert eine lange Haarsträhne aus dem Gesicht.

»Wie geht's ihr?«

»Sie hat mir erzählt, was am Wochenende passiert ist«, flüstert sie. Nicht leise genug. Aus dem Augenwinkel sehe ich, wie eine stark geschminkte Ayana Lemon und eine langbeinige Caren Trosser sich über den Gang hinweg in unsere Richtung lehnen.

»Psst.« Ich mache Selwyn ein Zeichen, damit sie leiser spricht. »Du meinst, dass sie Schluss gemacht haben?«

»Ja. Gestern Abend hat sie alle Fotos von ihnen beiden zerrissen und ihm die Schnipsel geschickt.«

»Krass.« Es könnte eine Weile dauern, bis es Lia egal ist. Bin ich froh, dass Witson nie so eine Nummer abgezogen hat. Klingt irgendwie psycho. Bei dem Versuch zu lauschen fällt Caren Trosser vom Hocker, ein paar Jungs prusten vor Lachen. Ich rücke näher an Selwyn heran, wieder denke ich daran, dass *Media 1* diesen Satz über Callen beim Retake im Aquarium haben wollte. Wie interessiert die Kameras waren, als ich ihr über unseren Beinahe-Zusammenstoß berichtet hatte … Ich kann nicht mit ihm reden, aber ich habe das Gefühl, es würde meiner Quote helfen, wenn ich über ihn rede. »Selwyn, was glaubst du, wie lange es dauern wird, bis sie über ihn hinweg ist?«

»Zwei Wochen. Ist das nicht aufregend für dich? Das ist doch deine Chance.«

»Vielleicht?« Ich werfe schnell einen Blick hinter uns, um sicherzustellen, dass er nicht zuhört. »Aber Lia wäre stinksauer. Sie will nicht mal, dass wir als Freunde miteinander reden, deshalb glaube ich, dass ich ihn mir aus dem Kopf schlagen muss. Abgesehen davon hat Callen kein … er hat kein Interesse.«

»Das sagst du immer, aber du hast es noch nie versucht.« Selwyn lässt ihre Schale um eine weitere Schlange in die Höhe wachsen, dann tritt sie einen Schritt zurück, legt den Kopf schräg und betrachtet ihr Werk. »Vielleicht solltest du ihm einen Zettel schreiben.«

»Auf keinen Fall.« Ich senke die Stimme. »Lia wird ihn bis in alle Ewigkeit hassen, weil er sie verlassen hat. Ich darf gar nichts machen.«

»Wenn du meinst … Hey«, sagt sie, während sie der Schale mehr Form gibt, »was hältst du eigentlich von Tätowierungen?«

Ich höre auf zu töpfern. »Selwyn, du bist fast in Ohnmacht gefallen, als du dir Ohrlöcher hast stechen lassen. Glaubst du ernsthaft, du kommst mit einer Tätowiernadel zurecht?«

»Das wäre es mir wert«, behauptet sie. »Ich dachte an ein paar Noten mit Flügeln. Oder an ein Cello, unter einem Regenbogen. Das würde dem Orchester zeigen, dass ich es ernster meine als Thora.«

»Ich weiß nicht, Selwyn. Ein Regenbogen?« Unter ihrer

Schürze trägt sie ein verspieltes gelbes Rüschensommerkleid, und seit sie von Tattoos gesprochen hat, wirkt all die nackte Haut um ihren Hals herum so verletzlich.

Genau wie Freitag auf dem Flur fummelt sie wieder fieberhaft an ihren Perlen – und sie will mir nicht in die Augen schauen. »Na ja, ich hab mich noch nicht entschieden.«

»Bin am Verhungern«, seufzt Lia, als wir uns zum Mittagessen anstellen. »Wir hatten nichts mehr zu essen im Haus«, flüstert sie. »Zum Frühstück habe ich Zuckerwürfel gegessen. Ich bin doch kein Pferd. Nur weil Mom circa eine halbe Flasche Wein braucht, bevor sie den Lebensmitteleinkauf angehen kann. Und meistens verliert sie ihren Einkaufszettel.«

Ich verstehe nicht, warum Lias Mutter sich nicht zusammenreißen kann – ihr Leben scheint so leicht zu sein. Es ist fast so, als würde sie Probleme erschaffen, weil sie keine richtigen hat. Ich drücke Lia kurz. »Echt blöd.«

Sie nickt, dann zieht sie eine Banane aus einem überbordenden Obstkorb.

»Eine Banane, genau was ich brauche.« Sie lächelt in die nächste Kamera.

»Lecker«, sage ich, immerhin muss ich mich für die Promo zu Begeisterung aufraffen. Während ich mein Glas mit Cherry Kofasip fülle, betrachtet sie die Cafeteria mit kritischem Blick. »Ich finde, das hier ist zu schön, um einfach nur als Cafeteria herzuhalten. Guck dir mal diese wunderbaren großen Fenster an, die hohen Decken, die glänzenden Böden. Irgendwann sollten wir hier mal einen Ball veranstalten. Was meinst du?«

Ich nippe an meinem Getränk. »Warum nicht? Und geschmückt wird dann mit … glänzendem Besteck?«

Sie lacht. »Genau. Und dann können alle auf den Tischen tanzen und die Baseballer fangen an, sich mit Essen zu bewerfen.« Wir steuern unseren Tisch mitten in der Cafeteria an. Für Lia ist die Strecke von der Essensschlange dorthin eine Art Catwalk. Ihr langer roter Zopf schwingt auf dem Rücken wie eine Peitsche und sie hält den Kopf hoch erhoben. »Hast du Callen heute Morgen in Kunst gesehen? Ach, weißt du was … Vergiss es, ich will es nicht wissen.«

Ich bin einen Schritt hinter ihr. Über den Jeans trägt sie heute so was wie Reitstiefel, die ihr fast bis zum Knie gehen, dazu ein ärmelloses weißes Leinentop. Leute aus der Zehnten und Elften werfen verstohlene Blicke auf uns, als wir vorbeigehen, die Gesichter voll Neid und Sehnsucht. Dann kommt ein Tisch mit Mauerblümchen, Mädchen, mit denen ich vor langer Zeit mal befreundet war. Lia nennt sie *die Pastellas*, weil sie irgendwie farblos wirken. »Bunter als Bleistifte, aber nicht so bunt wie Wasserfarben«, das ist ihre Einschätzung.

Die Sportler sitzen im hinteren Teil der Cafeteria, laut und lärmend, wie eine Horde eingesperrter Elefanten. Der Fußboden unter ihnen ist immer vollgemüllt mit Essen, Servietten und auf Abwege geratenem Besteck. Callen sitzt da heute auch, er lächelt und redet mit seinen Mannschaftskameraden, als hätte er schon immer an diesem Tisch gegessen.

In dem durchs Fenster einfallenden Licht wirkt er irgendwie engelsgleich. »Immer in Bewegung bleiben.« Lia stößt mich mit der Ecke ihres Tabletts an. Mir war gar nicht bewusst, dass ich stehen geblieben bin. Schnell gehe ich weiter, dabei werde ich rot. Hoffentlich hat sie nicht gemerkt, warum ich innegehalten habe.

»Spiel Flood mit mir, Lia«, quengelt Lincoln Grayson, sobald Lia ihr Tablett abgesetzt hat. Ich setze mich zwischen sie und Selwyn, die sich ab und zu eine Weintraube in den Mund steckt. Lincoln reckt sich quer über den Tisch und wedelt Lia mit seinen Karten vor dem Gesicht herum. Das Einstecktuch in seiner Hemdtasche ist heute grasgrün und über und über mit seinen schwarzen Initialen »LG« bedruckt. »Bitte«, fleht er, seine mandelförmigen Augen sind dabei weit aufgerissen.

»Ich hab genug damit zu tun, Trübsal zu blasen.« Lia schält ihre Banane. »Hast du's etwa noch nicht gehört? Ich bin von einem Albino-Baseballspieler sitzen gelassen worden.«

Lincoln gackert und setzt sich wieder auf seinen Stuhl. »Wenigstens machst du Witze drüber. Ich dachte schon, du würdest dir die Kleider zerfetzen.«

Lia ist schon ewig mit Lincoln befreundet, sie wohnen nicht weit voneinander in Treasure Woods. Er ist so reich, dass die Zuschauer ihn allein schon gucken wollen, um seinen Luxus zu bestaunen, die goldene Uhr an seinem

Handgelenk zum Beispiel oder seine Altherreneinstecktücher.

»Ich hab die Theatergruppe und das Planungskomitee für das Doppel-A zu leiten. Für Selbstmitleid bleibt da keine Zeit.« Sie wedelt mit der Hand auf und ab – und stellt dabei ihre langen, aristokratischen Finger zu Schau –, ganz so, als wäre Sitzengelassenwerden nicht mehr als eine lästige Fliege, die sie verjagen kann.

Lincoln hört nur mit halbem Ohr hin. Er ist abgelenkt, denn Revere schlendert pfeifend auf den Tisch zu. »Flood, jetzt sofort!«, sagt er.

»Aber sicher«, trillert Lincoln. Revere und Lincoln sind so verschieden. Revere trägt einen unordentlichen Pferdeschwanz, ist groß und blass, hat eine große, spitze Nase und graue Augen. Lincoln ist stupsnasig, hat dunkle Haut und stark gekräuselte Haare. Das Beste an seinem Aussehen sind die samtig braunen Augen, die er gar nicht verdient hat. Revere ist immer nett, er kann gar nicht anders, und Lincoln … nun ja, Lincoln ist Lincoln. Man hat ständig Lust, ihm eine reinzuhauen.

Ich glaube, die Freundschaft der beiden wird dadurch zementiert, dass Revere immer bereit ist, Flood zu spielen. Er hat Lincoln sogar ein besonderes Kartenspiel zum Geburtstag geschenkt, eines mit tollen Autos auf der Rückseite. Autos sammeln ist das liebste Hobby der Familie Grayson.

Lincoln schiebt sein Tablett zur Seite und legt die Karten pyramidenförmig aus, so beginnt das Spiel. Flood hat mich nie so richtig interessiert, aber Selwyn lässt sich schnell in den Bann des Spieles ziehen. Sie drückt die Faust an den Mund, um ihr verschrecktes Japsen und Kreischen zu dämpfen.

»Ooooh!«, blökt sie los, als Revere eine Pik-Zwei auf eine Herz-Neun legt. »Oh nein, Lincoln, was machst du jetzt?«

»Selwyn, du solltest einfach mitspielen«, sagt Lincoln und kratzt sich am Kopf, während er den nächsten Zug plant.

»So was macht mich viel zu nervös.« Sie legt die Hand über die Augen. »Nun mach schon. Die Spannung bringt mich um.«

Lia stößt mich mit dem Ellenbogen an und flüstert laut genug für die Mikrofone, aber doch so leise, dass nur ich sie verstehen kann: »Du redest doch heute mit Mr Black, oder?«

Ich zögere, beobachte Revere. Heute wirkt er noch netter als sonst, beim Floodspiel mit Lincoln ist er so konzentriert, dass seine Zunge im Mundwinkel klemmt. Aber ich muss runter von der A.-L. Revere gewinnt die Runde und schiebt die Karten auf einen Haufen zusammen.

»Ganz bestimmt«, flüstere ich zurück. Lia lächelt und nickt anerkennend.

»Ich will ein Tattoo«, verkündet Selwyn, hebt ihre Haare hoch und klopft sich auf das Stück nackte Haut an ihrem Rücken. »Hier. Was meint ihr?«

Revere und Lincoln hören auf zu spielen, Lia starrt sie mit offenem Mund an.

»Abenteuerlich«, sagt Lincoln bewundernd.

Lia hat sich wieder eingekriegt. »Selwyn, geht es hier darum, Garrick näherzukommen?«, fragt sie mit einem leicht genervten Ton in der Stimme.

»Nein«, keucht Selwyn, sie ist ganz aufgeregt. In dem gelben Kleid und mit diesem Gesichtsausdruck wirkt sie wie ein aufgescheuchtes Küken. »Garrick hat überhaupt nichts damit zu tun.«

»Oh nein, nicht Garrick«, stöhne ich. Garrick ist ein Freund von Callen, der in der letzten Staffel seinen Schulabschluss gemacht hat und jetzt in einem Tattoostudio in der Innenstadt arbeitet. Selwyn hat ihn angebetet – keine Ahnung, warum. Er hatte so ein irres Funkeln in den Augen und war hauptsächlich dafür bekannt, Eintritt dafür zu verlangen, dass er Leuten eine private Insektensammlung zeigte, die er die Krazy Kollection nannte. Auf Partys hat er immer mit Selwyn rumgemacht, aber sonst hat er sie wie eine entfernte Bekannte behandelt.

»Mit einem Tattoo lebst du für den Rest deines Lebens.« Lia durchbohrt Selwyn mit einem strengen Lehrerinnenblick.

»Das weiß ich, Lia«, sagt Selwyn. Lincoln beugt sich vor und sagt tonlos »Initiative« zu Revere. Die beiden sind also auch dabei?

»Tu, was dich glücklich macht.« Revere mischt die Karten für eine neue Runde Flood. »Eine tätowierte Cellistin fände ich cool.«

»Wenn ich den Platz denn kriege«, seufzt Selwyn.

»Du kriegst ihn«, versichert Lia ihr. »Henna und ich gestalten diese Woche die Programmhefte für das Doppel-A. Irgendwelche Ideen?«

Ich gucke rüber zu Hennas Platz, sie sitzt bei den Außenseitern, den Misfits. Sie hat neonpinke Strähnen im Haar und trägt einen rot karierten Rock über ihren Zebra-Leggins, in denen sie schon den ganzen letzten Monat herumläuft. Pfauenfeder-Ohrringe sind ihr einziges Zugeständnis an *Liberato*. Callens alter Freund Connor sitzt auch da, wahrscheinlich zwingt er ihnen eins von seinen trostlosen Gedichten auf. Belle hat immer an diesem Tisch gesessen, vorm Fenster, über ein Buch gebeugt, sodass ihr die mausfarbenen Haare über die Brille fielen.

»He, Träumerin.« Lia stößt mich mit dem Knie an. »Woran denkst du gerade?« Sie folgt meinem Blick und sagt wissend: »Oh.« Dann nimmt sie einen Schluck Wasser. »Es wird eine Weile dauern, bis sich alles wieder normal anfühlt, und das ist okay, okay?«

»Schon klar«, antworte ich und widme mich wieder meinem Essen. »Danke«, füge ich hinzu.

Auf seinen Stuhl geflätzt redet Scoop mit Terra Chiven, die nicht von ihm weichen will. Ihre Finger streichen über seinen Tisch. Mit ihrer Pfirsichhaut und dem warmen Lächeln, das sie nur für ihn reserviert, sieht sie hübscher aus als sonst. Sobald ich mich setze, wendet er sich von ihr ab. »Nettie, ich wollte … unser Gespräch von Samstag zu Ende bringen«, sagt er. »Lässt du uns allein, Terra?« Die Transformation von Terra zu Terror vollzieht sich umgehend. Wütend starrt Terra mich an, ehe sie in den hinteren Teil des Raumes zu ihrem Platz neben Mollie stapft.

»Nach der Schule«, sage ich zerstreut und rutsche auf meinen Platz. Jetzt kann ich nicht an Patrioten denken, denn ich muss mich auf mein Gespräch mit Mr Black vorbereiten. Ich richte mich kerzengerade auf und tue so, als wäre ich Lia, ein Trick, den ich anwende, wenn ich nervös bin. Hals lang, Kinn hoch. Als es schließlich zum Schulschluss klingelt, tut mir alles weh.

Ich warte, bis der Raum sich geleert hat, räuspere mich und gehe nach vorn zu Mr Blacks Tisch. Er ist schon bei der Korrektur der Hausaufgaben, seine Glatze glänzt mir entgegen.

»Mr Black?«

Er schaut von seiner Arbeit auf. »Was gibt's, Nettie?«

Ich nestele an den Trägern meiner Büchertasche herum. »Ich weiß, es ist ein bisschen spät dafür ...« Sein gepunkteter Schlips sitzt schief. Er richtet ihn, während ich rede, seine Finger sind dick wie Würstchen. Angestrengt versuche ich mich an meine Rede zu erinnern, kann aber meine Gedanken kaum hören, weil mein Herz so laut hämmert. »Glauben Sie, ich habe irgendeine Chance, den Platz für die Mathelehrer-Ausbildung zu bekommen, wenn ich mich jetzt bewerbe?«

Mr Blacks Gesicht verzieht sich wie ein eingedrückter Luftballon. »Also, ich weiß nicht, Nettie. Die meisten Leute bereiten sich schon seit Langem auf ihre Ausbildung vor«, sagt er. »Das hat nichts mit deinen Fähigkeiten zu tun ...«

Er redet weiter, und ich stehe da und nicke, die Enttäuschung rieselt durch mich durch. Ich weiß, dass Lia gesagt hat, schon der Versuch würde die Zuschauer in den Bann ziehen, aber nichts an dieser Sache fühlt sich gut an. Mr Black redet immer noch, aber ich murmele ein Auf Wiedersehen und verlasse fluchtartig den Raum.

Ich habe versucht, meine Hoffnungen im Zaum zu halten, kann aber nicht abstreiten, dass mich die Vorstellung von einer Zukunft, die sich nicht bei *Fincher's* abspielt, sehr glücklich gemacht hat. Auf halbem Weg zu meinem Spind spüre ich etwas Feuchtes auf meinen Wangen und stelle fest, dass ich weine. Mit dem Ärmel wische ich mir über die Augen und mache einen Abstecher zum Waschraum, wo ich mir kaltes Wasser ins Gesicht spritze. Im Spiegel sehe ich meine fleckige Haut und die geschwollenen Augen, den Beweis für meinen Kummer.

Ich werde mein ganzes Leben lang unglücklich sein, so wie Selwyns Eltern, und dann werde ich rausgeschnitten und in die Sektoren verfrachtet, von Familie und Freunden getrennt, und muss all die Dinge ertragen, vor denen die Originals flüchten wollten. Meine Traurigkeit schlägt in Wut darüber um, dass ich so lange gewartet habe, und ich trete gegen das Bleirohr unter dem Waschbecken.

»Au«, sage ich in mein Mikro, dann massiere ich mir den Fuß. Als ich ein vertrautes Summen höre, wende ich den Kopf zur Decke, nur um dort ein halbes Dutzend Kameras zu entdecken. Sie sind nicht auf die Kabinen gerichtet, aber sie sind im Waschraum. Und es gibt noch vier weitere: An den Wänden, am Heizkörper und am Spiegel. Das gefällt mir nicht, ich will ein bisschen Privatsphäre. Und es gefällt mir auch nicht, dass ich wegen irgendwelcher Regeln, denen die Originals vor hundert Jahren zugestimmt haben, in einen Job gezwungen werde, den ich hasse. Schuld daran ist *Media 1*, die kontrollieren so viel in meinem Leben – und ich kann nichts dagegen machen.

Es ist kaum noch jemand in der Schule, als ich endlich aus dem Waschraum komme. Ich biege um die Ecke und runzele die Stirn. Da steht eine einsame Gestalt. Vor meinem Spind. Scoop.

»Hi.« Ich öffne den Spind und schaufele Bücher in meine Tasche.

»Also könnte es sein, dass ich falschlag mit dem, was ich im Aquarium gesagt habe«, beginnt er. Ein Lächeln umspielt seine Mundwinkel.

»Wahrscheinlich.« Bin ich froh, dass er die Sandburg-Geschichte fallen lässt, die er sich zusammengereimt hat. Das sind bloß irgendwelche Strandspiele.

»Wahrscheinlich starrst du jede Menge Leute an.« Er grinst, ein Grübchen kommt zum Vorschein. Er lehnt sich an Lias Spind. Der hellgrüne Pullover passt gut zu seinen Augen. »Nicht bloß Callen.«

Ich halte kurz inne. Ich bin total drauf reingefallen. Egal. Für so was hab ich keine Zeit. Schnell packe ich die Büchertasche, schließe den Reißverschluss und hieve sie über meine Schulter. Dann drängele ich mich an ihm vorbei. »Ich muss nach Hause.«

»Ist das denn nicht in Ordnung jetzt, nachdem Lia und er Schluss gemacht haben?« Er kommt mit, geht neben mir her und wartet auf meine Antwort.

Ich sehe zu ihm rüber und wäge ab, wie viel ich sagen soll. Was soll's. Er weiß es sowieso schon.

»Sie will nicht, dass ich mit ihm rede.« Wir treten durch die Doppeltür hinaus in den Sonnenschein. Zwei Jungs kicken einen Ball hin und her, während ein paar Pastellas mit unverhohlener Neugier zu uns rübergaffen. Ich gehe den Hügel hoch zum Parkplatz mit den Fahrradständern. Scoop muss einen Zahn zulegen, um mit mir Schritt zu halten.

»Warum bist du eigentlich nach der Mathestunde noch geblieben?«

»Ich hab mich bei Mr Black nach dem Ausbildungsplatz zur Mathelehrerin erkundigt, und er hat mir zu verstehen gegeben, dass ich ihn nicht bekomme.« Meine Direktheit verblüfft mich wieder mal.

»Hattest du dich nicht fest für *Fincher's* entschieden?«, fragt Scoop, der den Blickkontakt auch beim Gehen noch hält.

»Hatte ich. Ich dachte nur, ich wäre vielleicht … glücklicher, wenn ich Mathe unterrichte.« Plötzlich wirken seine Haselnussaugen so unendlich tief. Er sieht immer noch gut aus, aber nicht mehr so sexy und irgendwie zugänglicher. Wer hätte gedacht, dass er so ein guter Zuhörer ist? »Aber das wird schon gehen in der Werkstatt.« Meine Stimme ist lauter geworden. Ich weiß nicht, ob ich es selber glaube. Am Fahrradständer bleibe ich stehen.

»Bist du sicher?«, bohrt er nach. »Klingt nämlich nicht so, als ob es das ist, was du willst.«

»Spielt es denn irgendeine Rolle, was ich will?« Ich bücke mich, um mein Fahrradschloss aufzuschließen, packe den Lenker und schiebe das Rad den Hügel runter, da Scoop offenbar nicht so schnell von meiner Seite weichen will.

»Es ist das Einzige, was eine Rolle spielt«, entgegnet er schnell.

»Woher nimmst du dieses Selbstvertrauen?« Ich versuche die Bitterkeit aus meiner Stimme herauszuhalten. Es muss diese Quotensache sein. Wenn meine Wünsche immer mit denen der Zuschauer übereinstimmen würden, käme mir das Leben vielleicht auch leicht vor.

»Ich glaube, es ist all das hervorragende Obst, das wir hier auf Bliss Island haben.« Wieder lächelt er, seine Haselnussaugen schimmern in der Nachmittagssonne, und ich stelle mir vor, wie die Zuschauer dahinschmelzen.

»Nein, im Ernst, woher kommt es?« Ich will es wissen. Ich will das auch können, was er kann, was Lia kann. So mühelos durchs Leben gehen. Furchtlos. Scoop zieht die Augenbrauen hoch, er grübelt, so als sei Selbstvertrauen eine Selbstverständlichkeit, für die er keine Erklärung hat. Dennoch versucht er meine Frage zu beantworten, sein Ton hat etwas Tastendes.

»Ich glaube, es liegt hauptsächlich daran, dass ich keine Angst vor den Leuten habe, nicht viel jedenfalls.« Ausnahmsweise verschwindet sein Lächeln. »Erinnerst du dich an meine Tante, bei der wir in der fünften Klasse Geschichte hatten?«

»Ja, natürlich.« Die Erinnerung macht meine Stimme sanft. Seine Tante ist vor einigen Staffeln gestorben. Die einzige Beerdigung, auf der ich je gewesen bin.

»Tante Dana hat immer alles infrage gestellt. Sie und mein Dad hatten ständig riesige Debatten. Über Dinge wie, welches Lolli-Aroma am längsten vorhält oder wo der höchste Punkt der Insel ist – oder Wichtigeres, zum Beispiel wie man Kinder bestraft. Niemals hat sie ihn einfach gewinnen lassen. Tag und Nacht hat sie recherchiert, bis sie die Antwort gefunden hatte, die bewies, dass sie recht hatte.«

»Sie war ziemlich zehn plus«, sage ich und wende den Blick ab. Es fühlt sich seltsam an, über jemanden zu reden, der, nun ja, tot ist.

»Ich wollte immer so sein wie sie.« Seine Lippen zucken, so als würde er etwas zurückhalten. Mittlerweile sind wir unten am Hügel angekommen und biegen nach rechts ab. Ein Haufen Mitschüler, die in der Stadt abhängen wollen, schlägt gleichzeitig die entgegengesetzte Richtung ein. »Die Frage ist vielleicht, wie bist du so unsicher geworden?«

Wo soll ich anfangen? Weil ich mit fünf Jahren bei laufendem Mikro nach meinem Vater gefragt habe und meine Mutter ausgetickt ist? Weil ich es anscheinend nie schaffe, die richtige Wahl zu treffen … bei Freunden, Jungs oder bei der Ausbildung? Weil ich gleich nach meinem sechzehnten Geburtstag auf der A.-L. gelandet bin? Es scheint irgendwie so, als würde ich alles falsch machen.

»Enttäuschungen.« Ich lenke mein Rad um einen tiefen

Riss im Gehweg herum. »Ich wünschte, es gäbe mehr als einen Platz, sodass Revere und ich beide die Ausbildung machen könnten.«

»Ja, manchmal kommen einem die Regeln ungerecht vor«, stimmt Scoop mir zu. Er kickt einen Stein den Weg hinunter. »Aber du könntest dich immer noch beliebig zuweisen lassen, wenn du wirklich nicht zu *Fincher's* willst.«

»Ich weiß.« Wir verstummen, als wir an Grillen vorbeikommen, deren Nasen und Münder unter Atemschutzmasken stecken. Sie besprühen das Gras mit grüner Farbe. Als wir in sicherer Entfernung sind, flüstert Scoop mir zu: »Meine Tante hat herausgefunden, dass die Patrioten …«

Ich hatte doch gewusst, dass er mit dem Thema noch nicht fertig war. Ich will es nicht hören. Was auch immer sie herausgefunden haben mag, seine Tante war bloß eine Darstellerin, und meine Informationen stammen von einem Real, jemandem, der tatsächlich etwas über die Welt außerhalb von Bliss Island weiß.

Ich schüttele den Kopf und weiche zurück, in dem Moment ruft jemand hinter uns: »Nettie, wie ist es gelaufen?« Ich drehe mich um. Lia sprintet den Hügel runter, ihr Zopf wippt hinter ihr her.

»Was hat Mr Black gesagt?«, fragt sie, als sie uns eingeholt hat. »Hi, Scoop«, wirft Lia ihm zu, dann dreht sie sich wieder zu mir um. »Was ist passiert? Was hat er gesagt?«

Ihre Augen sind geradezu fiebrig vor Aufregung. Scoop guckt sie nur an und beschließt, sich davonzumachen. »Ich will die Tram erwischen. Bis später.«

»Und? Und?« Lia packt meinen Arm.

Das Beste ist, wenn man es so schnell wie möglich hinter sich bringt, wie beim Pflasterabreißen.

»Mr Black hat mehr oder weniger gesagt, dass es Reveres Platz ist.«

Lia lässt die Schultern hängen. »So ein Mist, Nettie.« Sie nimmt mich in den Arm und zieht mich fest an sich. Aber ich fühle mich nicht getröstet.

»Ich will eigentlich nicht drüber reden«, sage ich und löse mich aus ihrem Griff. »Wie geht's dir? Wie ist das Leben nach Callen?«

»Das Leben nach Callen.« Sie lacht, dann gehen wir zusammen nach The Arbor, während sie mir von ihrem Tag erzählt. Offenbar gab es da so einen Augenblick in Geschichte, als sie und Callen an ihren Tischen gestanden haben. Sie wollten nicht nebeneinandersitzen, aber es wollte auch keiner von ihnen seinen gewohnten Platz räumen.

»Nach einer Weile habe ich mich einfach hingesetzt. Callen musste wieder zurück ans Fenster.« Sie kichert. »Wo er viel leichter in den Himmel gucken kann – und was anderes will er ja sowieso nie machen. Loser.«

»Umso besser.« Bei diesem Tempo wird sie in ein paar Wochen über die Sache hinweg sein und ich kann wieder mit ihm reden.

»Kleine Siege.« Mit einem Finger schnippt Lia ihr Mikro höher, damit die Zuschauer auch jedes Wort hören. »Außerdem hab ich beschlossen, dass Mia in dem Stück Geld von der Bank ihres Vaters erschwindelt.«

Das hat sie mir Samstag bereits erzählt. Es sieht Lia überhaupt nicht ähnlich, sich zu wiederholen. Ich tue so, als hätte ich das nicht schon gehört, und sie plappert den ganzen Weg über weiter von ihrem Stück.

Als wir The Arbor fast erreicht haben und kleine, gepflegte Häuser die leeren Felder ablösen, wechselt sie ganz plötzlich das Thema. »Worüber hast du mit Scoop geredet?« Sie mustert mich genau. »In letzter Zeit scheint ihr euch viel zu sagen zu haben.«

»Über die Ausbildung und so Sachen.«

»Hmm.« Sie seufzt und schaut in die Ferne, so als könnte sie da eine Lösung für mein Problem finden. Aber ohne Erfolg. »Na ja, auch wenn es nichts gebracht hat mit Mr Black, bin ich doch froh, dass du die Initiative ergriffen hast, Nettie.«

Initiative. Wir biegen auf das Kopfsteinpflaster von The Arbor ein, und schnell verratsche ich: »Gestern Abend hab ich ein Missiv gekriegt. Meine Darstellerbeurteilung ist auf Samstag vorverlegt. Sie werden mir die Initiative vorstellen.«

Die Sonne scheint ihr ins Gesicht und hebt ihre Sommersprossen hervor. »Gut«, sagt sie tonlos, sie lächelt. »Meine vorverlegte Beurteilung war letzte Woche. Die probieren was Neues aus. Ist ein bisschen anders.«

»Wie?«, hauche ich beunruhigt. »Wie anders?«

»Mach dir keine Sorgen, Nettie. Tu einfach, was sie sagen.«

7

Die Helligkeit – das ist der erste Unterschied, der mir auffällt, als ich am Samstag Miks schmales Büro betrete. Zum ersten Mal ist hinten im Büro das Rollo hochgezogen. Ich lasse die Aussicht auf mich wirken: ein Gebäude aus Stein, das in dem Hügel eingekeilt ist, der nach Eden Beach hinunterführt. Dann wandert mein Blick durch das nun lichte Innere des Raumes.

Mom würde es gefallen, es ist sauber und ordentlich. Ein Missiv-Monitor ersetzt das Stillleben aus Tomaten und Teetassen; wo früher ein Turm aus vergilbten Papieren schwankte, gibt es jetzt eine Stehlampe, und anstelle des ausgefransten karierten Sofas steht da eine schicke Ledercouch. Die weißen Wände strahlen geradezu aggressiv weiß und der Geruch nach frischer Farbe wabert durch die Luft. Der riesige Eichenschreibtisch, der wie ein Auswuchs der staubigen Dielenbretter wirkte, ist verschwunden. An seinem Platz steht ein Tisch aus hellem Pinienholz. Die Schreibtischplatte ist vollgestellt mit nicht identifizierbarem elektronischen Zeug. Drähte ranken sich durch den Schreibtisch, unter ihm hindurch und um ihn herum wie Efeu.

Ein Unterschied jedoch übertrifft alles. Der großväterliche Mik, der während der letzten sechs Staffeln mein Produzent gewesen ist, ist weg. Statt seiner sitzt da ein Mann, der keine zehn Jahre älter ist als ich. Er hat ein schmales Gesicht, und sein lockiges braunes Haar ist so lang, dass es den marineblauen Hemdkragen berührt. Zu diesem Hemd trägt er purpurrote Cordhosen.

»Wer sind Sie?« Die frische Farbe in diesem renovierten modernen Büro bringt mich zum Niesen.

Der Mann springt auf und ein Notizblock rutscht ihm vom Schoß. »Hi, Nettie. Ich bin Luz. Freut mich sehr, dich kennenzulernen«, sagt er, während er sich nach dem Block bückt. Er bemüht sich darum, langsam zu sprechen, aber er spricht viel schneller als Mik. »Ab sofort befasse ich mich mit deiner Darstellerbeurteilung. Setz dich, bitte.« Der Mann weist auf die Couch, dabei wiegen sich seine dunklen Locken wie Blumen im Wind.

»Wo ist Mik?« Ich setze mich auf die Couch und gebe mir alle Mühe, mir nicht anmerken zu lassen, wie sehr mich die Veränderungen aus der Bahn werfen. Ich schlage die Beine übereinander und lasse die Hände sittsam auf dem karierten Pullover ruhen, den ich ganz unten im Schrank gefunden habe. Darunter trage ich eine schlichte weiße Bluse. Ich wollte für die Initiative, was immer sie ist, so normal und harmlos wie möglich aussehen. In letzter Minute habe ich mir noch Moms Hanf-Armband geliehen, als *Liberato*-Touch.

Heute will ich so gut sein, wie ein Darsteller mit lausigen Bewertungen nur sein kann.

Meine Handflächen sind verschwitzt.

»Im Urlaub, fischen im Lake Inok. Glücklich und zufrieden«, antwortet Luz hinter seinem schicken Schreibtisch. Er legt den Block auf den Tisch und richtet den Blick auf mich. Sein Lächeln entblößt gelbliche Zähne, bei Reals keine Seltenheit. Ich zwinge mich, nicht zurückzuweichen.

»Lake Inok«, wiederhole ich. Die Namen in den Sektoren haben immer so etwas absurd Schlichtes. »Was ist los? Kriege ich meine Beurteilung?«

»Nein. Heute kriegst du viel mehr.« Er wirbelt einen Stift herum wie ein Tambourmajor im Spielmannszug. »Nettie, herzlich willkommen bei der Initiative.«

»Äh, danke.« Ich schrumpele wieder auf der Couch zusammen, unscheinbar wie eine Pastella auf einer Party.

»Die Initiative wurde ins Leben gerufen, um Zuschauerzahlen zu erhöhen und zu erhalten.« Er legt den Stift ab und verschränkt die Arme hinter dem Kopf. »Die Zuschauer brauchen *Blissful Days* mehr denn je. Und doch schauen sie das Programm weniger.«

»Das verstehe ich nicht.« Ich rücke ein Stück nach vorn.

»Zum Teil liegt das an den Drowned Lands. Dieser letzte Versuch einer Abspaltung war schwerer zu unterdrücken als vorherige. Es gibt ganze Drowned-Lands-Inseln, die jetzt unter Kontrolle der Rebellen sind«, erklärt Luz. Dabei legt er die Beine auf den Tisch. »Diese Kämpfe und die üblichen Unsicherheiten und Widrigkeiten des realen Lebens haben die Zuschauer stark beansprucht. Sie brauchen Unterhaltung, dringend, aber *Blissful Days* bietet nicht den Nervenkitzel und das Raue, das nötig ist, um den heutigen Zuschauer in den Bann zu ziehen und ihm etwas von seinem Kummer über die politischen Gegebenheiten zu nehmen. Und da setzt die Initiative an. Die Initiative gibt den Zuschauern, was sie brauchen. Eine ausgewählte Gruppe von Darstellern erhält wöchentliche Beurteilungen, bei denen ihnen ihre Quote unterbreitet wird, ebenso wie Vorschläge, auf welche Weise die Zuschauer mit genau der fesselnden Unterhaltung zu versorgen sind, nach der sie verlangen.«

»Vorschläge«, wiederhole ich langsam. Ich runzele die Stirn. »Meinen Sie damit, dass ich so was wie … Pflichten zu erfüllen habe?«

Luz lacht. »Nein, du wirst deine Vorschläge umsetzen wollen – sie sind im Einklang mit deinen tatsächlichen Wünschen. Das macht sie ja so effektiv. Hier ist der erste Vorschlag für dich.« Er lässt die Hände sinken, nimmt die Beine vom Tisch und setzt sich gerade hin. Dann räuspert er sich: »Flirte mit Callen Herron. Nur ein Mal – und deine Quote wird durch die Decke schießen.«

Ein paar Sekunden lang weiß ich nicht recht, was ich sagen soll. Den Gedanken, Zeit mit Callen zu verbringen, finde ich ziemlich aufregend. Aber es gibt da ein ernsthaftes Problem. »Ich hab Lia versprochen, nicht mit ihm zu reden.«

»Vergiss Lia. Den Zuschauern gefällt es, wenn du Selwyn deine Qualen anvertraust. Aber sie wollen mehr, brauchen mehr, damit sie in dich investieren können. Jetzt ist der Zeitpunkt, zur Tat zu schreiten.«

»Ich weiß nicht.« Manchmal hatte ich mir gewünscht, von Mik einen Wink zu kriegen, wie meine Quote zu verbessern wäre, aber das hier fühlt sich anders an. »Verstößt die Initiative denn nicht gegen die Nichteinmischungsklausel im Vertrag?«

»Es ist alles mit der Rechtsabteilung abgeklärt worden. Draußen wirst du ein Addendum zum Vertrag finden, das mehr Details über die Initiative enthält, falls es dich interessiert. Vergiss nicht, das sind Vorschläge, keine Befehle. Du musst sie nicht annehmen. Aber warum solltest du es nicht tun?« Luz springt auf und geht in dem schmalen Gang zwischen Fenster und Schreibtisch auf und ab. Er ist klein und dünn, ein Energiebündel. »So, und das Beste habe ich mir bis zum Schluss aufgehoben. Für Vorschläge der Initiative gibt es Belohnungen. Wenn du diesen Vorschlag umsetzt, wirst du den Ausbildungsplatz zur Mathelehrerin an der Highschool bekommen.«

Ich schlucke. »Das können sie machen? Mr Black hat gesagt …«

»Ich weiß, was er gesagt hat. Mach dir darüber keine Sorgen. *Fincher's* ist nichts für dich. Du brauchst Herausforderungen. Flirte mit Callen, und du musst nie wieder einen Fuß in *Fincher's* Werkstatt setzen. Die Extrastunden bei *Fincher's* in den letzten Monaten haben dich wahrscheinlich erst auf die A.-L. gebracht.«

»Genau das habe ich auch gedacht.« Zufrieden damit,

dass jemand anders bestätigt, was ich erraten hatte, lehne ich mich zurück und schlage die Beine wieder übereinander. Die Rechtsabteilung muss ganz schön getrickst haben, damit die Initiative durchgeht, aber wenn mir das eine bessere Quote bringt und ich bei *Fincher's* raus bin, dann ist es das wert.

Mit Callen flirten. Wahrscheinlich sollte ich das Lia vorher erklären, damit sie sieht, dass mir nichts anderes übrig bleibt. In mir wächst die Aufregung. Ich kann wieder mit ihm reden, ihn vielleicht sogar berühren. Vorausgesetzt natürlich, dass er das auch will.

»Moment mal, ist Callen auch in der Initiative? Haben Sie ihm gesagt, dass er mit mir flirten soll?«

»Tut mir leid, das ist vertraulich«, sagt Luz schnell. Ich will protestieren, aber er unterbindet das mit einer Handbewegung. »Was hältst du von der Initiative? Davon, den Ausbildungsplatz zu bekommen? Und deine Quote in die Höhe schießen zu lassen?«

Ich seufze. »Selbst wenn ich genau das mache, was Sie sagen, können Sie die Zuschauer nicht zum Gucken zwingen. Sie wissen doch nicht wirklich, ob meine Quote sich verbessern wird.«

Luz setzt sich auf die Schreibtischkante und trommelt mit den Hacken gegen das Holz. Die Schnürsenkel seiner klobigen Lederboots haben sich gelöst und die Enden schlagen gegen den Tisch. Er verzerrt das Gesicht, denkt angestrengt nach. Während ich auf seine Antwort warte, wird mir klar, dass ich von ihm hören will, dass ich mich irre. Ich will diesen Mathe-Ausbildungsplatz. Ich will glauben, dass Luz mich von der A.-L. holt. Ich will mit Callen flirten.

Luz bricht sein Schweigen. »Du hast recht. Deine Quote kann ich nicht garantieren«, räumt er ein. »Aber ich kenne die Darsteller und ich kenne die Zuschauer. *Media 1* vertraut mir und du solltest das auch tun.« Das Licht im Raum verändert sich, es fällt jetzt in die Ecke – da liegt der lila Overall, den er nicht trägt. Er registriert, wo ich hingucke, und zuckt die Achseln. »Der kratzt.«

»Wie lange arbeiten Sie schon für *Media 1*?« Ich hätte nie gewagt, Mik eine so private Frage zu stellen, aber Luz redet mit mir, als wären wir auf Augenhöhe. Er trägt keinen Overall – er scheint eine andere Art Real zu sein.

»Erst seit ein paar Staffeln«, sagt er und setzt sich gerade hin. »Aber genau deshalb schätzt mich der Vorstand in Zenta – Producer, die zu lange auf der Insel waren, verlieren die Perspektive. Ich habe einen frischen Blick. Für viele *Media 1*-Angestellte ist das hier ein Job, aber ich bin vor allem ein Fan. Und besonders ein Fan von dir.« Er sticht einen auf mich gerichteten Finger in die Luft, als er *dir* sagt. »Auch wenn ich Initiativen für mehrere Darsteller entwerfe – du bist diejenige, die ich persönlich treffen wollte. Du bist etwas Besonderes, und ich kann die Zuschauer dazu bringen, das zu erkennen.«

Nach der Beurteilung bleibe ich vor dem Personalbüro für Darsteller stehen. Dort hängt der Vertrag aus. Ich muss das allein lesen, ohne Luz' Gerede.

Artikel 1, Darsteller
Absatz A: Darsteller sind auf Lebenszeit an das Gebiet von Bliss gebunden.

Man kann die Insel nur als Patriot verlassen. Ich lese weiter unten weiter.

Artikel 53, Patrioten
Absatz A: Nicht zufriedenstellende Quote. Wenn Darsteller ihr Quotenziel um zehn Prozent unterschreiten, gelten sie während des folgenden Quartals als potenzielle Patrioten.
Absatz B: Risiko für die Serie. Darsteller, die als Risiko für die Serie *Blissful Days* einzustufen sind, qualifizieren sich dazu, zu Patrioten zu werden.
Absatz C: Bemerkungen während der Sendung. Darstellern ist nicht erlaubt, auf Patrioten zu verweisen. Verstöße fallen unter Artikel 56.
Absatz D: Patrioten werden in den Dienst von *Media 1* übernommen und erhalten auf Lebenszeit Wohnung und Lebensmittel.

Daneben, Artikel 56.

Artikel 56, Durchbrechen der Vierten Wand.

Verratschen. Es folgen zweiundvierzig Beispiele dafür, was unter dem Durchbrechen der Vierten Wand zu verstehen ist, einige dieser Verstöße begehe ich regelmäßig – Dinge wie bewusst die Qualität der Tonaufnahmen beeinträchtigen oder die Kameras meiden.

Dann, Artikel 57, *Nichteinmischung in die Serie*. Das ist die Klausel, die ich bei Luz angesprochen hatte:

> *Media 1* wird Darsteller von *Blissful Days* weder behindern noch kontrollieren oder manipulieren. Darsteller von *Blissful Days* bewahren die Autonomie über ihr Leben.

Am Ende des Vertrags ist ein Addendum zu finden, zwei Absätze auf blassgrünem Papier. Ich lese es schnell durch. Die Initiative umfasst viel mehr, als Luz mir bei unserer Besprechung enthüllt hat. Einige Aspekte werden Einfluss auf die gesamte Besetzung haben: *Strengerer Vollzug von Artikel 56 … Ausweitung der Kamerapräsenz … Neuregelung der Quoten für ausgewählte Darsteller aus den Geburtsstaffeln 58 bis 70 … Vorschläge zur Quotensteigerung … Einführung mobiler Kameras.*

Mobile Kameras? Bedeutet das etwa, dass weniger Grillen hier rumschleichen werden? *Ausweitung der Kamerapräsenz* würde die Kameras in den Schulwaschräumen erklären. Ich stöhne laut. Hoffentlich bauen sie die nicht auch noch zu Hause an.

Ich trage mich in das in Leder gebundene Besucherbuch von Hidehall ein. In die Spalte »Besuchte Person« schreibe ich den Namen meiner Großmutter, Violet Starling. Es ist so schön, dass wir – im Gegensatz zu Mom und mir – denselben Nachnamen haben. *Media 1* vergibt Nachnamen nach irgendeinem Algorithmus, deshalb ist es auf der Insel keine Seltenheit, wenn Eltern und Kinder verschiedene haben.

»Ich lasse Violet wissen, dass du hier bist«, sagt Tula am Empfang.

Sie greift nach dem Telefon und ruft meine Großmutter an. Dabei achtet sie darauf, Abstand zwischen Mund und Hörer zu halten, damit ihr dunkelroter Lippenstift unberührt bleibt. »Sie ist bereit.« Tula zeigt auf den Flur zu ihrer Linken.

»Danke.« Ich lasse die Arme baumeln, als ich durch das große Haus gehe. Hier gibt es keinen Druck. Alles easy, entspannt und heiter in Hidehall. Gepresste Blumen und Fotos von der Insel hängen an den dunkel vertäfelten Wänden. Große Fenster blicken hinaus auf den ruhigen See und das braun-grüne Stück von den Brambles in der Ferne. Pfleger gleiten vorbei, in *Liberato*-Uniformen: weite Blusen und wallende Röcke für die Frauen und helle Leinenhosen für die Männer.

»Nettie, mein allerliebstes Enkelkind«, ruft Violet mir aus ihrem lila Samtsessel zu, als ich in ihre Wohnung im ersten Stock trete.

»Dein einziges Enkelkind.« Ich lächele, aber ich spüre einen kleinen Stich Traurigkeit. Bisher hatte sie immer aufstehen können, um mich zu begrüßen. Als ich mich über sie beuge und sie umarme, spüre ich ihre Zerbrechlichkeit. Die Zeit hat ihr ihren Stempel aufgedrückt, das sieht man an den eingefallenen Wangen und den Falten in ihrem mondförmigen Gesicht. Aber ihre pechschwarzen Ringellöckchen, die gewissenhaft nachgefärbt werden, sind noch so wie eh und je, das gilt auch für das bunte Kleid mit dem tiefe Einblicke gewährenden Ausschnitt. Kein *Liberato* für sie. In der Zeit um den Mottowechsel herum arrangiert Hidehall immer Bustouren in die Innenstadt, aber Violet fährt nie mit.

Ihr Kleid ist eher auffällig und das gilt auch für ihr Zimmer. Die Wände sind voller Gemälde, hauptsächlich von Violet selbst gemalt. Jedes Möbelstück ist mit Samt- oder Chenillestoffen bezogen. Auf den weiß lackierten Regalen drängeln sich die Nippsachen. Manchmal kann ich kaum glauben, dass eine Frau mit ihrem opulenten Stilempfinden je ihren Lebensunterhalt als Porträtmalerin verdient hat. Aber sie wusste, wie man für die Kunden einen Gang zurückschaltet, das hat sie mir versichert.

»Mein einziges und über alles geliebtes Enkelkind«, sagt sie, als ich mich auf den Stuhl ihr gegenüber setze, direkt neben das offene Fenster. »Wie geht es deiner Mutter? Freust du dich schon auf das Spiel morgen?«

»Ihr geht es gut. Ja, ein bisschen.« Sehr. Ich habe es geliebt, Callen beim Eröffnungsspiel der letzten Saison werfen zu sehen, und ich kann es nicht erwarten, wieder einen Grund zu haben, ihn anzuschauen.

»Wie läuft's mit der Ausbildung?«

»Wie immer.« Ich habe ihr von meinen Problemen bei *Fincher's* erzählt, aber ich will nicht wieder darauf herumreiten, deshalb lasse ich es dabei. Ich schaue zu den Stuckverzierungen an der Decke. Wenn ich Violet doch von der Darstellerbesprechung erzählen könnte! Aber ich will nichts riskieren. Wenn ihre Gedanken nämlich anfangen sollten, auf Wanderschaft zu gehen, könnte sie bei laufendem Mikro darüber reden. Früher haben wir immer viel verratscht, aber das ist zu gefährlich geworden.

»Hast du schon ein Kleid für das Doppel-A?«

»Nein. Selwyn und ich gehen bald shoppen.« Als ich Selwyn erwähne, fällt mir wieder ein, wie Lincoln in der Mittagspause Revere »Initiative« zugeflüstert hatte, nachdem sie von Tattoos gesprochen hatte. Meine Haut kribbelt. Aus eigenem Antrieb würde Selwyn so etwas niemals tun. Das Tattoo könnte ein Vorschlag sein. Sie würde alles tun für die Cello-Ausbildung.

»Fantastisch. Das Mädchen hat einen großartigen Geschmack.« Sie mustert mich von Kopf bis Fuß, sagt aber nichts. Muss sie auch nicht. Ich weiß, dass mein Pullover viel zu dezent für sie ist. »Sind irgendwelche Jungs auf dem Plan? Seit Witson?«

»Nein, kein neuer.« Von Callen habe ich Violet nie etwas erzählt, weil ich wusste, dass sie mich nur drängen würde, ihn zu verführen oder so, hinter Lias Rücken. An der Wand hinter ihrem Sessel fällt mir ein neues Aquarell auf, das einen Rotkardinal und einen Hüttensänger am Futterhaus abbildet. Das Futterhaus hängt direkt vor dem Fenster.

»Das da ist zehn plus.«

»Ja, ich finde auch, dieses Bild ist gut gelungen«, sagt sie und verdreht den Kopf, um es mit mir zusammen anzusehen. »Es ist nicht leicht, Vögel richtig zu treffen, sie sind so schnell. Selbst für ein klitzekleines Bild muss man so viele Skizzen machen.«

Irgendetwas an dem Bild wirkt seltsam, aber ich brauche einen Moment, bis ich weiß, was es ist.

»Sag mal, würden sich Rotkardinal und Hüttensänger wirklich den Futterplatz teilen?« Ich setze mich wieder hin. »Sind Hüttensänger nicht furchtbar scheu?« Wegen der vielen Bäume gibt es in The Arbor jede Menge Vögel, also beobachte ich sie zu Hause ab und zu. Deshalb weiß ich, dass Hüttensänger schon vor einem Schatten fliehen.

Violet lacht laut los, ihre Schultern zittern in den dicken Polstern ihres Sessels.

»Was denn?«, sage ich beleidigt.

»Dir fallen Details auf, die sonst keiner bemerkt, Nettie«, sagt sie leise und tätschelt mir mit ihrer beringten Hand das Knie. Ein paar Sekunden vergehen, dann werden ihre Augen glasig und ihr Blick verliert den Fokus. Sofort bin ich angespannt.

»Genau wie Hart«, sagt sie. Sie spricht von meinem Vater.

Ich halte an dem Lächeln in meinem Gesicht fest. »Soll ich dir Tee machen? Du hast doch Honig, oder?« Ich husche zu der kleinen Teeküche rüber.

»Wo ist Hart?«, fragt sie hinter mir.

Ich beachte sie gar nicht, bewege mich schneller, summe, in der Hoffnung, die Tonaufnahme zu vermasseln. Ich reiße gerade einen Küchenschrank auf, als eine Grille in den Raum stürmt. Verschreckt drücke ich mich an die Wand, den Teekessel noch immer fest umklammert.

Ein pickeliger Typ stürzt auf meine Großmutter zu und funkelt sie wütend an.

»Über Patrioten dürfen Sie nicht reden«, knurrt er. »Das ist ein Verstoß gegen Artikel 56 und wird mit Bußgeld geahndet.«

»Das verstehe ich nicht«, sagt Violet. »Stimmt was nicht mit Hart?« Sie schaut zu der Grille hoch und fleht ihn um eine Antwort an.

Die Grille packt sie an der Schulter. »Halten Sie den Mund. Das Bußgeld fällt sonst noch höher aus.«

Ich stelle den Kessel ab und laufe zu ihnen. »Stopp! Sie macht das nicht mit Absicht, sie ist nur … sie ist nur nicht mehr ganz sie selbst.« Ich bete darum, dass sie keine Strafe zahlen muss. Das kann sie sich nicht leisten. Hidehall-Bewohner sind zwar nicht verarmt, denn *Media 1* kommt für den größten Teil ihrer Unterbringungs- und Verpflegungskosten auf und die Leute haben Ersparnisse und Quotenzahlungen, dennoch verdienen die Alten nicht so viel wie Leute mit Jobs.

Die Grille guckt mich nicht an, lässt aber Violets Schulter los. Sie sackt in sich zusammen, als hätte er das Leben aus ihr rausgequetscht.

»Haben Sie verstanden?«, zischt er. Sein Gesicht ist rot angelaufen, sein Blick durchbohrt sie.

»Was?« Violet hebt den Kopf, aber ihre Pupillen fokussieren nicht und sie redet ins Leere.

»Haben Sie verstanden?«, wiederholt die Grille. Er legt die Hand auf die Sessellehne und beugt sich vor, sodass er kaum einen Zentimeter von ihrem Gesicht entfernt ist.

»Ja.« Sie blinzelt, und ich weiß, dass sie gerade wieder zum Vorschein kommt. »Oje«, sagt sie. »Nettie?«

»Ich bin hier. Alles in Ordnung.« Sie scheint mich nicht zu hören. Zum Glück marschiert die Grille aus dem Zimmer. Violet ist wie erstarrt. Ihre runzelige Hand klammert sich an die Sessellehne.

»Ich mache jetzt Tee.« Zittrig gehe ich zum Herd. Bisher habe ich nur ein, zwei Mal im Leben mitbekommen, wie Grillen Szenen unterbrechen, um Darsteller am Verratschen zu hindern.

Violet bleibt stumm, ihr Blick geht wieder in die Ferne. Meine Hände zittern immer noch, als ich die Gasflamme anschalte.

»Welche Sorte möchtest du denn?«, rufe ich ihr über die Schulter zu. Sie antwortet nicht. »Also gibt es Zitrone!«, verkünde ich munter. Ich beobachte sie, während ich die Teebeutel aus dem Küchenschrank hole. Sie schaut mit leerem Blick zu meinem Stuhl, eine ganze Weile, dann schreckt ein scharrendes Geräusch sie auf, Vögel am Futterhaus. Sie blinzelt, einmal, zweimal, neigt den Kopf zum Fenster und ruft mir über die Schulter etwas zu.

»Nettie?« Sie klingt irgendwie benommen. »Hab ich wirklich …? Oje. Wieder so ein trüber Moment.«

»Ja, wahrscheinlich«, sage ich leichthin. Der Kessel pfeift, und ich bereite schnell das Tablett vor, um der Szene wieder Normalität zu geben.

Als ich zurück ins Wohnzimmer komme, ist sie aus dem Sessel aufgestanden und guckt aus dem Fenster aufs Futterhaus. »Tula hat mir ein hinreißendes Buch über unsere Wildtiere gekauft. Guck es dir mal an.« Sie zeigt auf ein Buch auf ihrem Sekretär, dann wackelt sie zurück zu ihrem Sessel.

Ich stelle das Tablett ab und hole das Buch *Blissful Nature,* während sie den Tee einschenkt und sich hinsetzt.

»Hübsch.« Ich lasse mich wieder auf den Stuhl fallen und gucke mir die Zeichnungen von Flora und Fauna der Insel an. Tatsächlich kann ich mich kaum konzentrieren. Schuldgefühle und Wut wegen des eben Vorgefallenen überwältigen mich. Hätte ich Violet doch nur gleich gesagt, sie solle still sein, als sie den Namen meines Vaters ausgesprochen hatte. Warum war diese Grille bloß so gemein zu ihr? Ob das was mit der Initiative zu tun hatte?

Als wir mit dem Tee fertig sind, verabschiede ich mich. Das Buch nehme ich mit, weil Violet darauf besteht. Ich gehe den Flur entlang. Die picklige Grille steht zusammen mit drei anderen vor einem Waschraum, der mit neuen Kameras ausgestattet wird. Ich muss die Hände zu Fäusten ballen, damit sie aufhören zu zittern.

»Kann den Vertrag nicht lesen«, sagt er. Vielleicht liegt es daran, dass ich heute Morgen Luz zuhören musste, der so schnell redet, jedenfalls verstehe ich genau, was er und seine

Freunde in rasendem Tempo flüstern. Mit selbstgefälligem Lächeln im Gesicht. Die Wut in mir kocht hoch. Mein Blick bleibt auf dem Boden, weil ich diese Grillen nicht ansehen will, und ich sehe Schlüssel, Brieftaschen und Sonnenbrillen neben einer Werkzeugkiste herumliegen.

»Blöde Marionetten«, sagt einer mit einer tiefen Stimme.

Knack. Ich trete auf die Sonnenbrille, fest. Die Grillen verstummen, und ich wünschte, ich könnte mich umdrehen und ihre verblüfften Gesichter sehen, aber das würde gegen den Vertrag verstoßen. Also gehe ich weiter und lächele vor mich hin.

8

»WENN WIR DIE ABKÜRZUNG ÜBER das Feld nehmen, sind wir schneller im Stadion«, sage ich. Ehe Lia protestieren kann, bin ich schon über den Holzzaun geklettert. Sie folgt mir, löst sich aus den Scharen von Darstellern, die von der Tramstation zum Stadion strömen.

Ich sehe mir das Feld genauer an, ein offenes Stück Land in der Granary, nicht weit vom Stadion. Alle fünfzig Meter ragen Kamerapfähle auf, und so dauert es ein paar Sekunden, bis ich ein Stück Wiese außerhalb ihrer Reichweite ausgemacht habe. »Guck dir doch mal diese ... Blume hier an.« Ich ziehe Lia hinter mir her. Sobald ich uns außer Sichtweite gebracht habe, beginnt sie das Gras nach der nicht vorhandenen Blume abzusuchen, bis ich sie an ihrem – zu Ehren der *Ants* rot geschnürten – Turnschuh antippe. Sie schaut auf.

»Ich war gestern Morgen bei der vorverlegten Darstellerbesprechung. Es ist jetzt offiziell: Ich bin in der Initiative«, sage ich tonlos.

Sie lächelt und erwidert auf die gleiche Weise: »Toll. Das ist genau das, was du brauchst.«

»Ja, das ist gut, auf alle Fälle«, stimme ich zu. Es fällt mir schwer, jetzt die richtigen Worte zu finden. Allzu viel Zeit abseits von Kamera und Mikro habe ich nicht zur Verfügung. »Aber Luz hat von mir verlangt …«

»Du hast mit dem Real gesprochen, der die Initiative leitet? Wie war er?« Lia legt den Kopf schräg, genau wie neulich, als sie Lincoln Mollies Namen entlocken wollte.

»Na ja. Irgendwie nerdig.« Sie ist ganz aufmerksam, und ich koste es voll aus, ihr mit meinem Insiderwissen überlegen zu sein. »Jung. Enthusiastisch.«

»Wow, du hast viel Zeit mit ihm verbracht.« Lia ist irritiert. Sie verschränkt die Arme. »Bek hat gesagt, Luz führt keine persönlichen Gespräche mit den Darstellern.«

»Ja, er hat gesagt, ich sei die Einzige. Weil er ein Fan von mir ist«, berichte ich. Doch als ich ihren Gesichtsausdruck sehe, halte ich mich zurück. »Aber sein erster Vorschlag, der ist komisch.«

»Spuck's aus«, kommandiert Lia. Ihr Gesicht ist hart, ihre Arme sind immer noch verschränkt.

»Er will, dass ich mit Callen flirte«, sage ich mit einem entschuldigenden Schulterzucken. »Wenn ich das mache, geben sie mir den Mathe-Ausbildungsplatz.« Ich spüre einen Kloß im Hals. Wenn ich lüge, ist das auch immer so. Aber das ist keine Lüge, sage ich mir.

»Mit Callen flirten?«, wiederholt Lia. Sie windet ihren Zopf in der Hand. »Bek hat mir das so erklärt, dass nur Sachen vorgeschlagen werden, die wir machen möchten«, sagt sie lautlos. Der Zopf schlingt sich um ihr Handgelenk wie eine Fessel. »Aber du willst nicht mit Callen flirten, und es sieht auch nicht so aus, als ob er flirten will, weder mit dir noch mit sonst wem. Er will nichts weiter, als allein seine Zigaretten rauchen und sich selbst bemitleiden.«

»Nach dem, was er dir angetan hat, will ich ihn nicht mal mehr sehen.« So, das ist eine Lüge, und die kommt mühelos über meine Lippen. Natürlich will ich ihn sehen. Aber ohne die Initiative hätte ich es nicht gewagt. »Es ist nur so … den Ausbildungsplatz will ich wirklich haben. Waren die Vorschläge, die du bekommen hast, Sachen, die du wirklich machen wolltest?«

»Ich hab noch gar nicht drüber nachgedacht, aber ich glaube nicht. Bis jetzt hab ich erst einen Vorschlag bekommen. Weißt du noch, wie ich das Stück geändert hab? Bek hat gesagt, wenn ich das mache, würde ich zur Belohnung eine Stunde Schauspielunterricht bei einem Top-Blisslet kriegen. Eigentlich wollte ich es nicht tun, ich fand mein Ende besser.« Sie runzelt die Stirn. »Und diese Woche … uff. Da soll ich über … na, du weißt schon … die Alkoholprobleme meiner Mutter reden. In der Öffentlichkeit, vor der Kamera. Als Gegenleistung für eine Zwei minus in Chemie, damit Dad mich in Ruhe lässt.«

»Hast du dran gedacht, es nicht zu tun?«, frage ich. »Die Initiative sausen zu lassen?«

»Nein. Ist das eine Option?« Lia zupft ihr rotes T-Shirt zurecht, als Vorbereitung für die Kameras im Stadion. Nicht dass es da viel zu zupfen gäbe. Die untere Hälfte hat sie abgeschnitten und gut zehn Zentimeter von ihrem Bauch sind nackt. Ich habe noch nichts dazu gesagt, aber es muss irgendwas damit zu tun haben, Callen an seinem großen Tag vorzuführen. »*Media 1* weiß schon, was für die Zuschauer richtig ist.«

Das Bild von der Grille, die Violet eingeschüchtert hat, kommt mir in den Sinn. »Aber was ist mit uns?«, hauche ich. »Wissen die, was für uns richtig ist?«

»Das ist dasselbe. Hör mal, was wären wir denn ohne *Media 1*?«, sagt sie ohne einen Ton. »Wahrscheinlich Gossenkinder in Zenta.« Lia tut manchmal so, als wüsste sie alles über die Sektoren, nur weil Bek im Laufe der Staffeln hier und da mal ihr gegenüber eine Info fallen gelassen hat.

Dann wirft sie einen Blick über ihre Schulter, Richtung Stadion. »Wir sollten uns mal auf den Weg machen.«

Ich ziehe an ihrem Arm, halte sie zurück. »Du bist also einverstanden damit, dass ich loslege und mit Callen flirte?«

»Na ja …« Sie drückt die Spitze von ihrem Turnschuh in den Boden. »Ich bin nicht glücklich darüber, aber natürlich will ich dich von der A.-L. runterhaben – und die Mathe-Ausbildung wäre echt fantastisch.«

»*Ants*, greift an! *Ants*, greift an! *Ants*, greift an!«, brüllen drei kleine Jungs. Sie springen über den Zaun und sprinten über die Wiese, ein roter Wirbelwind, Gras und Matsch spritzen, Lias Jeans kriegen was ab.

»Mistgören.« Mit finsterer Miene bürstet Lia sich den Dreck von den Jeans. »Komm.« Wir folgen den Jungs, klettern wieder über den Zaun und tauchen in die Menge ein, die zum Stadion strömt. »Wahrscheinlich ist Selwyn schon da.«

Da fällt mir etwas ein. »Ich glaube, Selwyn ist in der Initiative«, flüstere ich Lia zu. »Ich wette, die haben ihr gesagt, dass sie sich tätowieren lassen soll.«

»Hab ich mir auch schon gedacht, aber ich hab nur mit Callen über die Initiative verratscht. Er verabscheut das ganze Konzept. Er ist nicht drin.« Sie stürmt voran und windet sich geschickt durch die Menge.

»Er ist nicht drin«, wiederhole ich lautlos. Wie aufregend. Seine Reaktion auf mein Flirten wird also echt sein.

Im Gewimmel bleibe ich hinter Lia zurück, bis sie mich schließlich packt. »Komm schon«, sagt sie und zieht mich hinter sich her. Dann flüstert sie mir ins Ohr: »Wir sagen Selwyn, dass wir auch drin sind. Wenn wir nicht ehrlich sagen, was sie von uns verlangen, führt das bloß zu Missverständnissen.«

Wir sitzen in der dritten von sieben Reihen. Da hat man einen ganz guten Blick aufs Spielfeld. Selwyn ist schon bei unseren Plätzen, in einem vergissmeinnichtblauen Kleid mit schwarzem Lackgürtel und einer Sonnenbrille mit blauem Gestell, die ihr halbes Gesicht bedeckt. Ich schaue an mir runter, Jeans – dunkelblau – und Tanktop – verwaschenes Blau –, und fühle mich unkreativ. Selwyn hat sich sogar eine Taube mit Fingerfarben auf die Wange gemalt. Sie springt auf, als sie sieht, wie wir uns den Gang entlangschlängeln. Sie schwenkt ein *Pigeon*-Banner und sieht aus, als wolle sie vor Begeisterung aus der Haut springen. Sie ist ganz quirlig und ihre tollen schwarzen Haare glänzen in der Sonne wie Asphalt im Regen. Dabei ist sie gar nicht so begeistert von Baseball, aber sie lässt sich wie immer leicht von dem Tumult um uns herum mitreißen.

»Ihr seid spät dran«, ruft sie über den Lärm hinweg. Das blaue Kleid hat einen großen, eckigen Ausschnitt, nichts zu sehen von einem Tattoo.

»Wir sind nur langsam vorangekommen auf dem Weg von der Tram, so viele Leute sind unterwegs.« Ich umarme Selwyn, dann setze ich mich zwischen Lia und sie und – *kreisch!* Ich schnappe nach Luft. Direkt vor uns schnellt so ein Gerät aus der Rückenlehne des Sitzes – wie ein Springteufel. Nach ein paar Schocksekunden erkenne ich die Linse und das rote Licht und mein Herz schlägt wieder normal.

Eine Kamera. Die mobile Kamera, von der in dem Anschlag am Center die Rede war. Lia reagiert überhaupt nicht darauf und Selwyn tätschelt mir nur das Knie. Die beiden müssen das Ding vorher schon gesehen haben.

Ich rutsche auf meinem Sitz zurück und die Kamera reckt sich und folgt mir.

»Ohne Callen muss ich wenigstens nicht so tun, als würde ich mir was aus Sport machen.« Lia holt einen Stapel Papier aus ihrer Strohtasche, als wäre sie in der Bibliothek und nicht beim größten Special Event der Staffel. »Ich werde an meinem Stück arbeiten.« Die neue Kamera dreht sich zu ihr, viel ruhiger als die Kameras, die die Grillen rumschleppen. Ich entspanne mich, froh darüber, dass das Ding nicht mehr auf mich gerichtet ist.

»Zehn plus«, murmele ich.

»Ja, ohne Callen habe ich Zeit, mich um die Sachen zu

kümmern, die mir wirklich was bedeuten. Ich hab mir überlegt, dass ich mir für Mom Hilfe hole sollte.« Lia legt den Kopf schräg, damit die Kamera ein schmeichelndes Dreiviertelprofil von ihr einfangen kann.

»Stimmt was nicht mit deiner Mom, Lia?«, fragt Selwyn und unterbricht ihr begeistertes Wimpelschwenken.

Lia zögert und guckt mehrmals zwischen uns hin und her, ehe sie tief Luft holt. »Ich glaube, sie könnte ein echtes Problem haben. Sie bleibt die ganze Nacht auf und kippt sich Weißwein rein – und dann fängt sie an, Dad und mich anzuschreien. Gestern Abend hat sie ihren Schrank völlig auseinandergenommen, weil sie eine Halskette suchte, die sie von ihrer Mutter geschenkt bekommen hat, und als sie die nicht finden konnte, ist sie in mein Zimmer gekommen und hat endlos davon gefaselt, dass ich sie gestohlen hätte.«

»Sie kippt sich Weißwein rein?« Selwyn legt den Wimpel auf ihren Schoß und lehnt sich über mich rüber, damit sie Augenkontakt zu Lia herstellen kann. »Willst du damit sagen, sie ist Alkoholikerin?«

»Das ist es, worüber sie sich klar werden sollte«, sagt Lia. Sie schleudert ihren Zopf auf den Rücken und richtet ihre Aufmerksamkeit aufs Spielfeld.

»Lia, das ist ja furchtbar. Ich bin für dich da, wenn du drüber reden willst«, sagt Selwyn händeringend.

Lia ist das peinlich. Am liebsten würde sie wohl weglaufen und sich verstecken, aber sie bringt immerhin ein »Danke« über die Lippen, so laut, dass das Mikro es im Lärm des Stadions erfassen kann.

Der Orgelspieler peitscht die Menge um uns herum auf und Selwyn lehnt sich auf ihrem Sitz zurück, schüttelt den Kopf und murmelt: »Ich hatte ja keine Ahnung.« Das ist die perfekte Gelegenheit zum Verratschen. »Sie wollte die Probleme ihrer Mutter geheim halten«, sage ich lautlos zu Selwyn. »Aber sie musste davon sprechen, wegen der Initiative. Wir sind beide drin. Du doch auch, oder?«

Ihre Augen werden ganz groß. »Woher wusstest du das?«, haucht sie und rückt näher an mich heran – aus dem Fokus der Kamera heraus.

»Ich wusste, dass du nie im Leben ein Tattoo wollen würdest. Die haben dir gesagt, dass du dir eines stechen lassen sollst, oder?«

»Ja, aber ich musste es nicht durchziehen. Ich sollte nur sagen, dass ich eins haben will. Und guck, meine Belohnung war eine Zahnbehandlung!« Sie hebt die Lippe an, damit ich mir ihren wiederhergestellten Schneidezahn ansehen kann. »Und meine Quote hat sich verbessert.«

»Gut.« Ich freue mich für sie. Für Selwyn hat die Initiative etwas gebracht, vielleicht bringt sie auch mir etwas. So komme ich runter von der A.-L., kriege eine Zehn-plus-Ausbildung – und das, wohin das Flirten mit Callen auch immer führen wird.

Der Orgelspieler signalisiert uns durch ein paar Töne, dass wir aufstehen sollen. Der Jubel wird lauter, wächst zu einem Rauschen an und Selwyn und ich stehen auf und stimmen den Anfeuerungsruf für die *Pigeons* an. Die *Ants*-Fans, die uns böse Blicke zuwerfen, ignorieren wir. Ich setze mich wieder hin, aber sie bleibt stehen und jubelt weiter. Im Gegensatz zu ihrem ist mein Enthusiasmus vorgetäuscht, hauptsächlich für die Zuschauer. Die Kamera schlängelt sich ran, ganz nah, und zieht sich wieder zurück. Lia lehnt sich zu mir rüber. »Ich hab gehört, dass die Darsteller die Dinger *Mobs* nennen. Als Abkürzung für *mobile Kameras*.«

»Ich fühl mich auch gemobbt«, flüstere ich zurück. »Müssen die unbedingt so dicht an unsere Gesichter rankommen?«

»Ich weiß.« Lia verdreht die Augen. »Bin echt dankbar für die Make-up-Sessions.« Sie plinkert komisch mit den Wimpern. Aber sie sieht wirklich besser aus dank der Tricks, die sie im Center gelernt hat, und ich bin ein bisschen neidisch.

Selwyn stößt mich an, sie hat den Mund hinter Wimpel und Hand versteckt und haucht: »Welchen Vorschlag hast du gekriegt?« Meine Haut wird ganz heiß.

»Mit Callen zu flirten.« Mein Blick ist auf das immer noch leere Spielfeld gerichtet.

Die Taube auf ihrer Wange wirft Falten, als sie lächelt. »So was von zehn plus«, sagt sie ins Mikro, weil sie vergessen hat, das Verratschen zu verbergen. »Dass dein Radio funktioniert!«

Ich flüstere: »Ich mach das nur, weil sie das gesagt haben. Wahrscheinlich passiert überhaupt nichts.«

»Die müssen einen Grund dafür haben, wenn sie dich das machen lassen. Sie wollen, dass ihr miteinander geht, und sie glauben, dass du Chancen hast bei ihm!«, haucht sie lächelnd.

Ich lächele zurück, ich kann nicht anders. Ich habe zu viel Angst, es laut auszusprechen, aber es ist toll zu hören, wie sie meinen größten Traum in Worte fasst.

Sie ist wieder beim Spiel. »Wo sind sie?«, brüllt sie runter zum Spielfeld. Ich berühre mein Gesicht. Zwischen Lias Make-up und Selwyns perfektem Lächeln fühle ich mich ziemlich unscheinbar. Mir fällt wieder ein, wie Dr. Kanavan mich bei meiner Show-Gesundheitsuntersuchung zurechtgewiesen hat. Werden die besseren Plotlines der Initiative überhaupt funktionieren, wenn den Zuschauern mein Gesicht nicht gefällt?

Lia reicht mir das Fernglas. »Deine Mom sitzt auf der anderen Seite vom Spielfeld, rechts.« Ich drehe mich um, stelle das Fernglas scharf. Da ist sie, mit ihrer Buchklubbrigade, ihre Brillen funkeln in der Sonne. Baseball ist bestimmt nicht ihr Ding, aber sie wissen, wie man Begeisterung für einen Special Event mimt. Alle wedeln sie mit Wimpeln und jubeln.

Ich richte das Fernglas auf näher gelegene Ziele. Lincoln sitzt ein paar Reihen weiter unten, neben Revere. Noch weiter unten sitzt Scoop, der Popcorn isst und mit seinen Freunden redet, auch mit Terra, die sich Luft zufächelt. Die Haare hat sie sich mit roten Schleifen zu Rattenschwänzen gebunden.

Sie berührt ihn an der Schulter und fragt etwas, dabei zeigt sie aufs Spielfeld. Er zeigt auf die Home Base, dann aufs Außenfeld, erklärt ihr anscheinend etwas. Sie nickt und fährt sich mit der Zunge über die Lippen. Ich lache laut los. Vielleicht sollte ich mal versuchen, auf die Art bei Callen zu landen.

»Willkommen zum Eröffnungsspiel eurer Highschool, *Ants* gegen *Pigeons*!«, dröhnt der Ansager.

Die Menge tobt, als Callen zum Hügel schlendert, sein lockerer Gang steht im Widerspruch zu der wilden Euphorie auf der Tribüne und auf dem Feld. Selwyn stupst mich grinsend an, doch ich ignoriere sie, starre geradeaus, mein Atem stockt mir im Hals.

Er ist so schön.

Die Menge brüllt und die Kamera vor uns zieht sich zurück. Das Spiel beginnt. Der erste *Ants*-Batter läuft hoch, wobei er mit seinen Turnschuhen Staub auf dem Platz aufwirbelt, dann lockert er seine Arme wie ein Hund, der den Regen abschüttelt. Selwyn springt auf und ab, während der Schlagmann sich Callen gegenüber in Kampfposition begibt.

Ich stelle mir vor, wie ich mit ihm flirte. Darin bin ich nicht gut. Soll ich ihm Komplimente machen? *Wie schön deine Haare sind …* Ich vergrabe das Gesicht zwischen den Händen. Ich kann nicht mal mit ihm reden, ohne rot zu werden.

Lia legt ihren Stift hin und stößt mich mit dem Ellenbogen an. »Was hast du denn?«, fragt sie barsch.

»Ach, es ist nur …« Ich will sie nicht noch mehr mit dem Vorschlag behelligen, aber diese Falte zwischen ihren

Augenbrauen bedeutet, dass sie meine Gedanken liest. Das weiß ich.

Sie guckt, wo die Mob ist, dreht sich so hin, dass sie von ihrem Körper verdeckt wird, und flüstert mir ins Ohr. »Quäl dich nicht wegen Callen. Wahrscheinlich dreht er sich einfach nur um und geht. Ich glaube nicht, dass er irgendwas mit einer von uns zu tun haben will. Sobald *Media 1* das sieht, werden sie andere Vorschläge für dich haben.« Das *uns* unterstreicht sie mit einer ausladenden Geste, die mich, Selwyn, Revere und Lincoln und sogar einige zufällig in der Nähe sitzende Mitglieder der Theatergruppe mit einschließt. Die Botschaft ist klar: Sie hat das größere Team und Callen steht allein da. Ich grinse, als wäre das zum Totlachen und wahr. Aber mir dreht sich der Magen um, denn ich höre da auch noch eine andere Botschaft heraus.

Sie glaubt, er würde mich nie im Leben beachten. Ich weiß, ich habe keine langen, gekonnt geschminkten Wimpern, keine exquisiten Wangenknochen oder was die Zuschauer – und die Jungs in der Schule – sonst so sehr an ihr schätzen, aber unsichtbar bin ich doch auch nicht gerade.

Quote: 168. Doch das macht mich nicht zur Aussätzigen, nur zu jemandem mit einer niedrigen Quote. Vielleicht bin ich in ihren Augen ja genau das: eine Darstellerin mit niedriger Quote, die sie unter ihre Fittiche genommen hat.

»Alles in Ordnung mit dir?«, fragt sie ins Mikro, als ein Schlag durchs Stadion hallt und die Darsteller die Hälse recken, um die Flugbahn des Balles zu verfolgen.

»Super!« Selwyn springt auf, um den verschlagenen Ball

zu feiern, und stößt den *Pigeons*-Ruf aus. »Wir lagen richtig mit Selwyn«, flüstere ich.

Ich erkläre Lia die Sache mit dem Tattoo, sie nickt, aber ihre Gedanken sind beim Stück.

Also sehe ich mir das Spiel an und konzentriere mich dabei auf Callen. Er ist ziemlich weit weg, ein blaues Strichmännchen, von mir aus gesehen, aber den Rest denke ich mir dazu. Ich habe schon so viel Zeit damit verbracht, ihn anzugucken.

Der Fänger gibt Callen ein Zeichen und mir kommt eine Idee. Wie wäre es, wenn wir ein Zeichen für die Initiative hätten? Etwas, das uns dabei helfen würde, uns gegenseitig mitzuteilen, was *Media 1* von uns verlangt?

Ich flüstere Lia meine Idee zu. »Wie wär's, wenn wir immer, wenn wir was für die Initiative tun, so was hier machen?« Ich kratze mich hinterm Ohr.

Lia blinzelt verwirrt – ich habe ihre Konzentration gestört. Sie guckt auf die Hand hinter meinem Ohr. Dann legt sie die Hand hinter ihr eigenes Ohr. »Kapiert«, sagt sie tonlos. »Gute Idee.«

»Worüber redet ihr?« Selwyn stößt mich an. Ich erkläre ihr das Zeichen und sie murmelt: »Clever.« Dann kratzt sie sich mit einem verschämten Lächeln hinterm Ohr und sagt ins Mikro: »Treffen wir uns morgen nach der Schule? Ich hab was Schönes vor.«

»Ja, klar«, sage ich mit einem Ohrkratzen, damit sie weiß, dass ich es verstanden habe.

9

»Bist du bereit?« Selwyn bückt sich und zieht den Reißverschluss der prallen Nylontasche auf, die sie den ganzen Weg von der Schule mitgeschleppt hat. Irgendwie hat sie massenhaft Energie. Ich bin erschöpft. Gestern Abend, nach dem Sieg der *Pigeons*, sind in The Arbor alle in den Straßen zusammengekommen und haben bis zwei Uhr morgens gefeiert, sogar Mom. Callen war auf irgendeiner privaten Baseballfete, also hat sich keine Gelegenheit zum Flirten ergeben. Den ganzen Tag schlurfe ich schon wie ein Zombie durch die Gegend.

»Glaub schon.« Ich unterdrücke ein Gähnen. Wir sind in einem vergessenen Tunnel, der unter den Tramgleisen hindurchführt. Auf beiden Seiten ist er mit verrottenden Brettern versperrt. Wir haben uns durch ein Loch in der Bretterwand gezwängt und dabei versucht, nicht mit dem splitternden Holz in Berührung zu kommen.

Ich stecke den Kopf aus dem Loch und schaue in beide Richtungen. Ein paar Meter weiter gehen Trampassagiere zum Bahnsteig hoch. Keiner nimmt Notiz von uns. Gut. Dies ist Teil der Initiative, doch das heißt nicht, dass die Polizei oder unsere Eltern einverstanden wären. Ehe ich wieder im dumpfen, moosigen Tunnel verschwinde, schnappe ich noch einmal frische Luft. Selwyn stellt eine Taschenlampe auf den Boden, also ist es wenigstens nicht mehr pechschwarz hier drinnen.

Trotzdem macht der Tunnel mich klaustrophobisch, doch ich ignoriere die Angst und gehe auf Selwyn in ihrem Lichtkreis zu.

Meine Turnschuhe knirschen über Glasscherben. Im Licht der Taschenlampe kann ich die Graffiti an den gewölbten Wänden erkennen. Die einzigen Kameras hier sind ältere Modelle, allesamt tot, nirgends leuchtet ein rotes Licht. Wenn sie für die Initiative unterwegs ist, warum bringt sie mich dann hierher?

Genau das frage ich sie lautlos. Selwyn zuckt mit den Schultern und antwortet auf die gleiche Weise: »Ich tu nur, was sie gesagt haben.« Sie wühlt in der Tasche herum, Geklapper hallt durch den Tunnel. Ich hocke mich neben sie, um mir anzusehen, was sie mitgebracht hat: Dutzende glänzender Spraydosen mit Farbe.

»Ich nehme Blau, Weiß und Silber«, beschließt sie und greift sich drei Dosen raus.

Bam. Ich springe auf. Selwyn lässt eine Dose fallen. Irgendjemand – jemand Großes – tritt gegen ein Brett und versucht das Loch weiter zu machen. Das misslingt. Er quetscht sich trotzdem in den Tunnel, und ich denke nur: Mom bringt mich um. Erleichterung durchflutet mich, als die Gestalt sich dem Licht nähert: Es ist eine Grille. Eine weitere folgt, mit einer Kamera auf der Schulter. Ich wende den Blick ab, mein Herz schlägt wieder langsamer. Lieber Grillen als die Polizei.

»Such dir eine Farbe aus, Nettie«, sagt Selwyn, die den Grillen den Rücken kehrt.

Die beiden bleiben etwa einen Meter von uns entfernt stehen. Ich drehe mich um. Sie werden mich nicht festnehmen oder mich bei meiner Mutter verpetzen, aber mir ist nicht danach, sie anzusehen. Noch ist die Erinnerung an das, was mit Violet passiert ist, zu frisch.

»Ich bin für Gelb.« Ich nehme die gelbe Dose und stelle mich neben sie.

»Wohin mit dem Tag?«, überlegt Selwyn und leuchtet mit der Taschenlampe die Wand an.

»Hier scheint jeder Zentimeter voll zu sein.«

»Da vielleicht.« Selwyn geht auf ein Stück Wand zu, das mit Graffiti zugepflastert ist: Namen von Darstellern, obszöne Strichmännchen, rätselhafte Symbole. Ein paar verstoßen gegen Artikel 56, wie etwa: *Alles für die Zuschauer* und *Untergang von Bliss Island* über einer Zeichnung von einer mit Quotenkarten bedeckten Insel.

»Nicht genug Platz.« Selwyn zieht mich an den Verratsch-Graffiti vorbei Richtung Tunnelende, dabei leuchtet sie mit der Taschenlampe die Wand ab. Die Grillen und ich kötern hinter ihr her. Ihr Gang hat etwas Draufgängerisches, das ganz neu ist, und ich frage mich, ob es tatsächlich echt ist. Sie trägt Jeans und ein altes T-Shirt, etwas völlig anderes also als die ultramädchenhaften Kleidchen, die sie sonst bevorzugt. Ob dieser Stilwechsel wohl auch etwas mit den Vorschlägen zu tun hat?

»Hier«, verkündet sie, als sie ganz am Ende des Tunnels

eine unbeschmierte Stelle erreicht hat – in der Ecke zwischen Bretter- und Tunnelwand. Sie bewegt die Taschenlampe hin und her, um sich einen besseren Überblick zu verschaffen. Auf der Flucht vor dem Licht krabbeln Spinnen hektisch in ihren Netzen herum.

»Was meinst du?« Sie strahlt.

»Ja, zehn plus.« Ein diskreter Blick über die Schulter. Die Grillen sind immer noch hinter uns, ihre Gesichter sind ausdruckslos. Im stillen Tunnel ist nur das Summen der Kameras zu hören. Selwyn drückt auf die Düse und kreischt, als Farbe rausschießt.

»Das stinkt«, jammert sie und hält sich die Nase zu. Aber sie macht weiter. Bald schon schwingt sie mit Leichtigkeit zwei Dosen, ihre Hände bewegen sich wie nach einer Choreografie. Farbe bedeckt die Wand. Ich bleibe in sicherer Entfernung stehen, neige den Kopf mal nach links, mal nach rechts und versuche zu erkennen, was sie da malt. Der silberne Streifen weckt eine vage Erinnerung.

Als sie mit dem Blau anfängt und weiße Streifen hinzufügt, macht es klick bei mir: der Springbrunnen auf der Plaza hinter dem Rathaus. Das Blau und Weiß ist das Wasser in der Sonne, das Silber der stählerne Springbrunnen selbst. Sie fragt, ob sie sich mal mein Gelb ausleihen kann – das kommt Bronze am nächsten, nehme ich an –, und sprüht die Nixen. Auf Zehenspitzen nähern sich die Grillen, das Summen der Kamera mischt sich mit dem Zischen der Sprühdosen.

»Selwyn, das ist fantastisch«, sage ich, als sie fertig ist.

»Du hast so ein Talent. Meine Oma hat immer schon gesagt, dass deine Sachen zehn plus sind.«

Selwyn seufzt. »Ja, manchmal wünschte ich, ich hätte mich für eine Kunstausbildung entschieden. Aber die Konkurrenz ist zu groß.« Sie tritt einen Schritt von der Wand zurück, grinst und stößt mich an. »Du bist dran, Nettie.«

Jetzt spüre ich genau denselben Druck wie im Kunstunterricht. *Mach was Hübsches.* Im Moment kann ich nur eines denken: Was soll ich denn machen? Was soll ich denn machen? Die Grillen kauern jetzt hinter mir. Sie haben keine Antwort darauf. Aber Selwyn. Sie zieht mich hinter sich her und bleibt auf halbem Weg zur anderen Seite des Tunnels stehen. »Guck dir das an«, sagt sie verschmitzt. Sie leuchtet auf die Wand. »Setz was auf diese Liste.« Ich gehe näher heran, um mir anzusehen, worauf sie zeigt. »Garrick hat mir davon erzählt«, erklärt Selwyn. »Die Liebesliste.« Da sind hauptsächlich Namen, jede Menge Namen, Namen, die ich kenne, Namen, die ich nicht kenne, Namen, die frei erfunden klingen, Namen, die verwischt oder abgeplatzt oder mit anderen Namen übermalt worden sind. *Delfine + Morgan, ME + YOU, Teressa + Nicolet, Looks + Brains.* Da sind reihenweise Namen.

»Mach schon.« Selwyn schubst mich näher an die Wand und kratzt sich hinterm Ohr. Das Zeichen. Sie hat recht: Flirten ist es nicht, aber wenn *Media 1* die Zuschauer mit der Vorstellung locken will, dass zwischen mir und Callen was laufen könnte, dann werden sie diese Szene lieben. Sie würde zu der Plotline passen, die sie aufbauen.

»Okay.« Ich halte die Dose hoch und stelle mich auf die Zehenspitzen, damit mein Tag gleich unter *Looks + Brains* passt. Ich fange mit meinem *N* an. Meine Hand zittert, was teils an den Nerven, teils an der Düse liegt. Bald finde ich einen Rhythmus und verziere meine Buchstaben sogar noch mit kleinen Schnörkeln. Ich denke an Selwyns Vorschlag, der so einfach ist und so gut belohnt wird. Selwyns Producer hat gesagt, sie würden ihren Eltern weniger Schichten im Krankenhaus geben. Die dunklen Ringe unter ihren Augen könnten heller werden.

Mein Vorschlag ist nicht ganz so einfach umzusetzen. Heute hatte ich eine Chance, in Kunst. Callen stand am Waschbecken und wusch sich die Hände, doch als ich meine Füße zwingen wollte, zu ihm zu gehen, waren sie auf einmal schwer wie Blei.

Noch fünf Tage.

Ich fange mit dem *C* an, inzwischen bin ich Profi. Es hilft, dass ich immer, wenn mir im Unterricht langweilig war, Callens Namen in mein Heft geschrieben habe.

»Gut gemacht«, sagt Selwyn. Ihr Gesicht, das immer nur kurz von der Taschenlampe angeleuchtet wird, hat was Mondähnliches. »Okay, okay, das reicht jetzt. Lass uns abhauen, ehe wir Ärger kriegen.« Sie rafft die Dosen zusammen und packt sie ein. Ich schnappe mir meine Büchertasche und zusammen klettern wir aus dem Tunnel hinaus ins Tageslicht. Blinzelnd gewöhnen wir uns wieder an die grelle Sonne.

Auf dem Weg zum Bahnsteig sind die Grillen hinter uns.

Ich treibe Selwyn zur Eile an und hoffe, sie verlieren das Interesse, sobald wir zu den anderen Fahrgästen stoßen und nicht mehr so leicht zu filmen sind.

Der Plan geht auf. Das Kamerasummen ist weg, als wir die Stufen zum Bahnsteig hochsteigen.

Selwyn zeigt mir ihre farbverschmierten Hände.

»Igitt«, sagt sie.

»Das geht ab. Im Gegensatz zu einer Tätowierung.«

»Bin ich froh, dass ich das nicht gemacht habe.« Sie schüttelt sich.

Über uns kracht Donner, der Himmel wird zu einem grauen Sumpf. Regen prasselt nieder, hart und laut. Keine von uns hat einen Schirm und der kleine gläserne Warteraum der Haltestelle ist überfüllt. Wir kauern uns unter einen schmalen Dachüberstand, Schulter an Schulter mit den anderen bedauernswerten Unbeschirmten.

Die Mikros verstauen wir in unseren Shirts, um sie vorm Regen zu schützen. Selwyn nutzt die Gelegenheit zum Verratschen: »Glaubst du, dass ich die Belohnung bekomme?«

»Ja! Wir hätten verhaftet werden können. Die Zuschauer werden begeistert sein.«

»Gut. Jetzt bist du dran. Du solltest Callen anrufen und dich um Mitternacht mit ihm verabreden. Ro-man-tisch«, sagt sie lautlos.

»Echt?« Ich schaue mich um, ob wir beobachtet werden. Dann halte ich mir die Hand vor den Mund, um ihn von der nächsten Kamera abzuschirmen. »Ich ... ich weiß noch nicht mal, was ich eigentlich machen soll. Witson war irgendwie immer um mich herum, und dann hat er eines Tages irgendwie seine Gefühle erklärt und wir waren ein Paar. Ich bin mir nicht mal sicher, dass ich überhaupt flirten kann.«

»Du kannst es«, versichert Selwyn. »Garrick hatte keinen Schimmer, wer ich war, also hab ich mich auf Partys immer neben ihn gesetzt und bin zu ihm rübergerückt, bis unsere Beine sich berührt haben, nur ein bisschen. So, dass es wirkte wie ein Versehen. Am Ende hat er mich dann bemerkt.«

Ich verkneife mir, sie daran zu erinnern, wie lächerlich diese Reihe von Partyrummachereien war, aus der ihre Beziehung bestand. »Tja, ich brauche einfach die richtige Gelegen–«

Der Regen unterbricht mich, er rauscht noch heftiger herunter als zuvor und spritzt uns nass. Selwyn kreischt. Zum Glück fährt die Tram ein, voll mit den Leuten, die in den Bezirken um die Innenstadt herum arbeiten. Ich drängele mich zwischen sie, registriere die hochgezogenen Augenbrauen und missbilligenden Blicke und fühle mich durch und durch als Inselrebellin – in durchweichten Klamotten, mit den Ausdünstungen von Sprühfarbe auf der Haut.

Sitzplätze gibt es nicht mehr, also stehen wir an die Türen gequetscht in dem engen Abteil am Ende des Zuges. Selwyn umklammert die Nylontasche voller Spraydosen mit beiden Armen.

»Soll ich die mal eine Weile halten?«, frage ich.

»Gern.« Sie reicht mir die Tasche. »Ist doch schwerer, als ich dachte.«

»Kein Problem«, murmele ich und bemerke ein neues Paar Grillen, das in den vollen Waggon gestolpert kommt. Wieder zwei Männer. Einer hat ein auffallendes Muttermal unter der Nase. Sie sprechen leise, aber es ist so still, dass man sie verstehen kann.

»Ich hab gelesen, dass demnächst Leute eingezogen werden könnten«, grummelt Muttermal. »Die sollen sich um die Drownclowns kümmern, ein für alle Mal.«

Der andere antwortet mit heiserer Stimme – so heiser, dass *Media 1* sie bei uns Darstellern mit einem Bußgeld belegen würde, weil sie Tonaufnahmen verdirbt: »Ehe sie das machen, sollten sie Gas geben mit den Abenteuern.« Er sieht sich im Waggon um, unsere Blicke treffen sich. Sofort schaue ich auf meine Turnschuhe.

Ein paar Minuten später haben wir die Haltestelle The Arbor erreicht. Ich gebe Selwyn die Tasche zurück und steige schnell aus, froh darüber, endlich grillenlos zu sein. Mittlerweile nieselt es nur noch, die Sonne traut sich wieder hinter den Wolken hervor. Drüben auf der Veranda ist jemand. Ein Mitternachtstreffen erübrigt sich wohl. Callen sitzt auf der Verandaschaukel. Kein Baseball heute, wird mir klar. Muss wegen des Regens ausgefallen sein.

Aber was soll ich sagen? Flirten kann ich total vergessen, bei mir reicht es im Moment nicht mal für ein einfaches Hallo. Ich habe einen riesigen Knoten in der Zunge. Mein Magen ist verkrampft, aber ich erinnere mich an den Besuch in Luz' Büro und seine unerschütterliche Überzeugung, dass die Zuschauer mich flirten sehen wollen. Ich schaffe das.

»Callen, rate mal, wo ich gerade herkomme?« Ich nähere mich dem Haus, bleibe aber unten an der Verandatreppe stehen.

»Nicht aus der Schule«, sagt er und streicht sich die blonden Haare aus den Augen.

»Nee. Ich war mit Selwyn in einem stillgelegten Tunnel an der Haltestelle Granary, zum Sprayen. Kennst du den?«

»Echt?« Er winkt mich heran. Ich husche die Stufen hoch und setze mich zu ihm auf die Verandaschaukel. »Davon gehört habe ich, aber ich war da noch nie. Was hast du gemalt?«

»Selwyn hat ein absolutes Meisterwerk hingelegt. Den Springbrunnen vom Rathaus. Der sah so echt aus – sie hat genau die richtigen Farben benutzt und ... tja, so was könnte ich nie im Leben ...« Ich lasse den Satz in der Luft hängen, denn mir wird klar, worauf das hinausläuft.

»Na, was hast du denn nun gemacht?«, hakt er nach.

Ich halte meine Lüge kurz und knapp. »Meinen Namen. Dann sind wir schnell abgehauen. Ich dachte, die Polizei würde uns schnappen oder so was. Aber wir sind dann doch nur vom Regen erwischt worden.« Bedauernd halte ich meinen durchweichten Turnschuh hoch.

»Frühlingsregen ist der beste«, sagt er. Ich liebe diese kleinen Falten um seine Augen, wenn er lächelt. »Der gibt mir meine Nachmittage zurück.«

Ich höre kaum zu, meine Gedanken rasen, ich versuche nämlich herauszufinden, wie man flirtet. Zwischen uns beiden liegt ein Baseball auf der Schaukel. Ich greife danach und nutze das, um näher an ihn heranzurutschen. Und zu flirten. Ich muss etwas sagen, das irgendwie geheimnisvoll klingt, aber nicht allzu subtil ist. Ich muss meine innere Terra zum Vorschein bringen.

»Du hast deine Sache zehn plus gemacht gestern.« Ich drehe den Baseball in den Händen.

»Danke.« Er stößt sich mit den Füßen vom Boden ab, die Schaukel schwingt ein bisschen vor und zurück. »Im Stadion zu sein, ist echt der Horror. Da sind so viele Leute. Viel mehr, als auf den Tribünen in der Schule Platz haben. Das macht mich völlig fertig.« Er wirft mir einen Blick zu und schaut schnell weg. Für seine Verhältnisse war das wahrscheinlich ein großes Eingeständnis.

Was würde Terra sagen? »Das hat man überhaupt nicht gemerkt, du hast so ruhig gewirkt.« Ich kann ihm nicht in die Augen schauen, achte aber darauf, den Kopf so zu halten, dass meine Stimme das Mikro erreicht.

»Komm, erzähl mir von dem Tunnel«, fordert er mich ein wenig später auf. »Garrick hat gesagt, der sei zugenagelt worden. Wie seid ihr reingekommen?« Die Sonne lässt seine Augen leuchten und ich vergesse fast zu antworten.

»An einem Ende hat jemand ein Loch in die Bretterwand gemacht. Trotzdem war es nicht leicht.« Ich zeige ihm die Kratzer auf meinen Armen.

»Ich wünschte, ich wäre bei dir gewesen«, sagt er. Ich merke, wie ich rot werde, und bin froh, dass meine Haut das besser verbergen kann als Lias.

»Fehlt Lia dir?« Ich zucke zusammen. Wahrscheinlich

hätte ich nichts sagen können, das weiter vom Flirten entfernt wäre. Aber das ist mir einfach so rausgerutscht.

»Mir geht's gut.« Er zuckt mit den Schultern und setzt dann wieder seine undurchdringliche Miene auf: Augenlider auf halbmast, Blick in die Ferne gerichtet. Ich lege den Baseball hin und drücke die Handflächen auf die Schaukel. Nur ein paar Zentimeter von seinen Händen entfernt. Mein Magen rumort vor Nervosität. Wenn unsere Hände sich berühren würden, dann wäre das Flirten, eindeutig. Wenn ich allerdings meine Hand auf seine legen würde, wäre das wohl eher Belästigung.

Mir wird bewusst – und es ist mir sofort ein wenig peinlich –, dass ich ihn riechen kann. Seife. Frisch. Er muss geduscht haben, nachdem das Training abgesagt worden ist. Seine Hand wirkt so nah, so warm, schwielige Finger, ein klein wenig gespreizt auf dem Holz, und ich schiebe meine Hand näher heran, mit kleinen Bewegungen, wie eine Raupe, *rutsch – stopp, rutsch – stopp.*

»Scheint so, als wäre es für euch beide das Beste gewesen.« Je näher meine Hand an seine rückt, desto stiller und starrer wird der Rest meines Körpers. Total konzentriert.

»Das Problem mit Lia war, dass sie mich zu jemandem machen wollte, der ich nicht bin«, sagt er und starrt geradeaus zur Straße. »Jemand, der Baseball liebt. Jemand, der mehr redet.«

»Sie meint es gut«, sage ich und denke an Lia, die, das Schicksalstagebuch schwingend, in mein Zimmer stürmt und vor Ideen platzt, die nur zu meinem Besten sind. Ich brauche sie in meiner Nähe, so übergriffig, wie sie nun mal ist. Ohne ihre Ideen wäre meine Quote weit unter 168. Aber Callen braucht sie nicht auf diese Weise.

»Ich weiß«, erwidert Callen. »Ich hoffe, es hat ihr nicht zu sehr wehgetan.« Ich lasse meine Hand die letzten Zentimeter überwinden. Unsere kleinen Finger berühren sich und er dreht sich zu mir und guckt mich endlich an.

»Ich glaube, du hast Farbe im Haar«, bemerkt er. Er berührt eine Strähne, die sich an meine Wange schmiegt. Seine Finger streichen über meine Haut, er zieht sie nicht weg. Mein Herz schlägt langsamer und die Welt um mich herum – die Autos und Pflastersteine der Poplar Street, der satte, erdige Duft nach nassem Gras, die vom Regen schweren Blumen – ist klarer umrissen, wird auf einmal ultralebendig und strahlt.

Die Fliegentür knallt gegen die Wand, die Veranda wackelt. Ich ziehe meine Hand zurück und Callen lässt seine hängen. Mit großen Schritten verlässt sein Vater das Haus, mit dem ledernen Arztkoffer in der Hand. Er bleibt neben der Schaukel stehen, links von mir. Ich setze mich gerade hin.

»Hallo, Nettie.« Er nickt mir zu, ehe er sich an Callen wendet. »Verdacht auf Blinddarmentzündung«, sagt er. »In einer Stunde müsste ich wieder da sein. Richte das deiner Mutter aus.«

»Mach ich.« Callen hebt den Zeigefinger zur Bestätigung. Wir schauen seinem Vater nach, wie er die vier Stufen runtersteigt und zu dem silbern glänzenden Harrow auf der

Auffahrt schlendert, um den ihn die gesamte Nachbarschaft beneidet. Meine Hände liegen jetzt auf meinem Schoß, ineinander verknotet, ruhelos. Das Auto startet, der Motor schnurrt. Ich kann Callen nicht angucken. Ich glaube, ich habe genug getan, deshalb sollte ich einfach gehen.

Ich stehe auf. »Du hast recht, äh, ich hab Farbe im Haar – die wasche ich mir wohl lieber mal raus.«

Zum ersten Mal seit Wochen bekomme ich ein Missiv, über das ich mich freue.

> Herzlichen Glückwunsch, Nettie Starling. Du hast deinen Vorschlag für die Initiative umgesetzt.
> Bald wirst du deine Belohnung erhalten.

10

IM MORGENGRAUEN WACHE ICH AUF. Ich kann nicht wieder einschlafen, also lasse ich den gestrigen Abend Revue passieren. Callen hat mein Gesicht berührt. Was wäre wohl geschehen, wenn sein Vater uns nicht gestört hätte? Hätte ich vielleicht bleiben sollen?

Ich glaube, es wird mir gefallen, Mathelehrerin zu sein. Irgendwann werden Lia und ich in dieser Wohnung in der Innenstadt leben, und ich werde zu Fuß zur Arbeit gehen, genau wie sie gesagt hat.

Ich schwebe rüber zu meinem Schreibtisch und höre Radio. Seit ich über diesen *Media 1*-Walkie-Talkie-Sender gestolpert bin, habe ich es jeden Abend wieder versucht, aber nichts als Rauschen empfangen können. Aber vielleicht ist es keine schlechte Idee, es mal morgens zu probieren. Ich setze mich auf meinen Stuhl, ziehe die Beine an und lege den Kopf auf die Knie. Dann nehme ich den Empfänger und klopfe mit einem Metallstab auf einen der Drähte, um die Frequenz zu verändern. Diese Hand, die da am Radio arbeitet, hat Callens Hand berührt, denke ich dabei.

Seit Witson habe ich niemanden mehr geküsst. Callen küsst bestimmt besser als Witson. Witson hatte dünne Lippen, seine Oberlippe war praktisch nicht vorhanden.

Statisches Rauschen. Wieder Nelly und George. Ich probiere es an einer neuen Stelle, dann noch einer und einer weiteren. Rauschen. Gerade will ich aufgeben, als ich unter dem Rauschen ein solideres Geräusch ausmache. Als ich mir den Empfänger fester ans Ohr presse, höre ich wieder Reals. Ich strenge mich gewaltig an und versuche sie zu verstehen.

»Sie haben mein Freijahr schon wieder verschoben«, sagt ein Mann.

Eine Frau antwortet. »Na ja, sie sagen, in diesen Trupp muss man sehr viel mehr Stunden reinstecken, aber keine Sorge, wenn sie die erst mal verlegt haben« – *brabbelbrabbel* –, »aber ...«

Das Radio verstummt, aber der Ton kommt wieder, als der Mann fragt: »Wann verlegen sie Stork, Cademia« – *brabbelbrabbel* –, »Cannery?«

Ein kalter Schauer läuft mir das Rückgrat hinunter. Das sind die Nachnamen der letzten Patrioten.

»Samstag, den zwanzigsten April. Dann geht es raus aus der Sandburg« – *brabbel* – »zu den Höhlen in den – *brabbelbrabbel* – »überleben« – *rausch* – »Drowned Lands.«

Das Knistern tut mir in den Ohren weh. Mit einem dumpfen Geräusch lege ich den Empfänger hin. Wieder dieses Märchenwort: *Sandburg*. Laut und deutlich dieses Mal. Scoop hatte recht. Das ist ein Ort und sie sind da drinnen, aber sie werden da nicht bleiben.

Raus aus der Sandburg, ab in die Höhlen. Fast drei Wochen. Der zwanzigste April. Der Tag des Doppel-A. Die

Übertragung war verrauscht, ich weiß, aber es hörte sich so an, als ob *Media 1* die Patrioten in die Drowned Lands schicken würde, nicht in ein Büro in Zenta. Genauer: in Höhlen in den Drowned Lands. Einem Ort, der – Luz zufolge – mit jedem Tag gefährlicher wird.

In dem Augenblick, in dem ich den Mathe-Unterrichtsraum betrete, hebt Terra Chiven triumphierend den Kopf. Sie sitzt auf meinem Stuhl neben Scoop, der die Nase in irgendwelche Papiere steckt. Nun ja, genau genommen auf meinem Platz, denn Stuhl und Tisch sind ausgetauscht worden. Die eckigen Holztische und wackligen Stühle sind weg, stattdessen stehen jetzt ovale Tische aus Metall da, an denen glänzende schwarze Stühle befestigt sind. *Voxless*. Das neue Ausstattungs- und Kleider-Motto. Kurz bevor ich zur Schule gegangen bin, habe ich das Missiv darüber gesehen.

> Das Motto für die dreiundsiebzigste Staffel von *Blissful Days* ist Voxless!
> Und was ist Voxless? Voxless ist die Zukunft. Voxless ist edel. Voxless ist zart, aber stark. Voxless-Kleidung ist fließend und glänzend. Voxless-Musik ist elektronisch und beruhigend. Voxless-Kunst, das sind gerade Linien und dunkle Farben.

Ich habe mir die Haare mit einer schwarzen Schleife zusammengebunden und es dabei belassen. Andere Darsteller haben mehr gemacht – Terra ist ganz in Schwarz, sie hat sogar irgendwo eine Halskette aufgetrieben, an der ein Stück Obsidian baumelt. Ich bleibe in der Tür stehen und betrachte sie. Normalerweise würde es mir nichts ausmachen, dass sie meinen Platz geklaut hat, aber ich will mit Scoop reden.

Während ich noch zögernd dastehe, schaut Scoop auf und sieht mich. »Pech gehabt, Nettie«, neckt er mich. Terra guckt finster. Ich atme tief durch und gehe zu ihnen. Terra tut so, als würde sie mich nicht sehen.

»Terra, macht es dir was aus, wenn ich heute hier sitze?« Ich richte den Blick auf ihren Scheitel.

Sie bequemt sich aufzuschauen. »Tut mir leid, Nettie«, sagt sie und schleudert die Zöpfe über die Schultern. »Scoop und ich müssen über den Festwagen für das Blumenfestival der Abschlussklasse reden.«

»Terra, ich brauche Nettie. Sie muss mir bei den Aufgaben von gestern helfen. Wir reden nach der Schule über den Festwagen.« Scoop schenkt ihr ein gewinnendes Lächeln. Terras Mund mahlt, als würde sie ein Pfund Kaugummi kauen, aber schließlich packt sie ihre Bücher zusammen und verzieht sich an ihren üblichen Platz neben Mollie.

»Die Letzte, Nummer sieben.« Er zeigt mir seine Arbeit, die er an einer Ecke hochhält wie Müll. »Du siehst, dass ich es versucht habe. Ableitungen sind einfach nicht mein Ding.«

Ich schnappe ihm das Blatt weg. Mir bleiben nur ein paar Minuten, bevor Mr Black kommt. »Okay. Ich kann dich von einer Fünf auf eine Vier bringen.«

»Mir ist alles recht«, sagt Scoop freundlich. Ich schreibe

ihm ins Heft, auf die x-Achse, in winzigen Buchstaben, die hintereinander herlaufen wie Ameisen. *Wir müssen reden – ich hab was über die Patrioten gehört.* Ich schiebe ihm das Heft wieder rüber und zeige mit der Bleistiftspitze auf das Geschriebene. Er guckt es sich ganz genau an, dann schreibt er die y-Achse entlang: *Besenkammer – vor der Mittagspause?*

Ich nicke – die Besenkammer im Keller ist ein beliebter Ort zum Verratschen, da *Media 1* die einzige kaputte Kamera dort nie repariert hat. Abgesehen davon liegt die Kammer neben dem Heizungskeller, was Erklärungen für die Probleme mit den Mikros liefert.

»Zehn plus«, sagt Scoop ins Mikro, als ich ihm die Aufgaben wieder zurückgebe. Dann kommt Mr Black und ich vergesse die Patrioten komplett und tauche ein in die Welt der logarithmischen Funktionen. Irgendwann langweile ich mich dann und kritzele *NETTIE + CALLEN* auf den Rand meines Hefts – in größeren Buchstaben als sonst. Mir wird ganz heiß, als ich an das denke, was auf der Veranda passiert ist. Dann klingelt es, ich springe auf und knalle mein Heft zu. Nun will ich mit Scoop reden.

»Nettie, können wir uns einen Moment unterhalten?«, ruft Mr Black von seinem Pult.

»Ja, Mr Black?« Ich hätte nicht gedacht, dass es so schnell gehen würde. Ich ziehe mein Tanktop runter und gehe zu ihm, froh darüber, dass ich heute das Hautpflegeprogramm durchgezogen habe. Denn es liegt auf der Hand, dass diese Szene gesendet werden wird.

»Nettie, ich wollte dich ermuntern, dich für den Ausbildungsplatz zur Mathelehrerin zu bewerben. Wie wir besprochen haben, steht ein Platz zur Verfügung, und wir würden dich gern berücksichtigen.« Er verzieht das Gesicht, zerrt an seinem Schlips, einem karierten heute, und vermeidet Blickkontakt.

»Oh. Wow.« Überwältigt vor Erleichterung ringe ich die Hände. Ich wusste ja, dass es kommen würde, aber die Worte zu hören, freut mich über alle Maßen.

Er spielt mit einem Radiergummi herum. Sein Ton ist ernst, als er schließlich weiterspricht. »Ja. Würdest du mir nächste Woche vielleicht bei meinem Geometriekurs für Anfänger helfen? Sie werden an einem Projekt zum Goldenen Schnitt arbeiten.«

»Klar«, sage ich. Er guckt mich immer noch nicht an.

»Zehn plus.« Mr Black wischt sich die verschwitzte Stirn mit dem Ärmel. »Bin froh, dass du dich bewirbst, Nettie.« Er klingt müde, sein Stuhl ächzt, als er sich wieder hinsetzt und beginnt, Arbeitsblätter zu sichten.

Mr Black wirkt alles andere als begeistert. Mit sinkendem Mut entferne ich mich vom Lehrerpult. Vermutlich hat *Media 1* ihm ein Missiv mit Anweisungen geschickt, und er ist verärgert, weil er nicht mitreden durfte. Offensichtlich hätte er lieber Revere genommen. Der Gedanke, dass Revere eine beliebige Zuweisung bekommt, behagt mir immer noch nicht, zumal Revere so hart für diesen Ausbildungsplatz gearbeitet hat.

Scoop drückt sich vor dem Kursraum herum und wartet

auf mich. Er zieht eine Augenbraue hoch. »Na, wie wär's mit ein bisschen Spaß?«, sagt er anzüglich. Ehe ich etwas erwidern kann, geht er schon voraus. Wütend starre ich auf seinen Rücken. Manchmal machen Darsteller in der Besenkammer rum. Lia sagt, es ist total aufregend, sich ohne Kameras zu küssen. Ich habe nicht vor, es auszuprobieren. Aber mit ein paar Schritten Abstand folge ich Scoop den Flur entlang und die Kellertreppe hinunter.

Wir betreten die dunkle Kammer. Die Hindernisse umschiffen wir erfolgreich, denn wir wissen noch, wo sie sind. Eine Reihe von Schrubbern hier, eine Rinne für den Wasserablauf da. Nebenan rumpelt die Heizungsanlage. Gut, das wird die Tonaufnahme vermasseln. Sicher gelange ich an den freien Platz hinten im Raum, Scoop ist unmittelbar hinter mir.

»Ich verstehe das überhaupt nicht«, sagt Scoop ins Mikro. Er fabriziert eine Tarnung für *Media 1.* Ist zwar besser als rumzumachen, viel besser aber auch nicht. »Kannst du nicht bei dem Test nächste Woche dein Heft ein bisschen zu mir rüberschieben?«

»Hm. Ich kann dir beim Lernen helfen, beim Schummeln helfe ich dir bestimmt nicht«, grummele ich in mein Mikro. Schummeln geht doch wohl gar nicht für eine künftige Lehrerin, oder?

Er senkt den Kopf und flüstert: »Was hast du gehört?«

Ich stelle mich auf die Zehenspitzen und flüstere ihm alles ins Ohr, was ich in den beiden Radioübertragungen erlauscht habe. Als ich »Sandburg« sage, atmet er scharf ein, aber ich rede weiter und ende mit: »Ich bin mir also nicht mehr so sicher, ob die Patrioten tatsächlich in Zenta Werbung machen. Was hatte deine Tante dir erzählt? Passt das zu einer der Geschichten?«

»Nicht so richtig. Tante Dana war mal in der Lobby von den Büros für Darstellerangelegenheiten und hat gehört, wie eine Grille von einer Frau gesprochen hat, die rausgeschnitten worden war. *Dieser Haufen ist schwach,* hatte der Typ gesagt – und: *Die werden nicht lange überleben.* Dann hatte er erwähnt, dass einer es vielleicht nicht mal raus aus der Sandburg schaffen würde, und jemand anders hatte sich nach dem *Ergebnis seiner Fitnessprüfung* erkundigt.«

»Das kann alles Mögliche heißen«, flüstere ich.

»Meine Tante Dana war oft krank. Sie hat gesagt, die Show-Ärzte haben wie verrückt versucht rauszukriegen, was ihr fehlte. Die waren so besessen von Gesundheit auf der Insel, dass sie schon dachte, die würden mit den Patrioten experimentieren. Stell dir das mal vor. Wie sollte *Media 1* sonst rausfinden, welche Wetter-Chemikalien sicher in der Anwendung sind? Oder welche Impfungen wirksam?«

»Moment mal, sie dachte also, *die werden nicht lange überleben* würde bedeuten, dass sie sterben – an den Experimenten?« Mich schüttelt's.

»Und dass die Ergebnisse der Fitnessprüfung Aufschluss darüber geben, ob der Zustand der Patrioten so gut ist, dass sie sich als Versuchspersonen eignen.«

Gänsehaut überzieht meine Arme. Niemals hätte ich gedacht, dass *Media 1* uns schaden könnte. Sie lassen uns Bußgeld zahlen, falsches Wetter vorspielen und Werbung für Produkte machen. Sie bringen uns weg von der Insel. Aber Schaden fügen sie uns nicht zu.

»Das kann nicht sein. Wird den Patrioten nicht Unterkunft und Verpflegung auf Lebenszeit garantiert? Das steht doch im Vertrag.«

»Aber mehr auch nicht. Eigentlich gibt es keine Regeln. Meine Eltern haben *Media 1* vertraut, aber Belle und ich dachten, Tante Dana könnte recht haben.«

»Jaja, aber ihr wart Kinder. Wahrscheinlich habt ihr auch an Hexen und Gespenster geglaubt. Abgesehen davon, warum sollten die ausgerechnet in den Höhlen der Drowned Lands Experimente machen?«

»Vielleicht ist das Risiko einer medizinischen Katastrophe nach einem fehlgeschlagenen Experiment geringer, wenn die Patrioten in den Drowned Lands festgehalten werden.«

»Oder vielleicht haben die da einfach mehr Büros«, flüstere ich. »Ich werde noch mal mit meiner Quelle reden. Wir wissen noch nicht genug.«

Scoop murmelt ins Mikro, dass er beim Test durchfallen wird, wenn ich ihm nicht helfe, dann flüstert er: »Vergiss deine Quelle. Wir müssen selbst rauskriegen, was in der Sandburg vorgeht. Du sagst, am 20. April werden alle verlegt?«

»Ja. Aber wir wissen ja nicht mal, wo die Sandburg ist.« Ich runzele die Stirn. »Ich wünschte, sie würden uns einfach erzählen, was los ist. Ich bin sicher, dass eine Menge anderer Darsteller das auch gern wissen würde.«

»Wir werden die Ersten sein, die der Sache nachgehen«, flüstert Scoop.

»Willst du etwa im Center rumschleichen? Wenn du erwischt wirst, schneiden sie dich raus. Risiko für die Serie.«

»Ich hab keine Wahl. Ich muss wissen, was sie mit Belle machen, mit Revere und all den anderen.«

Ich brauche eine Sekunde, bis ich begreife, was er da eben gesagt hat.

»Mit Revere? Was meinst du damit?« Ein taubes Gefühl breitet sich in mir aus, so als würde mein Körper vereisen.

»Das weißt du nicht? Die haben Revere rausgeschnitten«, sagt er langsam, beinahe entschuldigend. »Ich hab gehört, Offizielle haben ihn gestern Abend aus der Tram geholt.«

11

»Ich fass es nicht«, sagt Selwyn. Ich huste erschrocken und versuche den Ton mit der Serviette zu dämpfen, die neben meinem Glas liegt. Sie wird eine enorme Strafe zahlen müssen. Weil sie bei laufendem Mikro von Revere geredet hat. Und die Grillen stehen nur ein paar Meter weiter – sie konzentrieren sich zwar auf Terras Tisch, sind aber trotzdem in Hörweite.

»Wie konnten sie Connor anstelle von Lissa dazu auswählen, das Doppel-A-Gedicht zu schreiben?«

Ich lege die Serviette wieder hin und komme mir blöd vor. »Wird schon gut gehen.«

»Hoffentlich. Aber Connors Gedichte ziehen einen so runter.« Selwyn schmollt. »Beim Doppel-A will ich glücklich sein.«

»Wenn Connor das Gedicht schreibt, wird es wahrscheinlich von unseren zum Scheitern verurteilten Hoffnungen und Träumen handeln«, sagt Lia. »Ehrlich, ich hab ihn nicht gewollt, aber Henna hat sich mächtig ins Zeug gelegt, weil die beiden befreundet sind, und das Komitee ist eingeknickt. Wenn's sein muss, kann sie richtig charmant sein.«

Verstohlen schaue ich zum Tisch der Misfits hinter mir,

ehe ich mich hinsetze. Henna, wieder in Zebra-Leggins, lässt Zahnstocher und Gabeln auf einem Salzstreuer balancieren. »Ist bestimmt nicht so wichtig. Beim Gedicht hört sowieso keiner hin.«

Mir geht der letzte Teil meines Gesprächs mit Scoop durch den Kopf. Ich habe ihm einfach alles erzählt: dass Selwyn, Lia und ich in der Initiative sind, was die Vorschläge und Belohnungen bisher waren und dass Mr Black mir gerade den Ausbildungsplatz angeboten hat. Nur ein paar Stunden nach dem Revere-Missiv. Dem Missiv, das mir entgangen ist, weil ich so früh aufgewacht bin, wie besessen an Callen gedacht habe und schon zur Schule gegangen bin, ehe *Media 1* es abgeschickt hat.

Scoop glaubt auch nicht an einen Zufall.

»Stimmt«, sagt Lia. Sie hält den Kopf höher als sonst und zeigt die silberne Halskette an ihrem Schwanenhals her. Wie können sie und Terra nur so schnell auf die Mottowechsel reagieren? Lia macht sich an ihrem straffen Haarknoten zu schaffen, dann fügt sie hinzu: »Ich wünschte, ich hätte da mitzureden. Ich glaube, die Erwachsenen vertrauen Henna in solchen Dingen mehr, weil sie eine künstlerische Ader hat. Mich haben sie gebeten, den Zeitplan aufzustellen, was ich gemacht habe, und die Programme zu kopieren, was ich erst am Abend vorher machen kann. Ich hätte auch bei der Gestaltung und dem Inhalt des Programms mitgeholfen, aber sie wollten meinen Input nicht. Wenn ich meiner Meinung wirklich Gehör verschaffen will, muss ich mich vermutlich mehr an Henna halten. Ich hab mich schließlich nicht für diesen Posten gemeldet, damit ich ignoriert werde.«

Nein, hat sie nicht. Sie war besorgt gewesen, dass es um ihren Ausbildungsplatz womöglich nicht genug Spannung geben könnte, deshalb war sie dem Komitee beigetreten. Das würde sicherstellen, dass die Zuschauer sie weiterhin sehen wollten.

Sie rückt rüber zu mir. »Das ist nicht deine Schuld«, flüstert sie. Ich nicke, aber mir ist schlecht.

»Weißt du was? Jemand aus dem Orchester ist zu unseren Proben gekommen, und ich bin sicher, dass ich besser abgeschnitten habe als Thora.« Selwyn lächelt von einem Ohr zum anderen. Sie merkt, dass ich sie beobachte, und zieht instinktiv die Lippe über ihren reparierten Zahn. Dann fällt ihr wieder ein, dass da ja nichts mehr zu verbergen ist, und sie lächelt strahlender als zuvor, bis das Lächeln auf einmal verschwindet.

Lincoln ist da.

»Setz dich, Lincoln«, zwitschert Lia. »Was läuft?«

Sein Hemd ist falsch geknöpft. Seine lockigen Haare wirken verfilzt, so als habe er sie nicht gewaschen. Seine Augen sind trübe. »Die Uhr«, sagt er und setzt sich umständlich. Selwyn lacht, dann vertieft sie sich in das Aufschneiden ihres Sandwichs. Lincoln nagt an einem Stück Brot. Irgendwas ist anders an seinem Tablett. Ich brauche einen Moment, bis ich es registriere. Keine Karten. Und am Tisch steht ein Stuhl weniger. *Media 1* hat ihn weggenommen.

Ich starre auf meinen Teller und frage mich, wie wir diese Mittagspause überleben sollen. Revere ist weg, und mit ihm ist auch das Lockere verschwunden, das er mitbrachte. Aber Lia ist unerschütterlich. Sie nimmt einen großen Schluck Kofasip und murmelt in ihr Mikro, wie lecker das ist – gestern Abend haben wir ein Missiv bekommen, in dem uns aufgetragen wurde, dafür Reklame zu machen. Selwyn folgt Lias Beispiel und lobt Kofasip wie ein Himmelsgeschenk. Aber sie wirkt dabei weniger selbstsicher, ihr Blick schießt immer wieder zu Lincoln rüber. Eigentlich hatte ich vor, Lia nach Bek und der Sandburg zu fragen, aber Lincolns Verzweiflung lähmt mich. Warum werden so junge Darsteller nur rausgeschnitten?

Die Stimmung ist so angespannt, dass ich tatsächlich erleichtert bin, als Lias Ex-Freund, Kampfbrabbler und Oberstufensprecher Martin Fennel, zu uns rüberkommt.

»Ist hier noch Platz für mich?«, fragt er und setzt sich, ohne auf eine Antwort zu warten, auf Callens alten Platz neben Lia. Martin hat etwas Puttenhaftes mit seinen dicken Wangen und den strahlenden Augen hinter der randlosen Brille. »Schön, mal die Gelegenheit zu haben, mit meinen jungen Lieblingsmenschen zu reden. Wie spielt das Leben?«

»Zehn plus, Martin«, antwortet Lia aalglatt. »Wir reden über das Doppel-A. Ich bin im Planungskomitee.«

»Ach, die gute alte Zeit. Ich war damals auch im Planungskomitee, weißt du noch?«, labert Martin. Als geborener Politiker achtet er darauf, uns alle nacheinander anzusehen, aber sein Blick bleibt dann bei Lia hängen. »In eurer Jahrgangsstufe denkt man an nichts anderes als an das Doppel-A. Jetzt, da ich Oberstufensprecher bin, habe ich tausend verantwortungsvolle Aufgaben unter einen Hut zu bringen. Ich stehe dem Komitee für den Festwagen des Abschlussjahrgangs beim Blumenfestival vor, ich bin in sämtlichen Ballkomitees und treffe mich einmal die Woche mit dem Schulleiter.«

»Wow, das ist viel«, wirft Selwyn mit glockenheller Stimme ein. »Ich glaube …«

Martin walzt über sie hinweg. »Und dazu kommt ja noch meine Ausbildung im Büro des Bürgermeisters.« Er nimmt die Brille ab, pustet darauf und wischt sie an seinem Hemd ab. »Es ist echt nicht ohne, sich während der Schulzeit auf seine Ausbildung zu konzentrieren, Freundschaften am Laufen zu halten und – in meinem Fall – das Amt des Oberstufensprechers auszufüllen …«

»Martin, wir wissen, dass du Oberstufensprecher bist«, sagt Lincoln dumpf. Er zeigt keinerlei Regung, der höhnische Ton ist weg. Das kurze Schweigen, das darauf entsteht, füllt Martin mit nervösem Kichern. Selwyn säbelt wieder an ihrem Sandwich herum, das Messer quietscht auf dem Teller. Panisch gucke ich zu Lia. Es ist offensichtlich, dass am Tisch etwas nicht stimmt, und wir müssen es in Ordnung bringen, ehe *Media 1* davon Wind bekommt.

Lia springt ein und erklärt uns ihre Vision für das Stück. Lincoln hebt wenigstens den Kopf und scheint zuzuhören.

Ich versuche es, aber meine Aufmerksamkeit ist anderswo. Ich zähle die Grillen, die hier herumlaufen, beobachte Darsteller, die sich vor dem Getränkeautomaten anstellen, um sich Kofasip zu holen. Ich schaue rüber zu Callens Tisch und denke daran, wie es gestern war, als ich mit ihm auf der Veranda gesessen habe.

Martin lenkt das Gespräch wieder zurück auf sich selbst, und während er mit den anderen redet, dreht Lia sich zu mir. »Wir haben uns dieses Wochenende wegen des Spiels gar nicht ums Tagebuch gekümmert.« Sie steckt sich eine Weintraube in den Mund. »Das ist doof.«

»Ja, echt übel«, sage ich, obwohl mir das Tagebuch überhaupt nicht gefehlt hat. Sollte es aber. Ist wahrscheinlich gut für die Quote.

»Es ist alles eine Frage der Wortwahl«, verkündet Martin. »Natürlich müssen es Worte sein, die Bürgermeister Cardinal sagen würde, aber sie müssen auch bei der Menge ankommen«, fährt er fort. Lincoln ist wieder in einen katatonischen Zustand gefallen, seine Hand liegt auf dem Sandwich, so als habe er vergessen, wie man es zum Mund führt und abbeißt.

»Also, hast du es gemacht? Bist du dem Vorschlag gefolgt?«, flüstert Lia, weit zu mir rübergelehnt.

Ich nicke. »Und Mr Black hat im Grunde gesagt, dass der Platz mir gehört. Glaubst du, sie haben Revere deshalb rausgeschnitten?«

»Laut Missiv ist Revere wegen einer geringen Quote rausgeschnitten worden, wie alle anderen«, haucht sie. »Aber immerhin bist du um *Fincher's* rumgekommen, das ist fantastisch.« Irgendwie ist da beim Sprechen was Steifes um ihren Mund, und die Worte, die als Nächstes rauskommen, klingen einstudiert. »Und wie war das Flirten?«

In der Hoffnung, dass Lia den Wink versteht und wir dieses Gespräch später weiterführen, schaue ich gezielt zu den Grillen rüber. Doch sie reagiert nicht, ihr Blick durchbohrt mich.

»Wir haben nur auf seiner Veranda geredet und ich hab viel gelächelt«, flüstere ich schließlich.

»Mehr nicht? Hat er Interesse gezeigt?«

»Keine Ahnung«, sage ich tonlos. Mir ist unbehaglich. »Ich war so … so auf mich selbst konzentriert. Bei dem Gespräch ging es eigentlich um nichts. Ich war erstaunt, dass das reichte.« Ich stoße sie mit dem Ellenbogen an, damit sie merkt, dass die Grillen näher an unseren Tisch heranrücken.

»Okay«, haucht Lia. Zu meinem Missfallen zoomen die Grillen jetzt auf Hennas Spontanskulptur, das gibt Lia noch mal Gelegenheit, ganz offen zu verratschen. Sie stürzt den Rest ihres Kofasip hinunter und dreht sich wieder zu mir. »Rede nicht mehr mit ihm, okay?«

»Teilst du jetzt etwa auch noch Vorschläge aus?«, flüstere ich verärgert. Sie verzieht das Gesicht. Ich hatte nicht vor, mit ihm zu reden, aber mich stört, dass sie denkt, sie könne mich rumkommandieren. Unsere Köpfe sind dicht nebeneinander, beide halten wir die Hände über die Mikros. Ein Bild der Einigkeit, aber so fühlt es sich nicht an. Sie rührt sich nicht von der Stelle, ihr Blick ist stur.

»Der Vorschlag ist vorbei.« Ich wähle meine Worte mit Bedacht. Ich habe nicht gesagt, dass ich nicht wieder mit ihm reden werde.

»Zehn plus«, haucht sie. »Lass mich wissen, was der nächste Vorschlag für dich ist. Ich bin mir sicher, dass *Media 1* seine Meinung wegen eines Liebesplots zwischen dir und Callen ändern wird, wenn die Szene bei den Zuschauern nicht punktet. Bek setzt eigentlich nicht so viel Vertrauen in die Initiative.«

Bek. »Lia, apropos Bek …« Direkt hinter mir summt eine Kamera. Die Grillen sind da. Sie filmen unseren reverelosen Tisch. Ich halte den Mund.

Als ich am Ende des Schultags meinen Spind schließe, höre ich, wie sich die Kameras drehen und mich für die Zuschauer in den Sektoren einfangen. Aber ich starre sie nur an. Durch sie hindurch. Starre die Reals an, die irgendwo vor ihren Bildschirmen sitzen. Ihnen gebe ich die Schuld, mich nicht schon früher geguckt zu haben, denn das hat ja erst zu diesem Elend mit Revere geführt. Ganz egal, was die anderen sagen: Das Timing für seinen Cut war ganz bestimmt kein Zufall.

Ein leichter Regen fällt, als ich die Schule verlasse. Die Wut ist immer noch mein Begleiter, deshalb gehe ich an den Fahrradständern vorbei und stiefele zum Theater. Ich muss ganz genau wissen, was Bek zu Lia gesagt hat.

Ich stürme in den Theatersaal, stemme mich auf die leere Bühne und komme hinter dem Samtvorhang im schwach beleuchteten Backstagebereich heraus, wo Darsteller auf Hockern, Stühlen und Kostüm- und Requisitenkisten sitzen. Lia steht wie ein Zirkusdirektor mitten in diesem Kreis.

»In diesem Stück geht es darum, zum ganzen Menschen zu werden und …«

»Äh, Lia, kann ich mit dir reden … allein?«, unterbreche ich sie.

Peinlich berührt tritt Lia von einem Fuß auf den anderen. Das einzige Geräusch hier ist das gedämpfte Dröhnen des Rasenmähers und das bringt mich auf eine Idee.

»Ist das wichtig, Nettie? Ich war mitten in der …«

»Dauert nur ein paar Minuten«, beharre ich und ignoriere das Geflüster und die missbilligenden Schnaufer von Ms Pepperidge, der Betreuerin der Theatergruppe.

»Okay, okay«, sagt sie, schaut sich um und zuckt mit den Schultern, als wollte sie sagen: Kann man nichts machen. Ich gehe voran, nach unten, zur Tür hinaus, dann rüber auf den Rasen. Sie hält sich demonstrativ die Hände über den Kopf, so als wäre das Geniesel unerträglich.

»Wo willst du dich Samstag mit mir treffen zum Tagebuchschreiben?«, improvisiere ich laut in mein Mikro.

»Bei dir.« Sie weiß nicht recht, was sie von dieser Frage halten soll. »Das war's? Ich hab eine Theatergruppe zu leiten.«

»Nein, das ist nicht alles«, sage ich in mein Mikro, wobei ich verzweifelt nach etwas Besserem suche. »Ich hab überlegt, deine Mom zu besuchen. Vielleicht hilft es ihr, wenn sie Gesellschaft hat.« Der nächste Rasenmäher ist nur ein paar Meter entfernt und kommt näher, ich berühre ihre Hand. Mit einem flehenden Blick gebe ich ihr zu verstehen, dass sie bleiben soll, wo sie ist, bis das Ding so nah dran ist, dass wir richtig verratschen können.

»Ein Besuch hilft wahrscheinlich nicht, aber das ist süß von dir, Nettie«, sagt sie vorsichtig.

Der Mäher ist jetzt nah genug und ich flüstere: »Hältst du es für möglich, dass Bek gelogen hat, als sie sagte, die Patrioten würden Werbung machen? Was genau hat sie dir erzählt?«

Lia senkt den Blick. Lia, die stets alles direkt angeht, schneidet die Verbindung zwischen uns ab. Die Berührung meiner Hand wird zu einem eisernen Griff, so als könnte ich die Wahrheit aus ihr rauspressen. Aber das brauche ich gar nicht, denn ich glaube, ich habe es begriffen. Bek hat nicht gelogen.

Aber Lia.

»Ich komme dann so gegen zehn vorbei«, sagt sie für die Mikros. Dann schließt sie die Lücke zwischen uns und flüstert mir ins Ohr – ein kühler Gurkenduft übertönt den nach Gras, ein neues Parfum für *Voxless*.

»Nettie … ich wusste, dass du dich verrückt machst wegen deinem Dad. Ich dachte, wenn du eine Antwort hättest, könntest du dich darauf konzentrieren, eine gute Darstellerin zu sein. Ich wollte, dass du glücklich bist. Ist es denn so wichtig, was die Patrioten machen?«

Ich lasse ihr Handgelenk los. »Ja, es ist wichtig«, hauche ich wütend. »Du hast mich angelogen. In einer Sache, die wirklich wichtig ist.«

»Ich hab gelogen, um dir zu helfen«, sagt sie. »Bist du denn nicht glücklicher gewesen? Warum fragst du überhaupt? Steckt Scoop dahinter?« Sie schaut kurz hinter sich zum Theater. Dann dreht sie das Gesicht wieder dem Mikro zu. »Hör mal, ich muss jetzt gehen. Aber wir reden später.«

Ich schüttele den Kopf. »Egal«, sage ich und drehe mich um.

»Nettie«, ruft sie, als ich weggehen will. *»Vorwärts durch die Tumulte?«* Unser alter Insider-Witz.

Die leichte Verzweiflung in ihrer Stimme macht mich plötzlich zur Schuldigen, deshalb drehe ich mich um und brülle zurück: *»Das Morgen winkt.«* Ich bin immer noch wütend, aber es käme mir vor wie ein Sakrileg, das Zitat unvollendet zu lassen.

Klick-klick-klick-klick. Meine Schultern verspannen sich, als ich höre, wie sich die Kameras an der Decke auf mich richten. Sie sind gestern installiert worden, während ich in der Schule war. Ein Glück, dass sie nicht sehen können, was ich denke. Ehe ich das Schulgebäude verlassen habe, hatte ich Scoop aufgespürt und ihm von Lias Lüge erzählt. Er hat traurig geguckt, aber nicht überrascht …

Selbst wenn die Patrioten keine Werbung machen, glaube ich immer noch nicht, dass *Media 1* mit ihnen experimentiert.

Puh, ich will gar nicht darüber nachdenken.

Ich wasche mir die Hände und gehe nach unten, wo ich nach irgendetwas Süßem vor dem Zubettgehen suche.

Mom sitzt am Esstisch vor ihrem dampfenden Abendtee. Ein Stapel Papier liegt neben ihrem Ellenbogen und eine frisch installierte Mob fährt unter dem Tisch aus und richtet das Objektiv auf sie.

»Du bist ja noch spät auf«, murmelt sie, liest einen Zettel, schiebt ihn unter den Stapel und füllt eine Spalte in einer Liste aus. Sie stellt Anfragen von Bibliothekskunden zusammen. Früher waren Bücher aus den Sektoren verboten, aber Inselautoren können die Nachfrage nicht decken, deshalb hat *Media 1* beschlossen, einige Bücher hereinzulassen. Allerdings sorgt *Media 1* dafür, dass Bücher, die zu viel über die Sektoren enthüllen, draußen bleiben.

»Ja, stimmt.« Ich muss immer an Revere denken. Wie fröhlich er war. Ich wäre nie darauf gekommen, dass er auf der A.-L. ist. Das Haus hat nach Lavendeldesinfektionsmittel gestunken, als ich nach Hause kam, aber Mom wirkt einigermaßen ruhig.

Wie würde sie wohl reagieren, wenn ich ihr von Dana Cannerys Theorie über die Patrioten erzählte? Ob sie sich Sorgen um meinen Vater machen würde?

»Wie läuft's bei *Fincher's*?«, fragt sie.

Ich zögere, aber sie muss es erfahren. »Mom, also, was *Fincher's* angeht …«, sage ich, während ich mich heimlich in der Küche auf die Suche nach Keksen mache – sie hat nämlich welche gebacken für das bevorstehende Treffen des Buchklubs, aber ich darf eigentlich keine essen, weil sie sich wegen Löchern in den Zähnen sorgt.

»Was ist mit *Fincher's?*«, fragt sie in einem scharfen Ton.

Ich hole tief Luft. »Mom, ich werde mich für die Ausbildung zur Mathelehrerin an der Highschool bewerben. Mr Black sagt, wahrscheinlich kriege ich den Platz.«

Mom lässt den Stift fallen, ihr Stuhl quietscht, als sie aufspringt und zur Küchentür stürzt. »Du hast dich doch aber so lange auf *Fincher's* vorbereitet!«

Ich klappe die Tür vom Küchenschrank zu, ehe sie merken kann, dass ich auf Keksjagd bin. »Ich weiß. Aber ich glaube, das hier wird mir besser gefallen, als Sachen zu reparieren.«

»Wirklich?« Sie seufzt entnervt. »Nettie, was ist bloß los mit dir?«

»Mom, es ist alles in Ordnung. Das wird schon klappen«, murmele ich – und aus Verzweiflung schnappe ich mir eine Birne. Dank ihrer unausgesprochenen Regel, nicht zu verratschen, kann ich ihr nicht mal ansatzweise erklären, was wirklich passiert ist.

»Nettie, in letzter Zeit tust du so geheimnisvoll«, sagt sie und folgt mir ins Wohnzimmer. »Und bitte keine Lebensmittel außerhalb der Küche, das weißt du.«

»Ich tue nicht geheimnisvoll«, blaffe ich und setze mich aufs Sofa. Die Birne lege ich auf den Couchtisch. Wenn sie doch weggehen würde!

»Und warum hast du mir nicht früher von der Ausbildung erzählt?« Mit verschränkten Armen steht sie vor mir. »Du weißt doch, du kannst mit mir reden, wenn du Probleme hast. Ich bin für dich da.«

»Hast du das in *Perfekte Elternschaft* gelesen?« Das soll

ein Witz sein, irgendwie. Mom liebt Ratgeber. Weitere bemerkenswerte Titel, die ich im Laufe der Staffeln bei ihr gesehen habe, waren *Freunde über vierzig* und *Attention, Belief, Clarity: Das ABC des Erwachsenseins.*

»Nein, das meine ich ernst, Nettie. Ich mache mir Sorgen.« Sie nimmt ihre Brille ab und legt sie auf das Kaminsims, dann reibt sie sich die Augen. »In letzter Zeit wirkst du so anders.«

»Ich hab einfach das Gefühl, dass sich einiges verändert.« Ich lege den Kopf zurück und starre an die Decke. Was mich wirklich beschäftigt, kann ich ihr nicht sagen. Wir verratschen nicht.

»Wie meinst du das?« Sie setzt sich neben mich. Eine Lampe scheint direkt auf ihre Haare, ich entdecke ein paar neue graue Strähnen im Braun. Ohne ihre Brille wirkt sie weicher, ein wenig zugänglicher.

»Bei mir und meinen Freunden.« Ich versuche mir etwas einfallen zu lassen, das ich vor der Kamera sagen kann. »Callen hat mit Lia Schluss gemacht.«

»Oh.« Mom spitzt die Lippen. »Das ist sicher hart für Lia. Sie wird dich jetzt sehr brauchen.«

»Ja, es ist hart für sie.« Ich lasse einen Brieföffner auf dem Tisch kreiseln – Mom sammelt sie. Sie hat keinen besonderen Sinn fürs Ästhetische, so wie Violet oder Eleanora Burnish, Lias Mom. Ich glaube, eine normalere Mutter würde so etwas wie Porzellanfiguren sammeln oder ... Keine Ahnung.

»Und was ist mit dir?«, fragt sie plötzlich. »Wie ist dein Liebesleben? Triffst du dich mit jemandem?«

Igitt. Jetzt bemüht sie sich echt, die Mutter aus dem Ratgeber zu sein. Aber wenigstens kann ich ihr Interesse zu meinem Vorteil nutzen und etwas mehr zu der Plotline beitragen, die Luz zufolge auf jeden Fall gesendet wird.

»Es gibt da jemanden, den ich mag«, sage ich langsam. Irgendwie habe ich immer noch Schuldgefühle wegen Lia, aber – muss ich das wirklich? Sie fühlt sich ja auch nicht schuldig, weil sie mich wegen der Patrioten angelogen hat. »Ich glaube, ich … äh … ich mag Callen.«

Mom gibt ein verschrecktes Geräusch von sich, hat sich aber schnell wieder im Griff. »Das ist wohl kompliziert.« Mom hat nach meinem Dad keinen Freund mehr gehabt und wirkt immer eher verwirrt als verzückt, wenn Männer mit ihr ausgehen wollen.

»Stimmt. Ich will Lia nicht wehtun – und außerdem bin ich mir nicht sicher, was er fühlt.«

»Oh, solche Situationen sind schwierig.« Moms Blick wandert zum Fenster hinter mir, sie verliert sich in Erinnerungen. *An meinen Dad?* Das wüsste ich gern. »Sei einfach ehrlich, dann regelt sich das schon.«

Für wen? Für mich vielleicht, aber nicht für Lia. »Das hoffe ich«, sage ich knapp und vage. »Ist heute irgendwas Neues in der Bibliothek passiert?«

Ihr Gesicht wird gleich fröhlicher. »Mr Gardene hat seinen Pudel mitgebracht, *Jingle.* Süßer Hund, aber er kaut Wörterbücher an. Ich musste streng werden …«

Mom nach ihrem Job zu fragen, bahnt einen guten Fluchtweg. Ich kichere, als sie von dem Showdown zwischen ihr, Mr Gardene und dem neurotischen Pudel Jingle erzählt – und davon, dass die neue Leseecke mit den vielen Kissen mehr für Nickerchen als zum Lesen benutzt wird. Während ich meine Birne mampfe und ihren kleinen Erlebnissen lausche, könnte ich mir fast weismachen, dass alles in bester Ordnung ist.

12

LUZ BELLT IN DAS MIKRO VON seinem Headset. Ich verstehe nur Bruchstücke, wie »besser für alle« und »ich besorge ihnen eine andere«. Als er fertig ist, wirft er das Headset angewidert auf seinen unordentlichen Schreibtisch und bittet mich mit einer Handbewegung rüber zur Couch. Aber ich bleibe vorm Schreibtisch stehen, um Mut ringend, die Frage zu stellen, die mich seit Montag verfolgt.

Er kriegt das nicht mit. »Diese Bürokraten«, murmelt er und streichelt das Headset wie ein Katzenbaby. Ihm sprießt ein Bart, ein schwacher Versuch, der seine Jugend nur noch betont. »Trotz der offenkundigen Erfolge stößt die Initiative auf Widerstand.« Seine Stimme wird schrill, als er seine *Media 1*-Bosse nachäfft und mit erhobenem Zeigefinger vor mir herumfuchtelt wie ein verärgerter Lehrer. »Was, wenn die Darsteller ihre Vorschläge nicht mögen? Was, wenn die Belohnungen sie nicht reizen? Was, wenn sie anfangen, sich über die Mobilkameras zu beschweren?« Er seufzt. »Warum geben sie sich nicht damit zufrieden, dass die Zuschauerzahlen steigen?«

»Habt ihr Revere rausgeschnitten, damit ich den Mathe-Ausbildungsplatz bekomme? Gab es für ihn sonst keinen anderen Platz?« Meine Stimme bleibt ruhig, aber ich trete einen Schritt näher an den Schreibtisch heran.

Luz winkt mich rüber zur Couch, dabei antwortet er: »Wie im Missiv mitgeteilt wurde, lag Reveres Quote zehn Prozent unter dem Ziel. Er war auf der A.-L. und der Kreis der Producer hat ihn für den Cut ausgewählt. Abgesehen davon hätte er wohl kaum rausgeschnitten werden müssen, damit du den Ausbildungsplatz bekommst. Er hätte einfach beliebig zugewiesen werden können.«

»Das schien mir nur ein seltsamer Zufall zu sein.« Ich bleibe stehen. Meine Schultern werden langsam schwer, ich habe die Büchertasche nicht abgestellt. »Auch wenn er auf der A.-L. gewesen ist … Wie standen denn die Chancen, dass er ausgerechnet zu dem für mich günstigsten Zeitpunkt rausgeschnitten wird?«

Luz macht den Mund auf, er hat die Antwort schon parat, aber unsere Blicke treffen sich und es herrscht Stille. Im Handumdrehen erholt er sich wieder. »Aufgrund des Vertrags kann ich nicht mit dir über Revere reden.« Luz kramt in dem Haufen Sachen auf seinem Schreibtisch herum. »Nettie, ich würde viel lieber über dich und deine Quote reden. Setz dich.«

Ich ignoriere den Befehl, pflanze die Hände auf seinen Tisch und lehne mich vor. So imposant wie einer von den Offiziellen bin ich zwar nicht, aber ich hoffe trotzdem, in dem kleinen, engen Büro etwas einschüchternd zu wirken. »Waren Sie mit dabei … im Kreis der Producer? Haben Sie gesagt: *Lasst uns doch Revere rausschneiden, damit wir Nettie den Ausbildungsplatz zur Lehrerin geben können?* Haben Sie das gemacht, weil Sie wussten, dass Mr Black sich dagegen auflehnen würde, dass ich den Platz kriege, solange Revere noch da ist?«

»Mal angenommen, ich hätte so was gesagt«, erwidert Luz zickig. »Wäre das denn wirklich so viel schlimmer als irgendein anderer Cut?« Er sortiert verschüttete Büroklammern. »Darsteller kommen auf die Auswahlliste, weil sie bei den Zuschauern nicht beliebt sind. Die endgültige Entscheidung hängt von der Abstimmung im Kreis der Producer ab. Und wie diese Entscheidung dort getroffen wird, unterliegt keinerlei Regeln.«

»Wenn Sie mir schon nicht die Wahrheit über den Cut sagen wollen, dann sagen Sie mir wenigstens, wohin er jetzt kommt. Was geschieht mit den Patrioten?« Ich versuche das ganz beiläufig zu sagen.

»Du weißt, dass ich dazu nichts sagen darf. Abgesehen davon, was interessiert dich das? Du bist weit davon entfernt, Patriotin zu werden.« Er zieht den wohlbekannten grünen Umschlag unter einem Haufen Gummibänder heraus – und hält ihn hoch. »Da ist er ja. Guck's dir an. Nettie, bitte setz dich.«

»Okay.« Ich verziehe mich zur Couch. Er reicht mir den Umschlag mit der Quote. Ich fürchte mich vor dem, was darin steckt. Die Erinnerung an die Enttäuschung im letzten Quartal ist noch frisch, und meine Hände zittern, als ich den Umschlag aufreiße.

Als ich meine Quote sehe, schnappe ich nach Luft. »Echt?«

»Die Verandaszene mit Callen war der Hit bei Mädchen im Alter zwischen neun und achtzehn«, sagt Luz triumphierend. Er reibt sich die Hände. »Ich wusste, dass du es draufhast.«

Ich halte den Inhalt des Umschlags in der Hand wie eine heilige Opfergabe. So viele Scheine: 300 Ceteks. Ein Bonus von 200 Ceteks, weil ich meine Zielquote um mehr als zehn Prozent übertroffen habe. Auf der weißen Karte steht: *342.* Die vorgesehene Quote war 250 gewesen. Ich kann das Lächeln nicht unterdrücken. »Diese Woche bin ich in Sicherheit?«

»Ja, du bist runter von der A.-L. Übrigens habe ich dich auch vor einer Strafgeldzahlung bewahrt. Deine Lehrer interessieren sich vielleicht dafür, wenn du beim Mathetest schummelst, aber vor den Zuschauern musst du das nicht verstecken. In der Besenkammer hättest du mehr auf die Tonqualität achten sollen, vor allem weil dort die Kamera fehlt. Das wird nun in Ordnung gebracht werden.«

»Gut«, murmele ich und zähle die Scheine noch mal durch. »Ich werde umsichtiger sein.«

»Und selbstverständlich bist du auf gutem Weg, den Mathe-Ausbildungsplatz zu bekommen. Deine erste Woche als Teil der Initiative war eindeutig ein Erfolg. Bist du bereit, dir deinen nächsten Vorschlag anzuhören?«

»Was ist es?« Ich verstaue Geld und Karte wieder im Umschlag und stecke ihn in meine Hosentasche. Selwyn wollte heute in der Stadt für *Voxless* shoppen gehen. Jetzt werde ich mir auch etwas kaufen können.

»Noch drei weitere Unterhaltungen mit Callen. Ich schicke dir ein Missiv mit genaueren Anweisungen. *Hi* zählt nicht.«

»Mehr Flirten, meinen Sie?«

Luz notiert sich etwas auf seinem gelben Notizblock und kommentiert das, ohne aufzuschauen. »Klar, wenn es sich so ergibt. Du sollst einfach zusehen, dass du mit ihm redest. Ich glaube, die Belohnung wird dir gefallen. Ich hab gemerkt, wie du dich aufgeregt hast, als deine Großmutter Strafe zahlen musste fürs Verratschen. Wie fändest du es, wenn ich dir versichern könnte, dass sie nie wieder Bußgeld zahlen muss?«

Ich könnte Violet dauerhaft aus Schwierigkeiten raushalten und obendrein wieder mit Callen abhängen! »Ja, in Ordnung«, sage ich sofort, werde aber ganz still, als ich an Lia denke. Wie soll ich das hinkriegen?

»Fantastisch. Wenn du deine Sache so gut machst wie letzte Woche, wird deine Quote durch die Decke schießen.« Beim Aufstehen tritt Luz auf einen lila Overall. Er kickt ihn auf den Haufen in der Ecke. »Hast du noch Fragen zu den Vorschlägen?«

»Nein«, sage ich. »Es ist nur … Lia ist so wütend auf Callen. Sie will nicht, dass ich noch mal mit ihm rede. Das weiß ich.«

»Hör mal, Nettie, es gibt mehr im Leben, als die beste Freundin von Lia Burnish zu sein. Vergiss das alte Bild, das du von dir hast. Und hilf deiner Großmutter.« Er geht um den Schreibtisch herum und streckt dabei die Arme so, als würde er sich zum ersten Mal seit einer Ewigkeit bewegen.

»Glaubst du etwa, dass die Stars von *Blissful Days* mehr an andere denken als an sich selbst? Fang an, wie ein Star zu denken. Was willst du?«

»Ich will mit ihm reden«, sage ich, ohne nachzudenken. Ich könnte den ganzen Tag mit ihm auf der Veranda sitzen. Ihn in Kunst in die Ecke drängen und ihn fragen, wie ihm unser neues Selbstporträt-Projekt gefällt. Nach der Mittagspause auf dem Flur zu ihm schlendern und ihn zu seinem nächsten Kurs begleiten.

»Und das wollen die Zuschauer auch.« Luz dreht sich um und wühlt in Papieren. Er bringt noch einen Umschlag zum Vorschein.

»Hier ist der Beweis. *Media 1* hat mir die Erlaubnis gegeben, dir einen Fanbrief zu zeigen. Ich dachte, das könnte dich inspirieren.« Er reicht mir den Umschlag. »Du darfst ihn am Set lesen, wenn du willst. *Media 1* sendet das nicht, aber du wirst auch nicht dafür bestraft.«

»Oh, wow, ist ja irre«, sage ich und schnappe mir den Umschlag. Ich hab noch nie davon gehört, dass irgendjemand Fanpost bekommt. Mir war nicht mal klar, dass jemand den Wunsch haben könnte, uns zu schreiben. Ziemlich zehn plus. Ich stecke den Umschlag zu der Quotenkarte in meine hintere Hosentasche. Da ich es kaum erwarten kann, mir den Brief anzusehen, stehe ich auf und will gehen, doch das Surren eines Kampfjets lenkt mich ab. Unwillkürlich schaue ich aus dem Fenster, um einen Blick darauf zu werfen, aber das Gebäude hinter den Büros für Darstellerangelegenheiten verdeckt den Himmel.

»Scheint ganz so, als wäre es in den Drowned Lands ziemlich unangenehm geworden«, werfe ich hin. Ein letzter Versuch herauszukriegen, was sie da mit den Patrioten machen.

»Ja«, sagt Luz, der wieder hinter seinem Schreibtisch sitzt. »Du kannst froh sein, dass deine Vorfahren da rausgekommen sind.«

»Sie kamen aus den Drowned Lands?« Ich runzele die Stirn. »Alle meine Vorfahren? Stammte keiner vom Festland?«

»Fast alle Originals kamen aus den Drowned Lands, sie haben die Sicherheit der Insel am meisten gebraucht.«

Natürlich, das ergibt einen Sinn. Die Ärmsten. Lia lag falsch. Gossenkinder von Zenta wären wir niemals gewesen. Ohne die Originals wären wir Bauern in den Drowned Lands gewesen. Abkömmlinge der Drownclowns, alle miteinander.

Luz hat sich über seinen gelben Schreibblock gebeugt und kritzelt vor sich hin, also kann ich mir die Steinmauern des Gebäudes vor dem Fenster ansehen. Mein Herz schlägt schneller, als mir etwas aufgeht: Das ist perfekt, es liegt am Rand des Centers, weit weg von Darstellern und Sets und direkt am Strand – wo die Schiffe anlegen, die die Patrioten wegbringen.

Die Sandburg.

Ein schrilles elektronisches Heulen – ich reiße den Blick

vom Fenster los. »Oh Gott.« Luz springt auf, streckt den rechten Arm aus und versucht den Rauchmelder zu erreichen, der uns das Trommelfell zerreißt. Er schafft es nicht. »Immer wieder sag ich ihnen, dass sie auf den Fluren nicht rauchen sollen, aber keiner hört auf mich ... Gott, diese Sirenen auf Bliss Island.« Vor vier Staffeln ist in den Hügeln ein riesiges Feuer ausgebrochen. Daraufhin hat *Media 1* alle alten Rauchmelder gegen superempfindliche Geräte ausgetauscht, die schon durch Zigaretten und Kerzen ausgelöst werden können.

»Gut, bis zum nächsten Mal dann«, brülle ich, halte mir die Ohren zu und stürze aus dem Büro. Mein Abgang wird von Reals behindert. Ich kann ihre Lippen lesen, sie beschweren sich darüber, dass sie das Gebäude verlassen müssen, obwohl kein Notfall vorliegt. Ein Blick über die Schulter sagt mir, dass Luz keine Ausnahme bildet. Er stürmt aus seinem Büro, zieht sich im Laufen eine Jacke über. Eine weitere Sirene stimmt in den Chor ein, und ich renne los, nichts wie raus aus dem Lärm.

Lia fläzt sich quer über mein Bett, ihre langen Beine stecken in hautengen dunklen Jeans. Sie blättert das Tagebuch durch. Ich sitze rittlings auf meinem Schreibtischstuhl. Mit halbem Ohr höre ich ihr zu, aber eigentlich bin ich mit den Gedanken bei meiner Darstellerbeurteilung. Lia sagt laut, was sie gerade mit schwungvoller Schrift aufschreibt: »Gute Dinge. Nun ja ...« Sie hält inne und fasst sich hinters Ohr, unser Zeichen für einen Vorschlag der Initiative. »Ich habe beschlossen, ins Krankenhaus zu gehen und mich nach einer Therapie für Mom zu erkundigen.« Das schmettert sie praktisch heraus. Sie ist besser darin geworden, so zu tun, als wollte sie über dieses Thema reden.

Eine gefakte Persönlichkeit, denke ich. Das bewirkt die Initiative. Aber ist das nicht besser als das, was ich vorher hatte? Der Fanbrief könnte das klären. Ich werfe einen Blick über die Schulter auf den Umschlag, der immer noch ungeöffnet neben dem Radio liegt. Lia war schon hier, als ich nach Hause gekommen bin, daher konnte ich ihn noch nicht lesen.

»Ich finde, das mit der Therapie ist eine Zehn-plus-Idee.« Ich recke mich ein wenig, damit ich über sie hinweg im Spiegel an meiner Wandschranktür prüfen kann, ob meine Haare sitzen. Die versuche ich nämlich unter Kontrolle zu halten, damit sie besser zu *Voxless* passen.

»Du bist dran«, sagt sie und zeigt mit dem Stift auf mich. »Gute Dinge?«

Gute Dinge. Ich setze mich wieder. Über meine spektakuläre Quote darf ich nicht reden. Und über diesen Moment, den ich am Montag mit Callen hatte, kann ich nicht reden. Angesichts des Vorfalls mit Revere kommt es mir auch falsch vor, das mit dem Ausbildungsplatz als gut zu bezeichnen. »Ich hab hundert Prozent im Mathetest«, sage ich stattdessen. Einem Test, den Revere benotet hat. Ich kann seine Handschrift von Mr Blacks unterscheiden. Die Blätter lugen aus dem Ordner heraus, der auf meinem Nachttisch liegt – eine Erinnerung, die ich zu beseitigen vergessen habe.

Lia lacht. »Okay, du Taschenrechner in Menschengestalt.« Ihr Blick geht zum Schreibtisch hinter mir. »Du bist fertig geworden mit dem Radio, oder? Funktioniert es?«

Ich nicke, bin mir aber immer noch nicht sicher, ob ich ihr erzählen soll, dass ich die Reals belauscht habe. »Es funktioniert. Man muss allerdings mit dem Ohr am Empfänger kleben, wenn man was hören will.«

»Zählt trotzdem«, sagt sie energisch und schreibt es ins Notizbuch. Es wird warm hier drinnen, ich öffne das Fenster und werfe einen diskreten Blick rüber zu Callens Veranda. »Gut, Schlechte Dinge.« Beim Nachdenken kaut sie an der Spitze von ihrem Glücksstift. Darüber kann ich auch nicht reden: Zu erfahren, dass die Patrioten in den Drowned Lands sind. Revere. Mir fällt nichts Kamerataugliches ein.

»Nichts.« Ich zucke mit den Schultern.

»Mann, muss das Leben schön sein auf dem Planeten Nettie. Sehr, sehr friedlich«, sagt sie mit einer Spur von Sarkasmus. Sie mustert mich. Ich bringe ein schwaches Lächeln zustande.

»Na, dann kommen wir mal zu mir. Diese Woche …« Sie blättert zu ihrer Seite. »Mom hat uns letzte Nacht mit ihrem Weinen wach gehalten.« Sie hält den Vorfall im Tagebuch fest.

Ich stehe vom Stuhl auf und lege mich neben sie. Mit den Fingern fahre ich mir durch die Haare, um mein Gesicht vor den Kameras zu verstecken.

»Die Therapie ist also ein Vorschlag?«, hauche ich.

»Ja, ich werd's überleben – und sie besorgen Mom eine Katze. Sie hat sich schon als Kind eine gewünscht, aber all ihre Bitten sind abgelehnt worden.«

Neue Haustiere unterliegen auf der Insel einer ebenso strengen Regulierung wie Schwangerschaften – der Grund ist derselbe: Bevölkerungskontrolle. »Was hast du gekriegt?«

Ich schlucke schwer und gucke zum Regal auf der anderen Seite des Zimmers. Da fällt mir auf, dass meine Bücher nicht mehr so stehen wie sonst. Hier drinnen war jemand. Und klar, auf der Unterseite des obersten Regalbretts entdecke ich eine neue Kamera, die rote Lampe leuchtet. Na toll.

Lia pikt mich an. »Sag schon«, haucht sie.

»Luz will, dass ich weiter mit Callen rede. Wenn ich es mache, belästigen die Grillen in Zukunft Violet nicht mehr.«

Lias Lider flattern – wie bei jemandem, der wieder zu Bewusstsein kommt, nachdem er k. o. geschlagen worden ist. »Ich hab's gewusst. Die glauben, ihr beide werdet euch verlieben«, haucht sie benommen. »Oder ist das schon passiert?«

»Verliebt?«, wiederhole ich tonlos. »Entspann dich. Du hast selbst gesagt, dass Callen nichts mit mir zu tun haben will. Damit werden die also nicht weit kommen. Oh, stell dir vor, ich bin runter von der A.-L.« Hoffentlich lässt sie die Callen-Sache jetzt fallen.

»Wird auch Zeit«, haucht Lia sachlich. »Nettie. Du solltest mit ihm reden, aber mach ihn nicht an. Dann kapiert *Media 1* hoffentlich, dass die Chemie zwischen euch nicht stimmt, und gibt auf. Okay?« Ihr Blick bohrt sich in mich hinein.

Eigentlich will ich ehrlich sein, so wie Mom gesagt hat, aber ich will Lia auch nicht verärgern. Am Ende hauche ich nur: »Verstanden.« Dann setze ich mich auf und das Gespräch ist beendet.

»Okay. Gelöbnisse.« Sie setzt sich gerade hin, streicht ihr flammendes Haar zurück und zückt den Stift. »Irgendwas in Zusammenhang mit der Ausbildung?«

Ich nehme wieder Verratschposition ein, Lia folgt meinem Beispiel. »Revere ist tatsächlich rausgeschnitten worden, damit ich den Ausbildungsplatz kriegen konnte.«

»Moment mal, dieser Initiativentyp hat dir erzählt, dass sie Revere deinetwegen rausgeschnitten haben?«

»Nein, aber er hat es nicht abgestritten, also …«

»Das sind voreilige Schlüsse.« Sie will sich wieder aufrichten, aber ich halte sie davon ab.

»Machst du dir keine Sorgen?«, flüstere ich ihr ins Ohr. »Darüber, was sie mit ihm machen? Wir haben doch ein Recht, das zu erfahren.«

»Das haben die Originals so nicht vereinbart. Gott, Nettie, beruhige dich. Ich dachte, du wärst drüber weg«, flüstert sie. »Hör mal, es tut mir leid, dass ich dich angelogen habe.« Sie legt ihren Stift hin und drückt meine Hand. »Das war falsch.«

Ich bin dankbar für die Entschuldigung. Die ganze Woche haben wir kein Wort darüber verloren, und obwohl ich nicht mehr wütend bin, nagt die Sache irgendwo im Hinterkopf doch noch an mir.

»Mir ist schon klar, warum du es getan hast«, hauche ich. »Ich weiß, du willst nur, dass ich glücklich bin.«

»Genau«, antwortet Lia und hält meine Hand jetzt einen Moment in ihren beiden Händen. Zwischen uns scheint wieder alles in Ordnung zu sein. Wir lachen, ein schönes, erleichtertes Lachen.

Ich fühle mich mutig genug fortzufahren. »Wahrscheinlich würde ich immer noch alles glauben, wenn ich nicht in meinem Radio gehört hätte ...«

Und damit ist es dann vorbei. Mit einem Ruck zieht Lia ihre Hände weg und schüttelt entschieden den Kopf. »Nein. Nettie, dass du weißt, dass diese Sache mit der Werbung nicht wahr ist, heißt nur, dass du und Scoop auf dieser Insel leben müsst wie alle anderen – ihr müsst der Filmgesellschaft vertrauen, dass sie für die Patrioten sorgen. Das steht im Vertrag. Das haben wir versprochen.«

Ich habe gar nichts versprochen.

Vor der Drehtür von *Delton's* bleibt Selwyn stehen. Sie sieht mich an. »Nettie, bist du ganz sicher, dass das hier in Ordnung ist? Hast du genug Geld?«

»Hab ich.« Ich kratze mich hinterm Ohr und sie lächelt wissend.

»Zehn plus«, murmelt sie. Wir betreten die Marmorböden von *Delton's*, weichen auf dem Weg zur Rolltreppe den Parfümsprühern der Kosmetikabteilung aus und steuern die Junge-Mode-Abteilung im dritten Stock an. Glücklich schaue ich hoch zu der enormen Glaskuppel, die das Gebäude krönt und es zu einem der höchsten Bauwerke auf der Insel macht. Zum allerersten Mal habe ich das Gefühl, bei *Delton's* an der richtigen Adresse zu sein.

Shoppen macht Spaß, wenn man genug Geld hat, das zu kaufen, was man wirklich haben will. Selwyn nimmt die Sache in die Hand, sie wählt Outfits für mich und hält den Daumen hoch oder runter, wenn ich ihr ihre Auswahl vorführe.

In der Schuhabteilung ruhe ich mich aus, während sie in glitzernden Stilettos herumstolziert. »Was hältst du davon? Stell dir die zu Jeans beim Blumenfestival vor. So ganz lässig sexy.«

»Toll«, sage ich gedankenverloren und streiche mit der Hand über die mit Samt bezogene Bank. Die *Voxless*-Musik hat etwas Beruhigendes, es ist eine auf der Gitarre gezupfte Melodie, die Selwyn ab und zu mitsummt. In letzter Zeit ist es viel leichter, Zeit mit Selwyn zu verbringen, als mit Lia. Keine komischen Jungsspannungen.

Sie bleibt vor einem dreiteiligen Spiegel in einem verschnörkelten Goldrahmen stehen und dreht den Fuß hin und her, um den Schuh aus jedem Winkel zu betrachten.

»Ja, sie sind hoch, aber ich glaube, die Parade werde ich überleben. So heiß, wie die sind, lohnt sich das.«

»Vielleicht setze ich dieses Jahr mal aus.« Eigentlich habe ich das Festival nie gemocht, und mit der besseren Quote fühle ich mich weniger verpflichtet, an Special Events teilzunehmen.

Verstört dreht sie sich zu mir um. »Du willst nicht zum

Festival?«, fragt sie. »Aber dann verpasst du doch das gemeinsame Singen! *Lachend, lachend, lachend zieht der Frühling übers Land.*«

»Ich hab mich noch nicht entschieden«, sage ich ausweichend. »Mir haben diese Sachen nie besonders viel Spaß gemacht, aber Lia zwingt mich … Du weißt ja, sie muss überall mitmischen.«

»So ist Lia nun mal.« Selwyn bückt sich und zieht die Schuhe aus.

»Ja.« Ich recke mich über den Teppich, hebe die Schuhe auf und lege sie zurück in die Schachtel neben der Bank. »In letzter Zeit wird sie immer mehr zum Kontrollfreak. Sie ist kurz davor, mir zu verbieten, Callen auch nur anzugucken.«

»Und? Hast du ihn denn in letzter Zeit oft angeguckt?«, fragt sie vorsichtig. »Trefft ihr beide euch etwa?«

»Auf der Veranda schien es ihm zu gefallen, mit mir zusammen zu sein«, sage ich. »Ich würde wirklich gern mehr mit ihm reden.« Ich reibe eine Stelle hinter meinem Ohr.

»Zehn plus. Das ist eine heikle Situation, aber ihr seid echt süß zusammen. Wenigstens kannst du ihm nicht auf den Kopf gucken, so wie Lia«, sagt sie und dreht eine Pirouette. »Wow, guck dir das an.« Sie hüpft rüber zu einem Kleiderständer und zieht ein enges magentafarbenes Kleid mit tiefem Ausschnitt und schwarzem Gürtel heraus. »Probier das an. Der zwanzigste April, du in diesem Kleid – das wird alle umhauen.«

Ich nehme ihr das Kleid ab und halte es zweifelnd hoch.

»Das würde so gut zu deinen Ohrringen passen«,

schwärmt sie. Vor Ewigkeiten, in der siebten Klasse, haben Lia, Selwyn und ich uns Ohrringe gekauft und beschlossen, sie zu unserem Doppel-A zu tragen – es sind identische Perlenohrringe, nur in verschiedenen Farben.

»Meine Ohrringe sind eher lila«, wende ich ein. Das Kleid ist zu sexy für die Zeremonie. »Selwyn, willst du mich etwa zur Schlampe des Doppel-A machen?«

»Nein, nein, nein. Nicht Schlampe, nur sexy.« Sie lacht. »Okay, vielleicht ist es nicht das Richtige fürs Doppel-A, aber probier es mal an. Vergiss dein altes Selbstbild. Mach mal was aus dir.«

Das alte Selbstbild vergessen. Waren das nicht Luz' Worte? Ob ihr klar ist, dass sie *Media 1* nachplappert? Luz gibt wohl vor, was die anderen Producer ihren Darstellern sagen sollen. Ich sehe mir das Kleid genauer an und frage mich, ob es wirklich so einfach ist: Ein anderes Kleid anziehen. Mit Callen flirten. Neu sein, frisch sein, jemand sein, den die Zuschauer lieben. Den größten Teil meines Lebens bin ich gesehen, aber nicht wirklich bemerkt worden. Ein paar Vorschläge – und ich verändere mich, werde besser, als ich je für möglich gehalten hätte.

Ich nehme das Kleid mit in die Umkleidekabine und schäle mich aus Jeans und Tanktop. *Mach mal was aus dir*, hat sie gesagt. Und plötzlich kommt mir mein alter Look auch ziemlich öde vor. Sehen die Zuschauer mich etwa so? Ich winde mich in das Kleid. Als ich sehe, wie mich das verändert, lache ich laut los.

Das Kleid umspielt meine Kurven und lässt mich mindestens drei Jahre älter wirken. Ich nehme die Haare zurück und meine Augen werden größer. Ich sehe aus wie jemand, den man guckt.

Selwyn steckt den Kopf zu mir in die Umkleidekabine. »Siehst du? Sexy«, gurrt sie. »Wunderschön sogar. Die heißeste Mathelehrerin weit und breit.«

Ich zucke zusammen, das Revere-Schuldgefühl ist wieder da. Ich winke Selwyn in die Kabine und ziehe sie in eine Ecke, die von der Kamera nicht erfasst wird. »Ich hab mit Luz über den Mathe-Ausbildungsplatz geredet. Er wollte nicht direkt sagen, dass Revere meinetwegen rausgeschnitten worden ist, aber abgestritten hat er es auch nicht.«

Ihr Mund formt ein geschocktes O.

»Hast du irgendeine Ahnung, was *Media 1* mit den Patrioten macht? Darüber hab ich in letzter Zeit viel nachgedacht.« Schon lange habe ich nicht mehr mit Selwyn über die Patrioten gesprochen – wie die meisten Darsteller glaubt sie, dass alle Fragen mit dem Vertrag enden.

»Ich glaube, eins der Gerüchte ist wahr«, haucht sie. »Aber ich weiß nicht wirklich, welches.«

»Mein Radio hat eine Walkie-Talkie-Übertragung angezapft – da haben Reals von Patrioten gesprochen, die in Höhlen in den Drowned Lands geschickt werden.« Ich gebe viel mehr preis, als ich wollte. Selwyn lehnt sich Halt suchend an die Wand, immer wieder schüttelt sie den Kopf. »Scoop meint, die machen mit ihnen vielleicht medizinische Experimente. Hinter den Büros für Darstellerangelegenheiten ist ein Gebäude, das Sandburg genannt wird, und da werden sie festgehalten, bevor sie in die Sektoren geschickt werden.«

Eine lange Pause entsteht. Selwyns Unterlippe zittert jetzt. »Nettie«, flüstert sie, »ich weiß nicht, warum du da herumstocherst und was du zu finden glaubst, aber du musst mich da raushalten. Ich will einfach nur auf der Insel bleiben, meinen Cello-Ausbildungsplatz kriegen und meiner Familie helfen.«

Sie tritt einen Schritt zurück und wird voll von der Kamera erfasst. »Dieses Kleid solltest du kaufen.«

Ich schaue an dem Kleid herunter. Plötzlich lässt mich seine Attraktivität kalt, die ganze aufregende Transformation ist meilenweit weg. Scoop ist der Einzige, mit dem ich über diese Sachen reden kann. Ich ziehe mich wieder um, fühle mich unsicher. Scoop ist nett, aber Lia und Selwyn stehen mir auf der Insel am nächsten – und es kommt mir so vor, als hätten die beiden mich im Stich gelassen.

»Für das Doppel-A mag es ja nicht das Richtige sein, aber es wird sich schon eine gute Gelegenheit finden, zu der du es tragen kannst.« Selwyn hängt das Kleid langsam wieder auf den Bügel, ihre Hand zittert. »Du siehst darin wirklich toll aus, Nettie.«

Das ist ein Mitleidskompliment. Sie hat Schuldgefühle, weil sie mich nicht unterstützt.

»Ich nehme es.« Das Kleid ist eindeutig nichts fürs Doppel-A, aber ich habe das Geld, also was soll's.

»Yay«, sagt Selwyn. Dann hebt sie den Schuhkarton vom Boden auf. »Ich nehme die hier.«

Auf dem Weg zur Kasse findet sie noch einen dunkelblauen Bleistiftrock, ein ärmelloses Seidentop und silberne Glitzersocken für mich und ein Paar enge Hosen für sich selbst. Als wir *Delton's* verlassen, ist sie wieder bester Stimmung und ganz die Alte. Mit Einkaufstaschen in beiden Händen schlendert sie herum, bleibt vor jedem Schaufenster stehen und bewundert Ringe, Lampen und Spielzeug. Sie zerrt mich am Wollgeschäft und dem Spielpalast vorbei und bleibt vor einem Fenster stehen, in dem Blätter mit Stickern darauf ausliegen. Ich weiß nicht, was das soll, bis ich den Porzellanarm im Schaufenster bemerke, auf dem Bizeps ist ein Adler eingraviert. Aha, das sind keine Sticker, das sind Tattoos. Das Schild über der Ladentür bestätigt es: INKED UP.

»Ist das nicht hübsch?« Sie zeigt auf eine Rose.

»Ja … aber ich dachte, du hättest beschlossen, dir doch kein Tattoo stechen zu lassen.« Ich warte ab, ob sie sich hinterm Ohr kratzt.

Nein. Die Arme bleiben unten. »Ich hab meine Meinung nicht geändert. Ist zu dauerhaft.« Sie schüttelt sich. »Aber ich dachte, ich sag Garrick mal Hallo.« Vorsichtig greift sie nach dem Türdrücker.

Ich zögere. Ich will ihr nicht sagen, was sie tun soll. Das ist Lias Ding. »Vergiss aber nicht, dass er sich nicht zum Freund eignet, okay, Selwyn?«

»Keine Sorge, ich weiß schon. Abgesehen davon, es ist nicht …« Sie bricht ab und schüttelt den Kopf. »Weißt du was, Nettie? Ich glaube, das könnte eine Weile dauern. Du kannst ohne mich weitergehen.«

»Okay«, sage ich. »Aber sei vorsichtig.« Sie betritt den Laden, und ich bleibe lange genug stehen, um zu sehen, wie Garrick auf sie zuschlendert und ihr die Hand schüttelt. Mit dem alten teuflischen Lächeln im Gesicht. Hoffentlich verliert sie nicht den Kopf.

Sobald ich nach Hause komme, schnappe ich mir den Fanbrief und setze mich aufs Bett. Die Handschrift ist ungelenk, die Buchstaben sind groß. Ein Mädchen hat den Brief geschrieben.

Liebe Nettie,
letzten Monat bin ich elf geworden und ich habe mein ganzes Leben lang Blissful Days geguckt. Ich finde es so aufregend, wenn du und Callen zusammen seid! Ihr wart so süß auf der Verandaschaukel.
Meine Mutter, mein Bruder und ich haben uns auch alte Folgen mit dir angeguckt - und ich glaube, ich hab nie gemerkt, wie cool du eigentlich bist.
Mom sagt, du bist genau wie deine Eltern: witzig, knallhart und schlau.
Herzlich,
Kat Deva

Ich stecke den Brief wieder in den Umschlag und lege ihn auf den Nachttisch. Callen und ich zusammen. Sie sieht die Dinge so, wie ich sie immer haben wollte. Ich habe das Gefühl, dass ich ganz nah dran bin, aberwitzige Fantasien Wirklichkeit werden zu lassen. Dank der Initiative. So nah dran … aber ich weiß nicht, ob sich das verwirklichen lässt, ohne dass Lia explodiert.

Ich stehe auf und räume meine neuen Einkäufe weg. Aber der Brief geht mir immer wieder durch den Kopf. Besonders die letzte Zeile. *Du bist genau wie deine Eltern.* Sie muss meine Mutter gemeint haben, schließlich ist sie zu jung, um meinen Vater je gesehen zu haben. Aber sie hat *witzig, knallhart und schlau* geschrieben. Mom ist schlau, ganz offensichtlich. Und knallhart ist sie vielleicht auch, wenn sie die Darsteller in der Bibliothek zur Ruhe bringt. Aber besonders witzig ist Mom bestimmt nicht.

13

Ich drücke mich vor dem Geschichtsraum herum und warte auf das Ende des Unterrichts. Callen ist drinnen und Lia auch – es ist der Schauplatz der großen Schlacht um die Plätze. Ich werde versuchen, Callen ganz zufällig zu begegnen, wenn er auf den Flur kommt. Ich habe mir etwas zurechtgelegt, das ich immer wieder in Gedanken durchgehe: *Ist deine Mom total im Stress wegen des Blumenfestivals?* Ms Herron ist verantwortlich für den Festwagen unseres Viertels. *Braucht sie Hilfe? Ich könnte diese Woche nach der Schule rüberkommen.* Wenn ich mich fürs Wagenschmücken freiwillig melde, ist es unvermeidlich, dass ich Callen über den Weg laufe. Drei Unterhaltungen, das kann nicht so schwer sein.

Hoffentlich zählt meine Frage schon mit. Ich bin ganz flatterig. Lia zu begegnen macht es nicht besser. Vergiss sie. Ich rücke einen Schritt näher an den Kursraum heran. Ich muss das tun. Für Violets Sicherheit und für die kleine Kat Deva. Aber hauptsächlich für mich.

Gestern Abend hab ich mir die Fingernägel für *Voxless* lackiert, mit dem Temptress-Tin-Nagellack, den Lia mir dagelassen hat, als sie zum Tagebuchschreiben bei mir war. Und heute Morgen habe ich die neuen Socken angezogen, die ich am Samstag mit Selwyn gekauft habe. Ich habe das Hautpflegeprogramm durchgezogen und ein Make-up rausgekramt, das Selwyn mir mal geschenkt hat.

Besser könnte ich nicht vorbereitet sein.

Es klingelt, aber Mr Primer ist fest entschlossen, die Schüler festzuhalten, bis er mit seinem Vortrag fertig ist. Indessen schlendere ich hinüber zu Henna Shelters Poster für die Auditions der Theatergruppe. Das Stück heißt *Der große Coup*, die Worte sind von gemalten Geldscheinen umkränzt.

»Genießt du die Aussicht?« Scoop stellt sich neben mich. Ich bin froh, ihn zu sehen.

»Ja, ist ein schönes Poster. Ich hab was für dich.« Ich wollte ihm vorhin in Mathe einen Zettel zustecken, aber Terra hatte sich wieder auf meinen Platz gesetzt und Mr Black war ausnahmsweise pünktlich.

»Ein Überraschungsgeschenk. Hab ich ein Glück«, sagt Scoop. Mit seinem hellblauen Oberhemd und den ordentlichen Kaki-Shorts hat er nicht viel verändert für *Voxless*.

»Freu dich nicht zu sehr, das sind nur Aufzeichnungen für den Test.« Ich wühle in meiner Tasche nach dem Zettel. Zwischen den Matheaufgaben steckt meine Vermutung, dass es sich bei dem Gebäude hinter den Büros für Darstellerangelegenheiten um die Sandburg handelt.

»Danke. Jede Kleinigkeit hilft«, sagt er und steckt die Blätter in das Buch über Wale, das er im Matheunterricht gelesen hat.

Ich werfe wieder einen Blick zum Geschichtsraum hinüber und Scoop schmunzelt.

»Callen?«, rät er und wirft sein Buch spielerisch von einer Hand zur anderen.

»Schhhhh.« Ich drehe mich schnell um und kratze mich heftig hinterm Ohr.

»Oh. Okay.« Er nickt. »Manchmal glaube ich, Callen könnte was für dich übrighaben.«

»Echt?« Jetzt hat er meine ganze Aufmerksamkeit. »Warum? Hat er … irgendwas gesagt?«

Endlich geht die Tür zum Geschichtsraum auf, die Schüler strömen heraus. Scoop macht sich davon – weil er rechtzeitig zu Physik kommen muss, sagt er.

Callen ist beinahe der Letzte, der den Kursraum verlässt, aber er sieht mich und lächelt. Eine Sekunde lang kommt mir alles ganz leicht vor.

Dann lenkt eine bekannte Stimme mich ab.

»Nettie, wartest du auf mich?« Lia kommt mit großen Schritten aus dem Kursraum. »Schöne Nägel«, sagt sie und hält die Hand hoch, um zu zeigen, dass ihre genauso aussehen.

»Äh.« Callen steht immer noch auf dem Flur. Anscheinend wartet er auf mich. Ich kratze mich hinter dem Ohr, in der Hoffnung, dass Lia die Geste bemerkt und zur Seite geht. Aber ihr Blick ist auf das Poster hinter mir gerichtet.

»Tolles Poster«, seufzt sie und bringt sich daneben in optimale Position für die nächste Kamera. »Findest du nicht auch?«

»Ja, zehn plus«, stimme ich ihr zu, doch das reicht ihr nicht. Sie winkt einer vorübergehenden Pastella zu, die – soweit ich weiß – in der Theatergruppe Bühnenhelferin ist. Die dünne, verhuschte Geraldine Spicer wirkt überrascht, dass Lia sie bemerkt hat.

»Was hältst du von dem Poster, Gerry?«, ruft Lia. Ich entferne mich klammheimlich einen Schritt von den beiden. Doch Lia schießt mir einen Blick zu, mit hochgezogenen Augenbrauen. Sofort bleibe ich wieder stehen und gucke mir mit ihr und Geraldine das Poster an. Aus dem Augenwinkel sehe ich, dass Callen immer noch auf mich wartet. Lias *Bleib*-Zeichen ist ihm entgangen.

»*Der große Coup* klingt vielversprechend und die Geldscheine passen perfekt. Da will man doch mehr wissen.« Geraldines Kopf wippt begeistert auf und ab.

Es klingelt zum zweiten Mal. Ich kann einen Blick mit Callen wechseln, doch er zuckt die Achseln und geht in die andere Richtung den Flur entlang.

»Literatur, Nettie.« Lia lässt Geraldine mit einem Lächeln stehen und zerrt mich den Flur entlang. »Mom geht zu diesem Beratungstermin im Krankenhaus, den ich für sie vereinbart habe.«

»Das ist toll, Lia«, erwidere ich und widerstehe dem Drang, mich umzudrehen und Callen hinterherzurennen. Man sollte meinen, dass sie mir mit meinem Vorschlag hilft, da sie ihren eigenen doch so gewissenhaft umsetzt. Ob sie mich absichtlich von Callen ferngehalten hat?

»Du hast am Wochenende ein sexy Kleid gekauft, hat

Selwyn mir erzählt.« Sie geht mit schnellen Schritten den Flur entlang. »Sieht bestimmt schön aus, aber für das Doppel-A ist es wahrscheinlich nicht das Passende.«

»Schon klar«, blaffe ich. Meine Irritation scheint sie überhaupt nicht zu bemerken, sie flattert mit den Fingern und begutachtet ihren Nagellack.

An diesem Nachmittag komme ich völlig fertig nach Hause. In der Mittagspause wollte ich mit Callen reden, aber er und Rawls waren in knapp zwei Minuten mit dem Essen fertig und sind abgehauen. In Kunst ging auch nichts, nachdem Ms Shade uns angewiesen hatte, »mit der Stille als Inspiration zu malen«.

Bleiben mir noch fünf Tage.

Nach dem Abendessen rolle ich mich auf meinem Bett zusammen und blättere mich halbherzig durch *Der Spieler auf dem Dachboden*, bis ich die Nase voll habe. »Langweilig«, grummele ich ins Mikro. Ich lege das Buch weg und hole mir *Blissful Nature*, das Buch, das Violet mir mitgegeben hat. Auf der Rückseite ist eine blau umrandete Karte von der Insel. Mein Blick wandert nach Südwesten, dahin, wo die Drowned Lands sein sollten. Wo, wie Luz sagte, die Originals hergekommen sind. Wie lange haben sie wohl gebraucht, bis sie auf Bliss Island gelandet sind? Wie lange werden Belle und Revere wohl für die Reise zurück dahin brauchen?

Ich suche mir die Stelle heraus, an der die Sandburg liegen müsste, gleich hinter den Büros für Darstellerangelegenheiten. Das Center ist nicht auf der Karte eingezeichnet. Die Zuschauer sollen nichts von seiner Existenz wissen.

Avalon Beach ist eingezeichnet und die Wohnbezirke sind auch alle da: *The Granary, The Heights, Treasure Woods, Four Corners.* Ich vertiefe mich in einen langen Abschnitt über die Brambles. Die Brambles sind das größte naturbelassene Gelände der Insel, das in jedem Frühling Tausende von Zugvögeln anzieht. Viele davon kommen aus kälteren Klimazonen im Nordosten. Den Sektoren des Festlands. Nirgendwo auf der Welt findet man eine größere Vielfalt von Vögeln. Sobald der Frühling naht, verlassen die Vögel die Brambles und ziehen in südwestliche Richtung. Zu den Drowned Lands.

Mir kommt eine Idee. Callen hat gesagt, ihm würden die Brambles fehlen. Vielleicht interessiert er sich ja für das Buch. Ich sollte es ihm jetzt gleich bringen.

Ich trete ans Fenster und sehe sein Auto – eine Schrottkiste mit abgeknickter Antenne – drüben vor dem Haus. Mit *Blissful Nature* unter dem Arm flitze ich nach draußen. Die Kameras in den Bäumen und der Rasen mähende Nachbar auf der anderen Straßenseite sind mir bewusst. Ich klingele an der Tür und übe noch mal, was ich sagen werde. Zu Callens Eltern: *Ist Callen da?* Zu Callen: *Hier ist ein Buch.* Ich runzele die Stirn. Das ist nicht gut genug. *Ich hab mir gedacht, dieses Buch könnte dich interessieren.*

Nach gefühlt einem Monat kommt seine Mutter an die Tür. Ihre Hände und Arme stecken in langen gelben Gummihandschuhen und die Spuren von Sand daran wirken wie eine dezente Stickerei.

»Ich hab dich nicht mit Absicht warten lassen, Nettie. Ich war draußen im Garten«, sagt sie. Ihre Augen sind genauso blau wie die von Callen, aber ihre sind kälter.

Ich stammele herum. »Ja, äh, Callen erwartet mich nicht … Ich wollte ihm dieses Buch bringen.«

Sie tritt einen Schritt zurück, was ich als Einladung auffasse. »Callen?«, ruft sie nach oben. Ihre Stimme hallt in der geräumigen Diele wider. Das Innere des Hauses hat etwas von einer Kathedrale. Die Wände sind dunkelblau tapeziert mit goldenen Ranken darauf, Pflanzen in exquisit gemusterten Keramiktöpfen machen den wesentlichen Teil der Dekoration aus.

Ein paar Sekunden vergehen, dann hören wir oben Schritte. Sollte ich sie nach dem Festwagen fragen?

»Ich glaube, er hat ein Nickerchen gemacht«, vertraut sie mir an. Ihr Blick fällt auf den Einband des Buches und ihre Augen leuchten förmlich auf. »Was ist das? Ein Naturführer?«

»So was in der Art. Ich hab's von meiner Großmutter bekommen.« Ich reiche ihr *Blissful Nature* und sie zieht einen Handschuh aus und blättert das Buch durch. Anerkennend schnalzt sie mit der Zunge, als sie die Bilder betrachtet.

Callen taucht oben an der Treppe auf, mit wirr abstehenden Haaren. Seine Stimme ist belegt, weil er geschlafen hat. »Hey, Nettie«, sagt er und blinzelt ein paarmal, während er die Treppe herunterkommt. »Was gibt's?«

»Nicht viel«, sage ich schnell. »Ich hab nur gerade dieses Buch gelesen, das meine Großmutter mir mitgegeben hat, und da ist so ein Kapitel über die Brambles. Da musste ich an dich denken. Und hier bin ich, ich wollte es dir leihen.« Ich rede superschnell, fast wie ein Real. Es fühlt sich komisch an, hier herüberzukommen, nicht so natürlich wie neulich, als ich ihm zufällig auf der Veranda begegnet bin.

Seine Mutter gähnt, als sie ihm das Buch reicht.

»Callen, Schatz, kannst du zu Ende gießen?«, fragt sie. »Ich bin so müde nach den vielen Besprechungen wegen des Festivals heute.« Das ist die Gelegenheit, meine Hilfe mit dem Festwagen anzubieten, aber mein Mund ist trocken und mein ganzer Körper starr vor Schüchternheit und Angst.

»Kein Problem.« Callen klopft ihr ein bisschen auf den Rücken.

»War schön, dich zu sehen, Nettie«, sagt sie und geht nach oben. Ich bin sogar zu nervös, ihr Auf Wiedersehen zu sagen. Callen legt das Buch hin und holt sich seine Turnschuhe. Ich sehe zu, wie er sie schnürt, mir fällt aber nichts ein, was ich sagen könnte.

Vielleicht haben diese paar Worte ja gereicht? Mein Missivor wird es mir schon verraten.

»Dann geh ich mal nach Hause«, krächze ich.

Sofort richtet er sich auf. Das sind dieselben eleganten Bewegungen, die auch auf dem Spielfeld typisch für ihn sind …

»Warte, willst du nicht mit in den Garten kommen?«

»Ja, okay«, sage ich schnell, um mir gar nicht erst die Gelegenheit zur Flucht zu geben. Keine Ahnung, ob er mich tatsächlich dabeihaben will oder ob er nur höflich ist, doch sein Lächeln ermutigt mich.

»Hier entlang – das geht schneller.« Er führt mich nach unten, durch den Keller, in dem sich Gartengeräte stapeln und Saatgut und Düngemittel, und dann raus in den blühenden Garten. Ein Kaninchen sieht uns, erstarrt und flitzt in die Büsche.

Bienen und Schmetterlinge schwirren zwischen Blumen und Sträuchern herum. Callen entwirrt den Gartenschlauch, der hinter dem Haus liegt, während ich mir die Lilien anschaue, die sich in der Brise wiegen.

»Ich sehe deine Mom jeden Morgen hier draußen.« Ich springe zurück, als er den Wasserhahn aufdreht. Tröpfchen fliegen durch die Luft, ein Regenbogen entsteht.

»Sie lebt für den Garten«, sagt er. Blinzelnd zielt er mit dem Schlauch auf die Malven am Zaun. »Sie hat echt Glück gehabt, dass sie damals eine beliebige Zuweisung für die Botanische Gesellschaft bekommen hat.«

»Du machst Witze. Das nenn ich Glück.« Ich folge ihm einen mit Rindenmulch bestreuten Pfad entlang zum hinteren Teil des Gartens, wo Beete voller Blumen vor einer Reihe Pinien stehen.

»Das ist eine nette Überraschung, dass du vorbeikommst. Seit Jahren sind wir Nachbarn, aber du bist noch nie zu Besuch gekommen.« Er beobachtet, wie das Wasser auf die Veilchen fällt. »Aber du überraschst mich oft. Ich weiß einfach nie, was du denkst, Nettie. Heute zum Beispiel, warum hast du mich im Flur stehen lassen? Ich dachte, du wolltest zu mir.«

»Ich hab dich stehen lassen?« Über diese Aussage denke

ich ein paar Sekunden nach. »Meinst du nach Geschichte, als Lia ... Ich hatte nicht gedacht, dass ich dich stehen lasse, sie ...«

»Schon in Ordnung«, unterbricht er mich. »Nicht nur da hab ich mich gefragt, was du wohl denkst. Auch in den Mittagspausen, wenn du so ... wachsam warst. Du hattest immer was Geheimnisvolles.«

»Ich?«, sage ich. »Danke. Oder ... tut mir leid. Keine Ahnung – war das ein Kompliment?«

Er lächelt. »Das entscheidest du.«

»Na ja, ich bin nicht absichtlich geheimnisvoll.« Ich denke an die letzten paar Wochen, in denen mich Luz und der Ausbildungsplatz beschäftigt haben. Tatsächlich habe ich das Gefühl, viel verborgen zu haben. Lia hat gesagt, Callen würde ausflippen, wenn ich ihm von den Vorschlägen erzähle. Aber ein bisschen könnte ich ihm erzählen. Und den Schleier ein wenig lüften. »Vielleicht war das wegen der Initiative«, flüstere ich.

Callen geht ein paar Schritte, sodass wir zwischen den Pinien und außer Reichweite der Kameras stehen. »Ich bin nicht dabei«, sagt er tonlos. »Was lassen die dich machen?«

Total direkt, war ja klar.

»Nichts Bestimmtes, geht um meinen Ausbildungsplatz und so«, sage ich. Er zieht eine helle Augenbraue hoch.

Ich tue so, als würde ich nicht kapieren, dass er wissen will, was genau mir vorgeschlagen worden ist. »Ich hab mir ein Zeichen ausgedacht, sodass die anderen Bescheid wissen, wenn irgendwas ein Vorschlag war.« Ich demonstriere es ihm.

Eine Sekunde lang starrt er mich an, so als würde er auf mehr Informationen warten. Aber ich sage nichts und er zuckt ein bisschen mit den Schultern. »Schlau«, flüstert er, und wir driften wieder vor die Kamera.

Und das war's. Er zieht den Schlauch zu den Sonnenblumen hinüber. Hier ist das Grün dichter und ich muss Blätter aus dem Weg schlagen.

»Ja, manchmal übertreibt sie mit den Pflanzen«, sagt er, obwohl ich kein Wort gesagt habe. »Gibt's was Neues am Mittagstisch?«

»Eigentlich nicht«, sage ich, womit ich über Reveres Abwesenheit hinweggehe. »Martin kommt jetzt öfter. Henna Shelter auch.«

»Immer noch Lias Show, was?« Er schüttelt den Kopf. »Fehlt mir nicht.« *Sie auch nicht* bleibt unausgesprochen, dennoch höre ich es. Er dreht das Wasser ab, Seite an Seite gehen wir in den Vorgarten. Meine Hand streift an den Rosen entlang.

»Du fehlst mir in der Mittagspause«, plärre ich heraus, als wir vor der Verandatreppe angekommen sind. Seine Gesichtszüge sind im schwindenden Licht nicht mehr klar zu erkennen, aber er ist so nah, dass ich seinen Atem auf der Haut spüre.

»Mit dir zusammen Mittag zu essen, fehlt mir auch«, sagt er leise.

Panik ergreift mich. Gefolgt von heftigsten Schuldgefühlen. Es kommt mir fast so vor, als wäre Lia hier, die alles beobachtet und mich hasst, weil ihr plötzlich klar wird, dass ich Callen wirklich mag. Und dass er mich vielleicht auch mag. »Ich sollte mich jetzt lieber mal um den *Spieler auf dem Dachboden* kümmern.« Ich trete einen Schritt zurück.

Verlegen schaut er weg, ich kann ihm die Enttäuschung ansehen. Er senkt den Blick – und da ist so ein Zucken in seinem Kiefer, als wolle er etwas sagen, aber er kann nicht.

Meine Radtour zur Schule ist wie Fliegen. In die Pedale muss ich kaum treten. Der Himmel ist wolkenlos. Das muss Natur sein, nichts aus dem Drehbuch, letzte Nacht habe ich nämlich keine Hubschrauber gehört – und ich war bis nach Mitternacht auf. Meine Gedanken rasten. Ich hatte die Missivbestätigung bekommen, dass mein Gespräch mit Callen als Teil der Umsetzung des Vorschlages mitzählen würde. Und dann hatte ich ein zweites Missiv bekommen, in dem ich zu einer Make-up-Session im Center eingeladen wurde, am Donnerstag.

Ich bin nicht aufzuhalten, denke ich, als ich in die Schule stürme und während des ganzen Morgenplauschs mit Lia und Selwyn grinse.

»Was ist denn mit dir los?«, fragt Lia. Sie bürstet sich die Haare vor ihrem Spindspiegel. Selwyn fängt wieder an zu summen.

»Nichts!«, trällere ich. Ich quetsche mein Gesicht neben Lias, weil ich mir meine Haare genauer ansehen will. Heute Morgen habe ich sie mir nämlich geflochten.

»Hier ist nicht genug Platz für zwei«, sagt sie und klappt den Spind zu.

»Okay.« Ich will keinen Streit anfangen. Schnell werfe ich einen Blick über den Flur, auf der Suche nach Callen. Gestern bin ich wegen meiner Schuldgefühle weggegangen, aber jetzt bin ich bereit, unser Gespräch weiterzuführen. Ich will ihm sagen, dass ich schüchtern bin, nicht geheimnisvoll. Doch es klingelt, ehe ich ihn finde.

Der Tag saust vorüber, die Mittagspause naht und ich stehe wieder mit Selwyn vor den Spinden. Den ganzen Tag hat sie schon schlechte Laune – gestern war es genauso.

»Ich wünschte, ich würde für jemanden schwärmen. Das ist ja so süß, dass Callen seiner Mutter im Garten hilft und du ihm Gesellschaft leistest«, sagt sie und zupft an ihrem schwarzen Rollkragenpullover. Für den ist es eigentlich zu warm, aber vermutlich wollte sie *Voxless* entsprechen und hatte nichts anderes in Schwarz. »So was wird es für mich nie geben.«

Sie und Garrick haben wohl nichts wieder aufflammen lassen. »Es war schön«, gebe ich zu, aber ich will ihr Selbstmitleid nicht schüren. Hinter ihr rückt eine weibliche Grille mit einer Kamera auf der Schulter an. Ich erkenne sie wieder, sie war auch im Aquarium.

»Wir brauchen ein Retake«, sagt sie. Dieses Mal verstehe ich es sofort. »Angefangen mit *Ich wünschte, ich würde für jemanden schwärmen.*«

Selwyn nickt. Wir wiederholen die Szene immer wieder, und ich mache es gern und liefere sonnig meinen Text.

Als das vorbei ist und die Grillen weg sind, verstauen Selwyn und ich unsere Büchertaschen im Spind. Dabei entdecke ich einen zum Dreieck gefalteten Zettel auf dem Boden. Den muss jemand durch den Lüftungsschlitz gesteckt haben.

»Bin gleich so weit«, sage ich und knie mich hin. In der Dunkelheit des Spindes entfalte ich den Zettel und kneife die Augen zusammen. Mein Körper verdeckt ihn vor den Kameras hinter mir, die im Spind kann sich nicht nach unten drehen. Das ist Scoops Handschrift. *Ich glaube, du hast recht. Kommst du mit zur Sandburg?*

Ich will wissen, was in diesem Steingebäude ist, aber dort einzudringen … das ist eine ganz andere Gefahrendimension. Eine Sekunde lang starre ich auf den Zettel, der Schock über die Theorie seiner Tante Dana ist wieder da. Bilder von Revere und Belle stürzen auf mich ein, sogar von meinem Vater, an den ich mich nicht erinnere – ich sehe sie alle an Krankenhausbetten gekettet vor mir. Aber Ms Cannery hat eine rege Fantasie. Ich knülle den Zettel zusammen und stecke ihn mir in die Tasche. Ich habe schon viel für Scoop getan.

»Okay, dann gehen wir mal.« Wir machen uns auf zur Cafeteria.

Selwyn stiert lustlos auf das Essen, sie bemerkt nicht mal, dass sich die Darsteller hinter ihr stauen, weil sie den Betrieb aufhält. Ich schnappe mir ihren Teller und lege einen Hamburger darauf.

»Selwyn, das wird schon noch«, versichere ich ihr, während ich zu unserem Tisch hinübergucke. Scoop sitzt da. Normalerweise wäre mir das viel lieber als die Anwesenheit von Martin, aber ich seufze, weil ich weiß, dass er von dem Zettel anfangen wird.

Als wir uns dem Tisch nähern, straffe ich die Schultern, fest entschlossen, mich nicht von ihm aus der Ruhe bringen zu lassen. Scoop lächelt mir ganz locker zu, als ich mich hinsetze, und führt seine Diskussion mit Lincoln über die Vor- und Nachteile des neuesten Harrow weiter. Das ist das tolle Auto, das die Herrons vor Kurzem gekauft haben. Martin versucht immer wieder, sich einzubringen, aber das wissen die beiden abzublocken.

»Henna und ich geben diese Woche dem Doppel-A-Programm den letzten Schliff«, lässt Lia mich wissen. Henna sitzt auf ihrer anderen Seite. Sie hat sich einen lila Seidenschal um den Kopf geschlungen und nickt vor sich hin. »Wir haben uns überlegt, jeden Namen auf der Liste mit einem Stern zu schmücken und auf dem Cover dann eine Art Sternenkarte zu machen, mit Planeten und so. Wie findest du das, Nettie?«

»Haben wir so was nicht in der dritten Klasse gemacht, als wir das Sonnensystem zeichnen sollten?«, sage ich, ohne zu überlegen.

»Du findest es also kindisch.« Henna bleckt die Zähne.

»Ja danke, Nettie«, sagt Lia bissig. »Man kann sich immer darauf verlassen, dass du sagst, was du denkst.«

»Ich finde, das ist perfekt fürs Doppel-A. Es ist wichtig. Von kosmischer Bedeutung«, ruft Scoop quer über den Tisch.

Lia lacht und gibt mir einen Tritt unter dem Tisch. »Rede mit ihm«, flüstert sie.

Ich schüttele den Kopf. »Wir sind Mathe-Freunde«, sage ich leise zu ihr. »Mehr nicht.«

»Ein Mathe-Freund. So einen kann ich auch gebrauchen. Oh, Nettie, hast du schon gehört?«, fragt Lia. »Lincoln gibt Donnerstag Abend eine Party, weil wir Freitag frei haben wegen des Blumenfestivals. Er nennt sie *die Antithese*«, erklärt sie mit strahlenden Augen. »Wir ziehen uns also alle total anders an als sonst.«

»Nettie, dieses Kleid, das wir Samstag gekauft haben, wäre perfekt«, meldet sich Selwyn. Sie spricht zum ersten Mal, seit wir die Cafeteria betreten haben. Ich hatte fast vergessen, dass sie da ist.

»Stimmt«, sage ich. Mir fällt auf, dass sie ihren Hamburger in Stücke geschnitten, aber keinen Bissen in den Mund gesteckt hat. Ihre Hände hat sie in den Schoß gelegt. »Alles in Ordnung mit dir?«, frage ich. »Ist es wegen des Cellos?« Selwyns Augen glänzen. Weint sie? Sie guckt mich nur an, ihre Unterlippe zittert wieder. Ihre Hand geht erneut zum Rollkragen. »Hast du was am Hals?«, frage ich. »Musst du zum Arzt?«

Sie will etwas sagen, aber Scoop kommt dazwischen. »Nettie, hattest du Zeit, dir die Aufgabe anzugucken, die ich in deinen Spind gelegt habe?«

Erwischt. »Hör mal, Scoop«, sage ich. »Ich kann dir bei diesen Sachen nicht mehr helfen. Ich hab einfach zu viel Hausaufgaben.«

Er lässt sich nicht aus dem Takt bringen, nickt nur und beißt in einen Apfel.

Lia mischt sich ein. »Das stimmt. Nettie hat keine Zeit mehr für Nachhilfestunden, weil sie jetzt Mr Black zur Hand gehen muss.«

»Verstehe«, sagt Scoop, nimmt sein Tablett und steuert Terras Tisch an. »Ich esse da drüben weiter. Bis dann.«

Am liebsten würde ich ihn zurückrufen und mich entschuldigen.

Lia beobachtet ihn höhnisch grinsend. »Nettie, der arme Scoop ist beleidigt, weil du nicht mit ihm reden willst. Ich wüsste schon, wie das wiedergutzumachen ist. Warum gehst du nicht …«

»Er packt das schon.« Ich nehme meinen Burger wieder in die Hand, aber jetzt ist mir der Appetit vergangen.

Das Gespräch kommt wieder in Gang, als Lia mit Henna über die Papiervorräte redet und Martin und Lincoln Ideen für die Antithese-Party austauschen. Verstohlen schaue ich hinüber zu Scoops Tisch, er hat sich da drüben schon in ein anderes Gespräch vertieft. Ich weiß nicht recht, ob er es schafft, allein ins Center zu kommen. Was, wenn er erwischt wird? Dann würde ich mich verantwortlich fühlen.

»Wie wäre es mit Fruchtsaft statt Alkohol? Schließlich ist es Antithese«, schlägt Martin vor.

»Nun übertreib mal nicht«, schnaubt Lincoln. »Die Grayson-Partys der Vergangenheit haben einen gewissen Standard gesetzt – und das heißt: Alkohol.«

Lia kichert und Henna grinst. Nur Selwyn reagiert überhaupt nicht, das Essen auf ihrem Teller ist immer noch unberührt.

»Bist du wegen Garrick so schlecht drauf? Was ist passiert, als du ihn besucht hast?«, zische ich wütend. Er hat es wieder getan. Es ist genauso wie früher: Sie trifft sich mit ihm und dann ist sie tagelang deprimiert.

»Nein, er hat nichts gemacht. Es ist nichts«, sagt sie und guckt aufs Tablett.

Ich glaube ihr nicht. »Ich kann ihn nicht ausstehen«, verkünde ich. »Das ist so ein Loser. Er hält sich für total cool – und das macht ihn zum Loser. Nicht zu fassen, dass Callen mal mit dem befreundet war.«

Lia unterbricht ihr Gespräch mit Henna. »Was ist mit Callen? Hast du mit ihm geredet?« Selwyn nimmt ihre Gabel und stochert in ihrem Hamburger, froh darüber, nicht mehr im Fokus zu sein.

»Gestern Abend hab ich ihn gesehen, als er seiner Mom im Garten geholfen hat«, sage ich. Ich muss raus aus dieser Sache. »Übrigens, ich finde, ihr solltet euch für das Qualitätspapier entscheiden. Die Programme werden doch aufbewahrt.«

»Finde ich auch.« Henna steckt sich mit einer schnellen Bewegung eine abtrünnige Haarsträhne wieder unter den Turban. »Es geht nur darum, den Rest des Komitees davon zu überzeugen.«

»Na klar.« Lia nickt, aber ihr Blick wandert zurück zu mir. Sie brennt offensichtlich darauf, mehr über mein Gespräch mit Callen zu hören.

Ich hole mir eine Apfelsine vom Tresen und rolle sie zwischen den Händen, dabei behalte ich die Cafeteria im Auge.

Ich bin noch nicht bereit, an den Tisch zurückzugehen und mich mit Lia auseinanderzusetzen. Muss sie überhaupt einbezogen werden? Sie ist doch gar nicht mehr mit ihm zusammen.

»Nettie. Hey.« Callen kommt zu mir. Nur ein paar Zentimeter trennen uns, ich kann die Seife mit dem holzigen Duft riechen, die er benutzt. »Ich hab mir das Buch angeguckt, das du mir gebracht hast.«

»*Blissful Nature*? Was hältst du davon?« Die Worte kommen mir mühelos über die Lippen. Hier bin ich nicht so nervös wie bei ihm zu Hause.

»Es hat mir gefallen«, sagt er. Seine Hände sind leer, fällt mir auf. Anscheinend ist er nur hier, um mit mir zu reden. Und ich werde nicht wieder weglaufen – wie gestern Abend. Ich kann mir nicht ewig Sorgen machen wegen Lia. »Hat mich inspiriert. Ich werde das Blumenfestival auslassen und den Tag stattdessen in den Brambles verbringen. Ein bisschen Natur ist bestimmt schön nach der Party.«

»Meinst du die Antithese? Gehst du hin?« Ich gucke hinüber zu meinem Tisch. Lia sieht mich scharf an. Ich zögere, das Schuldgefühl meldet sich wieder. Meine Hand geht hoch, ich will mich hinterm Ohr kratzen, aber ich widerstehe dem Drang. Callen kennt das Zeichen jetzt.

»Aber sicher. Du doch auch, oder?«

»Na klar.« Ich werfe die Apfelsine von einer Hand in die andere und er klaut sie sich blitzschnell. Und lächelt. Ich versuche sie mir zurückzuschnappen, aber er hält sie außer

Reichweite – und lächelt noch mehr. Von der anderen Seite der Cafeteria ruft Rawl nach ihm.

»Hier.« Er gibt mir die Apfelsine, ich schaue ihm nach und warte, bis ich mich beruhigt habe. Dann gehe ich zurück an meinen Tisch.

Dort kralle ich die Temptress-Tin-Fingernägel in die zähe Apfelsinenschale. Unter dem Tisch stößt Selwyn mich mit dem Knie an. »Ich hab euch eben gesehen«, flüstert sie. So lebendig war sie die ganze Mittagspause nicht. »Er mag dich.« Warnend lege ich den Finger an die Lippen.

Lia beobachtet mich, als ich die Apfelsine schäle. »Worüber habt ihr geredet?«

»Nichts, ich hatte ihm nur ein Buch geliehen.«

»Ist das so?« Ihre Augen sind hart wie Flint.

»Er kommt zur Antithese«, sage ich noch. Keine Ahnung, ob sie bohrt, weil sie Verdacht schöpft oder weil sie glaubt, die Zuschauer wollen das. Sie hat sich Callen wegen der Quote als Freund ausgesucht, und aus demselben Grund macht sie so viel wie möglich daraus, dass er nun ihr Ex-Freund ist.

»Natürlich kommt er.« Sie verdreht die Augen. »Callen tut so, als würde er über allem stehen, aber er liebt es, wenn die Sportgroupies sich auf Partys um ihn scharen.« Mein Herz rutscht eine Etage tiefer. Wie in allen zickigen Kommentaren von Lia steckt da ein Körnchen Wahrheit drin – das tut weh. Aber ich lasse es durchgehen. Er soll mir zeigen, warum er da ist. Von ihr will ich das nicht hören.

14

So spät abends war ich noch nie im Center. Im Dunkeln trete ich ständig in den Müll, um den ich bei Tag, wenn ich zu Darstellerbesprechungen herkomme, vorsichtig einen Bogen mache.

Dutzende Offizielle trampeln vorüber, vermutlich marschieren sie zum Schichtwechsel in die Baracke. Ich flitze über die Straße, damit ich ihnen nicht in die Quere gerate.

Auf dem Weg zu den Büros komme ich an Wohnhäusern vorbei, es riecht nach gebratenem Fleisch. Rauch kräuselt sich in den Nachthimmel und draußen am Pool glüht ein Grill. Dunkle Umrisse von Reals sind zu sehen, die sich vor Lachen biegen. Flaschen klirren zwischen unbeschwertem Gegröle und lebhaften Gesprächen. Platsch, ein schwabbeliger Real hechtet in den Pool.

Für mich haben die Geräusche etwas Bedrohliches, so als würden diese Leute kurz vor einer Revolte stehen. Ich überquere die Straße und steige die Treppen zum vierten Stock der Büros für Darstellerangelegenheiten hoch. Dr. Kanavan steht oben an der Treppe, die blonden Locken wie immer zu einem losen Knoten zusammengebunden.

»Willkommen, Nettie. Diese Session leite ich nicht, aber ich habe den Plan dafür entwickelt und sie findet in meinem Büro statt.« Mit wehendem weißen Kittel führt sie mich einen schwach beleuchteten Flur entlang zu ihrem Büro, wo ich mich auf einen Untersuchungstisch aus Edelstahl setzen muss.

»Dein Hautbild hat sich verbessert«, bemerkt sie mit einem Finger am Kinn.

»Danke, ich war gewissenhafter bei der Hautpflege«, sage ich stolz.

»Ja, das wurde auch Zeit. Ich sage Til, dass du da bist.« Sie geht, und allein im Raum, sehe ich mich prüfend um. Die glänzende Waage. Der Kalender und die X, die der Countdown für ihren nächsten Urlaub sind. Zenta. Wo die Patrioten nicht sind.

Hinten in der Ecke weht eine weiße Gardine in der Abendbrise. Diese Gelegenheit kann ich mir nicht entgehen lassen. Von hier oben ist der Blick auf die Sandburg besser als von den Producer-Büros im zweiten Stock, so viel ist mir klar. Ich laufe zum Fenster und schaue mit klopfendem Herzen an der Gardine vorbei nach draußen.

Da die Sandburg weiter unten an dem Hügel liegt, der zum Strand runterführt, kann ich direkt in einen gut beleuchteten Innenhof schauen.

Wirbelnde Schatten, durchbrochen vom grellen Licht der Strahler, die schmutzverschmierte, verschwitzte Gesichter anleuchten. Gesichter, die ich kenne.

Patrioten.

Sie laufen Runden im Hof. Auf dem Rasen in der Mitte ist eine Art Hindernisparcours aufgebaut. Ein paar Offizielle stehen da und schauen zu. Was hatte Scoops Tante noch gesagt? *Fitnessergebnisse.* Über Hürden springen, durch Matsch kriechen, am Klettergerüst entlanghangeln. Sie laufen direkt unter einem grellen Scheinwerfer her, und ich erkenne sie, einen nach dem anderen.

Zuerst fällt mir eine Krankenschwester auf, eine Kollegin von Selwyns Mutter, die in der letzten Staffel rausgeschnitten worden ist. Aber ich vergesse sie sofort, als ich ein anderes bekanntes Gesicht sehe, das jetzt schmal und hohlwangig ist. Haselnussbraune Augen starren dumpf hinter der schiefen Schildpattbrille. Ihre Haare sind kurz, militärisch geschnitten. Belle. In Dunkelheit gehüllt zieht sie vorbei. Eine Grille in der Mitte des Platzes drillt sie, aber ich kann die Worte nicht verstehen.

Ein Patriot löst sich aus der Gruppe, stolpert und hält sich an einem Lampenmast fest. Ich schnappe nach Luft: Es ist Revere, er würgt. Sein Pferdeschwanz ist abgeschnitten worden, er hat jetzt Igelhaare, genau wie Belle. Die Hände stemmt er auf die Knie, Erbrochenes spritzt auf seine Tarnhose. Er schaut auf und blinzelt, seine Augen werden ganz groß vor Erstaunen. Sieht er mich? Nein, das kann doch nicht sein. Aber er hebt die Hand, so als würde er grüßen, als würde er ein Hallo winken – und ich hebe meine als Antwort.

Er lächelt schwach.

Ich höre Schritte auf dem Flur, also ziehe ich die Gardine wieder vor und schwinge mich mit zitternden Händen auf den Untersuchungstisch. Die Real, die den Raum betritt, läuft gleich gegen eine Vitrine und entschuldigt sich überschwänglich mit heliumhoher Stimme. Sie erinnert mich an Witson, wie er sich bei *Fincher's* aufgeführt hat, wenn er sich dort herumgedrückt hat, weil er mich sehen wollte.

»Ich bin Til«, sagt sie. Sie ist klein, ihr Elfengesicht wird von üppigen kastanienbraunen Haaren verschluckt. Ihre Haut ist glatt und hat die Farbe von Zimt.

»Hi, Til«, sage ich mit Roboterstimme. Warum sollten die sie trainieren, bevor sie medizinische Experimente mit ihnen durchführen? Das ergibt keinen Sinn. Was ich da eben gesehen habe, würde sie eher schwächen, als sie zu besseren Versuchskandidaten zu machen. Es sei denn, diese Manöver gehören zum Test.

»Ich werde dir nun zeigen, wie du dich so schminkst, dass die Kameras dich noch mehr lieben«, brabbelt Til.

Ich stelle mir die Patrioten in ihren Kampfanzügen vor. Das ist wie in der Armee, sie werden gedrillt. Wie heißt es im Vertrag? *Sie stehen im Dienst von Media 1.* Genauso wie man im Dienst einer Armee steht ... Aber warum sollte *Media 1* eine Armee haben? Das ist eine Fernsehgesellschaft.

Til macht sich in der Ecke zu schaffen, der vorgeschriebene lila Overall kratzt anscheinend. Dann schiebt sie einen Spiegel auf Rollen zu mir herüber und überreicht mir eine weiß-rosa Baumwolltasche. »Das sind deine Instrumente. Die Werkzeuge, die dich schön machen werden!« Es fällt ihr schwer, mir in die Augen zu sehen. Weil sie ein Fan ist? Lia beschwert sich immer über Reals, die in ihrer Gegenwart nervös werden. Ist das so was?

»Ich kann es kaum erwarten.« Ich ringe mir ein Lächeln ab. Was war das gleich für ein Wort, das Scoops Tante benutzt hatte? *Trupp.* Die schicken sie in Trupps raus. Ist der letzte Trupp gerade da draußen? Ich ertappe mich dabei, wie ich wieder zu dem verhängten Fenster schaue. Dann atme ich durch und versuche, mich aufs Schminken zu konzentrieren.

Til holt einen Lippenstift aus ihrem Übungskoffer. »Das ist dein Lippenstift. Nimm den entsprechenden Stift aus deiner Tasche.«

Ich hab schon Make-up benutzt, aber unter Tils Anleitung lerne ich, den Effekt zu maximieren. Ich lerne zum Beispiel, Lipliner und Puder zu verwenden, bevor ich Lippenstift auftrage. So hält die Farbe länger.

Til führt mich durch Tipps und Tricks mit Mascara, Grundierung, Rouge und Eyeliner. Am Ende ist mein Gesicht perfekt wie noch nie, das kann sogar ich sehen. Aber der Anblick lässt mich kalt.

»Fantastisch!«, quietscht Til. »Gefällt dir dein neues Gesicht?«

»Wirklich schön«, sage ich. Das ist nicht gelogen. Meine Wangenknochen sind jetzt stärker betont und meine oft beklagten matschbraunen Augen gewinnen dank Eyeliner und Lidschatten eine ganz neue Tiefe. Wirken weiser, reifer. Ich rücke ein Stück zurück. Ist es das Make-up oder das, was ich eben gesehen habe, das mich älter wirken lässt? Ist das hier die Person, die sich die Zuschauer immer gewünscht haben?

»Du wirst sie umwerfen auf der Party heute Abend.« Til lächelt.

Die Party. Scoop wird da sein – ich kann ihm erzählen, was ich gesehen habe.

»Seid ihr fertig?«, fragt Dr. Kanavan von der Tür her. »Ich muss hier raus.« Sie gähnt und hält sich den Handrücken vor den Mund. Auf unsere Antwort wartet sie nicht, sie kommt einfach rein und schiebt den Spiegel wieder an seinen Platz. Til sammelt ihre Sachen zusammen und schlüpft zur Tür hinaus. Ich bleibe zurück und packe ganz langsam meine neue Schminktasche.

Dr. Kanavan ordnet indessen herumliegende Akten auf ihrem Schreibtisch. Ich denke über unsere Beziehung nach. Ich habe sie mit ihren Urlauben angeben hören. Versucht, ihr mit meinem Gewicht und meiner Haut zu gefallen – wie ein gehorsamer Welpe. Ich habe mich immer bemüht zu beweisen, wie tapfer ich bin, wenn es ums Impfen ging. Ich habe viel Zeit darauf verwendet, alle bei *Media 1* glücklich zu machen.

Sie will den Fernseher einschalten, doch dann fällt ihr ein, dass ich noch da bin. Sie dreht sich zu mir um, ihr Finger schwebt über dem Einschaltknopf. »Musst du nicht zu einer Party?«

»Stimmt.« Ich springe vom Tisch und schnappe mir meine Büchertasche vom Boden. »Vielen Dank für alles«, murmele ich im Weggehen, aber die Fernsehgeräusche verschlucken die sarkastische Bemerkung.

15

Fröstelnd klopfe ich an die Tür von Graysons Strandhaus. Im Waschraum der Tramstation habe ich mir das Kleid von *Delton's* angezogen, und jetzt frage ich mich, ob es nicht besser gewesen wäre, etwas mit Ärmeln zu tragen. Nachdem ich die Patrioten in ihren Kampfanzügen gesehen habe, komme ich mir blöd vor mit dem sexy Kleid und dem neuen Make-up.

Ich drücke das Gesicht gegen die Fensterscheibe und spähe durch die dicken Gardinen, denn ich will Scoop so schnell wie möglich finden.

»Nettie, was machst du hier so ganz allein? Hast du geklopft?« Selwyn springt die Stufen hoch. »Ooooh, bist du schön. Ist das Mascara?« Sie scheint langsam aus dem Tief herauszukommen, in dem sie die ganze Woche gesteckt hat.

»Ja, ein bisschen«, murmele ich und klopfe noch mal. Ich wünschte, ich könnte ihr erzählen, was ich im Center gesehen habe, aber sie würde doch nur wieder ausflippen – wie neulich bei *Delton's*. Vielleicht würde sie sogar in Ohnmacht fallen oder so. Ein Groll regt sich in mir. Warum kann sie nicht einfach stärker sein?

»Du siehst ein bisschen so aus wie Lia«, bemerkt sie.

»Mit diesem Make-up. Die Wangenknochen treten stärker hervor.«

»Wirklich?« Til zeigt wahrscheinlich allen dieselben Tricks.

»Steht dir gut, keine Sorge. Lia wird das nichts ausmachen«, versichert sie mir. Sie trägt hochhackige Schuhe und wir können uns in die Augen schauen. Ihr Lächeln ist ein weißer Blitz in der Dunkelheit. »Und das hier sieht noch genauso zehn plus aus wie am Samstag.« Sie zupft an meinem Kleid, und mir fällt auf, dass sie Jeans und Pullover trägt. Der Pullover ist nicht mal *Voxless,* sondern aus rosa Kaschmir, wahrscheinlich von *Blueblood.* Und darunter steckt schon wieder ein Rollkragenpulli.

»Bist du nicht ziemlich schlicht angezogen?«

Sie kichert. »Die Antithese, Blödi! Ich trage das Gegenteil von dem, was ich sonst tragen würde.«

»Ja, das tust du wirklich.« Ich klopfe noch mal, stärker. Nichts.

Selwyn greift um mich herum, dreht den Türknopf und drückt die Tür auf. Dann geht sie ins Haus und grinst mich über die Schulter hinweg an. »Du kriegst nichts mit, oder?«

»Nicht zu fassen, dass ich das gar nicht probiert hab.« Ich folge ihr. Ihr Schritt hat etwas Leichtes ... Es wirkt fast schon übertrieben, so als wäre ihr letzter Vorschlag gewesen, unglaublich peppig und aufgedreht zu sein.

Hypnotische *Voxless*-Musik, so laut, wie *Media 1* gerade noch zulässt, pulst durchs Haus. Wir gehen ins Wohnzimmer, in dem es von betrunkenen Teenagern wimmelt. Die

Gesichter glänzen verschwitzt und der ganze Raum stinkt nach Bier.

»Igitt.« Selwyn drückt sich an mich, als wir unsere Taschen auf den Haufen am Eingang fallen lassen und uns den Weg durch die Menge bahnen, zu dem Tisch hinten im Raum, auf dem normalerweise die Getränke stehen.

»Nettie! Selwyn!«, dröhnt Martin, der in seinem gestreiften Sträflingsanzug – das Gegenteil von Politiker, vermute ich mal – ziemlich bescheuert aussieht. Der Anzug spannt an seinem Altmännerbauch und seine Brille ist beschlagen, weil es so heiß ist im Raum. Er lehnt an einer Vitrine voller Porzellan mit nautischem Muster. Ich lächele sparsam und achte darauf, in Bewegung zu bleiben. Caren Trosser wirft Konfetti in die Luft und hüpft dabei herum wie ein Reh. Beryl Shiner aus der Zehnten und Shar Corone aus meinem Kunstkurs, der neben Belle gesessen hat, drücken sich eng umschlungen in eine Ecke.

Der Gastgeber selbst, Lincoln, trägt zerrissene Jeans und ein T-Shirt, auf dem in Großbuchstaben ein obszönes Wort prangt. Er führt die Regie bei dem Trinkspiel, bei dem Kieselsteine und ein leerer Sofatisch gebraucht werden. Witson trinkt, dann knallt er ein Schnapsglas auf den Tisch, nachdem er einen … Kiesel verloren hat. Er presst sich die Hand vor das Gesicht, als müsse er sich gleich übergeben. Ich mache den Fehler zu glotzen – bisher habe ich Witson nie auch nur mit einem Bier gesehen –, und er fasst das als Einladung auf und wackelt auf mich zu.

»Nettie, du bist hier! Zehn plus!«, plappert er. »Ich hab

auf dich gewartet.« Seine dünnen braunen Haare hat er sich mit enormen Mengen Gel hochgekämmt.

»Hi, Witson.« Ich verziehe das Gesicht und gehe entschlossen weiter. Selwyn ist immer noch an meiner Seite. Witson folgt uns bis zum Getränketisch, der direkt vor dem Fenster steht.

Mondlicht fällt auf sein Gesicht, es wirkt gespenstisch. Ich erinnere mich an das Licht auf Belles Gesicht, dort auf dem Hof, und ich schaudere bei dem Gedanken.

»Geht es dir nicht gut?« Witson schnellt vor und berührt meinen Ellenbogen.

»Doch, alles in Ordnung.« Ich gehe auf Abstand und er wirkt eindeutig geknickt. Das nervt mich. Warum kann er nicht einfach abziehen?

»Ich wünschte, du würdest noch in den Laden kommen«, sagt er, und ich merke, dass er das schon lange loswerden wollte. Er holt Luft. Oh, nein, da kommt noch was. »Nettie, ich …«

»Witson, hilfst du mir mal, einen Cider zu finden?« Selwyn zupft an seinem Ärmel und lotst ihn zum Tisch. Ich weiß, dass er nicht ruhen wird, bis er den Cider gefunden hat. Dem Himmel sei Dank für Selwyn.

Normalerweise trinke ich nicht auf Partys. Hauptsächlich weil die Ausfälle von Lias Mom sie selbst zur Antialkoholikerin gemacht haben. Ich nehme mir ein Kofasip und beobachte die Menge. Dabei fällt mir wieder ein, dass ich ja noch ein drittes Mal mit Callen reden muss, um den Vorschlag vollständig umzusetzen. Stattdessen halte ich nach

Scoop Ausschau. Doch ehe ich einen der beiden Jungs entdecke, sehe ich etwas Rotes blitzen.

Lia in einem hauchdünnen, langen, wallenden Kleid in Pink- und Rottönen. Die Haare trägt sie offen. Sie nickt, die langen Arme vor dem Körper verschränkt, umklammert ein Kofasip und hört Henna Shelter zu. Ihr Blick haftet auf Hennas Gesicht und ich werde von einer großen Sehnsucht gepackt. Ich weiß, wie es ist, wenn man Lias volle Aufmerksamkeit bekommt.

Ich sollte es ihr erzählen. Sie muss wissen, dass wir *Media 1* nicht trauen können. Unser aller Leben könnte in Gefahr sein.

Ich stelle mein Kofasip auf einen vollgemüllten Tisch und gehe auf die beiden zu. »Lia, kommst du mit ins Bad?« Ich lächele gewinnend, dabei tue ich so, als würde ich Henna gar nicht sehen. »Ich muss mir mal deinen Lippenstift ausleihen.«

»Du benutzt Lippenstift? Seit wann das denn?« Sie lacht, aber dann sieht sie mich genauer an. »Wow, du willst nicht nur Lippenstift – du willst mehr Lippenstift, oder?«

»Genau.«

Ich ziehe sie aus dem Wohnzimmer, über die Schulter hinweg brüllt sie Henna zu: »Bin gleich wieder da!«

Ich scheuche Lia ins Bad am Flur und die Kameras richten sich auf uns. Beide starren wir sie an und wenden gleichzeitig den Blick wieder ab.

»Also, ich habe gehört, dass Lincoln auf der letzten Party versucht hat, Mollie so ein Beruhigungspillendings unterzuschieben«, sagt Lia.

»Ach, hör auf, nicht mal Lincoln würde …«

Lia bringt mich mit einem Blick zum Schweigen. Gehorsam halte ich den Mund, kapiere dann, was sie vorhat, als sie die Schränke aufmacht, den Kopf reinsteckt und gluckst. »Hier ist nichts, nur Aspirin, aber vielleicht …« Sie kniet sich hin und macht den Schrank unter dem Waschbecken auf. »Hilf mir mal, nach den Zauberpillen zu suchen, Nettie.« Ich hocke mich neben sie und gucke nach, ob sich hinter dem Durcheinander aus Desinfektionsmitteln und Klopapier Kameras im Schrank verbergen. Nichts. Wir sind sicher.

Ich hole tief Luft. »Ich war bei meiner Session …«

»Du hattest eine Session?«, unterbricht mich Lia, dann wechselt sie schnell aufs Mikro: »Meine Güte, wer kauft denn so viele Zahnbürsten auf einmal?«

Sie nimmt einen Haufen Zahnbürstenpackungen und wedelt damit über dem Kopf herum, damit die Kamera etwas zu filmen hat.

»Reiche Leute«, sage ich ins Mikro, ehe ich ihr ins Ohr flüstere: »Ich sollte lernen, mich zu schminken. Aber das ist nicht wichtig. Ich bin kurz davor rauszufinden, was mit den Patrioten geschieht.« Meine Geschichte nimmt mich so gefangen, dass ich keine Zeit darauf verschwenden kann, ins Mikro zu sprechen und *Media 1* an der Nase herumzuführen. Tonlos erzähle ich ihr von Dana Cannerys Theorie und allem, was ich auf dem Hof gesehen habe. Sie mustert mein Gesicht, während ich rede, so als würde mein Make-up sie mehr interessieren als meine Worte. Und dann lässt sie sich Zeit, bis sie reagiert. Sie fuchtelt mit den Zahnbürstenschachteln herum.

»Ich weiß nicht recht, was ich sagen soll, Nettie«, haucht sie schließlich.

»Findest du nicht, dass es schlimm aussieht?«, frage ich. »So als würden sie in die Schlacht geschickt oder so? Sie wollten da nicht sein.«

»Keine Ahnung, Nettie. Für mich klingt das so, als würden Patrioten Training brauchen. Wir haben doch auch Sport.«

»Das war kein Training, Lia. Sie haben Uniformen getragen. Revere hat sich übergeben. Und warum sollten die sie in die Drowned Lands schicken?« Mir wird klar, was ich da gesagt habe. »Oh Gott, schicken die sie etwa los, damit sie gegen die Drowned Lander kämpfen?« Das sind die Reals, mit denen wir am nächsten verwandt sind.

»Deine Fantasie geht mit dir durch. Abgesehen davon war Scoops Tante immer ein bisschen seltsam, man sollte also nichts von dem glauben, was sie gesagt hat. Das ergibt keinen Sinn – die machen Experimente mit ihnen und trainieren sie zu hart?« Sie legt die Zahnbürsten wieder in den Schrank und seufzt. »Ich hab dir doch gesagt, das mit Revere war nicht deine Schuld. Du musst aufhören, dir Sorgen zu machen.«

»Meinst du das ernst?«, sage ich. »Es ist höchste Zeit, dass wir uns Sorgen machen. Wir könnten die Nächsten sein.«

»So war es schon immer. Nichts hat sich verändert, du

hast nur was entdeckt, wonach du nicht hättest suchen sollen.« Sie packt mich an der Schulter. »Vergiss es einfach wieder«, zischt sie so laut, dass das Mikro es einfängt.

Im Wohnzimmer scheppert Glas. Sie zuckt zurück, wirkt ganz benommen, so geschockt ist sie über ihren Fehltritt mit dem Audiotrack. Dann steht sie aber auf und schiebt das Mikro entschlossen hoch. »Komm, wir gehen wieder rüber. Anscheinend drehen die ab da drinnen.«

Schnell bringe ich meinen Akku in Ordnung. »Ja, hoffentlich hat sich keiner verletzt. Das wäre echt schlimm.« Ich drängele mich an Lia vorbei auf den Flur. Ich hätte wissen müssen, dass sie das nicht interessiert.

»Nettie«, ruft sie, aber ich beachte sie nicht, sondern mache mich im Wohnzimmer auf die Suche nach meinem Kofasip.

Thora, Selwyns Mitbewerberin, kämpft sich neben mir zum Bier vor. Sie hebelt eine Flasche auf und reicht sie mir. »Hier, Nettie«, sagt sie. »Du siehst aus, als könntest du eins gebrauchen.« Ich nehme einen Schluck und halte wieder nach Scoop Ausschau.

Er ist nicht da.

Aber Callen finde ich. Er sitzt mit Rawls vor dem qualmenden Kamin. Anlässlich der Antithese hat Rawls das Team gewechselt, er hat sich die rote Mütze und Jacke von einem Ant geliehen. An Callen ist der geforderte Wechsel spurlos vorübergegangen. Er trägt eine dunkelblaue Jacke mit hochgeschlossenem Reißverschluss.

Normalerweise kann Callens Anblick meine gesamte

Angst auslöschen, nur heute geht es mir nicht besser, als ich ihn sehe.

Terra kommt an den Tisch – in einem tief ausgeschnittenen Kleid. Auf die Rattenschwänze hat sie heute verzichtet. Sie trägt die braunen Haare offen und sie sieht toll aus.

»Weißt du, ob Scoop kommt?« Ich zwinge mich zu einem entspannten, leichten Ton. Und mache mich auf eine zickige Antwort gefasst.

Terra schnappt nach Luft, geschockt darüber, dass ich es wage, sie anzusprechen. Sie macht den Mund auf und zu, ehe sie dann doch beschließt, ganz einfach zu antworten: »Er ist zu Hause. Er hat gesagt, er will nicht mit einem Kater zum Blumenfestival.«

»Danke«, sage ich. Niedergeschlagen lehne ich mich an den Getränketisch. Selwyn kommt rüber zu mir. »Bier?«, ruft sie laut. »Lass Lia das nicht sehen.« Ihr Gesicht ist rot, vermutlich ist der Cider in ihrer Hand nicht ihr erster heute Abend.

»Ist mir egal, Selwyn. Sie hat mir nichts zu sagen.«

»Hast du schon mit Callen geredet?«, fragt sie mit einem übermütigen Lächeln. Sie kratzt sich hinterm Ohr.

»Nee.« Ich nehme einen langen Zug aus der Flasche.

»Ist das voll hier.« Henna Shelter kommt zu uns. Sie hat die Haare von dem provisorischen Turban befreit, und es stellt sich heraus, dass sie einen Pony hat. Sie trägt ein sittsames schwarzes Kleid. Darin scheint sie sich nicht wohlzufühlen, sie wirkt so, als wollte sie sich in das Kleid verkrümeln wie in ein Schneckenhaus.

»Ja, das ist eine von Lincolns besten Partys bisher«, stimmt Selwyn ihr zu.

Ich überlege, ob Lincoln vielleicht so eine Riesensause veranstaltet, weil er beweisen will, dass sich eigentlich nichts geändert hat, seit Revere rausgeschnitten worden ist.

»Lia kommt«, sagt Henna und guckt an mir vorbei. Mit der Hand streicht sie über den Rock ihres Kleides, irgendwie erinnern die Falten mich an etwas.

»Moment mal. Ist das Lias Kleid?«, frage ich. Lia hat es in der letzten Staffel zu irgendeinem Ball getragen, fällt mir jetzt ein.

»Ja, passt wie angegossen, oder?« Henna nippt an ihrem Weinglas. Hinter ihr zieht Selwyn die Augenbrauen hoch. Ich zucke mit den Schultern.

»Sieht gut aus«, sage ich. Trotz der Spannungen zwischen Lia und mir bin ich ein bisschen eifersüchtig. Es ist kein schönes Gefühl, ersetzt zu werden.

Lia schlendert zu uns herüber und legt mir den Ellenbogen auf die Schulter. Dann geht ihr Blick zu meiner Hand und sie spitzt die Lippen. »Nettie, trinkst du etwa?«

»Ja«, sage ich nur. Ich sehe, dass Rawls vom Sofa aufsteht, der Platz neben Callen ist frei.

»Die brauchst du nicht«, sagt Lia leichthin und zieht an der Flasche.

»Lass das«, murmele ich und halte sie fest.

»Ach, komm schon, du trinkst doch nie Bier.« Sie lächelt verkniffen. Ihre Katzenaugen mustern mein Gesicht. Sie befürchtet, mich verloren zu haben.

»Stimmt nicht.« Ich reiße ihr die Flasche weg.

Sie hält die Hände hoch, als würde sie sich geschlagen geben. »Egal. Wird wahrscheinlich Zeit, dass du anfängst, eigene Entscheidungen zu treffen.«

»In den Keller, die Antithese des Erdgeschosses!«, ruft Lincoln und schaltet dabei das Licht an und aus, um die Aufmerksamkeit aller auf sich zu ziehen.

»Gut, los geht's«, sagt Lia und verlässt, gefolgt von Selwyn und Henna, den Raum. Ich schaue wieder zum Sofa, aber Callen ist auch weg. Also gehe ich hinter meinen Freundinnen her, und als wir in den Flur kommen, sehe ich Callen zur Haustür hinausgehen.

»Ich hol mir nur eben mein Caddy-Kaugummi aus der Tasche«, sage ich. Lia bleibt wie angewurzelt stehen.

»Kaugummi?« Fragend zieht sie die Augenbrauen hoch.

»Ja, geht schon mal nach unten. Ich komme gleich.« Ich lächele und kehre zurück in das leere Wohnzimmer. Dort hole ich mir noch ein Bier, stehe ein paar Sekunden herum – und gehe dann nach draußen, zu Callen.

16

Die Veranda ist leer. Der Wind von See ist genauso kalt wie vorhin, doch nach der erstickenden Hitze der Antithese ist mir das willkommen. Ich bleibe unter dem Bambuswindspiel stehen, nur ich allein mit meinem Bier, umgeben von Dunkelheit.

Wenn ich jetzt aufbrechen würde, könnte ich in zwanzig Minuten in Treasure Woods sein und an Scoops Tür klopfen. Mir irgendetwas ausdenken über Hausaufgaben oder ein Referat für die Schule, wenn seine Eltern aufmachen.

»Nettie?« Auf dem Pfad, der zum Strand führt, sagt jemand meinen Namen.

Ich blinzele, und als ich näher komme, sehe ich ein Glimmen in der Dunkelheit. »Callen? Bist du das?«

»Ja.« Er tritt in den schwachen Lichtschein, der aus dem Haus fällt. »Musstest du da auch raus?« Er putzt sich den Sand von den nackten Füßen und jetzt erst bemerke ich seine Turnschuhe auf der Verandatreppe.

»Zu viel Lärm«, sage ich. Ich stelle meine fast volle Bierflasche neben seinen Sneakers ab, dann schlüpfe ich aus meinen hochhackigen Schuhen und steige die Stufen hinunter. »Hier draußen ist es eindeutig angenehmer. Alle sind total wild drauf.«

»Hm.« Er schaut an mir vorbei zum Haus. »Bei diesen Partys weiß ich nie, wo ich hingehöre.«

»Das ist eine andere Welt da drinnen«, sage ich. In wortloser Übereinstimmung schlendern wir zum Strand runter.

»Absolut.« Callen streckt die Hand aus, spreizt die Finger ein wenig und fühlt den Wind. Damit hört er sofort auf, als er merkt, dass ich ihn beobachte. Er versenkt beide Hände in den Jackentaschen, schaut weg, schaut mich wieder an und dann wieder weg.

Wir nähern uns dem Steg. Wie ein Band schlängelt er sich ins Meer. Ich bleibe stehen, Erinnerungen tauchen auf, als die kühlen Wellen meine Füße kitzeln.

»Weißt du noch, wie wir in der sechsten Klasse hierhergekommen sind?« Auf Zehenspitzen laufe ich über die Felsen. Die Kamerapfähle am Strand ragen hoch über uns auf. Mir ist klar, dass diese Szene gesendet werden wird.

»Vage«, sagt Callen und folgt mir.

»Aiiiiiiii!« Ein beinahe opernhafter Schrei dringt aus dem Strandhaus – als er uns erreicht, ist er zu einem Pfeifen geworden, das über die Brandung fliegt.

»Die Party des Jahrhunderts«, bemerkt Callen, seine Augen funkeln in der Dunkelheit.

»Und wir verpassen sie …«, sage ich gedankenverloren. »Warte, halt!« Dort, wo drei Felsen sich wie eine Festung erheben, sammelt sich das Wasser in einem kleinen Becken. Ich habe das sexy Kleid von *Delton's* bis zu den Oberschenkeln hochgezogen, aber hier draußen in der Dunkelheit spielt das keine Rolle. Dies ist die Stelle, an der Belle die

Flasche gefunden hat. Ich schaue in das Becken, irgendwie erwarte ich, sie darin liegen zu sehen.

»Suchst du was?«, fragt Callen.

Ich darf Belle nicht erwähnen. »Nein, es ist nur … Ich dachte gerade daran, wie es damals in der Sechsten war. Alles war noch so einfach.« Ich setze mich auf die Steine, strecke die Beine aus, sodass die Zehen ins Wasser ragen, und er rückt neben mich. Wir sind uns so nah wie auf der Verandaschaukel. Ich will noch mehr Nähe.

»Es war nicht immer leicht«, sagt er. Sein Bein ist neben meinem, ab und zu berühren sich unsere Füße.

»Ja, stimmt. Ich weiß noch, dass ich einsam war, sogar damals«, gebe ich zu. Da war ich noch nicht mit Lia befreundet, zu dieser Zeit war sie für mich nur das große beliebte Mädchen.

»Ich war auch einsam, und …« Er lässt den Satz ins Leere laufen.

»Und was?«, hake ich nach. Unsere Zehen berühren sich, regen sich aber nicht, fällt mir auf.

»Keine Ahnung. Gefangen?«, sagt er vorsichtig. Er legt seine Hand auf meine, genau so, wie ich es mir auf der Veranda gewünscht hatte. Gefühle durchströmen mich, das Zuhören fällt mir schwer. »Da fing es an, sich anzufühlen, als wäre ich in der Falle – Schule, Hausaufgaben, meine Eltern.« Jetzt ist er mir sogar noch näher, seinen Atem spüre ich federleicht am Ohr. »Es hat sich angefühlt, als sei die Insel eine einzige große Falle.«

Ich weiß, dass er gerade etwas Bedeutendes mitgeteilt hat, aber meine ganze Aufmerksamkeit gilt unseren Händen. Und seinem Mund, der so nah an meinem Ohr ist. Das Rauschen des Meeres ist überwältigend, aber ich schwöre, ich kann seinen Herzschlag hören. Ich drehe mich zu ihm, will ihm zu verstehen geben, dass er die Stille füllen soll, doch dann überwältigt mich das Verlangen nach Nähe. Ich sage nichts, rücke aber an ihn heran, bis unsere Schultern sich berühren. Ich habe das Gefühl, nicht atmen zu können.

Er küsst mich, und die ausströmende Energie versengt jedes Bedürfnis, Vorschläge umzusetzen, an Patrioten zu denken, sich wegen Lia Sorgen zu machen oder was auch immer. Callen zu küssen ist total natürlich und liefert mir umgehend die Erklärung dafür, warum Reden immer zu kompliziert gewesen ist. Das hier ist vertraut und neu. Seine Lippen, von denen ich so oft geträumt habe, sind fordernd und zärtlich, und ich will nichts, als ihn bis in alle Ewigkeit weiterküssen.

Noch ein Schrei. Dann eher so was wie ein Kreischen, das in einer Lachsalve endet. Zuerst ist meine Reaktion darauf nur, Callen näher an mich heranzuziehen, aber dann höre ich einen schrilleren Schrei, eindeutig von einem Mädchen, und denke, es könnte Lia sein. Zögernd löse ich mich von Callen und werfe einen Blick zurück zum Haus. Vor Graysons Strandhaus rasen Schatten herum und sofort muss ich an die Patrioten denken.

Callen berührt meine Wange, ich drehe mich wieder zu ihm um. Seine Hand streicht an meinem Schlüsselbein entlang. »Beachte sie nicht«, sagt er, beugt sich vor und küsst mich wieder.

Ich beschließe, genau das zu tun, mache die Augen zu, lasse mich auf den Kuss ein. Aber ich bin angespannt und nehme die lauter werdenden Geräusche am Ufer wahr – Graysons Verandatür geht quietschend auf und zu, Darsteller laufen herum.

Schließlich löse ich mich aus dem Kuss, halte Callen aber weiter an den Händen, unsere Stirnen berühren sich, wir versinken in unseren Blicken. Ich bin hin- und hergerissen zwischen dem Wunsch, bei ihm zu bleiben, und dem Bedürfnis, wachsam zu sein – Lia könnte nach draußen kommen. Ich hatte mir gesagt, sie würde einfach akzeptieren müssen, dass Callen und ich zusammen sind – wenn es je so weit kommen würde –, aber nicht jetzt. Das wäre zu plötzlich.

»Wir brauchen die Antithese eines Lagerfeuers.« Das ist Lincolns Stimme. Auf diese total ausdruckslose, ruhige Art redet er immer, wenn er sehr betrunken ist und so tun will, als wäre er es nicht. »Ein qualmendes Loch?«

»Ein Qualmloch? Nein!«, kreischt jemand.

»Ich glaube, das sind Netties Schuhe.« Das ist Selwyn. Lia könnte ganz in der Nähe sein.

Ich reiße mich los von Callen. »Ich muss gehen, es ist …«

»Du willst nicht, dass Lia uns sieht«, sagt er und fährt sich mit der Hand durch die Haare. Damit bringt er sie nur noch mehr durcheinander. Ich stehe auf und bürste mir den Sand ab.

»Tut mir leid.« Ich drehe mich um und versuche Lia zwischen den anderen Gestalten vor dem Haus auszumachen. Sie ist nicht zu sehen. Ich schaue kurz wieder zu den Kameras am Strand und spüre ein aufgeregtes Kribbeln bei dem Gedanken an die Zuschauer, die uns zu sehen kriegen werden. Für sie ist es die Erfüllung bisher unerwiderter Liebe.

Jetzt sind wir getrennt. Ich spüre, wie der Zauber verfliegt und die Sorgen sich einschleichen. So als könne ich mich auf nichts verlassen, wenn ich ihn nicht ganz fest halte. Ich darf Callen nicht verlieren.

»Ich gehe jetzt. Aber ich will dich bald wiedersehen«, sage ich, und jetzt bin ich froh darüber, dass es so dunkel ist.

»Ich auch.« Sein Ton hat etwas Drängendes, das kenne ich gar nicht von ihm. »Heute Nachmittag in der Cafeteria wollte ich dich fragen, ob du morgen mit mir in die Brambles kommst. Und das Festival sausen lässt.«

Das Festival. Ich habe ja schon geschwankt, und jetzt stelle ich mir vor, wie Mädchen mit ihren Girlanden in der Stadt herumtänzeln und wie Lia sie alle beurteilt. Ich will viel lieber ein paar Stunden mit Callen allein sein.

»Also … okay. Ich meine, ja. Ja, ich komme gern mit. Wann?«

»Um elf? Wollen wir uns bei dem Standbild am Tor treffen?«

»Einverstanden.« Ich grinse, könnte ausflippen vor Glück. Ich habe gerade Callen Herron geküsst!

»Wir machen einfach ein Lagerfeuer«, verkündet Lincoln am Strand. »Holt Holz aus dem Keller.« Jemand jault laut los.

»Lass uns zurückgehen, ehe sie was merken.« Ich streiche mir die Haare glatt und versuche vermutlich verschmierten Lidschatten und Wimperntusche wegzuwischen. Callen küsst mich noch ein letztes Mal auf die Wange und wir verlassen den Steg, gehen Seite an Seite am Ufer entlang. Mit einem platonischen Abstand zueinander. Ein paar Darsteller schichten Holz für das Lagerfeuer auf, andere liegen beschwipst auf der Veranda herum. Lia ist nicht da.

»Callen, hilf uns mal«, sagt Lincoln energisch, so als würde er einem Diener Anweisungen geben. Von mir nimmt er kaum Notiz. Seine exklusiven Klamotten kann er vielleicht gegen etwas Abgetragenes austauschen, aber sein herablassendes Aristokratenverhalten wird er nicht so leicht los. Callen grinst mir bedauernd zu, bevor Lincoln ihn wegschleppt. Ein freudiger Schauer durchrieselt mich. Ich fühle mich so leicht.

Selwyn kommt von der Veranda her angelaufen, keuchend und schnaufend, mit Callens Turnschuhen und meinen Pumps in der Hand. Wir stehen im Sand.

»Hier, deine.« Sie drückt mir die Schuhe in die Hand. »Also … wo ist er und was ist passiert?«

Sie ist laut. Ich schaue mich um, besorgt, dass jemand sie hören könnte.

»Komm mit.« Ich scheuche sie hinters Haus, damit wir ungestört sind. Hinter den Büschen bleiben wir stehen.

»Du hast es getan«, sagt sie mit einer Mischung aus Ehrfurcht und Freude. »Du hast ... irgendwas getan.«

»Wir haben uns geküsst«, gestehe ich. Jetzt ist es raus. Ich verstecke das Gesicht hinter den Händen, verlegen und euphorisch. »Ich kann es nicht fassen. Wir haben uns geküsst.«

»Endlich!«, kreischt Selwyn. Sie lässt die Turnschuhe fallen und umarmt mich.

»Selwyn, ich mag ihn wirklich.«

»Ich weiß«, sagt sie.

»Morgen gehen wir zusammen in die Brambles.« Der Wind frischt auf und ich schlinge fröstelnd die Arme um mich. Mein Blick wandert hoch zu den Kameras, die am Haus befestigt sind. Was würde Kat Deva hören wollen? »Ich glaube, wir werden ein Paar.«

Die Tramfahrt nach Hause scheint ewig zu dauern. Ohne die Ablenkung von der Party und Callen muss ich wieder an den Hof denken. Das ist etwas sehr Schlechtes.

Lia wollte es nicht hören. Vielleicht hat sie sogar geglaubt, ich würde mir das alles bloß ausdenken. Wir brauchen Beweise, etwas, das Darstellern genauso einen Schock versetzt, wie ich ihn bekommen habe. Etwas, das sie dazu zwingt, *Media 1* zur Rede zu stellen.

Ich werfe einen Blick auf mein Spiegelbild im Fenster und bringe meine unordentliche Frisur in Ordnung. Hohe Gebäude gleiten vorbei. Die Randgebiete der Heights.

Wenn ich mit Callen in die Brambles gehe, werde ich

Scoop morgen nicht sehen, also steige ich in Treasure Woods aus dem Zug und mache mich auf zum Haus der Cannerys. In Treasure Woods ist kein Ton zu hören, es ist absolut still, aber ich fühle mich unbehaglich. Ausgeliefert. Die Villen liegen weiter von der Straße zurück als in The Arbor, und an den Telefondrähten hängen Lichter und Kameras, die hier nicht wie anderswo diskret in Bäumen versteckt werden.

Ich gehe schnell, biege nicht wie sonst in Lias Straße ab, sondern nach links in die Pearl Lane – oder Luxus Lane, wie sie manchmal auch genannt wird. Aber Scoops Haus gehört zu den bescheideneren Anwesen von Treasure Woods, keine Säulen, kein Springbrunnen. Kreideweiß mit blauen Zierleisten. Blumenkästen voller Geranien.

Ich gehe über den Rasen. In Scoops Zimmer im ersten Stock brennt kein Licht, deshalb sammele ich ein paar Kiesel von der Auffahrt und ziele genau. Hoffentlich wecke ich sonst niemanden auf. Die Steine landen mit einem Ping an der Fensterscheibe und fallen dann ins Gras.

Ich höre, wie das Fenster aufgemacht wird. »Nettie?«, flüstert Scoop ungläubig. »Bin gleich bei dir.« Ich husche in den Schatten eines Baumes und befestige mein Mikro wieder, das mir beim Bücken vom Kragen gerutscht ist. Das erinnert mich daran, dass ich mir irgendeinen Grund einfallen lassen muss, warum ich hergekommen bin.

Als er zu mir kommt, bringt er einen Wollpullover mit Zopfmuster mit. »Ich dachte, du frierst vielleicht«, sagt er und reicht ihn mir. »Du siehst aus, als hättest du dich geprügelt oder so.« Er zeigt auf meine Haare, die vom Wind am Strand durcheinandergebracht worden sind – und von Callen wahrscheinlich auch.

Ich ziehe den Pullover an. »War keine Prügelei«, sage ich und schaue dämlich zu den Kameras am Haus hoch. Keine Ahnung, was ich sagen soll. Dass wir mitten in der Nacht über Mathe reden müssen, kauft uns keiner ab. Wenn ich mich jetzt, nachdem ich Callen geküsst habe, in seine Arme werfen würde, wäre das ein Quotenhit, wie Lia ihn sich nur in langen Nächten zusammenträumen könnte. Aber das bringe ich nicht. Und es kommt mir dumm vor, jetzt überhaupt an Quoten zu denken. Die Erinnerung an den Hof hängt immer noch über mir wie eine Wolke. »Aber … ich will dir was erzählen, äh, über die Party. Kommst du mit zum Spielplatz?«

»Okay.« Er begleitet mich ums Haus herum zurück zur Straße. Auf dem Weg Richtung The Arbor fasele ich etwas über die Party.

»Lincolns Eltern würden ihn umbringen, wenn sie ihn in diesem Hemd sehen würden. Shar und Beryl waren extrem exhibitionistisch drauf, und es war krass – Shars Hände sind ja wie Flossen.« Ich stelle glaubwürdig nach, wie Shars Hände um Beryl herumgepatscht sind. »Dann hat Lincoln uns in den Keller runterkommandiert, aber ich bin mit Callen nach draußen gegangen.«

»Ach, Callen war da?« Er zieht mich auf.

»Wir, du weißt schon, na ja, ich glaube, du hattest recht damit, dass er mich mag. Wir haben uns nämlich geküsst.«

»Süß. Für alle außer Lia, nehme ich an.« Er guckt mich von der Seite an, während ich die Pforte im hüfthohen Spielplatzzaun öffne.

»Sie weiß es noch nicht.« Ungeschickt hantiere ich mit dem Riegel der Pforte herum.

»Du wolltest es ja so, oder?« Er bohrt, weil er wissen will, ob es wegen der Initiative war. Endlich schaffe ich es, die Pforte zu schließen. Ich sehe ihn an.

»Nein …?« Er kratzt sich hinterm Ohr.

»Doch«, sage ich hitzig und zerre ihn zu den Schaukeln. »Ich wollte es.«

»Nun ja, vielleicht ist Lia schon drüber hinweg«, sagt er. »Obwohl sie die ganze Woche, nachdem er sie sitzen gelassen hat, so einen irren Blick hatte.«

Darauf gehe ich nicht ein. »Setz dich da hin.« Ich zeige auf eine Schaukel, setze mich auf die daneben und hole Schwung. Wahrscheinlich hat er diesen Trick auch angewendet, als er klein war.

»Ja, die nächstgelegene Kamera ist übrigens auch kaputt«, sage ich tonlos, mein Kopf ruckt in die Richtung, in der das tote rote Auge hängt.

»Verbrannt«, lese ich von seinen Lippen. »So nennen die Reals das, wenn die Kameras kaputtgehen. Genau wie …«

»Genau wie jemand, der rausgeschnitten wird, weil er ein Risiko für die Serie darstellt – dann sagen die Leute auch, dass er verbrannt ist?« Er nickt. Ist ja reizend. Marionetten, Zubehör – alles, nur keine Menschen.

»Heute Abend habe ich was gesehen.« Ich erzähle Scoop

vom Hof. Es ist eine enorme Erleichterung, mit jemandem zusammen zu sein, der nicht gleichgültig ist.

Je mehr ich sage, desto tiefer werden die Falten auf seiner Stirn, sämtliche Spuren seiner sonstigen Freundlichkeit verschwinden. »Wenn Tante Dana recht hat, dann werden sie in Form gebracht, ehe die Experimente beginnen.«

»Das war auch mein erster Gedanke«, hauche ich finster. »Ist aber unwahrscheinlich, vor allem wegen der Kampfanzüge. Mir ist da eine Idee gekommen. Wäre es nicht möglich, dass sie gegen die Drowned Lander kämpfen, als Truppe von *Media 1*?«

Scoop hört konzentriert zu, nickt immer wieder, aber als ich fertig bin, ist seine Antwort nur: »Das wissen wir erst, wenn ich in der Sandburg gewesen bin.« Er presst die Kiefer zusammen. »Nächste Woche mache ich das.«

Genau das wollte ich hören. »Du musst irgendwas von da mitbringen, damit die Darsteller dir glauben. Beweise.«

»Ja«, haucht er. »Kommst du nun mit? Ich könnte deine Hilfe gebrauchen.«

Ein paarmal Schaukeln dauert mein Zögern. Drüber nachgedacht hatte ich schon, aber das war, ehe ich Callen geküsst habe. Und jetzt spüre ich, wie die alten Ängste sich wieder einschleichen – ich habe so viel zu verlieren, wenn wir erwischt werden. »Ich kann nicht«, sage ich leise. Scoop drängt mich nicht. »Aber ich will helfen. Hast du einen Plan?«

»Manchmal fahre ich mit dem Boot vom Aquarium raus, und da habe ich am Eden Beach eine Bucht gefunden. Ich könnte das Boot in der Bucht liegen lassen, den Zaun durchschneiden und mich ins Center schleichen. Ich konnte mir den Code von einer Grille beschaffen, an die ich mich drangehängt habe, als sie ins Center gegangen ist. Vom Center aus schleiche ich mich dann in die Sandburg.«

Eine Erinnerung kommt hoch. Mik, der mich zurechtweist, weil ich meinen Code in einem nahe gelegenen Mietshaus ausprobiert habe. Das war vor einer meiner ersten Darstellerbeurteilungen. »Unsere Codes funktionieren nicht in den anderen Gebäuden.«

»Genau. Trotzdem muss ich für einen Real gehalten werden. Ich besorge mir eine Perücke aus dem Theaterladen und setze eine Sonnenbrille auf, aber was ich wirklich brauche, ist ein Overall.«

Der Haufen Overalls in Luz' Büro. »Vielleicht könnte ich …« Ich erstarre. Ein Rascheln im Dunkeln, plötzlich sehe ich drei Grillen an der Pforte. Wenig später sind sie drinnen und versammeln sich vor den Schaukeln wie hungrige Haie.

Ich halte den Atem an, überlege, was sie gehört haben könnten. Die Angst packt mich, als ich mir vorstelle, wie ich von Offiziellen weggeschleppt werde. Ich zwinge mich dazu weiterzuschaukeln, und eine Weile hört man nur das Quietschen der Scharniere. »Vielleicht kann ich dir da helfen«, sage ich ins Mikro. Ich bemühe mich, deutlich zu sprechen, aber meine Stimme ist piepsig. »Wir können das später besprechen.«

»Danke«, sagt Scoop. In stillem Einvernehmen hören wir

auf zu schaukeln und bleiben ruhig sitzen. Um uns herum surren die Kameras. Ich schlüpfe wieder in meine hochhackigen Schuhe, mein Herz schlägt schneller, ich starre auf den Boden.

»Wirst du Callen wiedersehen?«, fragt Scoop und gibt den Grillen, was sie haben wollen.

»Ja, morgen«, gestehe ich.

»Und Lia weiß das nicht?« Die Kameras kommen immer näher.

»Ich bin mir nicht sicher. Kann schon sein – Selwyn hat gesagt, sie hat bemerkt, dass wir von der Party verschwunden sind.« Eine der Grillen hustet, und ich spüre, wie ich mich verkrampfe.

Scoop stößt einen leisen Pfiff aus. »Hart. Na, du wirst schon das Richtige tun. Das weiß ich.« Er fährt mir mit der Hand durch die Haare. Genau so hat er das immer mit Belle gemacht. »Vergiss nicht, die Wahrheit kommt immer ans Licht.« Er spricht laut, damit die blöden Grillen auch jedes Wort mitkriegen.

17

»Nettie Starling.« Eleanora Burnish, Lias bezaubernde, wunderschöne – und heute eindeutig beschwipste – Mutter reißt die Haustür auf. Plötzlich sind all diese Gerüche da: Parfum, Alkohol und noch ein durchdringender, scharfer Geruch, den ich nicht zuordnen kann.

»Lange nicht gesehen.« Jedes Element von Mrs Burnish' Total-*Voxless*-Look ist schräg: Ihr pflaumenfarbiger Lippenstift ist verschmiert. Im linken Ohr trägt sie einen Diamantstecker, im rechten keinen. Erdbeerblonde Strähnchen haben sich aus ihrem Knoten gelöst.

»Ich weiß. Ich hatte viel zu tun, das Doppel-A rückt näher.« Ist das Urin? Ich halte mir die Nase mit dem Handrücken zu und werfe entsetzt einen Blick an ihr vorbei. Was geht hier vor?

»Wasfüreine hinreißene Hanntasche.« Sie lallt. Ich schlucke. Oje. Sie reißt sich zusammen und versucht mich davon zu überzeugen, dass sie nüchtern ist. »Du siehst so schön aus. Gibt's was Neues?«

»Die gehört meiner Mom.« Ich tätschele die Lederhandtasche unter meinem Arm. »Alles beim Alten.« Das ist gelogen. Heute Morgen habe ich sämtliche Lektionen der Schminksitzung zur Anwendung gebracht, ich wollte gut aussehen für Callen. Also habe ich mir die Haare geflochten und dann fast eine Stunde damit verbracht, mir zu überlegen, was ich anziehen soll.

Am Ende habe ich das ärmellose Top, das Selwyn für mich ausgesucht hat, mit karierten Shorts kombiniert – es soll ja nicht so aussehen, als ob ich mich zu sehr anstrenge.

»Nun ja, was immer es ist, es funktioniert. Tritt ein, tritt ein.« Sie winkt mich ins Haus, wirft den Arm dramatisch zur Seite wie ein Matador, der vor einem Bullen steht. »Was gibt's denn?«

»Ist Lia da?« Ich betrete die dunkle Diele. Von der Decke hängt ein riesiger Kronleuchter, Glasstücke schimmern im blassen Morgenlicht und spiegeln sich auf dem blank gebohnerten Holzboden. Der Geruch wird stärker.

»Ja, sie macht sich fürs Festival zurecht«, trällert Lias Mutter. »Gehst du mit ihr zusammen in die Stadt?«

»Ehrlich gesagt, gehe ich dieses Jahr nicht zum Festival.« Langsam arbeite ich mich durch den Flur zur Treppe vor. Mit der Hüfte streife ich die scharfe Kante eines großen, in Plane gewickelten Dings. Das müssen Möbel sein, die sie wegen des Mottowechsels bestellt hat. Über den Flur verteilt erkenne ich noch weitere verhüllte Teile.

»Vorsicht. Das ist mein neuer Armoire«, bestätigt Eleanora mit zittriger Stimme. »Hab noch keine Ssszeit gehab, die neuen Möbel aussszupackn.« Sie lallt.

»Sie werden schon Zeit finden«, murmele ich und mache schnell noch ein paar Schritte, bis ich am Fuß der Treppe angelangt bin.

Eleanora streckt sich kokett und stößt gegen eine silberne Wanduhr. »Au.« Sie reibt sich den Kopf, ein schiefes Lächeln taucht auf ihrem Gesicht auf. »Du hast es aber eilig«, gurrt sie, das ist eine kleine Zurechtweisung.

Neun zeigt die Uhr an. Ich kann nicht lange bleiben.

»Stimmt, ich bin noch verabredet. Wir unterhalten uns später, Eleanora.« Ich galoppiere die Treppe hoch, weg von dem ekligen Geruch und ihrer Verzweiflung. Früher war Eleanora mein Idol, aber mittlerweile ist es in ihrer Nähe schwer auszuhalten. Ich hatte gedacht, die Vorschläge, die Lia von der Initiative bekommen hat, würden ihr helfen, aber ihr scheint es schlechter zu gehen als je zuvor. Ist es das, was die Zuschauer sehen wollen?

Ich klopfe an Lias Tür, gehe aber rein, ohne auf eine Reaktion zu warten.

»Nettie?« Vor ihrem großen Spiegel wirbelt Lia herum. Sie trägt Jeans zu einer hochgeschlossenen ärmellosen Bluse. Und sie hat einen Blütenkranz aus Veilchen und Glockenblumen auf dem Kopf. Mein sorgfältig ausgewähltes Outfit wirkt ziemlich schlicht dagegen. »Warum bist du hier? Selwyn hat gesagt, du bist krank und gehst nicht zum Blumenfestival.«

»Ich bin nicht krank«, sage ich. Dabei beobachte ich Lias Gesicht. Ich muss es ihr jetzt sagen, ehe ich mich in dieser Sache noch mehr in Lügen verstricke.

»Da ist etwas, das ich …« Ein Krachen unten, gefolgt von einem Schrei, unterbricht mich. Lia läuft zur Tür und schlägt sie zu, sie ist rot geworden. Sie fängt an, im Zimmer hin und her zu laufen, Klamotten in den Schrank zu feuern, leere Verpackungen wegzuwerfen und Haarspangen, Schmuck und Lippenstifte wieder in Schubladen zu verstauen.

»Ich wusste nicht, dass du kommst. Hier ist es so unordentlich.« Sie beißt sich auf die Unterlippe. Dann, die Hand auf der Hüfte, hält sie inne. »War meine Mom so richtig schlimm drauf?«

»Nein.« Ich gehe zu ihrem Bett, schiebe ihre geliebten Plüschtiere zur Seite und setze mich im Schneidersitz darauf. »Aber was ist das für ein Geruch?«

»Die Katze«, sagt Lia. Sie kratzt sich hinterm Ohr. Lias Belohnung, fällt mir jetzt wieder ein. »Wir haben sie vor zwei Wochen bekommen und meine Mom macht das Katzenklo in der Küche nicht sauber. Ich weigere mich, das zu tun, und meinem Dad fällt es anscheinend gar nicht auf. Oh, da ist die Katze ja.« Sie zeigt auf die Plüschtiere, und jetzt sehe ich, dass sich eins davon bewegt. Ein weißes Kätzchen streckt die Pfoten und schnurrt.

»Die ist ja süß«, sage ich und rücke ein Stück, um der Pfote auszuweichen. Ich hab's nicht so mit Tieren.

»Oh, Nettie. So hast du auch immer geguckt, wenn Witson dich geküsst hat.« Lia lacht. Ich erstarre, aber sie merkt das nicht. »Luna, du kleine Süße.« Lia kommt rüber und krault der Katze den Kopf. »Du bist verschwunden gestern Abend. Was war los?«

Mit dem Finger fahre ich über das Muster von ihrer Decke. Ich weiß nicht, was ich sagen soll.

»Ich finde, mein schwarzes Kleid sah ziemlich zehn plus aus bei Henna«, sagt Lia. Sie und die Katze stupsen die Köpfe aneinander, Lia kichert. »Ich mag sie echt. Sie mag künstlerisch angehaucht sein und so, aber ich will nicht, dass sie eine Außenseiterin ist. Sie ist mein neuestes Projekt.«

Ich denke an Henna in diesem Kleid, in das sie gestopft worden war, und betrachte die Reste von Lias Temptress-Tin-Nagellack auf meinen Fingernägeln. Bin ich auch ein Projekt gewesen? »Sie scheint nett zu sein.«

»So wie Luna?«

»Was?«

»Luna findest du ja auch süß, hast du gesagt.« Sie setzt sich aufs Bett, ihre Haare fallen ihr übers Gesicht, und sie senkt den Kopf, sodass ihr Kinn fast die Decke berührt – an einer Stelle, die für Kameras schwer erreichbar ist. »Bist du weggegangen, weil du verstört warst wegen der Sachen auf dem Hof?«

Gestern hat sie das anscheinend nicht interessiert – und ich bin nicht hier, um darüber zu reden. Ich setze mich aufrecht hin und sage ins Mikro: »Lia, das gestern Abend ... Callen und ich ... wir ... wir ...« Ich hole Luft, nehme mich zusammen. Sie rutscht ein Stück zurück, schnappt sich Luna und streichelt sie ruppig.

Ich bohre die Spitze von meinem Turnschuh in den Teppich, eine flache Stelle bildet sich im langen Flor. Ohne aufzuschauen, sage ich: »Lia, wir haben uns geküsst.«

Lange ist es still im Raum, bis sie schließlich etwas sagt. Dazu hebt sie den Kopf auf diese vertraute herablassende Art.

»Du und Callen?«, sagt sie. »Wow.« Luna springt ihr vom Schoß und tigert auf dem Boden herum. Lia nimmt wieder Verratschposition ein, ich auch, ich bin ihr Spiegelbild und wir sind vor den Kameras sicher.

»Das hat Luz aber nicht vorgeschlagen«, sagt sie lautlos. Lässig legt sie die Hand über die Lippen, damit auch alles ganz sicher ist. »Oder?«

»Nein«, hauche ich zurück. »Es ist einfach passiert, aber …«

»Aber du magst ihn, stimmt's?«, beendet sie den Satz. »Ich hab gewusst, dass du deshalb diesen Vorschlag von *Media 1* gekriegt hast.« Fürs Mikro sagt sie: »Du hast mich angelogen, Nettie. Du hast mich angelogen! Du hast gesagt, du magst Callen nicht, und ich hab dir geglaubt. Ich dachte, du wärst grundehrlich.«

»Lia, ich hatte Angst, es dir zu erzählen, weil es mir echt unangenehm war, schließlich wart ihr zusammen …«

»Wissen alle Bescheid?« Sie setzt sich auf und rückt ihren Blumenkranz zurecht. »Weiß Selwyn das? Seit wann empfindest du so? War das schon so, bevor Callen und ich zusammen waren?«

»Ja, aber ich wollte nicht … Ich dachte, er interessiert sich nicht für mich. Abgesehen davon seid ihr miteinander gegangen – und ich wollte dir nichts kaputt machen.«

»Nettie, du könntest mir nichts kaputt machen.« Sie lacht, ihre Stimme perlt durch alle Tonlagen und erinnert mich auf unangenehme Weise an ihre Mutter. »Also, egal. Ich will nicht mit ihm zusammen sein. Ich will es nicht«, wiederholt sie. »Aber ich kann nicht fassen, dass du mich angelogen hast.«

»Denk dran, du hast mich auch angelogen«, sage ich scharf.

Sie verdreht die Augen. »Nettie, ich habe dich gebeten, nicht mit ihm zu reden, und jetzt rammst du ihm die Zunge in den Hals. Wer weiß noch davon?«

»Selwyn und Scoop.«

»Dann wissen es bald alle.« Sie seufzt und dreht den Ring an ihrem Finger, während sie nachdenkt. »Callen ist so … Nettie, manchmal stellst du Leute auf ein Podest und siehst nicht mehr, wie sie wirklich sind. Callen ist kompliziert. Bist du sicher, dass du mit ihm zusammen sein willst?«

»Weiß nicht«, sage ich, was wieder eine Art Lüge ist. »Aber ich will, dass wir – du und ich – ehrlich zueinander sind. Ich will meine Gefühle nicht vor dir verstecken.«

Lia seufzt wieder und guckt zur Decke. Lange bleibt sie stumm, eine ganze Reihe von Gefühlen spiegeln sich auf ihrem Gesicht: Frustration, Traurigkeit und – unmittelbar bevor sie meine Hand nimmt und sich zu mir dreht – eines, das ich selten bei ihr gesehen habe: Resignation. »Nettie, ich weiß … In letzter Zeit haben wir es nicht leicht gehabt miteinander, der Druck vom Doppel-A, mein Stück, meine Mutter – und du weißt schon … andere Sachen«, sagt sie etwas vage. »Aber wir sind Freundinnen, okay? Was immer auch mit dir und Callen passiert. Unsere Freundschaft ist wichtiger als Jungs.«

Sie macht mir ein Zeichen, damit ich wieder Verratschstellung einnehme. »Callen weiß nichts von den Vorschlägen, oder?«

Ich schüttele den Kopf.

»Erzähl ihm nichts davon. Er flippt aus«, haucht sie. Dann spricht sie wieder ins Mikro. »Du triffst dich heute mit ihm, oder? Deshalb gehst du nicht aufs Festival.«

Ich nicke. »Wir gehen in die Brambles.«

»Oh Gott, weil das ja so viel besser ist als das Festival.« Sie verdreht die Augen. »Okay, lassen wir das. Wenn es das ist, was du willst, dann nur zu. Ich muss mich fertig machen.« Sie steht auf. »Vorwärts …«

Erst als ich unten aus der Haustür gehe, wird mir klar, dass Lia aus unserem Stück zitiert hat – und ich nicht darauf reagiert habe.

Die *Pigeons*-Mütze erkenne ich sofort. Callen steht vor dem Denkmal des ersten Bürgermeisters, einem Original. Mit einem erhobenen Zeigefinger scheint er den rauchenden Teenager zu seinen Füßen anklagen zu wollen. Ich schließe mein Rad am Tor an.

»Hier bin ich«, verkünde ich, als ich auf Callen zugehe. »Tut mir leid, dass ich mich verspätet habe.«

»Ich dachte schon, du wärst doch mit aufs Festival gegangen.« Er drückt seine Zigarette aus und wirft sie in einen Papierkorb.

»Nee.« Ich bleibe einen Meter oder so vor ihm sehen, denn ich weiß nicht recht, wie wir uns begrüßen sollen. Dass mir der Schweiß überall runterläuft, ist mir nur allzu bewusst. Ich bin kräftig in die Pedale getreten, um mich nicht zu sehr zu verspäten.

»Bist du gut nach Hause gekommen gestern Abend?«, fragt Callen. Die Mütze verdeckt seine Augen, deshalb kann ich aus seinem Gesicht nichts ablesen. Aber er tritt von einem Fuß auf den anderen. Nervös.

»Ja.« Übermüdet und mit einem Knoten im Magen, denn die Grillen haben mich den ganzen Weg vom Spielplatz bis zu meiner Haustür verfolgt.

»Du bist schon wieder geheimnisvoll.« Er lächelt ein wenig.

Sofort bin ich angespannt. »Oh, ups.«

»Nein, ist schon okay«, sagt er. »Ich mag das. Komm.« Er nimmt meine Hand. Ich entspanne mich und lasse mich von ihm einen Pfad entlang durch dichtes Birkengestrüpp führen. »Pass auf«, warnt er, als wir auf einen anderen, schmaleren Pfad abbiegen und uns unter tief hängenden Zweigen ducken müssen. Zum Glück trocknet der Schweiß vom Radfahren in der sanften Brise, und je weiter wir gehen, desto besser fühle ich mich. Der Pfad steigt an, es wird schattiger, Farne und Gestrüpp wuchern, Schösslinge ragen himmelwärts und überall stehen knorrige alte Eichen. Hand in Hand ist das Durchkommen umständlicher, aber keiner will den anderen loslassen.

Mir macht es nichts aus zu schweigen. Je tiefer wir in den Wald eindringen, desto angenehmer wird die Stille. Auf unserem Weg über Zweige und welke Blätter schaut Callen mich einmal kurz an, dann ein zweites Mal, mit einem schüchternen Lächeln auf den Lippen. Beim dritten Mal drücke ich seine Hand, ehe er weggucken kann.

»Alles in Ordnung?«, frage ich.

Er beugt sich zu mir rüber, wir küssen uns wieder, meine Stirn stößt an den Schirm seiner Mütze.

Dieses Mal ist es anders, alles geschieht langsamer. Ich hatte eigentlich nicht das Gefühl, dass ich gestern Abend schüchtern gewesen wäre, aber als ich jetzt den Arm um seinen Hals lege und er mich an sich zieht, weiß ich, dass wir beide schüchtern gewesen sind. Ich löse mich kurz von ihm, weil ich Luft holen muss, und sein Lächeln ist wieder da. Ich lächele zurück, die Spannung, von der ich nicht mal etwas geahnt hatte, schmilzt dahin. Unsere Gesichter sind nur Zentimeter voneinander entfernt.

»Wie lange?« Meine Finger spielen mit seinen weichen Nackenhaaren. »Wie lange magst du mich schon?«

»Und wie lange magst du mich schon?«, erwidert er.

»Ich hab zuerst gefragt«, protestiere ich. Die Sonne scheint zwischen den Ästen hindurch und der Himmel über uns ist völlig wolkenlos. Es sind keine Wetterchemikalien im Spiel, es ist einfach ein herrlicher Tag.

»Ich weiß, dass du mich mochtest«, sagt er.

Ich denke zurück. »Ich erinnere mich noch an das erste Mal, als es mir klar wurde. Du hast mich zur Schule mitgenommen und zwei Straßen vorher hatte dein Auto eine Panne. Weißt du noch?«

»Ja.« Er hält meine Hand und lotst mich den gewundenen Pfad entlang über Mulch und Zweige. »Ich hab die ersten beiden Schulstunden versäumt, weil ich auf den Abschleppwagen warten musste.«

»Und mir hast du gesagt, dass ich schon vorgehen soll. Ich war gerade noch rechtzeitig zum Klingeln in der Schule. Aber es war davor. Als das Auto den Geist aufgegeben hat und du …« Einen Moment lang komme ich mir albern vor, aber ich spreche es trotzdem aus. »Als der Motor streikte und du nur lächelnd nach draußen geguckt und gesagt hast: ›Und wir waren so nah dran.‹ Dich hat das überhaupt nicht aus der Ruhe gebracht. Da hab ich es gewusst.«

»Also schon lange vor Lia«, sagt er und balanciert über einen am Boden liegenden Ast. »Gut zu wissen.«

»Du bist dran.« Ich gebe ihm einen kleinen Schubs. Er gerät ins Schwanken, fällt aber nicht runter.

»Das war vor sechs Monaten«, sagt er. »Ich stand hinter dir in der Essensschlange, und du hast Selwyn erzählt, wie aufregend dieses Teleskop ist, das du gebaut hattest. Deine Augen haben geleuchtet – und plötzlich wusste ich, dass ich dich näher kennenlernen musste. Aber du warst mit Witson zusammen.«

»Und dann war ich es nicht mehr.« Den vorwurfsvollen Ton kann ich nicht unterdrücken.

Er schaut in die Ferne und ich erinnere mich an Lias perfekte Imitation seines entrückten Blicks. »Nettie, du hast mich irgendwie ignoriert«, sagt er schließlich. »Ich dachte sogar schon, du könntest mich nicht leiden … bis zu diesem Tag auf der Veranda, als …«

Als ich mit ihm geflirtet hatte, wegen des Vorschlags.

»Alles gut«, sage ich schnell. »Weißt du was? Ich hab Lia von gestern Abend erzählt.«

Er springt vom Ast. »Echt?« Wieder nimmt er meine Hand, und wir gehen bergab den Pfad hinunter zum Brambles-See, einem perfekten Kreis, mit einer kamerabewehrten, Wasser speienden Fontäne mittendrin. Kein Glanzstück der Grillen, es ist nur allzu offensichtlich, dass der See künstlich ist. »Wie hat sie es aufgenommen?«

»Wie zu erwarten war. Wütend. Aber dann hat sie sich beruhigt, und ich glaube, letztendlich wird sie sich schon damit arrangieren«, sage ich.

»Hoffentlich.« Callen zieht mich vom Pfad runter aufs Gras. »Komm, wir gehen ans Wasser.«

Laichkraut und Rohrkolben brechen durch die Wasseroberfläche. Callen macht mich auf die winzigen Frösche aufmerksam, die überall herumhüpfen, und nennt mir die Namen von Dutzenden von Blumen und Pflanzen.

»Wow, du kennst dich ja ziemlich gut aus.«

»Hab ich von Mom gelernt.« Er setzt sich ins Gras und zieht mich an seine Seite. »Die da heißen Popcornblumen.« Er zeigt auf kleine weiß-gelbe Blumen, die um einen Baum herum wuchern.

»Zehn plus«, sage ich. Die Blumen sind schön, aber mich interessiert vor allem, wie sehr er sie mag. »Kannst du dich nicht für eine Ausbildungsstelle bewerben, die irgendwas mit Umwelt und Natur zu tun hat? Wie deine Mom? Hey, Moment mal« – ich werde ganz aufgeregt –, »gibt es da nicht eine Park-Ranger-Stelle?«

Er zuckt mit den Schultern. »Dad will, dass ich Baseball mache.«

Ich sehe Mr Herron in dem brandneuen Harrow vor mir, der wahrscheinlich von den Überschüssen der Baseballquote gekauft worden ist.

Callen nimmt seine *Pigeons*-Kappe ab und legt sich auf den Rücken. Mutig setze ich mich rittlings auf ihn, stemme meine Hände links und rechts von seinem Kopf aufs Gras und beuge mich hinunter, um ihn gierig zu küssen. Er atmet flach und schnell, hält mich ganz fest umschlungen.

»Das hier ist so viel besser als das Blumenfestival«, flüstere ich. Er lacht und ich wälze mich von ihm runter auf den Rücken, lasse mich von der Sonne blenden.

Irgendwann fischt Callen seine Zigaretten aus der hinteren Hosentasche. »Macht es dir was aus, wenn ich rauche?«

»Neiiin.« Ich recke mich genüsslich, drehe mich auf die Seite und sehe zu, wie er sich die Zigarette anzündet. Beim Inhalieren ziehen sich seine Lippen zusammen, dann lösen sie sich … Der Rauch driftet in die Luft, und mir fällt wieder ein, dass er erzählt hat, er habe zu Hause mal den Rauchmelder ausgelöst. *Rauch*. Der Rauch im Center, bei dem sämtliche Reals aus den Büros für Darstellerangelegenheiten gerannt sind …

Jetzt weiß ich, wie ich an den Overall für Scoop komme.

»Kann ich mal eine Zigarette probieren?«

»Im Ernst?«, sagt er, fischt aber schon eine aus der Packung. Ich stecke sie in den Mund, beuge mich vor und er zündet sie mir an. Vorsichtig paffe ich und bringe es fertig, nicht zu husten.

»Nicht schlecht«, stoße ich hervor.

Mir ist etwas schwindelig und ich muss kichern. Ich stehe unter Strom, es ist das Nikotin und der natürliche Rausch, mit Callen zusammen zu sein. Ich kann an nichts anderes denken, als ihm näherzukommen. Nicht nur körperlich. Nach der Zigarette liegen wir da und schauen uns an. Ich ziehe seinen Kopf zu mir heran, sodass unsere Gesichter vor den Kameras verborgen sind. »Denkst du je an die Patrioten?«, hauche ich.

»Manchmal. Seit Belle und Revere häufiger, aber nicht oft.« Sein Blick wird weich. »Aber du bestimmt … wegen deinem Dad.«

»Und weil ich auf der A.-L. war«, füge ich hinzu. Ein Schamgefühl fliegt mich an, aber ich will nichts vor ihm verbergen – das gilt auch für die Quoten. »Bist du schon mal drauf gewesen?«

Er schüttelt den Kopf. »Mit Baseball doch nicht.«

Es ist echt albern, aber so, wie er das sagt, möchte ich am liebsten wieder auf ihn draufspringen. Kurz. Einfach. Direkt. Mit dem Finger fahre ich über seinen Wangenknochen, über die Nase, am Kinn entlang … und wundere mich darüber, dass wir hier sind. Dass es ein Wir gibt. Ich rutsche näher an ihn heran.

»Gestern habe ich sie gesehen, Callen. Ich habe die Patrioten gesehen.« Ich erzähle ihm, was ich auf dem Hof beobachtet habe und was ich im Radio über die Höhlen in den

Drowned Lands gehört habe. »Und …« Ich zögere, weil ich nicht recht weiß, ob ich von Scoop anfangen soll. Ich entscheide mich dagegen. »Jemand hat mir erzählt, dass sie für medizinische Experimente herangezogen werden.«

Callen hört aufmerksam zu, die ganze Zeit streichelt er meinen Arm. Er nickt und fragt, was sie anhatten, welche Namen ich im Radio gehört habe und so weiter. Aber als ich alle Fakten vor ihm ausgebreitet habe, hören die Fragen auf. Es gefällt mir, wie vorsichtig er mit Worten ist und wie entspannt und beruhigend er bleiben kann, wenn er solche Sachen hört. Seine Ruhe bringt alles in mir ins Gleichgewicht.

»Ich habe *Media 1* nie getraut«, sagt er schließlich tonlos. Ich bin in Versuchung, ihm alles zu erzählen, im Kopf spiele ich wilde Szenen durch, in denen er mir und Scoop hilft. Doch eine Wolke vor der Sonne zieht weiter und seine blauen Augen leuchten wieder so. Ganz gebannt davon geht mir auf, dass ich ihn auf keinen Fall gefährden will.

»Lass uns nicht mehr davon reden«, hauche ich. Erstaunt zieht er die Augenbrauen hoch, deshalb versuche ich es mit einem weiteren Kuss zur Ablenkung. Irgendwann zwischen zwei Küssen fällt mir die Zigarettenpackung ins Auge, die neben uns auf einem Stein liegt.

»Hey.« Ich schalte schnell auf Mikro um, ehe er noch was über die Patrioten sagen kann. »Ist es okay, wenn ich mir noch ein paar Zigaretten nehme? Ich mochte die irgendwie.«

»Erst Graffiti und jetzt rauchen? Du drehst ja völlig ab.«

Er lächelt und gibt mir drei. Ich stecke sie in Moms Handtasche, dann lege ich den Kopf auf seine Brust und lausche seinem Herzschlag. Wie gern würde ich mich wieder ganz in diesen Augenblick fallen lassen, aber das geht nicht. Im Kopf versuche ich nämlich auszutüfteln, wie ich mir den Overall verschaffe. Vor allem darf ich das Feuerzeug ganz unten in unserer Küchenschublade nicht vergessen, wenn ich morgen zu meiner Beurteilung gehe.

Callen scheint mein Abgelenktsein zu spüren. »Komm hoch zu mir«, lockt er, und als ich ihn küsse, denke ich eine Sekunde lang: *Mehr brauche ich nicht.*

Wenn es mir wirklich genug wäre, wenn ich alle Sorgen verbannen könnte, die ich mir um die Patrioten mache, dann würde ich es tun.

Aber ich kann es nicht, und es reicht nicht.

18

QUOTE: 392. MEIN ZIEL WAR: 321. Diese Woche sind die Zuschauer auf meiner Seite. *Media 1* belohnt mich entsprechend. Ich richte den Blick auf den Umschlag, das ist weniger verstörend, als den Menschen vor mir anzusehen, dem ich niemals hätte vertrauen dürfen. Das Geld ist sogar noch beeindruckender als die Quote – 800 Ceteks. Das reicht, um den Kleiderschrank noch mal für *Voxless* aufzupeppen. Ich hab mir auch immer noch kein Kleid für das Doppel-A gekauft. Schließlich schaue ich auf. Luz beobachtet mich, wartet darauf, dass ich mich bei ihm bedanke, über meinen Triumph frohlocke oder zumindest lächele. Letzteres kriege ich gerade noch hin.

»Ausgezeichnet gemacht. Violet Starling wird nie wieder fürs Verratschen bestraft werden.« Luz nimmt einen großen Schluck Kaffee. Sein Bart wuchert und er braucht dringend einen Haarschnitt. Total verwahrlost.

Zum hundertsten Mal klopfe ich auf meine hintere Hosentasche, um sicherzugehen, dass die Zigaretten noch da sind. Hinter Luz ist das Fenster auf, und ich lausche, aber ich kann nur das Nebelhorn eines einlaufenden Schiffes hören und die Schreie hungriger Möwen.

»Du hast es verdient«, sagt Luz, als ich die Quotenkarte

und das Geld wieder in den Umschlag stecke. »Die Zuschauer verschlingen diese Liebesgeschichte. Die Szene in den Brambles haben wir noch gar nicht gesendet. Aber sie haben jetzt schon einen Spitznamen für euch beide. Callettie.«

Callettie. Das ist sehr ... lang. Hört sich an wie ein Gebäck. Ich stopfe den Umschlag zu den Zigaretten in die Hosentasche und mustere die Wand hinter Luz so unauffällig wie möglich. Irgendwie muss ich ihn ablenken.

»Haben Sie das von Anfang an gewollt? Dass Callen und ich zusammen sind? Warum haben Sie nicht einfach vorgeschlagen, dass wir miteinander gehen?«

Endlich habe ich den Rauchmelder entdeckt, er ist direkt über mir, ein Metallfleck auf der hellen weißen Decke.

»Nein, eine direkte Romanze dürfte ich nicht vorschlagen.« Luz' Hände bilden einen spitzen Turm auf dem Schreibtisch, ich merke, dass es ihn freut, Gelegenheit zu haben, seine Arbeit zu erklären. »Ich wollte nicht, dass die Szene ihre Authentizität verliert.«

Ich verdrehe die Augen. Nicht zu fassen. Bei all der Manipulation, die durch die Initiative vorgenommen wird, redet er von Authentizität! »Darf ich rauchen?«

»Ah, Callens Einfluss. Nur zu.« Luz holt ein Feuerzeug aus der Schublade. Erst fummele ich ungeschickt herum, aber dann habe ich es geschafft und konzentriere mich darauf, die Finger ruhig zu halten.

Luz guckt zu, schiebt eine leere Tasse zu mir rüber, in die ich hineinaschen kann. »Du scheinst nicht froh zu sein, Nettie. Hast du denn jetzt nicht, was du wolltest?«

»Spielt es eine Rolle, was ich will?«, erwidere ich. Es ist sicherer, einfach mitzuspielen, aber ich kann das Stirnrunzeln einfach nicht lassen. Luz hatte gesagt, die Initiative würde meine großen, unausgesprochenen Träume wahr werden lassen, aber das gilt nur, solange damit Quote gemacht wird. Ich habe Glück gehabt. Selwyn wollte eigentlich kein Graffiti sprühen. Lia wollte die Probleme ihrer Mutter nicht zu einer Plotline machen. Abgesehen davon wird mir die Initiative einiges niemals verschaffen können: die Chance, meinen Vater kennenzulernen und die Patrioten zu beschützen.

»Natürlich«, seufzt er.

»Nein, *Sie* erzählen mir, was ich will.« Ich wollte das so sarkastisch und unhöflich hinknallen wie Lincoln, aber meine Stimme klingt rau und jämmerlich. »Und was will ich heute?« Schwach. Meine Stimme ist schwach.

Luz klappt den Mund ein paarmal auf und zu, dann guckt er runter auf den Schreibtisch.

»Alles okay mit Ihnen?«, frage ich argwöhnisch. Ein Nebelschleier aus Rauch hängt zwischen uns.

Er hantiert mit Papieren auf dem Schreibtisch. »Du solltest wissen, dass wir das System ein wenig verändern. Belohnungen gibt es nicht mehr. Eine höhere Quote wirst du natürlich weiterhin kriegen, Bonuszahlungen auch.«

»Keine Belohnungen mehr?« Mein Blick wandert hoch zum Rauchmelder, sein hartnäckiges Schweigen nervt mich.

»Keine Belohnungen. Der Erfolg der Initiative gibt uns grünes Licht, sie vollends in das Leben der Darsteller zu integrieren. Ihr zu folgen, ist kein Gefallen, den ihr uns erweist, es ist verpflichtend. Damit das auch jedem klar ist, haben wir den Vertrag entsprechend angepasst. Wenn Darsteller einen Vorschlag der Initiative nicht umsetzen, gelten sie als Risiko für die Serie und können nach unserem Ermessen rausgeschnitten werden.«

Die Zigarette fällt mir aus den Fingern und in die Tasse. »Ihr würdet jemanden rausschneiden, weil er die Vorschläge nicht annimmt? Ich fass es nicht.« Ich fische eine zweite Zigarette aus der Tasche und zünde sie mit zitternden Händen an. Aber ich glaube es doch. Seit ich die Patrioten im Hof gesehen habe, weiß ich, dass *Media 1* zu allem fähig ist.

»Die Rechtsabteilung hat es abgesegnet.« Luz richtet seinen Kragen, weil er mir nicht in die Augen schauen kann.

Ich inhaliere tief, Rauch kratzt mir im Hals. Tränen steigen mir in die Augen und ich kann das Husten kaum unterdrücken. »Die Originals hätten sich damit nicht einverstanden erklärt.«

»Die Originals sind weg. Die Sendung hat sich verändert, weil die Welt sich verändert hat, und ihr müsst euch auch ändern«, sagt er leise. Seine Stimme klingt gepresst. »Weiter zum heutigen Vorschlag. *Media 1* möchte, dass du ein Close-up mit Callen hast.«

Ich bin entsetzt, gleichzeitig ist es mir peinlich. Wie kann er so was zu mir sagen?

»Soll das ein Witz sein?«, brülle ich und schlage mit der Faust auf den Tisch. »Er ist noch nicht mal mein fester Freund. Ist das die Fantasie eines perversen Producers? Letzte Woche sollte ich nur mit ihm reden, weiter nichts.«

»Das war nicht meine Idee.« Luz macht sich Notizen, um meinem wütenden Blick zu entgehen. Wenigstens wird er rot. »Aber das ist nicht wichtig. Ich stehe dahinter, weil das ganz und gar im Sinne der Initiative ist. Und ehe ich es vergesse, wir verlegen deine Darstellerbeurteilung auf Sonntag, nur für diese Woche, da Samstag die Zeremonie stattfindet. Das ist eine große Woche für dich, Nettie. Du hast dein Close-up und du nimmst am Doppel-A teil. Du wirst sämtliche Zuschauer im Teenageralter in den Bann schlagen.«

»Sie sind widerlich. Wie können Sie sich nur ertragen?« Die Zigarette ist fast runtergebrannt. Vielleicht muss ich auch noch die dritte rauchen. Luz hat immer noch Angst, mich anzugucken. Ich drücke den Stummel auf der Unterseite seines schönen Schreibtischs aus, lasse die Kippe in den Becher fallen und stecke mir gleich die nächste Zigarette an. Meine Lungen sind verkohlt und es ist eklig, aber ich muss es tun.

Luz starrt in seinen Kaffeebecher. »Nettie, du hast nicht zu entscheiden, was das Beste für die Zuschauer ist. *Media 1* weiß, dass ein Close-up mit Callen ein Quotenhit wird. Abgesehen davon muss ich dir sagen, dass der Firma die Verstöße gegen die Vereinbarungen und das stattfindende Verratschen sehr wohl bewusst sind, und in diesem Fall ist es absolut verboten. Wenn du den Inhalt deines Vorschlags irgendjemandem mitteilst, werdet ihr beide rausgeschnitten, ihr geltet dann als Risiko für die Serie. Uns ist es ernst damit, die Initiative zu schützen.«

»Das ist nicht –«

Das Heulen des Rauchmelders schneidet mir das Wort ab. Ich zucke zusammen, als das Geräusch mir das Trommelfell zerreißt.

»Oh nein, nicht schon wieder.« Luz rappelt sich hoch. Draußen werden den Flur entlang sämtliche Türen aufgerissen.

»Ups, das wollte ich nicht!«, kreische ich und drücke die Zigarette schnell wieder am Schreibtisch aus.

»Letztes Mal haben sie ewig gebraucht, um die Dinger wieder abzustellen!«, brüllt er und kommt hinter seinem Schreibtisch hervor. Ich höre, wie die Angestellten auf den Flur strömen. »Komm mit!« Wir stürzen aus dem Büro, um dem Lärm zu entkommen, und tauchen im Meer der lila und grün gekleideten Reals unter, die nacheinander das Gebäude verlassen. Ich bleibe nah bei Luz und versuche den Mut zusammenzuraffen, meinen Plan umzusetzen.

»Oh! Ich hab meine Büchertasche in Ihrem Büro vergessen«, seufze ich.

»Na, dann beeil dich«, sagt Luz, aber er wartet nicht auf mich. Ich flitze den nun leeren Flur entlang zu seinem Büro, wo ich Scoops Pullover aus meiner Tasche zerre. Dann ziehe ich ein paar Overalls von dem Haufen in der Ecke, stopfe sie in den Pullover und laufe zusammen mit den letzten Reals aus dem Foyer nach draußen.

Eine schwere Hand legt sich auf meine Schulter, Luz.

Er lotst mich an die Seite des Gebäudes und achtet darauf, dass niemand uns belauscht. »Du willst nicht rausgeschnitten werden. Glaub mir. Nimm die Vorschläge an.«

Gleich vor den Toren des Centers sehe ich Scoop mit der Büchertasche über der Schulter im Kreis herumlaufen. Gestern Abend nach dem Festival habe ich ihn angerufen und ihn gebeten, sich hier mit mir zu treffen, damit ich ihm seinen Pullover zurückgeben kann.

Der Pullover verbirgt die Overalls gut, und diesen Ort habe ich wegen der lückenhaften Kameraabdeckung gewählt, wir sind also doppelt geschützt. »Hier.« Ich lehne das Rad an mein Bein und hole das Bündel aus meiner Tasche. »Erfolg, und es sind noch ein paar als Reserve dabei«, hauche ich. Fürs Mikro sage ich: »Hier ist dein Pullover.«

»Danke.« Er verstaut alles in seiner Büchertasche. Dann sagen seine Lippen: »Alles okay? Du wirkst verstört.«

Ich antworte nicht sofort. Scoop hat den Rucksack auf die Schultern genommen und zieht die Riemen stramm, dabei runzelt er besorgt die Stirn. Dennoch wirkt er charismatisch, cool und sexy, seine Haselnussaugen tanzen, seine Gestalt ist groß und schlank. Scoop hat keine feste Freundin, aber er ist immer von Mädchen umgeben. Wahrscheinlich hatte er schon mal ein Close-up.

Aber ich kann nichts zu ihm sagen. Ein Bußgeld ist schon schlimm genug, für den Cut eines Darstellers verantwortlich zu sein, ist eine ganz andere Dimension.

»Alles gut«, versichere ich ihm.

»In Ordnung«, sagt er skeptisch. Dann haucht er: »Gestern Abend hab ich mir überlegt, wie alle davon erfahren können, was ich in der Sandburg finde. Aber ich brauche deine Hilfe. Das kann man nicht allein durchziehen.«

»Echt?« Wenigstens passiert heute auch etwas Gutes. »Erzähl's mir.« Unauffällig zeigt er mit dem Daumen aufs Center, wir gehen ein paar Schritte zurück und bleiben einen Meter von der Eingangskabine entfernt stehen, in der ein behelmter Offizieller sitzt.

»Okay, so läuft es«, haucht Scoop und flüstert mir seinen Plan ins Ohr.

Die leere Büchertasche lasse ich auf den Boden fallen, dann werfe ich mich auf den Sessel, der vor Violet steht. Auf dem Weg hierher haben mich Gedanken an das Close-up belastet. Es ist nicht nur das Close-up selbst – obwohl es auf jeden Fall zu früh dafür ist –, sondern die Tatsache, dass *Media 1* es völlig in Ordnung findet, so in mein Leben einzugreifen. Abgesehen davon, würde Callen das überhaupt wollen? Mir fällt ein, welche Schwierigkeiten Lia hatte, Callen ins Bett zu locken.

»Uff«, stöhne ich und vergrabe den Kopf in den Händen.

»Nettie, du klingst wie ein verendendes Tier.« Violet schnalzt mit der Zunge. »Würde ein Spaziergang dich aufmuntern?«

»Okay.« Ich stehe wieder auf. »Willst du zum Pavillon?«

»Ja, das wäre schön«, sagt sie.

Ich helfe ihr in einen leichten Mantel. »In letzter Zeit hat dich niemand – äh – belästigt?«

»Wie? Da ist ein neuer Mitarbeiter, der sehr viel summt.« Sie klopft mit dem Stockknauf ans Fenster. »Und diese Eichhörnchen, die das Futterhaus entdeckt haben. Weg da! Haut ab.«

»Gut. Ich meine, nicht gut, aber gut, dass im Grunde alles in Ordnung ist.« Wir gehen zusammen auf den Flur hinaus und durch die Tür, die zur gepflegten Anlage zwischen den Brambles und Hidehall führt, dann folgen wir dem von Tulpen gesäumten Pfad bis zum Pavillon am See.

»Aber dich scheint etwas zu beschäftigen«, sagt sie, als sie sich auf die Bank gesetzt und den Stock neben sich gelehnt hat.

»Erinnerst du dich an Callen Herron?« Ich kaue an den Nägeln, weil ich nicht recht weiß, wie ich es formulieren soll.

»Deinen Nachbarn? Dahlia Herron habe ich ziemlich gut gekannt.«

»Seine Großmutter?« Ich tigere im Pavillon auf und ab.

»Ja. Sie hat immer so was Seltsames mit Zahlen gemacht. Wenn sie unkonzentriert war, hat sie die spiegelverkehrt geschrieben.« Ihre Augen lächeln, als sie sich daran erinnert. »Und was sie für Haare hatte!«

»Sehr blond«, rate ich und setze mich nun doch neben sie.

»Ja! Wie Schnee. Und was ist mit dem Enkel?«

»Nun ja, wir sind seit letzter Woche irgendwie zusammen. Aber – es gibt da ein Problem.«

Violet schnaubt. »Jetzt schon?«

»Ja, aber an ihm liegt es nicht – auch nicht an mir. An keinem von uns beiden«, sage ich und sehe mich auf dem Rasen nach Grillen um. Dann bemerke ich die vielen Kameras an den Deckenbalken, die auf uns gerichtet sind. Ich weiß, dass es riskant ist, was ich hier mache, aber ich kann es nicht länger für mich behalten. »Violet, hast du je das Gefühl gehabt, dass … sagen wir mal, jemand dir zu helfen versucht? Aber vielleicht anfängt, sich zu sehr in dein Leben einzumischen?«

Natürlich kapiert sie es nicht. »Da musst du schon präziser werden«, sagt sie.

»Das … kann ich nicht«, stammele ich.

Violet nimmt ihren Stock und haut damit auf den Boden. »Schluss damit«, sagt sie. »Meine Güte, am Anfang einer Romanze sollte niemand so düster sein.«

Ich drehe mich zu ihr. »Ich finde es einfach nicht fair, dass manche Leute auf Bliss Island andere Leute kontrollieren.« Gemeint habe ich *Media 1*, aber als ich die Worte laut ausspreche, wird mir klar, dass ich auch an Lia denke.

»Oh, Nettie.« Violet lächelt traurig. Dann seufzt sie, ein typisches, extravagantes Violet-Seufzen. Ihre Emotionen haben stets Übergröße. »Du hast die Rebellion im Herzen, Liebste. Sie liegt dir im Blut.« Sie macht eine bedeutsame Pause.

Die Rebellion liegt dir im Blut.

Ihr Gesicht ist ausdruckslos, da ist nur der leise Anflug eines Lächelns. Bin ich verrückt anzunehmen, dass sie mir etwas über meinen Vater erzählt? Das wäre das erste Mal, dass sie meinen Vater erwähnt, während sie klar ist.

Sie spricht weiter. »Der Drang, dich gegen Autorität aufzulehnen«, sagt sie mit einem übermütigen Funkeln in den Augen. »Du bist knallhart, meine Süße.«

Witzig, knallhart und schlau.

»So fühle ich mich gar nicht.« Ich knie mich vor sie hin und sage ins Mikro: »Deine Ohrringe gefallen mir.« Sie sind auch wirklich schön, große Creolen mit roten Korallen. Ich berühre sie und flüstere ihr ins Ohr: »Sprichst du von meinem Vater?«

Ihre Augen sind kristallklar, aber sie bewegt keinen Muskel, und es ist, als hätte sie mich nicht gehört. Ich warte, außer unserem Atmen ist nichts zu hören, und ein paar Sekunden später packt sie meine Hände fester, zieht mich an sich und flüstert mir ins Ohr: »Ja. Er war unbeugsam und er ist in Schwierigkeiten geraten. Sieh dich vor.«

19

»Hier.« Lia klatscht mir einen Zettel auf mein Cafeteria-Tablett. »Die Doppel-A-Bewerbung.«

»Danke«, sage ich, höre aber nicht richtig hin. Seit meiner Darstellerbeurteilung habe ich abends Schwierigkeiten beim Einschlafen. Das ganze Wochenende habe ich mich in meinem Zimmer verkrochen. Ein Missiv kam – irgendetwas über Reklame für eine neue Brotsorte. Ich habe es nur überflogen, einfach abgeschaltet, mich aufs Bett gesetzt und darüber nachgedacht, wie gut es sich anfühlen würde, den Missivor in Stücke zu schlagen.

Seit ich Hidehall verlassen habe, denke ich jede Sekunde darüber nach, wie ich den Vorschlag umgehen kann, ohne rausgeschnitten zu werden.

»Nettie, du guckst ja nicht mal hin«, sagt Lia vorwurfsvoll.

Ich sehe mir das Papier an. FORMULAR FÜR DIE AUSBILDUNGSPLATZBEWERBUNG steht in fetten Buchstaben obendrüber. Sternchen an den Seiten. Zwei Zeilen darunter, genau in der Mitte: *Name* und *Platz der Wahl.* Ich drehe das Papier um. Eine Auflistung aller Ausbildungen, in Klammern dahinter die Anzahl der verfügbaren Plätze. Da ist meiner: *Mathelehrer/in an der Highschool (1).*

»Frisch aus der Druckerpresse«, verkündet Lia. »Morgen verteilen wir sie. Aber meine Freunde bekommen einen Vorsprung.«

»Einen Vorsprung zu lebenslanger Schufterei«, näselt Lincoln auf der anderen Seite des Tisches. »Danke.« Er trägt eine Sonnenbrille, drinnen. Eine affige Angewohnheit, die er nach Partys pflegt – auch wenn die Party schon mehr als zweiundsiebzig Stunden zurückliegt. Er sollte Martin die Sonnenbrille geben, der kann sie gebrauchen. Sein Gesicht wirkt müde und matt, und seinen keuchenden Husten versucht er mit dem karierten Taschentuch zu ersticken, das Lincoln ihm geliehen hat. Zu viel gefeiert.

Lia verdreht die Augen. »Ich finde es aufregend, ein Blisslet zu werden, Lincoln. Schade, dass das, was immer du tun wirst, so scheiße ist.« Lincoln hat sich geweigert, uns zu enthüllen, wofür er sich entschieden hat. Lia wendet sich an Henna. »Die Sterne sehen ja so zehn plus aus. Toll gemacht!«

Henna trägt wieder einen Turban, heute ist er pink. »Das war deine Idee«, antwortet sie mit dem Anflug eines selbstgefälligen Lächelns im Gesicht.

Lincoln füllt seinen Bewerbungsbogen aus und schiebt Lias roten Glücksstift über den Tisch zu Selwyn, die ihn nimmt, ihren Namen kritzelt und dann ganz schnell: *Cellistin.* »So, fertig«, sagt sie forsch und legt den Stift auf mein Tablett. »Du bist dran.«

Ich sehe ihr ruhiges Gesicht, den gelassenen Blick ihrer schwarzen Augen. Wahrscheinlich hat man ihr den Ausbildungsplatz versprochen, als letzte Belohnung. Sonst hätte sich ihre Einstellung niemals so schnell verändert. Was hat sie wohl dafür machen müssen?

Argwöhnisch beäuge ich den Stift auf meinem Tablett. »Ich erledige das später«, murmele ich und gebe ihn an Lia zurück.

»Was hast du denn, Nettie?«, seufzt sie und steckt die Kappe wieder drauf.

»Nichts.« Ich nestele an dem Hanfarmband herum, das ich heute Morgen umgelegt habe. Ich war so von der Rolle, dass ich den Mottowechsel ganz vergessen hatte, und jetzt stecke ich wieder in der blöden Tunika.

»Ich hab gehört, dass für Nettie alles sehr gut läuft.« Lincoln kneift listig die Mandelaugen zusammen. Ich rüste mich für das, was kommt. »Hast du nicht einen neuen Freund?«

»Hör auf.« Ich funkele ihn an.

»Wer ist der Glückliche?«, fragt Martin.

Keiner sagt was. Ich kann nicht aufschauen.

Lia bricht das Schweigen. »Tja, es ist Callen.« Sie lacht, kurz und schrill. Wenigstens bemüht sie sich. »Nettie und Callen gehen miteinander. Irgendwie komisch, aber das Leben geht weiter.«

»Oh.« Sprachlos nestelt Martin mit einer Gabel herum. »Oh.«

»Eindrucksvoll, Nettie«, sagt Lincoln und boxt mir leicht auf den Arm, so wie Sportler nach einem guten Spiel. »Pass aber auf. So ein Skandal, damit könntest du in Mollies Klatschspalte landen.«

»Hängst du zurzeit oft mit Mollie ab, Linc?«, fragt Lia unschuldig. Endlich gibt sie preis, dass sie das Mädchen kennt, über das er uns vor drei Wochen so fieberhaft hat rätseln lassen.

»Wer hat dir das erzählt?«, will er wissen. Seine Augen lodern. Selwyns Blick klebt an ihrem Teller, aber das fällt ihm nicht auf. Lia und er streiten sich, und ich bin froh, dass ich weiteren Fragen zu Callen entgehen kann.

»Er guckt dich an«, flüstert Selwyn mir zu.

»Ach ja?« Ich schaue quer durch den Raum und unsere Blicke treffen sich. Callen winkt verhalten und ich lächele schwach zurück. Dieses Wochenende hatte ich mich nicht mit ihm treffen wollen, weil ich nicht wusste, was ich mit dem Vorschlag anfangen sollte.

»Ihr seid echt süß«, sagt Selwyn. Ihr Blick fällt wieder auf das Bewerbungsformular. »Füllst du das wirklich nicht aus?«

Ich falte das Blatt und stecke es in die Tasche. »Später, glaub ich.«

Mein Teller ist leer, und es bleiben noch fünfzehn Minuten, bevor der Unterricht wieder anfängt. Im Laufe des Wochenendes hatte ich haufenweise Ideen, wie ich um den Vorschlag herumkommen könnte, aber die meisten waren verzweifelt und verrückt, wie etwa, als blinder Passagier auf einen Frachter zu gehen. Nur eine Idee schien umsetzbar zu sein, obwohl auch sie immer noch weit hergeholt war. Jetzt oder nie, beschließe ich.

»Du bist fast fertig, oder?«, sage ich zu Selwyn. »Kommst

du mit zum Waschraum, bevor die Stunde anfängt? Ich muss mein Make-up in Ordnung bringen.«

»Okay«, sagt Selwyn und isst ihre letzten Pommes.

»Ich komme mit«, wirft Lia ein.

Ich zögere, aber mir fällt kein guter Grund ein, sie abzuwimmeln. »In Ordnung.« Ich gehe voran zu dem Waschraum im Erdgeschoss, der wegen eines Wasserrohrbruchs vor einer Woche noch nicht mit neuen Kameras ausgestattet worden ist. Der Raum war nicht nur überflutet, auch das Licht ist ausgefallen. Der Schaden ist behoben worden, aber bevor neue Leitungen verlegt werden können, müssen die Wände austrocknen.

Gleich beim Reinkommen reiße ich das Fenster zur Straße auf, dann drücke ich mich an die Tür, damit uns niemand stören kann. Lia dreht ein paar Wasserhähne auf und lehnt sich mit verschränkten Armen mir gegenüber an die Wand. Selwyn steht mitten im Raum und klopft auf ihren Cellokasten.

»Die sind verrückt geworden bei der Initiative«, sage ich nur mit den Lippen. »Schluss mit den Belohnungen. Stattdessen schneiden sie Leute raus, die nicht machen, was sie wollen.«

Selwyn keucht ins Mikro. Lia bringt sie zum Schweigen, aber sie hat ganz große Augen bekommen – das hat sie auch nicht gewusst.

»Haben sie euch das nicht erzählt bei eurer Darstellerbesprechung?«, frage ich.

Selwyn schüttelt den Kopf und zieht den Cellokasten fester an sich.

»Nein, bei mir ist alles wie immer mit der Belohnung«, haucht Lia.

»Aber du hast früher angefangen als ich.« Ich bin total durch den Wind. »Warum sagen sie das nur mir?«

»Na ja, vielleicht machen die das so, wenn man der besondere Liebling der Initiative ist. Was war das denn für ein Vorschlag?« Lia kommt zu mir rüber. »Ich wette, das ist was, wovon sie glauben, dass du es ohne Drohungen nicht tun würdest.«

»Der Vorschlag an sich ist nicht wichtig«, sage ich lautlos. Luz' Drohungen, jeden rauszuschneiden, dem ich davon erzähle, klingen mir in den Ohren. »Was zählt, ist, dass ich es nicht machen will. Ich glaube, wenn wir uns alle weigern, die Vorschläge umzusetzen, hören sie vielleicht zu und entlassen uns aus der Initiative.«

»Was sollen wir denn sagen?« Selwyn lässt ihren Cellokasten los und kommt zu uns an die Tür. »Mir haben sie noch nicht damit gedroht, mich rauszuschneiden, aber ich … mein letzter Vorschlag hat mir nicht besonders gefallen. Ich will auch nicht in der Initiative sein.«

»Mir hat kein einziger von meinen Vorschlägen gefallen«, sagt Lia lautlos. Sie stemmt die Hände auf die Hüften. »Aber ich hab es gemacht. Was ist es, Nettie?«

»Vergiss es«, hauche ich und vermeide den Blickkontakt.

»Nettie«, haucht Lia giftig, »wie schlimm kann es denn sein? Du tust doch immer so, als wolltest du es nicht machen. Weißt du noch, das mit dem Flirten? Mir hast du gesagt: ›Nach dem, was er dir angetan hat, will ich ihn nicht mal mehr sehen.‹ Hör doch auf.« Das Letzte sagt sie ins Mikro, Abscheu trieft aus ihrer Stimme.

Selwyn legt ihr die Hand auf den Arm. »Lia, ich glaube, Nettie hat recht. Ihr mit dem Cut zu drohen, ist furchtbar. Ich hab die Initiative auch satt. Es ist die Quote nicht wert. Guck, was sie mich haben machen lassen.« Sie zieht ihre Bluse über die Schulter und entblößt eine riesige Collage aus Notenlinien, Noten und Notenschlüsseln auf ihrer Haut. Am Schlüsselbein fängt das an, und als Selwyn sich umdreht, erkenne ich die geschwungenen Umrisse eines Instruments – es muss ein Cello sein – auf ihrer Schulter. Und das Ganze setzt sich unter der Bluse den Rücken entlang fort.

Lia bleibt ruhig, weicht aber erschüttert zurück. Die Tätowierung sieht schrecklich aus. Ich erinnere mich an unsere Einkaufstour, nach der Selwyn ins Inked Up verschwunden war und mich nach Hause geschickt hatte. Ich hatte gedacht, sie wollte nur mit Garrick flirten. Aber sie hatte sich ein Tattoo stechen lassen.

»Sie haben mir die Cello-Ausbildung versprochen«, haucht Selwyn. »Aber jetzt muss ich das hier jeden Tag meines Lebens sehen.«

»Ich weiß nicht, Selwyn. Viele Darsteller würden töten, um den Platz ihrer Wahl zu bekommen«, haucht Lia. Sie hat sich von ihrem Schock erholt. Die Hände sind wieder auf den Hüften. »Ihr beiden seid so empfindlich. Bek macht mir schon mein Leben lang Vorschläge. So hat sie das zwar nicht genannt und Belohnungen gab es auch nicht, aber sie hat mir immer Tipps gegeben, wie ich meine Quote verbessern kann.« Sie zuckt mit den Schultern. »Und es hat funktioniert. Hört einfach auf *Media 1.*«

»Aber …« Ich breche ab, weil sich die Waschraumtür in meinen Rücken bohrt. Jemand will rein, mit ganzer Kraft stemme ich mich dagegen. Hoffentlich ist es keine Grille. Der Druck lässt nach – es muss ein Mitschüler gewesen sein.

»Ich hab doch auf sie gehört«, sage ich. »Ich hab auf sie gehört, und dafür ist Revere rausgeschnitten worden, und jetzt denken die, sie können machen, was sie wollen.«

Selwyn steigen Tränen in die Augen. »Revere.«

Lia wirft einen anklagenden Blick in meine Richtung. *Sieh nur, was du angerichtet hast.* Sie legt den Arm um Selwyn, tröstet sie. Als sie mich das nächste Mal anguckt, blitzt Wut aus ihren Augen.

»Nettie, Gott, in letzter Zeit denkst du nur noch an dich selbst. Dein Ausbildungsplatz, dein Liebesleben, deine Vorschläge. Andere Leute haben auch Probleme. Jetzt willst du Hilfe, um aus der Initiative rauszukommen. Hab ich nicht schon genug für dich getan? Ich hab dich erst auf die Idee mit der Mathelehrer-Ausbildung gebracht und offensichtlich auch bei der Wahl deines Freundes geholfen.«

»Ich soll diejenige sein, die nur an sich denkt?« Die Wut steigt so schnell in mir auf, dass keine Zeit zum Nachdenken bleibt. Worte fliegen heraus, Sachen, die ich vor langer Zeit verscharrt habe. »Ich leg mich laufend krumm für dich. Und ich bin mir ganz sicher, wenn du könntest, würdest du mir auch noch sagen, wie ich atmen soll. Und wenn ich mir noch ein einziges Mal was über das blöde Doppel-A-Programm anhören muss …«

»Oh, tut mir leid, dass mir was an meiner Zukunft liegt.« Sie fuchtelt mit den Händen in der Luft. »Ist es so schrecklich, dass mir was daran liegt, für die anderen Darsteller einen Tag zu gestalten, an den sie sich gern erinnern? Ich vermute mal, du und Callen findet, ich sollte mich von der Welt zurückziehen und mir einen Stein suchen, auf dem ich den ganzen Tag sitzen kann.« Ihr Gesicht ist rot vor Wut. »Ihr beide passt perfekt zusammen. Eure überhebliche Haltung finde ich zum Kotzen.«

»Was ist denn mit *Unsere Freundschaft ist wichtiger als Jungs*?«

»Ich bin deine Freundin«, haucht sie. »Ich bin ehrlich zu dir. Es geht nicht darum, dass du mit Callen zusammen bist. Sondern darum, wie du dich verhältst – bei allem. Die Firma musste dich in diese Romanze schubsen, weil du dich weigerst, irgendwas zu verändern. Du machst dir immer Sorgen, mal so zu werden wie deine Mutter, aber es ist zu spät. Du bist längst wie sie. Verängstigt.«

»Ich hab allen Grund dazu«, hauche ich zurück. »Und du auch, nach dem, was ich auf dem Hof gesehen habe.«

Selwyn macht sich von Lia frei und wendet sich mir zu. »Warte, was hast du gesehen?«

Ich zögere. Beim Anblick ihres bleichen Gesichtes und der ängstlichen dunklen Augen regt sich bei mir der Wunsch, sie vor der Wahrheit zu schützen. Aber wenn ich

Scoop helfen will, sie der ganzen Insel mitzuteilen, sollte ich auch in der Lage sein, sie Selwyn zu sagen.

»Weißt du noch, dass ich dir von dem Gebäude hinter den Büros für Darstellerangelegenheiten erzählt habe, wo sie die Patrioten festhalten, ehe sie in die Drowned Lands geschickt werden? Da hab ich sie gesehen und …« Ich rücke näher an ihr Ohr und flüstere ihr alles zu, während Lia auf und ab geht. Selwyn nimmt die Hand vor den Mund und beißt sich auf die Knöchel. Als ich fertig bin, trete ich einen Schritt zurück. Sie sieht schlimmer aus denn je, ihr Blick ist jetzt völlig leer.

»Selwyn?«, sagt Lia ins Mikro und stürzt zu ihr.

Selwyn will irgendwas hauchen, bringt aber nur ein lautes Jammern hervor. Über ihre Schulter hinweg guckt Lia mich beunruhigt an.

»Wie konnten sie nur?«, sagt Selwyn ins Mikro, Tränen laufen ihr übers Gesicht. »Wie konnten sie Revere das antun? Und deinem Dad?«

»Pssst.« Lia legt den Finger auf die Lippen. »Meinem Dad geht es bestens«, sagt sie hastig ins Mikro, obwohl er nicht der Vater ist, den Selwyn meinte.

»*Media 1* hasst uns«, sagt Selwyn. Ihre Stimme ist laut. Und auf Mikro. »Ich hab die Initiative auch satt. Ich wollte nie …«

Schnell hält Lia ihr den Mund zu.

»Wir müssen in den Unterricht«, sage ich mit zitternder Stimme. Ich trete von der Tür zurück, aber keine von uns rührt sich. Wie erstarrt stehen wir da, bis Ayana Lemon hereinkommt mit ihrem hüpfenden Pferdeschwanz. Lia nimmt die Hand von Selwyns Mund.

»Alles in Ordnung hier drinnen?«, fragt Ayana. Sie schlingt die Arme um sich, als ob sie sich vor der Eiseskälte zwischen uns schützen will.

»Jaja«, sagt Lia schnell. »Aber wir sollten mal losziehen.«

Hintereinander verlassen wir den Waschraum. Ayana schaut uns verwundert nach, sie will fragen, was eigentlich los ist. Doch die Gelegenheit bekommt sie nicht. Ich weiche Selwyn nicht von der Seite, schaue den fast leeren Flur entlang, total angespannt, und warte darauf, dass eine Grille auftaucht, die sie zurechtweist. Selwyn geht lustlos mit, das Quietschen der Räder des Cellokoffers scheint sich über ihre düstere Stimmung lustig zu machen.

Lia geht voran. Sie will gerade um die Ecke biegen, als ich ihr zurufe: »Ich begleite Selwyn zu ihrem Kurs.«

»Gut«, ruft sie zurück, ohne sich umzudrehen.

Selwyn und ich stapfen schweigend weiter, biegen rechts in den Gang mit den schallgedämmten Musikübungsräumen ab. Sie klammert sich an mir fest. Ich drücke ihre Hand. Vor ihrem Übungsraum bleiben wir stehen. Drinnen spielt ihre Lehrerin sich ein.

»Ich will nicht da rein«, sagt Selwyn, Fingernägel krallen sich in meinen Arm. Ich verstehe dieses Gefühl jetzt, die Angst verbindet uns. Und dieses Band zerrt mich zurück zu dem Tag, an dem sie Belle geholt haben. Ich erinnere mich, wie Selwyn ihre lange Halskette zwischen den Fingern gedreht hatte, an ihre wackelige Stimme und meine kurz auflodernde Gewissheit, dass sie auch mich holen würden.

»Musst du auch nicht. Ich schwänze Geschichte, dann gehen wir irgendwo anders hin.«

»In den Zoo«, flüstert sie. Ein Lächeln geht über ihr tränenverschmiertes Gesicht.

»Oder an den Strand.« Vorsichtig löse ich ihre Hand von meinem Arm.

»Oder in den Granary-Tunnel.« Sie kichert und lässt mich los.

»Ja, zum Taggen.« Wir lachen los und das Cellospiel bricht ab. Mrs Taro erscheint an der Tür.

»Selwyn, du bist spät dran. Bitte komm jetzt rein.«

»Entschuldigung. Bin gleich da.« Selwyn holt tief Luft. »Danke, Nettie. Ich weiß das zu schätzen ... alles.«

»Kein Problem. Bis später.« Als ich weggehe, sind nur die wehmütigen Töne des Cellos auf dem Flur zu hören und die kurze, kristallklare Stille dazwischen. Wie passend.

Und dann höre ich die dumpfen Schritte schwerer Stiefel. Es sind mehrere Paare, sie kommen näher. Ich weiß, was jetzt passieren wird. Ich biege um die Ecke und drücke mich an die Wand. Überall sehe ich laufende Kameras, die sich auf mich richten. Ich sollte wegrennen, das weiß ich, aber ich bleibe, wo ich bin – und schließe die Augen.

Eine Tür wird aufgerissen, schlägt an die Wand dahinter und die Musik bricht ab. Selwyns Schrei lässt das Blut in den Adern gerinnen. Ich höre Mrs Taro etwas murmeln und dann Poltern und Gerangel. Ein Krachen, als etwas umkippt, dann ein Knacken und das Splittern von Holz. Ich mache die Augen auf, ich muss es wissen. Ich luge um die Ecke und sehe einen bulligen Offiziellen, der Selwyn aus dem Übungsraum zerrt. Selwyn wehrt sich. Sie hört nicht auf zu schreien, aber keiner kommt. Keine Spur mehr von dem stillen, erschöpften Mädchen, das ich zum Übungsraum begleitet habe. Sie ist total verzweifelt, ihre schwarzen Haare fliegen wild herum, sie kämpft mit zusammengebissenen Zähnen. Einer der Offiziellen holt ein Instrument aus Metall hervor und zielt damit auf ihren Hals. Ein hoher zischender Ton – und Selwyn wird schlaff.

Die Geschichtsstunde sitze ich ohne Bücher oder Schreibutensilien ab, bis Clemma Gosling sich erbarmt, eine Seite aus ihrem Heft reißt und sie zusammen mit einem stumpfen Bleistift zu mir rüberschiebt. Irgendwie stehe ich den Unterricht durch.

Als ich es dann irgendwann zwischen den Stunden bis zu meinem Spind schaffe, spüre ich die Blicke. Sie wissen es, alle wissen es. Ich vermeide es, zu Selwyns Spind zu gucken, während ich meine Bücher in die Tasche packe. Wo ist sie? Was machen sie in der Sandburg, wenn sie keine Hindernisrennen laufen? Mir bleiben nur noch drei Stunden. Ich will nach Hause in mein Zimmer. Ich will allein sein.

Die Erinnerungen. Ich werde so viele Erinnerungen haben.

Ein Stück weiter auf dem Flur steht Callen und redet vor den Spinden mit Rawls. Seine Umrisse sind ganz verschwommen, weil meine Augen voller unvergossener Tränen sind. Wütend blinzele ich sie zurück. Ich will Callen nicht sehen. Weil ich nicht richtig mit ihm reden kann, nicht auf dem Flur, vor tausend Kameras.

Lia ist schon im Kursraum. Sie demonstriert größte Selbstbeherrschung – hocherhobener Kopf, die Hände artig auf dem Tisch –, aber sie ist blass. Ich gucke in die andere Richtung, als ich mich hinsetze. In meinen Ohren rauscht es, als wäre ich eben unter Wasser gedrückt worden. Und es fällt mir schwer aufzupassen, als Ms Pepperidge ein Schaubild aufs Whiteboard malt, auf dem sämtliche Charaktere aus *Der Spieler auf dem Dachboden* eingezeichnet sind.

Ich hätte sie nicht mit in den Waschraum nehmen sollen. Aber wie hätte ich wissen können, dass sie verbrennen würde? Lia wirft einen Blick zu mir rüber, aber ich starre geradeaus. Ich bin nicht mehr wütend auf sie. Im Vergleich mit Selwyns Cut war Lias Zickigkeit im Waschraum ziemlich trivial.

»Lia, was denkst du?« Ms Pepperidge kommt an ihren Tisch.

»Worüber?« Lia ist sofort ganz aufmerksam. »Ich hab Sie nicht gehört.«

»Warum wollte Bruno auf dem Dachboden bleiben, als die anderen Kinder zum Jahrmarkt gegangen sind?«

»Hm …« Lia runzelt die Stirn. »Ich glaube, die Vorstellung, zum Jahrmarkt zu gehen, hat ihm Angst gemacht. Der Dachboden aber – obwohl es nur ein schäbiger kleiner Raum war – gehörte ihm. Da fühlte er sich mächtig.«

Ms Pepperidge strahlt. »Tolle Antwort. Macht hat viele Formen …«

Macht. Ich denke über das Wort nach, während Ms Pepperidge weiterbrabbelt. Ich habe mich mächtig gefühlt, als ich die ersten Vorschläge angenommen habe. Mit Callen. Als ich anfing zu vermuten, dass er mich mochte. Als ich mein Bonusgeld bei *Delton's* ausgegeben habe und mit Selwyn den Retake an den Spinden gemacht habe. Macht hat meinem Leben einen Stromstoß gegeben, einen Schub, der vorher gefehlt hatte. Aber egal wie mächtig ich mich auch gefühlt habe, ich bin immer eine Marionette gewesen. Und *Media 1* hat an den Fäden gezogen.

Am Ende der Stunde steuere ich auf die Tür zu, da spüre ich eine Hand auf dem Arm. Lia. »Warte, Nettie …« Sie zögert. »Willst du heute nach der Schule Schicksalstagebuch schreiben?«

Wieder packt mich die Wut. *Selwyn ist weg.*

Ich stelle mir vor, wie Lia auf meinem Bett sitzt und mir erklärt, dass Selwyn so besser dran ist, genau wie Belle. Oder dass Selwyn selber Schuld hat, weil sie den Vertrag gebrochen hat. Dass sie es verdient hat. »Nein danke. Äh, ich hab jetzt Mathe, aber ich ruf dich heute Abend an«, sage ich und verlasse den Raum.

Ausnahmsweise ist Mr Black pünktlich. Ich sitze auf meinem üblichen Platz, gucke Scoop nicht an, wünsche mir aber, ich könnte mit ihm reden. Seine Expedition zur Sandburg ist für mich die letzte Chance, Selwyn vor der Armee oder dem Sklavenlabor oder sonst irgendeinem elenden Schicksal zu retten, das die Patrioten erwartet, wenn sie die Insel am Zwanzigsten verlassen. In fünf Tagen. Vorher müssen wir offenlegen, was vorgeht – oder ich verliere sie vielleicht für immer.

Auf die Ecke einer Seite schreibe ich eine Nachricht, die ich an den Tischrand schiebe. Scoop guckt kurz darauf und nickt – mit einem ganz kleinen Lächeln im Gesicht.

Ich komme mit.

20

Nach Artikel 53, Absatz B (Risiko für die Serie) ist Selwyn Baker heute zur Patriotin geworden. Wie im Vertrag vereinbart, werden alle gebeten, Selwyn nicht mehr zu erwähnen. Von den persönlichen Sets ist umgehend alles zu entfernen, was an Selwyn erinnert.

Es ist offiziell: Selwyn ist verbrannt. Vor ein paar Staffeln wäre sie vielleicht mit einem Bußgeld davongekommen. Jetzt ist sie rausgeschnitten worden. Es ist, als würden sie das Leben aus der Insel pressen. Ich stelle den Missivor ab und gehe nach unten, um mir eine Mülltüte zu holen. Mir ist aber bewusst, dass ich für mein Zimmer mehr als die Fünf-Minuten-Durchsuchung brauchen werde, die ich nach Revere und Belle vorgenommen habe.

Ich komme an Mom vorbei, die das Sofa mit der Polsterdüse bearbeitet. Ihr Gesicht ist ganz verkrampft, so konzentriert sie sich. Sie hat sich die Haare stramm nach hinten gebunden, eine Art Facelifting für zu Hause. Das Kratzen des Staubsaugers auf dem Stoff macht mir Gänsehaut.

Ich flüchte nach oben und fange an, den Müllbeutel zu füllen. Da sind alberne Kugelschreiberbildchen von damals, als sie in ihrer Freizeit gezeichnet hat, Geburtstagsgeschenke – ein Halmaspiel, ein Dropsspender, eine knallrosa Perücke, ein Buch über Uhrreparaturen. Alles in die Tüte. Mitten in meiner Jagd fällt mir der Fanbrief in die Hände, den Luz mir gegeben hat. Ich stopfe ihn mir in die Tasche und nehme ihn mit, als ich den Müllsack in den Keller schleife.

Den Brief habe ich immer noch in der Hand, als ich wieder nach oben komme. In der Küche lese ich ihn ein letztes Mal. *Du bist genau wie deine Eltern: witzig, knallhart und schlau.* Früher haben mir die Zuschauer immer leidgetan, aber jetzt tue ich mir selbst zu sehr leid, um sie noch für ihr trostloses Leben in den Sektoren zu bedauern. Ich schalte den Gasherd an, halte das Papier darüber und sehe zu, wie die Flammen Kat Devas Brief verzehren.

Der Rauch ist schwach, aber wie vorauszusehen war, geht der Rauchmelder los. Ich klettere auf einen Hocker, um ihn zum Schweigen zu bringen, da kommt Mom rein, entnervt und mit fuchtelnden Armen, so als könne sie den Lärm einfangen und ersticken. Meine Finger sind ungeschickt. Ich kriege es nicht hin, und meine Notlösung ist, das Ding auf den Tresen zu hauen, bis die Batterien rausspringen.

»Oh, du meine Güte«, sagt Mom mit der Hand auf dem Herzen. »Was sollte das denn, Nettie?«

»Hab Schrottpost verbrannt«, sage ich beim Händewaschen.

Sie rückt ihre Brille zurecht und fixiert mich mit ihrem Blick, während ich mir die Hände am Spüllappen abtrockne. Ich verschränke die Arme vor der Brust. Soll sie doch weiterfragen. Ihr Blick zuckt zur Kamera an der Decke. »Würdest du mal mit in mein Büro kommen?« Ihre Stimme hat diesen Stell-die-Geduld-der-Bibliothekarin-nicht-auf-die-Probe-Ton, also folge ich ihr. Die Einladung überrascht mich auch zu sehr, um sie abzulehnen. Moms Büro ist ihr Heiligtum. Als ich klein war, bin ich zwar immer reingekommen und hab auf dem blauen Teppich mit Bauklötzen gespielt, aber jetzt betrete ich diesen Raum kaum noch.

»Ich wollte dir meine Zehn-plus-Aussicht auf Ginevra Herrons Blumen zeigen.« Sie lotst mich zu einer Ecke am Fenster. Da sehe ich aber nichts weiter als einen weißen Schleier, weil sie mich so weit in die Ecke drängt – und dann zu meinem Erstaunen zum ersten Mal seit einer Ewigkeit mit mir verratscht.

»Nettie, ich weiß nicht, was in Selwyn gefahren ist, aber ich mache mir Sorgen um dich. Du bist jetzt alt genug, um es zu erfahren: Dein Vater war ein Risiko für die Serie.«

Ich blinzele. Ein Risiko für die Serie? Das hat Violet also gemeint, als sie gesagt hat, ich sei rebellisch. Mir war nicht klar, dass sie damit sagen wollte, er habe sich gegen *Media 1* gestellt. Ich hatte gedachte, er hätte Ärger mit Darstellern gehabt, nicht mit Reals.

»Gegen Ende hat er ohne jede Vorsicht verratscht. Er hat den Grillen zugewinkt, sogar absichtlich ein paar Kameras kaputt gemacht, und eines Tages …« Sie schließt die Augen, als könne sie die Erinnerung daran nicht ertragen. Dann fasst sie sich und spricht weiter: »Er hat sein Mikro abgenommen, bevor er zur Arbeit gegangen ist. Ich hab gesehen, wie er es getan hat. Ich hab versucht, ihn daran zu hindern, aber er wollte nicht hören. Er hat nur gesagt, sein Leben sei keine Show. Das denkt ja jeder mal. Aber er hätte doch nicht … Ich bin nach Hause gekommen und da war dann das Missiv.«

»Wow.« Ich weiß, dass Mom mir Angst machen will. Aber ich empfinde nur eine seltsame Art Stolz.

»Nettie, das ist nicht *wow*«, haucht sie. »Ich hab Angst, dass du denselben Weg einschlägst. Du bist nicht du selbst, du hast dein Hobby an den Nagel gehängt und baust nichts mehr, du bist nicht zum Blumenfestival gegangen – und jetzt ist eine deiner engsten Freundinnen rausgeschnitten worden, weil sie ein Risiko für die Serie war.«

Ich erbarme mich. »Mom, ich hab mich wegen der Initiative anders benommen. Hast du davon gehört?« Ins Mikro sage ich zuckersüß: »Diese Blumen sind hinreißend.«

»Ja, das finde ich auch. Ginevra hat mir erzählt, es sind Hybriden, eine Kreuzung zwischen Lilien und Rosen«, sagt sie fürs Mikro. Dann wechselt sie wieder: »Die Initiative? Ich habe gehört, die können Wunder bewirken mit den Quoten. Hast du deshalb all diese neuen Kleider kaufen können? Ich bin ja so stolz auf dich, meine Süße. Das ist wunderbar.«

Ihre Reaktion verblüfft mich, aber dann geht mir auf, was dahintersteckt – sie glaubt, ich wäre jetzt ein Erfolg. Sie denkt nicht weiter als bis zum Publikum. »Mom«, hauche ich, »die Initiative dient *Media 1* als Entschuldigung dafür, sich in unser Leben einzumischen.«

»Aber deine Quote geht hoch, oder?«, haucht sie.

Ich kann nicht an ihr vorbeischauen. Ihre große Gestalt schirmt mich vom Rest des Hauses ab, ihre braunen Augen flehen mich an, das zu sagen, was sie hören will. So zu sein, wie sie mich haben will. Ich überlege, ob ich ihr erzählen soll, was mein letzter Vorschlag war. Wahrscheinlich würde sie fragen, für welchen Abend das vorgesehen ist – und anbieten auszugehen, damit Callen und ich das Haus für uns haben.

Stattdessen stelle ich eine Frage, die mir schon ewig durch den Kopf geht.

»Mom, vermisst du ihn?«, frage ich lautlos.

Sie erstarrt. Ich warte, hoffe, dass sie antwortet, und das tut sie auch, aber sie spricht ins Mikro, irgendwas übers Blumenfestival und ein Arrangement, das Mrs Herron vor dem Rathaus zusammengestellt hat. Ich nicke, werfe ein paar Fragen ein und bedränge sie nicht weiter. Ich bin so, wie sie mich gern hätte.

In meinem Zimmer lege ich mich aufs Bett und denke an unseren Plan, ins Center einzudringen. Ich stelle mir jedes Detail so lebhaft vor, wie ich nur kann, und untersuche jeden Schritt gründlich auf potenzielle Fehler. Mein Hirn ist erschöpft, ich kann mich nicht mal mehr aufraffen, das Radio nach Reals-Geschnatter abzusuchen.

Ich will nur schlafen und vergessen, was Selwyn zugestoßen ist. Ich drehe mich auf die Seite und starre auf die leere Stelle, die Callen diese Woche einnehmen soll. Aber ich kann das nicht machen.

Ich bin durch mit *Media 1*, ich will nicht ihr Liebling sein wie Lia, aber eines hat sie, um das ich sie beneide. Das perfekte Wort dafür will mir nicht einfallen. Entschlossenheit? Zuversicht?

Callen würde wahrscheinlich sagen, sie ist einfach nur herrschsüchtig.

Ich setze mich kerzengerade hin. Eine Idee. Ich schaue in den Spiegel und halte den Kopf in Lia-Pose, die, mit der ich mir Selbstvertrauen verschaffe. Ich muss mich Callen gegenüber so verhalten wie Lia früher. Kurz bevor er mit ihr Schluss gemacht hat, hat sie ihn zu stark mit dem Close-up bedrängt. Was ich immer für Entschlossenheit gehalten hatte, war für ihn Manipulation. Wenn ich es genauso mache wie Lia, dann wird er mich garantiert zurückweisen. Vielleicht macht er sogar mit mir Schluss.

Das ist es, was ich brauche. Eine Trennung. Nur so komme ich aus der Sache raus.

Am Mittwoch krame ich spätnachmittags im Kühlschrank nach etwas herum, das nicht lange zubereitet werden muss. Ich entscheide mich für Erdbeeren und Brot, aber zum Essen bin ich viel zu nervös. Stattdessen fummele ich mit dem Seitenschneider herum, den ich in der Garage ausgegraben habe. Den werden Scoop und ich Donnerstag mitnehmen, um ein Loch in den Drahtzaun vom Center zu schneiden. Seltsamerweise macht der Einbruch ins Center mir weniger Angst als dieses Close-up.

Den ganzen Tag lang rumort die Angst schon in mir: Als

ich meine überfällige Doppel-A-Bewerbung heute beim Schulleiter abgegeben habe. Als ich mich mit Scoop hinter dem lauten Kühlschrank in der Cafeteria getroffen habe, um in Erfahrung zu bringen, ob er die Perücken aus dem Theaterladen geklaut hatte. Als ich beim Mittagessen zwischen Lia und Martin gesessen und so getan habe, als hätte es Selwyn nie gegeben.

Nach ein paar Erdbeeren gebe ich den Versuch auf, irgendetwas zu mir zu nehmen. Sie sind so sauer. Den Rest der Früchte kippe ich zurück in die große Schüssel im Kühlschrank und räume auf. Im Wohnzimmer lege ich mich kurz aufs Sofa, ehe ich Lia-Haltung einnehme. Immer wieder prüfe ich im Spiegel über dem Kamin, ob ich es auch ganz genau treffe.

Es klingelt an der Haustür. Ich springe vom Sofa auf und renne hin, reiße lächelnd die Tür auf. Zu überschwänglich?

Ich mache es jetzt schon verkehrt.

»Du hast es geschafft. Das freut mich«, sage ich und überlege fieberhaft, was Lia sagen würde. »Ich musste immerzu an heute Abend denken.«

Callen ist angezogen wie sonst auch, ein T-Shirt – dieses ist jedoch orange wie ein Kürbis und überhaupt nicht verwaschen – und Jeans. Er legt die Arme um mich und ich atme ihn ein. Er fühlt sich so echt und solide an, als würde er allem standhalten können. Zum ersten Mal an diesem Tag verblasst die Sorge.

»Oha, fester Griff.« Er lacht, die Haut um seine Augen kriegt diese Fältchen, die ich so mag.

»Tut mir leid.« Stimmt nicht. Schließlich lasse ich ihn los, weil ich höre, wie eine Kamera herumschwenkt. Ein paar Sekunden lang hatte ich den Vorschlag vergessen. Ich nehme ihn an die Hand und führe ihn nach oben in mein Zimmer. Wenn ich mich doch sexy fühlen würde ... Hoffentlich ist meine Hand nicht verschwitzt.

Wir kommen in mein Zimmer. So ordentlich war es seit Monaten nicht mehr. Am Abend des Selwyn-Cuts hatte ich schon viel getan – und heute noch mehr. Alte Projekte sind in Schubladen verstaut, Bücher in den Regalen aufgereiht, der Spiegel ist schön sauber. Weiches Abendlicht fällt zwischen den offenen Vorhängen herein.

»Zehn plus«, sagt er, bleibt am Schreibtisch stehen und nimmt Belles Flasche in die Hand. Er lässt sie herumwirbeln und ein hoher Ton sirrt in der Luft. Ich halte den Atem an, weil ich fürchte, ein Real hinter der Kamera könnte erkennen, dass die Flasche ein Erinnerungsstück ist.

Vorsichtig stellt Callen die Flasche wieder an ihren Platz. Ich entspanne mich. Er begutachtet den Rest des Zimmers. »Alles ist so ordentlich.« Er lächelt mich an. »Wundert mich aber nicht. Passt total zu dir.« Er setzt sich aufs Bett. Jetzt. Jetzt. Jetzt. Ich setze mich neben ihn. Wir haben zwei Stunden, bis Mom zurückkommt. Unsere Knie berühren sich. Die siebzehn Kameras in meinem Zimmer flackern auf.

»Ich weiß da was, das mehr Spaß macht«, sage ich und schubse ihn auf den Rücken. Die Worte purzeln mir förmlich aus dem Mund, aber wenigstens kriege ich sie gesagt.

Ich setze mich rittlings auf ihn, fühle mich aber nicht wohl dabei, nicht so wie in den Brambles. Mein ganzer Körper ist schwerfällig, als würde er gegen mich arbeiten. Ich mache die Augen zu und küsse ihn.

Er liegt unter mir und schiebt die Träger meines Tanktops über meine Schultern, das Mikro rutscht gleich mit. Ich glaube, es gibt da eine Klausel im Vertrag über intime Situationen. *Mikrofone können entfernt werden* … Ich sollte nicht an den Vertrag denken. Obwohl ich aus keinem anderen Grund hier bin. Küssen. Ich sollte ans Küssen denken. Ans Küssen. Frustriert mache ich die Augen auf, damit ich in seine Augen sehen kann, aber natürlich sind sie geschlossen. Ich werfe einen Blick auf die Uhr auf meinem Nachttisch. Ich muss mich ranhalten. Callen bemerkt, dass ich abgelenkt bin, sein Blick folgt meinem und bleibt an dem hängen, was neben der Uhr liegt.

»Sind das …?« Er stützt sich auf den Ellenbogen und nimmt die Kondome.

»Hm, ja«, sage ich. »Also, ja, klar. Für uns. Heute Abend.«

Meine Träger hängen mir an den Armen runter und ich weiß nicht, was ich mit ihnen machen soll. Was würde Lia sagen? »Ich bin total so weit. Du nicht? Willst du nicht?«

»Na ja …« Er lächelt, ein langsames, sexy Lächeln. Ich verkrampfe mich wieder. Was, wenn es nicht klappt? Er fängt wieder an, mich zu küssen, und ich werde panisch … Wird er es durchziehen? Ich kann das nicht. Mein erstes Close-up will ich nicht wegen der Initiative erleben.

Er bricht den Kuss ab und murmelt etwas, seine Augen

sind halb geschlossen, sodass ich den Ausdruck nicht lesen kann.

»Was? Was ist denn?« Meine Stimme ist viel zu … viel zögerlicher als Lias. »Sag jetzt nicht, dass du es noch nicht gemacht hast.« Das sage ich mit einem spöttischen Unterton. Dann ziehe ich das Mikro hoch, sodass es neben meinem Kopf auf dem Kissen liegt.

Er legt seine Hand auf meine Wange.

»Ich will … irgendwann«, sagt er. »Ich hab auch noch nicht.«

Das überrascht mich, aber eigentlich auch nicht. Für den Sportler Callen ist das seltsam, aber nicht für den schüchternen Callen, den ich mein Leben lang kenne.

Callen nimmt meine Hand und hält sie. Er dreht sich zu mir, unsere Stirnen berühren sich, so wie am Strand. Wenn das doch alles wäre, was die Zuschauer sich wünschen. Es ist nämlich alles, was ich jetzt will.

»Lass es uns tun«, zwinge ich mich zu sagen und schiebe sein Shirt wieder hoch.

Er schaut über die Schulter zur Uhr. »Ist deine Mom nicht in einer Stunde wieder zu Hause? Das hier kommt so plötzlich und so übereilt. Irgendwie benimmst du dich …«

»Wie?«

»Wie Lia«, sagt er zögernd. Ja! Es funktioniert! »Sie war immer hinter mir her, als wäre das eine Art Wettbewerb.«

Ich überlege fieberhaft, was ihn jetzt wohl am meisten abturnen würde. »Na, das ist es doch auch. Wir müssen gewinnen.«

Ungläubig zieht Callen die Augenbrauen hoch. Das reicht schon, am liebsten würde ich ihm alles erzählen. Aber ich kann nicht riskieren, dass Callen rausgeschnitten wird. Das würde ich mir nie verzeihen.

»Komm schon.« Wieder greife ich nach seinem Shirt. »Wir haben nicht viel Zeit.«

»Stopp.« Er schubst meine Hand weg. »Nettie, das hier ist verrückt. Können wir nicht warten? Nur bis es sich ein kleines bisschen … keine Ahnung, einfach natürlich anfühlt?«

»Warum warten?«, schmolle ich. Dann kommt mir eine Idee. Ich flüstere ihm ins Ohr: »Das würde uns so eine tolle Quote bringen.«

Er zuckt zurück. »Soll das ein Witz sein?«, sagt er ins Mikro. Gut. »Nun bist du genau wie Lia.« Er schnappt sich sein Mikrofon vom Bett und steckt es sich wieder an den Kragen. Ich beobachte das. Seine Wut macht mich fertig, aber ich weiß, dass es genau das ist, was ich brauche, um uns beiden Sicherheit zu verschaffen.

Er setzt sich auf die Bettkante und bindet sich schnell und entschlossen die Schuhe zu. Ich lasse die Tanktopträger hängen, *Media 1* soll nicht denken, ich hätte es nicht versucht. Krampfhaft unterdrücke ich jeden Instinkt, ihn in Ruhe zu lassen, lege die Arme um ihn und murmele: »Warum willst du nicht? Du bist komisch.«

Er schüttelt mich ab und steht auf. Sein Gesicht wirkt kalt, die Augen eisig. Ich verliere meine selbstbewusste Lia-Pose und kann kein Wort sagen.

Aber er kann. »Ich glaube, wir brauchen eine Pause. Vielleicht sollten wir uns eine Zeit lang nicht treffen.«

Ich hebe den Kopf, stelle mich dem eisigen Blick. »Okay«, antworte ich in kleinlautem Ton. Er zögert, bleibt an der Tür stehen. So als würde er Protest erwarten. Dass ich etwas Gemeines sage, so wie Lia es bestimmt getan hat. Aber ich stehe bloß auf und fange an, das Bett wieder in Ordnung zu bringen. Dabei drehe ich ihm den Rücken zu. Dann höre ich ihn die Treppe runter- und zur Tür hinausgehen.

21

Der Wasserfall ergiesst sich in blau-weiß gestreiften Wellen. »Gleich geht es drunter durch. Das wird dir gefallen – es ist ein Abenteuer!«, brüllt Scoop in sein Mikro, damit *Media 1* auch ja alles hört. Ich täusche Todesangst vor und kreische, als wir uns dem Wasserfall nähern. Dann sehe ich nach, ob die Plastikplane, die Radio und Büchertasche schützt, noch an ihrem Platz auf dem Bootsboden ist. Als das getan ist, ziehe ich mir die Jacke über den Kopf, zur Vorbereitung auf den Wasserschwall, der mich gleich treffen wird.

Und der hallt eine gefühlte Ewigkeit dumpf in meinen Ohren nach. Ich lache und tue so, als würde ich es in vollen Zügen genießen. Scoop am Ruder wirkt auch ausgesprochen munter. Das in die Jacke eindringende Wasser und das flaue Gefühl im Bauch sind leichter zu ignorieren, wenn ich mich darauf konzentriere, wie ich rüberkomme. Scoop manövriert gekonnt und wendet das Boot so, dass jede der vier Kameras, die am Boot befestigt sind, in der mächtigen Strömung ihre Aufnahmen – und einen heftigen Stoß bekommt. Ich halte die Luft an, bis die roten Lämpchen an zwei der Kameras verlöschen, genau wie wir es geplant hatten. Die anderen beiden am Bug leuchten stur weiter.

Zitternd brülle ich: »Genug!« Mit einer ruckartigen Kopfbewegung weise ich auf die zerklüfteten Felsen hinter mir. Scoop folgt meinem Blick und ändert den Kurs.

»Ups«, sagt er, als der Bug die moosbedeckten Felsen rammt. Die beiden noch funktionierenden Kameras bekommen davon etwas ab, aber nicht genug. Die Lämpchen leuchten immer noch. So langsam ist Scoop frustriert, mit verbissenem Gesicht rammt er einen Felsen nach dem anderen.

»Vorsicht!«, brülle ich. Wenn er so weitermacht, haben wir das Boot zerstört, bevor wir in der Bucht am Center ankommen. Die Kameras laufen immer noch. Es wird Zeit für Plan B von Plan B.

»Ich werde seekrank!«, rufe ich, das ist unser Zeichen. Scoop steuert das Boot von den Felsen weg, während ich den türkisen Ring vom Finger ziehe und die Hand ins Wasser fallen lasse. Die Gischt schäumt.

»Mein Ring!« Ich lehne mich über den Bootsrand, mein Oberkörper verdeckt die Linse der einen Kamera, während ich vor der anderen versuche, meinen Ring aus dem Wasser zu retten. Dabei fische ich den Seitenschneider aus der hinteren Hosentasche. Der Ring versinkt – aber ich hatte von vornherein das Gefühl, er würde verloren gehen, und war gewappnet.

Dann greife ich hinter die Kamera und schneide ein paar Drähte durch. Hoffentlich gibt *Media 1* den Felsen die Schuld daran. Ich rutsche zu der noch funktionierenden Kamera hinüber und murmele etwas ins Mikro über meinen Ring, der von der Strömung davongetragen worden ist. Ein letztes Mal muss ich mich noch recken. Aber jetzt habe ich Übung und kann die Kamera innerhalb von Sekunden lahmlegen.

»Ich kann ihn nicht erwischen.« Ich drehe mich wieder um. »Der Ring ist weg, vergiss es.«

»Schade.« Scoop schippert Richtung Norden, am letzten Stück von Avalon Beach vor den Brambles entlang. Kein einziges rotes Lämpchen leuchtet, alle Kameras sind tot. Wir umrunden die Spitze der Insel und nehmen Kurs nach Süden, parallel zum Eden Beach. Die großen beschnittenen Bäume der Brambles ragen noch eine Weile über uns auf, dann kommt der Zaun in Sicht, der die Brambles von der totalen Wildnis vor dem Center trennt.

»Übrigens hab ich mich an deinen Rat gehalten«, sage ich, um die Audiospur zu füllen. »Ich habe Callen ignoriert.« Ich hatte Scoop erzählt, dass Callen und ich Schluss gemacht hatten und dass es nicht meine Entscheidung gewesen war. Ich hatte ihn um Rat gefragt, wie ich ihn zurückbekommen könnte – der Dialog würde *Media 1* überzeugen, dass die Trennung ganz und gar gegen meinen Willen gewesen war. »Schien ihm aber nichts auszumachen«, füge ich hinzu.

»Wart's ab. Bis zum Ende der Woche frisst er dir aus der Hand.«, versichert Scoop mir. Er liegt wie hingegossen auf der Bank am Heck, mit der Hand am Ruder.

»Na hoffentlich«, sage ich. Ich hocke Scoop gegenüber auf der Bank am Bug und spiele mit den Netzen, die sonst von den Mitarbeitern des Aquariums benutzt werden. Angeblich sind wir zum Fischen rausgefahren. Offiziell soll Scoop heute Makrelen fangen für einen anspruchsvollen Delfin, der sich weigert, das übliche Aquariumfutter zu sich zu nehmen.

»Bist du bereit für das Doppel-A?«, fragt Scoop. »Connor hat mir das Gedicht gezeigt, das er für den Auftakt der Zeremonie geschrieben hat. Es ist …«

»Total deprimierend?« Ich fahre herum, plötzlich verfolgt mich die Idee, dass *Media 1* uns ein Boot hinterhergeschickt haben könnte. Doch da ist nichts, nur Wasser.

Scoop legt den Kopf schräg. »Nee … nur kurz. Über das Ende der Kindheit. Er hat recht, so unschuldig wie vor dem Doppel-A wird man nie wieder sein.«

»Du kommst dir also unschuldig vor?« Mein Magen verknotet sich, als wir immer näher ans Ufer treiben. Ein Stück die Küste hoch liegt ein Frachter aus den Sektoren vor Anker. Ob das der ist, der die Patrioten am Samstag wegbringen soll?

»Eigentlich nicht, weil ich mir von Anfang an niemals unschuldig vorgekommen bin. Be... Meine Familie findet mich zynisch.«

Das Boot macht einen scharfen Schwenk, als er auf eine kleine, von Gestrüpp überwucherte Bucht zusteuert, ganz in der Nähe des Maschendrahtzaunes. Er nickt mir zu: Wir haben einstudiert, was wir jetzt sagen.

»Lass uns Musik hören.« Ich greife unter die Plane und hole das tragbare Radio heraus, das ich auf einen Sender mit dröhnender Teenagermusik einstelle. Den Ton drehe ich über die vertraglich vereinbarte Lautstärke hinaus auf. Scoop sagt, *Media 1* sei an technische Schwierigkeiten mit dem Boot gewöhnt, aber ich habe mich auf ein Bußgeld eingestellt. Für mindestens zwei Verstöße: wegen der Lautstärke und wegen der Kameras.

»Ich stelle den Motor ab – die Vibrationen vertreiben die Fische«, sagt Scoop.

»Es ist so entspannend hier draußen«, gähne ich ins Mikro. »Ich könnte ein Nickerchen machen.«

Damit wollen wir *Media 1* davon abhalten, uns ein Grillenteam hinterherzuschicken. Sie sollen denken, dass wir nur abhängen, ohne viel zu reden.

»Nur zu«, sagt Scoop. »Mit den Netzen komme ich allein klar.«

Er stellt den Motor ab und steuert auf einen dicken Ast zu, der übers Wasser hängt. An dem macht er das Boot absichtlich locker fest, sodass es in der Strömung dümpelt. Auf der Tonspur entsteht so der Eindruck, wir würden noch auf dem offenen Wasser treiben. Ich halte Ausschau nach Kameras im Gestrüpp ringsum. Nichts weit und breit.

Scoop steht vorsichtig auf, nimmt Mikro und Akku und legt beides neben das plärrende Radio. Ich tue es ihm nach, hieve dann die Büchertasche mit unseren Sachen auf die Schulter und wir klettern aus dem Boot und das Felsufer hinauf.

Im Schutz der Bäume ziehen wir uns um. Ich hole die lila Overalls aus der Tasche und gebe Scoop einen, dann reiche ich ihm eine der Perücken, die er geklaut hat, und die Sonnenbrille mit dem Drahtgestell, die er von zu Hause mitgebracht hat. Luz ist größer und fülliger als ich, der Overall passt also mühelos über meine Jeans und das T-Shirt. Die blonde Glatthaarperücke, die Scoop für mich besorgt hat, stülpe ich mir über den Kopf. Ein bisschen Gewackel hin und her, dann sitzt sie richtig. Scoop reicht mir ein Paar schwarze Stiefel mit dicken Sohlen, die den von Reals bevorzugten Arbeitsschuhen ziemlich ähnlich sehen. Aber den letzten Schliff verleiht mir die Sonnenbrille, die ich in unserer Ramschschublade in der Küche gefunden habe.

Ich beobachte, wie Scoop das steile Ufer zum Boot wieder hinunterklettert und die Büchertasche im Farnkraut versteckt. Mit der grauen Perücke und der Sonnenbrille sieht er aus wie ein Mann mittleren Alters, der hip rüberkommen will.

Ich gehe zum Zaun und beginne den Draht durchzuschneiden, die Geräusche lassen mich zusammenzucken. Hinter dem Zaun liegt ein Streifen Ödland. Aber wer weiß schon, ob hier wirklich niemand ist? Irgendein Offizieller könnte trotzdem hier patrouillieren. Scoop kommt vom Boot zurück und reißt ungeduldig den Draht weg, den ich durchgeschnitten habe.

»Los jetzt«, sagt er. Ich bin erst halb fertig, aber er drückt den Draht herunter und drängt mich durch den Zaun. Das Loch ist kleiner, als mir recht ist, die Drahtenden krallen sich in meinen Overall. Scoop klettert ungeschickt hinter mir her und flucht, als er seinen Knöchel ratscht.

»Alles in Ordnung mit dir?«, frage ich.

»Jaja.« Er reibt sich den Dreck von den Händen, dann schaut er auf die Uhr. »Halb fünf. Wir haben eine halbe Stunde.« *Media 1* gesteht den Inselbooten nur eine Stunde auf dem Wasser zu. Wenn ein Boot nicht rechtzeitig wieder eincheckt, schicken sie Grillen aus.

»Kapiert.« Wir gehen auf den Kiesweg zu, der von den Docks zur Sandburg führt. Ich gucke rüber zu dem riesigen schwarzen Frachter unter uns. Auf dem Deck wimmeln Offizielle, aus dieser Entfernung wirken sie klein wie Ameisen. Als ich aufschaue, bleibt mir die Luft weg: Drei ziemlich große Offizielle stiefeln uns entgegen, keine sechs Meter von uns entfernt. Offenbar sind sie auf dem Weg zum Schiff. Ich rücke näher an Scoop heran.

»Ich hab gehört, nächste Woche werden einige Flugbeschränkungen aufgehoben«, sagt einer im Vorübergehen.

»Trotzdem würde ich die Inseln meiden, selbst die sogenannten sicheren Bereiche. Mein Cousin ist letztes Jahr von Drownclown-Kids ausgeraubt worden.«

»Typisch«, sagt der andere. Mit der Hand schützt er die Augen vor der blendenden Sonne. »Das Schiff ist da. Hoffentlich ist dieser Trupp bereit zur Abfahrt.«

Scoop und ich wechseln schnell einen Blick, gehen aber weiter, ohne ein Wort zu sagen. Ums Center herum wabern die üblichen Gerüche: salzige Küchendünste aus den Wohntürmen hinter den Büros für Darstellerangelegenheiten, Benzin von den Lastwagen, die vom Dock den Hügel hochächzen, und der frische, süße Duft der Frühlingsblumen auf dem Hügel.

Ein Fußweg führt von der Straße bis zum Eingang der Sandburg. Dort wartet eine kurze Schlange von Reals, alle in lila Overalls. Scoop geht schneller, er will sich hinter ihnen anstellen, aber ich lege die Hand auf seinen Arm.

»Guck mal – sie müssen sich irgendwie ausweisen«, flüstere ich. Der Code wird nicht reichen. Zwei Offizielle stehen an der Tür, ihre Waffen glänzen in der Sonne. Beim Passieren des Tors halten die Reals Plaketten hoch, die von einem Offiziellen geprüft werden, bevor sie ihren Code in ein Keypad eingeben.

Wir gehen weiter, den Hügel hinauf zur Rückseite des Gebäudes, in dem die Büros für Darstellerangelegenheiten untergebracht sind. Links von uns fällt das Gelände ab und bildet ein Tal, aus dem sich die Sandburg erhebt. Aus diesem Blickwinkel ist der Hof nicht zu sehen. Ich schaue mir das Gebäude genau an.

»Da.« Ich zeige auf ein Kellerfenster. Von hier habe ich keinen besonders guten Blick, aber das Glas scheint gesprungen zu sein. »Wir können das Fenster einschlagen und durch den Keller reingehen, du gibst mir Deckung.« Wir gehen den Hügel hinunter, ganz langsam und entspannt, damit wir nicht auffallen. Mit einer Handbewegung bedeute ich Scoop, auf halbem Weg zwischen dem Gebäude und mir zu warten. Ich berühre die Fensterscheibe mit dem Fuß und gebe ihr einen Schubs. Nichts passiert.

Ein Laster rumpelt den Hügel hoch, meine Tritte und das splitternde Glas werden von Motorengeräuschen übertönt. Scoop schaut sich um und lächelt mir schnell zu, bevor ich das Bein über das Fensterbrett schwinge. Die Glasscherben im Rahmen ritzen meinen Overall, ich zucke zusammen. Ich muss schnell machen. Ich ziehe das andere Bein nach, schließe die Augen und lasse mich in die Dunkelheit fallen. Eine Sekunde lang liege ich da, mein Kopf tut weh von der Wucht des Aufpralls. *Steh auf.* Ich richte mich auf und schüttele die Glassplitter ab. Ein Boiler hämmert, *pom, pom, pom.* Es gibt nur einen Fleck Licht, es dringt durch das kaputte Fenster, durch das ich gerade geklettert bin. Ich höre, wie Scoop sich durchzwängt. Er ist ziemlich laut.

»Mach schon«, sage ich leise. Ein paar Sekunden später plumpst er auf den Kellerboden, noch ungeschickter als ich eben. Wie peinlich.

Eine kurze Stille, dann ein »Au!«.

»Keine Ahnung, wie wir hier wieder rauskommen sollen«, murmele ich, während ich mich zwischen Rohren hindurchtaste und am Boiler vorbei. Schließlich habe ich einen Türgriff in der Hand. Ich mache die Tür auf. Ein Flur. Neonröhren summen. Ich suche die Decke nach Kameras ab, finde aber keine. Wir befinden uns auf einem langen, verlassenen Flur.

Scoop rüttelt an der ersten Tür, die wir finden, aber sie geht nicht auf. Ich entdecke das Keypad links davon und gebe ihm zu verstehen, dass er den Code seines Show-Arztes eingeben soll. Das funktioniert. Wortlos betreten wir ein Treppenhaus und steigen die Treppe hoch. Auf dem ersten Absatz ist ein Fenster, ich bleibe davor stehen und ziehe Scoop zu mir rüber. Man hat Ausblick über den Hof mit dem Hindernisparcours, der bei Tageslicht und ohne Offizielle oder Patrioten gar nicht so unheimlich wirkt. Scoop zuckt trotzdem zusammen. Er geht schneller weiter. Vor der nächsten Tür auf unserem Weg bleibt er stehen und tippt den Code mit nervös zitternden Fingern ein.

Wir landen in einem wahren Kessel der Betriebsamkeit. Reals schlendern hin und her, mit Klemmbrettern in den Händen, sie lachen, kritzeln Notizen. Hier wirken sie entspannter als in den Büros für Darstellerangelegenheiten. Sie sehen auch gar nicht so hässlich aus, wie ich sie mir vorgestellt hatte. Sie wirken irgendwie … normal. Waren sie das schon immer? Ehe ich beim Starren erwischt werden kann, senke ich den Kopf und mische mich unter die wuselnden Reals. Scoop ist an meiner Seite.

Die Fenster im Flur gehen vom Boden bis zur Decke, vor einigen hängen Jalousien. Scoop berührt meinen Arm. Eine Gruppe Reals steht total fasziniert vor einem Fenster zusammen, in ihre Richtung zieht er mich.

»Sie werden besser«, bemerkt ein Bärtiger.

Ein Schießstand mit einer Reihe Zielscheiben, die Schützen stehen direkt unter uns. Ich zähle insgesamt fünfzehn, die mit dem Rücken zu uns stehen, jeder in einem eigenen Stand, mit ausgestreckten Armen und einem Revolver in den Händen. Ohrenschützer auf den Ohren. Alle stecken in Kampfanzügen – genau wie die, die ich neulich auf dem Hof gesehen habe.

Patrioten.

Die dicken Glasscheiben zwischen uns dämpfen die Geräusche, aber wir sehen den Ruck, der durch ihre Körper geht, wenn sie schießen. Sobald eine Zielscheibe durchlöchert ist, wird sie von silbernen Klauen an die Decke gezogen und durch eine neue ersetzt.

»Wie auf der Polizeiakademie«, flüstert Scoop.

Eine Patriotin lässt zwischen den Schüssen die Arme hängen. Eine Real in lilafarbenem Overall geht auf die Schützin zu und bringt ihre Arme und Hände wieder in Stellung. Dann geht die Real weiter zum nächsten Stand. Die Schützin beobachtet das nervös. Mein Magen knotet sich zusammen: Selwyn. Sie schaut an mir vorbei, und mir wird klar, dass die Fenster verspiegelt sind. Wir sind ein unsichtbares Publikum.

Sie werden wirklich für den Kampf ausgebildet.

Damit ich besser sehen kann, ziehe ich die Sonnenbrille ein Stück herunter. Ist mein Vater hier? Würde ich ihn überhaupt wiedererkennen? Nein, all diese Gesichter sind mir vertraut. Timon mit dem Nasenpiercing, der in Moms Brillenladen gearbeitet hat. Haynes Mallerd, der in unserer Straße gewohnt hat. Einige Darsteller wurden vor Monaten rausgeschnitten, aber keiner hier ist länger raus als eine Staffel.

Ich stoße Scoop an, aber sein Blick klebt an Belles schlanker Gestalt, ihren schlecht geschorenen Haaren. Sie hält die Waffe lässig in einer Hand, während sie auf eine neue Zielscheibe wartet, so als wäre die Pistole auch nichts anderes als eine Handtasche.

»Ich kann sie nicht einfach hierlassen«, flüstert er. Seine

Stimme klingt heiser, so als würde er die Tränen zurückhalten.

»Pssst«, sage ich. »Hör zu, wir sind hier, weil wir Beweise wollten, okay? Vielleicht kannst du ihr helfen, wenn alle Bescheid wissen, aber nicht ganz allein.«

Ich ziehe Scoop am Ärmel. Er kommt gehorsam mit, wendet aber den Blick nicht ab, wie gebannt vom Anblick seiner Schwester. Ich muss ihn von hier wegbringen.

»Hier entlang.« Wieder zupfe ich an seinem Overall. »Wir haben nicht viel Zeit. Lass uns sehen, was hier noch ist.« Scoop folgt mir den Flur entlang wie ein Zombie. Wir müssen etwas finden, das wir leicht und schnell mitgehen lassen können, etwas, das Darstellern beweist, was hier drinnen vorgeht.

Nur schade, dass ich die Metallschilder neben den Türen nicht abschrauben kann: *Munition & Sprengstoff.* Ich beobachte einen Mann, der sich in dem Raum eine Art Zylinder voll verschlungener Drähte ansieht. Das ist Coran Thyme, der bei meinem Zahnarzt in der Praxis gearbeitet hat. Vier andere Patrioten sind bei ihm, aber ihre Namen kenne ich nicht. Scoop will vor jedem Raum stehen bleiben, aber ich ziehe ihn immer weiter, weil ich befürchte, dass wir nichts finden, was wir mitnehmen können. An den Türen von *Biologische Waffen, Überleben in der Wildnis* und *Außenkommunikation* sind die Jalousien heruntergelassen. Das nächste offene Fenster gehört zu einem Raum mit dem Schild *Techniken verdeckter Ermittlung.*

Noch jemand, den ich kenne, eine Real, steht mit einer Gruppe Patrioten in diesem Raum. Es ist Til. Sie hält einen Schminkspiegel in der Hand und klebt sich falsche Wimpern an. Dann legt sie den Spiegel auf einen Tisch und blinzelt ein paarmal, bis die Wimpern richtig sitzen. Nun sagt sie – hören kann ich sie nicht, aber ich kann es von den Lippen ablesen: »Versucht es! Ihr dürft euch nicht erwischen lassen, sonst werden euch die Drownclowns … Nun, sagen wir's mal so, die Überlebenden wünschten oft, sie hätten nicht überlebt.« Hinter ihr steht Eveline Chromere, die letzten Sommer rausgeschnitten worden ist, eine Krankenschwester aus Hidehall. Ihre Hand zittert, als sie die Wimpern ungeschickt an ihr Lid klebt.

Neben mir erwacht Scoop wieder zum Leben. »Da«, flüstert er und zeigt auf eine offene Tür am Ende des Flures. Reals gehen ein und aus, ganz entspannt. Licht zuckt, ich höre Lachen und Gespräche und dahinter die Geräusche eines Fernsehers.

Wir schlendern in den Raum, versuchen uns anzupassen. Sofas stehen in Reihen, ein improvisiertes Theater, nur ist vorn keine Bühne, sondern ein riesiges Fernsehgerät. Reals sitzen faul herum, essen etwas und trinken Kaffee. Die Luft ist abgestanden. Einige der Reals unterhalten sich, andere glotzen auf den Bildschirm, auf dem ein sonnengebräunter älterer Mann mit Haiaugen eine Ansprache hält: »Für den Monat Mai wird aufgrund von regierungsfeindlichen Aktivitäten in den Drowned Lands das Fleisch rationiert. Holen Sie Ihre Lebensmittelkarten im nächstgelegenen Verwaltungsbüro ab. Fälscher werden bestraft.«

Der Bildschirm wird schwarz und die Titelmelodie von *Blissful Days* erklingt.

Normalerweise nutze ich jede Gelegenheit, mir die Sendung anzugucken, aber dieses Mal sehe ich nur so lange zu, bis ein Bauer auf einem Traktor in der Granary auftaucht. Scoop und ich suchen den Raum mit Blicken ab. Was können wir mitnehmen, das den Darstellern zeigt, was hier vorgeht? Ich will wissen, was es mit dieser Armee auf sich hat. Ist es die Armee der Sektoren? Soll sie den Aufstand in den Drowned Lands niederschlagen? Ein Tisch mit Kaffeemaschine und Servietten. Plakate für die Sendung mit einer Luftbildaufnahme von der Insel. Der Aktenschrank in der Ecke ist verlockend, aber ich kann mir nicht vorstellen, dass ich den aufmachen kann, ohne Aufsehen zu erregen. Alle Reals lachen los, als der im Matsch feststeckende Bauer aufs Gaspedal drückt.

»Bin gleich wieder da«, sagt Scoop plötzlich, »ich muss sie noch mal sehen.«

Ehe ich reagieren kann, ist er schon zur Tür hinaus. Ich sollte mit ihm gehen und dafür sorgen, dass er nichts Verrücktes tut. Er ist genauso durcheinander wie Selwyn im Waschraum. Auf dem Weg zur Tür sticht mir ein bunter Flyer auf dem Fußboden ins Auge. Sechs Leute starren mir vom Bild entgegen. Die Person in der Mitte hält eine Pistole hoch, ihr Kopf ist mit einem Camouflagetuch umwickelt, hinter ihr lodern Flammen. Ich bücke mich und hebe das Blatt schnell auf.

Flora, die Kassiererin vom Bioladen. Vor drei Staffeln

haben wir das Missiv über ihren Cut bekommen. Sie ist auf einem von vielen kleinen Bildern auf der Seite, die aufgemacht ist wie unsere Jahrbücher. Obendrüber steht in fetten Lettern: PATRIOTEN-ABENTEUER, DONNERSTAG UM 20 UHR. Mit mulmigem Gefühl lese ich weiter.

> Die neue Staffel von *Patrioten-Abenteuer.* Wer wird überleben? Wer wird das »ultimative Opfer« bringen?

Unter dem Bild steht klein gedruckt:

> Das Highlight der Staffel: Folge 1, Das Elektrizitätswerk. Flora, eine unserer Veteraninnen unter den Patrioten, führt die Zerstörung eines Elektrizitätswerks an, in dem der flüchtige Terrorist Tally aus den Drowned Lands Zuflucht gesucht hat. Drei Feinde werden getötet, ein Patriot bringt das ultimative Opfer.
> In den Diensten von Media 1.

Also ist es doch keine Lüge. Es gibt noch eine andere Serie.

22

»Willst du auch eine Tasse?«, fragt ein Real vor der Kaffeemaschine. Erschreckt schaue ich auf. Der Real wartet, er starrt mich direkt an, und ich senke den Kopf und gebe vor, in das Papier vertieft zu sein.

»Nein danke«, sage ich, so schnell ich kann. Ich falte das Blatt zusammen und stecke es in das T-Shirt, das ich unter dem Overall trage. Ich muss Scoop finden und dann nichts wie raus hier. Auf dem Weg zur Tür bleibe ich vom Fernsehen angezogen stehen. *Blissful Days* läuft nicht mehr. Anscheinend wird die Sendung von ein paar Leuten kommentiert. Drei Reals sitzen auf Hockern auf einer Bühne, zwei Frauen und ein Mann mit perlweißen Zähnen. Alle drei sind in besserer Verfassung als die Reals, die man normalerweise auf der Insel sieht, sie könnten als Darsteller durchgehen.

»*Blissful Days* war gestern allererste Sahne!«, sagt der Mann. Seine perlweißen Zähne glitzern im Scheinwerferlicht. Die Kamera schwenkt über das Beifall spendende Publikum.

Die füllige ältere Frau sagt: »Ja, lasst uns über die Teens reden. Endlich ist Bewerbungszeit.«

»Ich hab viel Unsicherheit gesehen«, zwitschert die

zweite Frau. »Lincoln Grayson hat in letzter Minute seine Meinung geändert und sich für den Platz im Casino entschieden.«

Croupier? Passt. Wahrscheinlich will er Kartengeber beim Flood werden, um seine Eltern zu schocken. Neben dem Fernsehgerät steht eine Uhr: 16:59. Scoop und ich müssen dringend zurück zum Boot. Ich bin schon fast an der Tür, als Hunderte von Trommeln losscheppern wie bei einem gigantischen Spielmannszug. Wie angewurzelt bleibe ich stehen.

Eine Baritonstimme verkündet: »Was bisher geschah in *Patrioten-Abenteuer*.« Automatisch drehe ich mich um.

»Der vor über einem Jahrhundert zur Unterbringung von Regierungsakten erbaute Lim Tower gilt als uneinnehmbar. Deshalb haben die Drowned Lander ihn nach der Eroberung von Krail zu ihrem Hauptquartier gemacht. Doch was wird passieren, wenn wir Seabert Oreganet ausschicken, um dieses wichtige Gebäude zu zerstören?«

»*Krawumm*!«, kräht ein Real, der auf dem Sofa fläzt. »Noch besser fände ich, wenn sie das Teen-Team reinschicken würden.«

»Das Teen-Team?«, fragt die Frau neben ihm.

»Ja, sie schicken jetzt Teenager von Days zu Adventures rüber – offenbar geben die bessere Patrioten ab. Sind formbarer.«

»Ich hab gehört, dass Seabert aus seinem Vertrag aussteigen darf, wenn er das hier überlebt.« Die Sendung. Ich wette, es war diese wahnsinnige Sendung, von der die Reals gesprochen haben, als ich sie im Radio belauscht habe. Nicht *Blissful Days. Mom hat gesagt, es war erschreckend*, hatte einer gesagt. Und als ich in der Tram war, hatte ein Mann davon gesprochen, dass es eine Einberufung gegeben hatte. *Ehe sie das machen, sollten sie Gas geben mit den Abenteuern.* Damit hatte er *Patrioten-Abenteuer* gemeint.

Deshalb hatte Kat Deva gewusst, dass mein Vater knallhart war. Knallhart ist. Sie hat ihn im Kampf gesehen. Was mit den Patrioten geschieht, ist für die Zuschauer niemals ein Geheimnis gewesen. Aber wenn ich sie früher schon für herzlos gehalten habe, dann finde ich sie jetzt noch tausendmal schlimmer.

Ich erinnere mich, wie heftig meine Mutter mich zurechtgewiesen hat, als ich mal bei laufendem Mikro von meinem Vater gesprochen habe. Unsere Szenen waren für die Sendung unbrauchbar geworden. Und all diese Erinnerungsstücke, die ich weggeworfen habe ... Jetzt wird mir klar, dass es nie um die Zuschauer gegangen ist – so hat *Media 1* uns davon abgehalten nachzufragen, was mit ihnen passiert.

Bilder der Zerstörung füllen den Bildschirm – umstürzende Gebäude, loderndes Feuer, Berge von Leichen. Der Trommelwirbel setzt wieder ein und ein Real klatscht den Takt dazu auf sein Knie.

Blutgetränkte Kampfanzüge. Patrioten rennen auf der Flucht vor Gewehrsalven durch den Dschungel. Ein Schmerzensschrei, jemand stürzt auf den Boden. Als ich schließlich den Blick vom Bildschirm losreißen kann, stelle ich fest, dass die Reals völlig verzückt sind, das Blutbad erschüttert sie nicht.

»Weißt du noch, wie Starling damals die Brücke zwischen den Lagern der Rebellen gesprengt hat?«, fragt einer. Ich gucke hinüber. Mein Vater. Sie haben ihn gesehen. Ich schaue auf den Fernseher. Vielleicht kann ich ihn auch sehen.

»Er fehlt mir«, sagt jemand trocken. »Wie lange ist das jetzt her … zwei Jahre?«

»Ja, genau«, seufzt der andere. »Traurig. Aber für eine gute Sache. Auf die Wiedervereinigung der Sektoren!« Er hebt seine Kaffeetasse, die anderen folgen seinem Beispiel.

Das Blutbad wird ausgeblendet, auf dem Bildschirm erscheint wieder die Bühne mit den Kommentatoren. Wie in Trance bleibe ich stehen. So viele Staffeln hatte ich gedacht, er sei in einem Bürogebäude in Zenta. Selbst nachdem ich mir da nicht mehr sicher war, hatte ich nie in Erwägung gezogen, dass er … wirklich nicht mehr da war. Ich hatte gedacht, ich hätte mich damit abgefunden, dass ich niemals mit ihm reden, ihn nie sehen, nie kennenlernen würde. Aber dies hat eine Endgültigkeit, von der ich mir keine Vorstellung gemacht hatte.

Mit einem widerwärtigen Dröhnen flimmert *Patrioten-Abenteuer* wieder über den Bildschirm. Ein Hubschrauber landet auf einem verwüsteten Feld – ich schrecke hoch aus meiner Trance und stürme auf den Flur. Scoop steht am Schießstand und sieht Belle zu.

»Komm«, sage ich. Er beachtet mich nicht und tritt immer näher an die Glasscheibe heran. Ein Real beobachtet uns neugierig. Ich packe Scoops Hand ziemlich fest. »Wir gehen jetzt.«

»Wir müssen ihr helfen«, sagt er, als wäre er drauf und dran, dieses Gebäude auseinanderzunehmen.

»Das machen wir! Ich hab was. Ich hab den Beweis. Es ist schlimmer, als wir gedacht haben. Ich erzähle es dir auf dem Boot, aber wir müssen hier jetzt raus.«

Auf seine Zustimmung warte ich nicht, ich drehe mich einfach um und gehe den Flur hinunter. Ich kann mich nur knapp davon abhalten zu rennen.

23

In der Mittagspause stehen Lia und ich nebeneinander vor der Essensausgabe. Sie füllt sich etwas aus den Nudeltöpfen auf den Teller, ohne Soße auf den Tresen zu kleckern wie alle anderen. Immerhin ist sie ruhig und gefasst, denke ich. Das ist gut so, denn was ich ihr zeigen werde, wird ihre Fähigkeit, die Fassung zu bewahren, ernsthaft auf die Probe stellen.

»Wie läuft es mit Callen?«, fragt sie, als ich mich über die Nudeln beuge. Beinahe hätte ich die Kelle fallen lassen. Wir haben nicht mehr über ihn geredet, seit wir mit Selwyn im Waschraum waren. Wir haben überhaupt nicht viel geredet.

»Es läuft eigentlich nicht«, sage ich auf dem Weg zu unserem Tisch. *Media 1* weiß es auch – heute Morgen habe ich ein Missiv erhalten, das mich offiziell vom Vorschlag entbindet, weil wir Schluss gemacht haben.

»Echt?«, sagt Lia eine Oktave höher als normal. Sie rempelt einen von den Zehntklässlern an, entschuldigt sich und wendet sich mir wieder zu. »Was ist denn passiert?«

Ich gehe weiter. »Wir haben uns gestritten«, sage ich, ohne mir die Mühe zu machen, meinen Körper irgendwie für die Kameras zu verbiegen. »Wir haben irgendwie …« Ich schlucke, es fällt mir immer noch schwer, es auszusprechen. »Wir haben uns irgendwie getrennt.«

»Oje, Nettie.« Lia tätschelt mir den Rücken. Wir sind am Tisch angekommen. »Callen ist so ein Blödmann.« Sie seufzt. Sie scheint tatsächlich mitzufühlen und das nicht nur so dahinzusagen. Gut. Heute muss sie auf meiner Seite sein.

»Ich weiß.« Ich will das Thema wechseln. »Wie läuft es mit deiner Mom?«

»Die Therapie scheint tatsächlich zu helfen.« Sie legt sich die Serviette auf den Schoß. »Sie hat sich mit ihren Gefühlen auseinandergesetzt und versucht rauszufinden, warum sie trinkt. Ihr Therapeut meint, sie verdrängt was.«

»Vielleicht ist sie ja wirklich bereit, etwas zu ändern«, sage ich. Und das hoffe ich wirklich – sie hat mir Angst gemacht neulich vor dem Blumenfestival.

»Ich bin jedenfalls bereit für ihre Veränderung«, sagt Lia. »Du hast mir gefehlt, Nettie.« Sie macht sich über ihre Nudeln her. Das war's, und es reicht. Mit uns ist wieder alles in Ordnung, also wird sie sich wenigstens anhören, was ich zu sagen habe.

Mir gegenüber schlingt Lincoln einen Hamburger herunter. Wie würde er sich wohl als Patriot machen? Mit Worten kann er verletzen, aber dass er eine echte Waffe benutzt, kann ich mir nicht vorstellen. Und Martin würde sich in die Hose machen, wenn man ihm ein Gewehr in die Hand drücken würde. Henna hingegen, die auf der anderen Seite von Lia sitzt, nun ja, ich habe gesehen, wie sie uns beobachtet und wie diplomatisch sie mit Lias Vorschlägen verfährt. Sie würde überleben, glaube ich. Hennas Unschuld hat etwas nicht ganz so Unschuldiges.

»Also, gehst du nun mit Callen oder nicht?« Mollie Silverine, die Selwyns Platz übernommen hat, betrachtet mich interessiert. Ihr Reporter-Notizbuch liegt vor ihr auf dem Tablett.

»Kein Kommentar, Mollie.« *Hilfe*. Ich rücke meinen Stuhl ein paar Zentimeter weiter weg von ihr.

»Ich brauche was, egal was«, winselt sie uns vor. »Gibt es irgendwas an Zehn-plus-Klatsch? Es sind nur noch vier Stunden bis zur Deadline. Da sind noch ungefähr sechs andere Leute, die sich für zwei Plätze bei der *Bliss-Tagespost* bewerben. Ich brauche einen Knüller.«

»Okay, okay.« Lia legt die Gabel hin. »Lass mich nachdenken. Willst du über mein Stück schreiben? Die Auditions sind gelaufen.«

»Ich brauche was Heißeres, Lia. Fühlst du dich von Nettie verraten?« Mollie schlägt das Notizbuch auf und zieht die Kappe vom Stift. Lincoln keckert höhnisch. Lia reagiert nicht und Mollie bettelt weiter. »Bitte, bitte, ich will nicht beliebig zugewiesen werden.«

»Mollie, das Doppel-A ist morgen. Sie haben mir die Listen bereits nach Hause geschickt, damit ich sie heute Abend in die Programme legen kann«, sagt Lia ruhig, aber bestimmt. Mit einer Handbewegung gibt sie Mollie zu verstehen, dass sie das Notizbuch zuklappen soll. »Es ist vorbei. Entweder du hast den Platz oder du hast ihn nicht.«

Nach dem Essen ziehe ich Lia beiseite und sage ins Mikro: »Ich glaube, wir sollten über Callen reden. Aber allein, sodass Mollie nicht mithört. In der Besenkammer?«

Ich hoffe inständig, dass da noch nichts repariert worden ist. Hier können wir nicht bleiben. Ein Grillen-Team filmt im Flur.

»Na schön«, seufzt sie.

»Gut.« Ich zerre sie die Treppe runter. Voller Sorge, dass die Grillen uns verfolgen könnten, sprinte ich in die Kammer. Lia hält mit und keucht ein bisschen, als sie die Tür hinter sich zuschlägt und den Schlüssel umdreht. Ich kämpfe mich zu dem freien Platz hinten durch und stolpere dabei über Eimer und Besenstiele. Sie kommt langsam hinterher.

In der Dunkelheit lausche ich auf das Surren von Kameras und versuche rote Lämpchen auszumachen. Nichts. Luz war ein Nervenbündel, wahrscheinlich hat er vergessen, die Reparatur anzuordnen. Wir haben nur ein paar Sekunden allein, in denen ich alles ganz schnell erkläre. Sie kann gar nicht darauf reagieren, da brechen die Grillen schon die Tür auf und stürmen herein. Grelles Licht blendet uns. Automatisch wickele ich mein Mikro aus, Lia auch. Ein großer Mann bückt sich und hält uns die Kamera ins Gesicht.

Lia sagt ins Mikro: »Gott, hoffentlich sind meine Augen nicht geschwollen, weil ich so lange aufgeblieben bin und die Programme kopiert habe. Aber es hat sich gelohnt. Schön, dass Scoop mir helfen kann.«

»Das hat sich ganz bestimmt gelohnt«, sage ich. Es klingelt, die Pause ist zu Ende, wir drängeln uns an den Kameras vorbei und gehen zu unseren Spinden. Die Grillen folgen uns den ganzen Weg.

Nachdem ich nun mit Lia geredet habe, gibt es nichts mehr, was mich von *Patrioten-Abenteuer* ablenken könnte. Mathe ist eine seltsame Art von Folter. Die Gegenstände im Klassenraum, die Darsteller hier wirken irgendwie starr und fest, doch ich komme mir transparent vor. Terra stützt den Ellenbogen auf Scoops Tisch und plappert über die Mandeloperation, bei der sie für ihre Bewerbung um einen Ausbildungsplatz hospitieren musste.

Scoop lacht über etwas, das sie sagt, dabei fährt er sich mit einer Bliss-Teen-Coverboypose durch die Haare. Der natürliche Glanz seiner haselnussbraunen Augen ist auffällig wie nie. Vielleicht denkt er, dass er ihr einfach geben kann, was sie haben will, denn ab morgen wird sie echte Probleme haben. Jeder Darsteller wird die haben.

Mr Black ruft mich an die Tafel, um eine Aufgabe vorzurechnen. Ich beobachte, wie sich mein Arm bewegt, höre, wie ich meinen Lösungsweg erkläre, aber das fühlt sich alles so flüchtig an. So als wäre ich ein Aquarell, das früher mal ein Ölgemälde gewesen ist. Vielleicht ist dieses Gefühl so was wie die letzte Manifestation davon, dass ich mich hier nie wohlgefühlt habe, jedenfalls nicht so wie Lia.

Das ist es, sage ich mir nach dem Unterricht, als der Tag zu Ende geht. Ich habe mich nie wohlgefühlt. Das war ein Geheimnis, das ich in mir getragen habe, aber jetzt ist es rausgekommen und konfrontiert mich überall.

Ich passe nicht hier rein, ich gehöre nicht in *Blissful Days*.

Nach der Schule komme ich auf dem Weg zu den Fahrradständern am Sportplatz vorbei. Die *Ants* und die *Pigeons* trainieren an entgegengesetzten Enden des Platzes, die *Pigeons* sind näher am Gebäude der Highschool. Ich beschließe, Callen aus der Ferne zuzuschauen – nur ein bisschen. Er fehlt mir. Ich hänge am Spielfeldrand zwischen zwei Jungs mit Klemmbrettern und Trillerpfeifen herum, die gelegentlich aufs Spielfeld trotten, um frische Wasserflaschen herumzureichen.

Als Callen mich sieht, guckt er runter und kickt den Sand auf dem Werferhügel. Ich sollte gehen, aber ich bleibe und warte darauf, dass er wieder aufschaut. Ich will die Sache zwischen uns ins Reine bringen – vor morgen.

Ich stehe da, bis er wieder zu mir guckt, und mache eine Kopfbewegung Richtung Tribüne. Er zögert, dann nickt er schnell und ich klettere hoch zur obersten Reihe. Da bleibe ich, bis das Training vorbei ist und die Sonne untergeht. Der Wind frischt auf, und ich ziehe den Reißverschluss meiner Jacke hoch und schlinge die Arme um die angezogenen Beine. Mit dem Kinn auf den Knien fühle ich mich wie eine Schildkröte, die sich in ihren Panzer zurückzieht.

Die Geräusche vom Training dringen zu mir: Keuchen und Schreien, Grunzen und Stöhnen. Das Krachen des Schlägers. Das Pfeifen des durch die Luft sausenden Balles und das dumpfe Geräusch, wenn er gefangen wird.

Callen nickt mir zu, als er den Hügel verlässt. Er geht zu den Spielern, die sich um den Trainer scharen. Da wird gejubelt und geklatscht. Callen klatscht mit, aber er ist unbeteiligt, lächelt nicht, reagiert kaum. Er zieht alles einfach so durch. Wie ich, seit ich von den *Patrioten-Abenteuern* weiß.

In Gedanken spiele ich unseren Plan durch, hoffentlich kommen Scoop und Lia damit durch.

»Hey, Nettie.« Erschrocken schaue ich auf. Callen steht neben mir. Von einem Lächeln keine Spur, aber wenigstens ist er da.

»Oh, hi. Setz dich.« Ich klopfe auf den Platz neben mir und überlege, wie ich formulieren soll, was ich sagen will, ohne die Initiative zu erwähnen. Er setzt sich, achtet aber darauf, Abstand zu halten.

»Ich hab ein schlechtes Gewissen wegen Mittwoch«, beginne ich. »Ich glaube …« Schnell sehe ich mich nach Kameras um. Sie sind überall, auf den Geländern und Pfählen über uns. Obwohl *Media 1* mich vom Haken gelassen hat, zögere ich immer noch, ihm die ganze Wahrheit zu sagen. Aber warum eigentlich? »Ich war einfach nicht ich selbst.« Ich lehne mich zu ihm rüber und flüstere ihm ins Ohr: »Wegen der Initiative haben die mich zum Close-up drängen wollen. Ich bin dabei. Sie haben mich auch gezwungen, andere Sachen zu machen, die mit uns zu tun hatten.« Ich erzähle ihm von den Vorschlägen, die ihn betroffen haben, und widerstehe anschließend dem Verlangen, die Augen zuzukneifen. Ich habe solche Angst vor seiner Reaktion. Ich spreche wieder ins Mikro. »Ich will mit dir zusammen sein. Das Close-up ist mir egal.«

Er sieht mich an, immer noch ohne ein Lächeln, aber sein Gesicht wirkt entspannter. Offen. »Ich glaube dir«, sagt er ins Mikro. »Ich bin nur nicht begeistert von dieser anderen Sache.« Er fasst sich hinters Ohr. Die Initiative. »Aber das erklärt vieles.« Er räuspert sich, seine nächsten Worte ins Mikro wählt er mit Bedacht. »Nettie, ich hab mir immer ein bisschen Sorgen gemacht … dass du mich nicht wirklich magst. So wie Lia. Irgendwie hat es so lange gedauert, bis du mich bemerkt hast.«

»Ich war schüchtern – und du warst mit Lia zusammen«, wende ich ein.

»Ich weiß, aber …« Er scheint Zweifel zu haben. »Sogar als wir zusammen auf den Felsen waren, kam mir das nicht echt vor. Zu gut, um wahr zu sein.« Er stockt und zieht die Augenbrauen zusammen, weil er nicht weiß, wie er die Initiative unerwähnt lassen kann.

»Aber es war echt.« Ich nehme seine Hände und flechte unsere Finger ineinander. »Wir müssen von vorne anfangen und einander vertrauen.« Ich flüstere ihm ins Ohr: »Denn ab morgen bin ich nicht mehr in der Initiative. Niemand wird mehr drin sein.«

Mit einem Ruck dreht er den Kopf zu mir und sagt lautlos: »Was meinst du damit?«

Ich halte seine Hand ganz fest. »Weißt du noch, wie du zu mir gesagt hast, die Insel sei eine Falle?« Das spreche ich ins Mikro, in der Hoffnung, dass es als teenagertypische Panikattacke durchgeht. »Du hattest recht, aber …« Ich beuge mich vor und küsse ihn. »Das wird sich ändern.«

24

Unsere Ohrringe fürs Doppel-A sind schlicht – *klassisch* hat Lia sie genannt. Eine schimmernde Perle an einem geflochtenen Silberdraht. Am Morgen des Doppel-A lege ich sie ungeschickt an, Ohrringe trage ich nur selten. Ich wirke ziemlich sittsam damit und mit den zum Knoten hochgesteckten Haaren. Ein paarmal drehe ich mich und betrachte mich kritisch von allen Seiten – mit wechselnden Gesichtsausdrücken. Mit einem Lächeln. Ohne Lächeln. Meine Haut strahlt, das Ergebnis vieler Tage gewissenhafter Hautpflege. Dr. Kanavan wird stolz sein.

Ich hatte keine Zeit, mir ein neues Kleid zu kaufen, also ziehe ich ein altes an. Ein weißes, ärmelloses Seidenkleid mit Glasperlenstickerei am Saum. Selwyn hat es vor langer Zeit für mich ausgesucht, insgeheim trage ich es also ihr zu Ehren.

Sobald ich ins Esszimmer komme, stürzt Mom mit dem Pfannenheber in der Hand zur Tür. »Ich bin noch nicht fertig«, sagt sie. »Ich mache Pfannkuchen.« Unter ihrer Schürze ist sie auch fein angezogen, sie trägt ein graues Kostüm und schwarze Pumps.

»Macht nichts, Mom. Ich kann warten.« Ich setze mich an den Tisch und gucke aus dem Fenster. Der Himmel strahlt wolkenlos, alles nach Drehbuch. Die Hubschrauber waren unterwegs, als ich gestern Abend Radio gehört habe.

»Alles soll perfekt sein«, sagt sie und geht wieder in die Küche. »Du wirst dich den Rest deines Lebens an diesen Tag erinnern.« Sie kommt mit einem Glas Orangensaft zurück. »Hier, die Pfannkuchen sind gleich fertig.«

»Danke.« Beim Trinken halte ich das Glas mit beiden Händen, so wie früher als kleines Kind.

»Mach doch Musik an«, ruft sie aus der Küche. Ich schalte das Radio hinter mir ein. Seit unserem Ausflug zur Sandburg sieht es etwas ramponiert aus. Wahrscheinlich ist das passiert, als Scoop die Kameras am Boot zerstört hat. Aber Mom ist das wohl nicht aufgefallen. Ich stelle *Voxless*-Musik an.

»Fertig!« Mom kommt mit einem Stapel Pfannkuchen. Sie stellt sie vor mich hin, dann holt sie Sirup und frische Schlagsahne.

Ich ertränke die Pfannkuchen in Sirup und mache mich darüber her. Mom isst auch, aber ihr Blick schießt andauernd zu mir und wieder weg, so als wäre ich so kostbar, dass ich zerbrechen könnte, wenn sie mich zu lange ansieht.

»Bist du nervös?«, fragt sie. »Meine Beine haben gezittert damals, als ich zum Podium gegangen bin.«

»Ein bisschen.« Aber aus ganz anderen Gründen.

»Nun, das ist ganz natürlich. Nettie, du siehst wunderschön aus. Ich bin so stolz.« Sie legt ihr Besteck hin, lehnt sich zurück und sieht mich liebevoll an.

Ich komme mir komisch vor, aber plötzlich scheint es

mir lebenswichtig zu sagen: »Danke, Mom. Das ist gut zu wissen.«

Ich schlucke den Kloß im Hals herunter und stelle mir vor, wie sie die Bilder von meinem Vater sieht und begreift, dass die Filmgesellschaft sie getäuscht hat. Sie vertraut *Media 1.*

»Nettie, Violet hat angerufen. Sie habe die Nachricht von dir bekommen, dass sie heute nicht zur Zeremonie kommen soll, hat sie gesagt.«

»Ja, ich hab gestern Abend bei ihr angerufen, aber da hat sie geschlafen, deshalb habe ich mit Tula gesprochen. Violet war so schwach in letzter Zeit. Ich glaube, sie würde sich zu sehr aufregen.«

»Okay.« Mom ist verwirrt. Aber sie stellt keine Fragen. Das Doppel-A hat ihre weichere Seite zum Vorschein gebracht. Ich bin froh, dass ich ihren Erwartungen wenigstens für ein paar Stunden entsprechen kann.

Lia und Henna stehen am Springbrunnen, sie inspizieren die Stühle für das Kammerorchester, das neben dem Bürgermeister sitzt. Glitzersterne funkeln in den Bäumen. Ich drücke meine Mutter schnell und gehe zu den vorderen Reihen weiter, in denen die Anwärter alphabetisch aufgereiht sitzen. Ein Programm liegt auf meinem Platz. *Dreiundsiebzigste Zeremonie der Ausbildungsankündigungen.* Anstelle des Sonnensystems, das Lia beschrieben hatte, ist nur eine prachtvolle Sonne auf dem Cover, eine goldene Scheibe, die von orange-goldenen Flammen umkränzt ist.

Lia sieht mich und nickt mir zu, ihre Ohrringe hüpfen,

als sie den Kopf neigt. Sie trägt ein schwarzes Chiffonkleid, eine rote Rose steckt hinter ihrem Ohr. Systematisch scannt ihr Blick den Platz, sie mustert die Glitzersterne, das Podium des Bürgermeisters, die Tische mit den Erfrischungen an der Seite, auf denen Wein- und Limoflaschen stehen. Connor sitzt hinter dem Podium, ganz blass, immer wieder faltet er ein ziemlich mitgenommenes Blatt Papier, wahrscheinlich steht sein Gedicht darauf.

Lincoln sitzt ein paar Reihen vor mir – ich erkenne seine Locken, die sich frisch getrimmt an seinen Kopf schmiegen. Die Jungs haben es leicht. Anzüge und Krawatten, alles in den gedeckten Farben von *Voxless.* Ich mache Callen aus und winke ihm zu, aber nachdem er meinen Gruß erwidert hat, gucke ich schnell weg. Ich komme nicht gut damit klar, dass ich ihn nach diesem Tag verlieren könnte. Und ihn in Fleisch und Blut vor mir zu sehen, macht alles noch schwerer.

Navia Suchere, neben der ich schon mein Leben lang in einer Reihe stehe, rutscht auf ihren Platz. Ihr Kleid ist grau, mit Taft an den Hüften. Sie legt das Programm auf den Schoß und faltet entspannt die Hände darüber. Dann guckt sie zu mir. »Was ist mit deinem Kleid?«, sagt sie. »Das scheint mir … ernsthaft aus der Mode zu sein.« Wir dürfen nicht direkt über das aktuelle Motto reden, aber so was lässt sich leicht umschreiben.

»Eine gute Freundin hat es für mich ausgesucht. Eine Freundin, die nicht mehr unter uns ist. Ich trage es ihr zu Ehren«, sage ich ins Mikro. Navia wird blass bei der Anspielung auf Selwyn und dreht sich weg. Genau in diesem

Moment klopft Bürgermeister Cardinal auf dem Podium ans Mikrofon.

Henna und Lia rennen die Stufen zu ihren Plätzen herunter, während sich Eltern, Verwandte, Vertreter der Berufsgruppen und eine große Schar weiterer Darsteller hinsetzen. Das Kammerorchester fängt an zu spielen.

Ich werfe einen letzten Blick hinter mich und überschlage, wie viele Darsteller gekommen sind. Mindestens fünfhundert, schätze ich. Alle Stühle sind besetzt, Leute sitzen auf Bänken oder stehen. Jede Menge Grillen sind auch zur Stelle, aber keine Offiziellen. Das Doppel-A liefert perfekte Szenen, die nicht durch Nachbearbeitungen verdorben werden sollen. Das Kammerorchester hört auf zu spielen, die letzten Nachzügler nehmen Platz. Ich richte den Blick auf den Bürgermeister, einen rundlichen Mann mit buschigen Augenbrauen und Schnurrbart. Er hält sich am Podium fest und räuspert sich.

»Herzlich willkommen zur dreiundsiebzigsten Zeremonie der Ausbildungsankündigungen«, sagt er. Applaus ertönt, einige der Fußballspieler trampeln mit den Füßen und johlen, als wäre das irre lustig. Lia straft sie mit vernichtenden Blicken.

»Jedes Jahr versammeln wir uns zu dem wohl denkwürdigsten Ereignis im Leben eines Bliss Islanders. Was ihr heute erfahrt, wird den Kurs für eure Zukunft bestimmen. Wir verstehen eure Ungeduld, aber bitte vergesst nicht, dass ihr das Programm erst öffnen dürft, wenn jedem sein Ausbildungsplatz zugewiesen worden ist.«

Navia umklammert ihr Programm ganz fest. »Ich sterbe«, flüstert sie.

»Ach, du stehst das durch«, sage ich und schlage die Beine übereinander.

»Ich erinnere mich noch an meine eigene Ausbildungsankündigung«, sagt der Bürgermeister. »Ich hatte keine Ahnung, was ich machen wollte, und hatte die betreffende Zeile auf meinem Bewerbungsformular frei gelassen, bereit für eine beliebige Zuweisung.«

Der Bürgermeister redet weiter, aber ich höre nicht mehr zu, weil ich abgelenkt bin. Navias Zeigefinger gleitet nämlich unter das Cover des Programms – und mein Magen macht Saltos.

Der Bürgermeister hatte einen Ausbildungsplatz in der Stadtverwaltung bekommen … Navia hebt die Hand und fällt in den tosenden Applaus ein. Hier und da höre ich das übliche verstimmte Grummeln. Einige Darsteller hassen diese Geschichte nämlich, denn die Chancen sind gering, dass ein beliebig zugewiesener Ausbildungsplatz gut ist. Der Bürgermeister hat Glück gehabt.

Die Rede kommt zum Ende und Connor tappt auf die Bühne. Mir fällt wieder ein, dass Selwyn besorgt war, dass alle über sein Gedicht weinen könnten oder so. Aber es ist eigentlich ganz okay und unglaublich kurz.

Heute fängt unser Leben an.
Während wir unter Freunden sitzen
Und unsere Kindheit enden sehen.

Es bleibt nicht mal Zeit, die Zeilen wirken zu lassen, denn Bürgermeister Cardinal springt sofort applaudierend von seinem Platz auf, und wir klatschen alle, während Connor die Bühne verlässt. Ein Assistent bringt dem Bürgermeister einen Korb mit Schriftrollen, auf denen die Vergabe des jeweiligen Ausbildungsplatzes beurkundet ist. Wie Brennholzscheite für den Ofen liegen diese Schriftrollen im Korb. Die Nervosität, die bisher unter der Oberfläche gebrodelt hat, kocht hoch und ergreift das ganze Publikum. Ich werfe einen Blick zur Seite – Navia hat ihr Programm geöffnet, aber sie hat die Beilage noch nicht gesehen, die zwischen der dritten und vierten Seite der Listen steckt.

»Pruelle Ash«, ruft der Bürgermeister. Pruelle, eine von den Misfits, die sich für diesen Anlass ziemlich gut zurechtgemacht hat, läuft die Treppe zur Bühne hoch. Ihr Faltenrock wippt und ihr Lächeln ist so nervös, dass es wie eine Grimasse wirkt. Der Bürgermeister reicht ihr eine Rolle. »Du hast den Ausbildungsplatz zur Journalistin bekommen.«

Pruelle lächelt noch mehr, sie hüpft die Stufen zu ihrem Platz herunter und hält die Rolle hoch. Jemand aus den hinteren Reihen ruft: »Du hast es verdient, Pruelle!« Mit allen anderen drehe auch ich mich um, weil ich sehen will, wer da gebrüllt hat. Ein Mädchen, das in Scoops Nähe sitzt. Er nimmt natürlich nicht an der Zeremonie teil, aber er wirkt genauso nervös wie wir anderen: Vorgebeugt, mit den Ellenbogen auf den Knien und ineinander verknoteten Händen sitzt er da.

Die Menge beruhigt sich wieder, als der Bürgermeister

zum nächsten Darsteller kommt, Anders Batling – Polizist. Zwei weitere Darsteller erhalten ihre Plätze und werden gefeiert. Und dann: »Lia Burnish!«

Lia steht auf und quetscht sich aus ihrer Reihe. Hinter mir höre ich Geflüster. Dieses Mal widerstehe ich dem Drang, mich umzudrehen.

»Lia Burnish«, wiederholt der Bürgermeister, als er ihr eine Rolle überreicht. »Eine künftige Blisslet.« Sie lächelt huldvoll, ohne die offenkundige Erleichterung zu zeigen, die wir bei Pruelle und den anderen gesehen haben. Wie immer bewahrt sie Haltung und bleibt oben an der Treppe stehen, damit Scoops Mutter ein Bild für die Zeitung von ihr schießen kann. Perfekt.

»Was ist das?«, höre ich jemanden hinter mir flüstern. Lia steigt die Stufen herunter, sie schaut in die Menge, unsere Blicke treffen sich. Sie weiß, dass es im Umlauf ist. Mein Herz hämmert lauter, es droht meinen Brustkasten zu sprengen. Lia setzt sich auf ihren Platz, ruhig und gefasst.

»Guck rein«, flüstert jemand, und jetzt blättert Navia die Seite in ihrem Programm um.

»*Patrioten-Abenteuer*?« Navia runzelt die Stirn. Sie nimmt die Beilage heraus und zeigt sie mir. »Nettie, hast du das hier gesehen?«

»Hm, ja.« Jetzt erst schlage ich das Programm auf. Ich blättere zu der Einlage, die Lia fotokopiert und in alle Programme gelegt hat. Auf der Vorderseite ist die Werbung für *Patrioten-Abenteuer*, die ich aus der Sandburg gestohlen habe. Ich drehe das Blatt um.

»He, guck dir mal die Rückseite an«, flüstere ich Navia laut zu. »Da ist eine Nachricht.«

Darsteller von Bliss Island: Man hat uns nie gesagt, was mit unseren Lieben geschieht, wenn sie Patrioten werden. Wir haben uns mit dem im Vertrag gegebenen Versprechen getröstet, dass für ihre Bedürfnisse gesorgt wird. Vielleicht habt ihr Gerüchte gehört über Umstände, die alles andere als komfortabel waren, aber ihr habt daran geglaubt, dass ihr Wohlergehen *Media 1* am Herzen liegt. Vielleicht haben euch andere gedrängt, keine Fragen zu stellen. Und letztendlich habt ihr beschlossen, dass es sich nicht lohnt, euer Leben auf Bliss aufs Spiel zu setzen, nur um eine Wahrheit zu enthüllen, für die sich sonst niemand zu interessieren scheint. Viele von uns machen sich dennoch Gedanken, obwohl uns gesagt wird, dass wir es sein lassen sollen.
Deshalb haben wir nach der Wahrheit gesucht – und sie gefunden. Und das hier geschieht mit denjenigen von uns, die rausgeschnitten werden: Sie werden zu Darstellern in einer Serie, die *Patrioten-Abenteuer* heißt. Auf der Vorderseite dieser Nachricht findet ihr Bilder und Beschreibungen der Stars dieser Serie. Man verpflichtet sie dazu, der Regierung der Sektoren bei der Bekämpfung der Rebellen in den Drowned Lands zu helfen. Dafür riskieren sie ihr Leben, tragen Waffen und Bomben, greifen Drowned Lander direkt an oder mischen sich undercover unter sie. Lest die Beschreibung der Serie.

Darin steht alles, was ihr wissen müsst. Ihr werdet auch Verweise auf das »ultimative Opfer« finden. Das ist der Tod. In *Patrioten-Abenteuer* werden Patrioten getötet. Wir glauben auch, dass *Media 1* in letzter Zeit vorsätzlich jüngere Darsteller rausgeschnitten hat, weil sie bessere – und formbarere – Kämpfer für *Patrioten-Abenteuer* abgeben.
Media 1 können wir nicht mehr vertrauen. Wir fordern, aus dem Vertrag entlassen zu werden.

Das Gemurmel wird immer lauter. Der Bürgermeister merkt das nicht, er ruft weiter Namen auf. Darsteller gehen auf die Bühne und erhalten ihre Rollen, aber keiner interessiert sich mehr dafür. Als Shar Corone an der Reihe ist, bleibt er einfach kopfschüttelnd auf seinem Platz sitzen. Drei oder vier Mal wiederholt der Bürgermeister seinen Namen, dann sagt er ins Mikrofon: »Geht hier irgendwas vor?«

»Wissen Sie über *Patrioten-Abenteuer* Bescheid?«, ruft ihm jemand zu.

»*Patrioten-Abenteuer*?«, wiederholt der Bürgermeister. Er kratzt sich den Bart.

Ich höre ein Klicken und gucke auf mein Mikro, dann lege ich mein Ohr darauf.

Das hohe, kaum wahrnehmbare Summen, das es normalerweise von sich gibt, ist verstummt.

»Ist dein Mikro auch aus?«, frage ich Navia. Sie prüft es und nickt mit ernstem Gesicht.

»Ist das mein Onkel?«, fragt Caren Trosser hinter mir verwundert. »Der tötet Menschen in den Drowned Lands?«

Mit zitternder Stimme sagt der Bürgermeister wieder: »Geht hier irgendwas vor?«

»Die Kameras sind ausgeschaltet!« Ein Junge zeigt hoch zu einem toten roten Auge in einem Baum. Hunderte sehen sich um, mustern Kamerapfähle, Bäume, die Rückseiten von Stühlen – jede Stelle, an der eine Kamera sein könnte.

»Er hat recht«, ruft ein Mann.

»Unsere Mikros sind auch aus.« Ich erkenne Lias Stimme. Sie steht mitten unter unseren Stufenkameraden. »Es muss wahr sein.«

Ihre Eltern drängen sich durch die Menge zu ihr hin. »Lia, ich finde, wir sollten nach Hause gehen.« Eleanora Burnish legt ihren langen Arm um Lia und wirft ihr Programm in einen Mülleimer. Mit einem kleinen Schubs will sie Lia von der Plaza führen.

Als Schutz vor der grellen Sonne lege ich die Hand über die Augen und sehe Darsteller weggehen. Ob sie Angst haben oder ob ihnen das alles egal ist, kann ich nicht sagen.

»Das ist ein Streich.« Eine neue Stimme schallt über die Menge. Eine Grille klettert auf die Bühne und nimmt das Podium ein, den Bürgermeister schiebt der Mann zur Seite. Die Grille nimmt das Mikro und redet los, aber so schnell, dass niemand etwas versteht. Er holt tief Luft und spricht langsamer. »Meine Damen und Herren, dies ist ein Streich. *Patrioten-Abenteuer* gibt es nicht.«

»Er lügt«, rufe ich und zeige mit dem Finger auf ihn.

Jetzt wenden die Leute den Blick von ihren Programmen und den toten Kameras ab und gucken zu mir, einschließlich der Grille auf dem Podium. Oje. Ich schaue auf den Zettel in meinen Händen und die Gesichter, die darauf abgebildet sind, und denke an Selwyn, die auch bald dabei sein wird.

»Das ist kein Streich.« Ich stehe jetzt auf, aber meine Stimme ist noch zittrig. »Die bilden die Patrioten dazu aus, Menschen zu töten. Hier, auf der Insel.« Die Worte hängen in der Luft, um mich herum verstummen die Darsteller. Alle Blicke sind auf mich gerichtet, und mein Herz schlägt schneller, als mir klar wird, was ich getan habe. Das war's dann wohl mit der Anonymität.

Eine hektische Frau mit langer Nase ruft: »Ist mein Sohn da? Revere Yucann? Gehört er dazu?«

Ich zögere, bin mir der Grillen in Hörweite bewusst. Reveres Mutter sieht mich aber so flehend an, dass ich schlucke und einfach ins kalte Wasser springe. »Er ist noch da, im Training. Aber lange ist er nicht mehr sicher, das gilt auch für alle anderen.«

Die Darsteller stellen jetzt immer mehr Fragen. Ich sehe zu Mom rüber. Ihr Mund ist fest zusammengekniffen, ihre Finger umklammern das Programm, während sie mich schreckensstarr beobachtet. Ich reagiere nicht auf sie oder sonst jemanden, das Schwarz, das ich aus dem Augenwinkel sehe, lenkt mich ab. Offizielle stürmen auf die Plaza. Mein Atem geht schneller, ich wirbele herum, versuche einen Weg aus der Menge zu finden, aber ich bin eingeschlossen. Scoop schafft es, sich zu mir durchzudrängeln, und nimmt meine Hand. Offizielle pflügen sich durch das Gewimmel und schubsen Darsteller aus dem Weg, sie sind hinter mir her.

Eine weibliche Grille mit sanften braunen Augen ist vor ihnen bei mir und legt mir die Hand auf die Schulter.

»Nettie. Hast du das geschrieben?« Sie schwenkt den Zettel vor meiner Nase.

»Nein, das war ich«, behauptet Scoop. Er sieht der Grille in die Augen, fordert sie zum Widerspruch heraus. »Ich hab es geschrieben und in die Programme gelegt, als ich Lia Burnish geholfen habe. Nettie und Lia haben nichts davon gewusst.«

»Aber das kann nicht stimmen«, sagt die Grille mit sanfter Stimme. »Eben hat sie gesagt, sie weiß, wo Revere ist.« Scoop drückt meine Hand fester, deshalb mache ich den Mund nicht auf. Drei Offizielle brechen aus der verstummten Menge und umstellen uns. Ich versuche, nicht in Panik zu geraten. *Mir passiert schon nichts*, sage ich mir. Es wird schon gut gehen.

»Ihr müsst mit uns ins Center kommen«, sagt die Grille.

»Nein!«, jammert meine Mutter.

Scoop und ich wechseln Blicke. Ich glaube, wir haben den gleichen Gedanken: Man wird uns in der Sandburg einsperren. Meine Mutter stürzt nach vorn, einer der Offiziellen hält sie zurück. Er scheint ihren Arm sehr fest zu umklammern. Ich treffe eine Entscheidung.

»Okay, wir gehen«, sage ich. Auf keinen Fall will ich andere Darsteller in Gefahr bringen. Wir haben unseren Teil getan – sie kennen nun die Wahrheit. »Okay?«, flüstere ich Scoop zu. Er nickt.

Ein Offizieller nähert sich mir mit Handschellen, doch die nette Grille schüttelt den Kopf. »Die sind nicht nötig.« Sie geht auf den Offiziellen zu, und ich kann von ihren Lippen ablesen, was sie ihm ins Ohr flüstert. »Wir wollen die Besetzung nicht aufregen.« Dann lächelt sie uns an, als würde sie uns zu einer Party einladen. »Kommt mit uns. Wir haben ein paar Fragen.« Scoop und ich folgen.

Ich suche Callen, kann ihn aber nirgends entdecken, also folge ich einfach dem Weg, den die Offiziellen für uns bahnen – bis zu dem weißen Lieferwagen am Straßenrand.

25

Wir sind in einer engen, dunklen Zelle in der Sandburg, mit einem schmalen Fenster mit rostigen Gitterstäben davor und einer wackligen Pritsche in der Ecke. Seit zwei Stunden sind wir hier. Während ich auf und ab gehe, höre ich das Meer draußen ans Ufer branden. Möwen flattern und schreien. Ich habe Angst, dass sie uns hier sitzen lassen, bis wir verhungern. Das ist die Lösung für verräterische Darsteller. *Media 1* hat meinen Vater getötet und jetzt töten sie mich.

Scoop stellt sich auf die Zehenspitzen und guckt durch die Gitterstäbe. »Der Frachter liegt da immer noch«, berichtet er. »Ich glaube, wir haben sie daran gehindert, die Patrioten abzutransportieren.« In seiner Stimme liegt eine gewisse Zufriedenheit.

Ich will mich auf die rostige Pritsche setzen, rappele mich aber schnell wieder hoch, als meine Beine mit etwas Feuchtem in Berührung kommen. Also laufe ich weiter auf und ab. Ich klopfe an die Wände. Kein Echo. Dick. Dahinter ist nichts. Da, wo Decke und Wand aneinanderstoßen, bietet sich ein vertrauter Anblick. Eine Kamera – und sie läuft. Bisher habe ich im Center noch nie Kameras gesehen. Ich suche die Zelle nach Mikros ab. Es gibt keine – und unsere sind immer noch aus.

»Sie werden uns schon holen. Hör auf, dir Sorgen zu machen.« Scoop wendet sich vom Fenster ab. »Ruh dich ein bisschen aus. Du läufst Rillen in den Boden, wenn du so weitermachst.«

»Gut.« Ich bleibe vor einem dünnen Riss in der Wand stehen und starre ihn an, als ob er sich dadurch in einen Fluchtweg verwandeln würde, durch den wir entkommen können. Doch wohin? Sollen wir vielleicht den Frachter kapern? Eine Sekunde lang denke ich darüber nach und male mir die Geschichte aus – wie ich einem Offiziellen die Waffe entreiße und die Patrioten rette, wie Scoop das Steuer übernimmt und wir … wohin fahren? Irgendwo auf der Welt muss es doch Orte geben, an denen *Media 1* nicht ist.

Scoop rutscht an der Mauer hinunter auf den Boden und lehnt sich an die Wand unter dem Fenster, da bleibt er sitzen in dem Licht, das über den Fußboden fällt. Das Ticken seiner Uhr hämmert durch die Stille in der Zelle.

Ich setze mich neben ihn. »Einige der Darsteller waren ziemlich wütend«, sage ich. Von denen, die sofort bereit waren, so zu tun, als wäre nichts passiert, will ich gar nicht reden. Wenn nicht genug Darsteller mutig genug sind, sich gegen *Media 1* aufzulehnen, dann ist alles umsonst gewesen.

Scoop bemerkt meinen Kummer und wuschelt mir durch die Haare. »Komm, wir spielen ein Spiel«, schlägt er vor. »Ich dachte an so was wie *Ich sehe was, was du nicht siehst, und es krabbelt.* Da ist ein Käfer.« Er zeigt auf einen Riss im Fußboden und ich zwinge mich hinzuschauen. Ein Käfer krabbelt da herum. »Eins.«

Ich schüttele mich und ziehe die Knie unters Kinn, dann zeige ich auf den Boden. »Eine Spinne.«

So machen wir mindestens eine Viertelstunde weiter, dann gehen uns die Krabbeltiere aus. Wir reden, tauschen Geschichten über unsere frühesten Erinnerungen aus, sprechen über unsere liebsten Nachspeisen, die besten und die schlimmsten Lehrer, die glücklichsten Frühlingstage, unsere stolzesten Augenblicke.

Scoop findet immer neue Themen. Irgendwann geht uns trotzdem der Gesprächsstoff aus, wir sitzen schweigend da, und ich dämmere weg in einen unruhigen Schlaf.

Ein Rasseln – ein Schlüssel dreht sich im Schloss –, und mit einem Quietschen wird der Riegel zurückgeschoben. Wir springen auf, als die Tür sich öffnet und grelles Licht vom Flur in den Raum fällt. Zwei Offizielle kommen zu uns reinmarschiert, gefolgt von Luz, der ausnahmsweise mal seinen lila Overall trägt.

»Folgt mir«, sagt er knapp, dreht sich um und verlässt den Raum.

»Das ist mein Producer, der Typ, der sich die Initiative ausgedacht hat«, flüstere ich Scoop zu, als wir hinter Luz hergehen. Luz führt uns durch ein Labyrinth von Fluren, wir laufen hintereinanderher, ein Offizieller vorneweg, einer hinter uns. Vor einer nicht gekennzeichneten Tür bleiben wir stehen. Der Offizielle schließt auf, dann scheucht Luz uns in den nahezu leeren, fensterlosen Raum und bedeutet uns, an einem runden Tisch Platz zu nehmen. Er setzt sich hin und legt ein Megafon, das ich bis jetzt nicht bemerkt hatte, auf seinem Schoß ab.

Scoop versucht ruhig zu wirken, aber sein zuckendes Knie verrät ihn. »Ich will Belle sehen«, platzt es aus ihm heraus.

»Jetzt nicht«, sagt Luz streng. Mich guckt er nicht an. Ist er sauer? Vermutlich zähle ich nicht mehr zu seinen Lieblingen.

Scoop lässt nicht locker. »Ist sie in Sicherheit? Ich muss wissen, dass sie nicht in diese Serie kommt.«

»Du wirst Belle sehen, aber vorher müsst ihr etwas für mich tun. Für uns. Die Darsteller sind unseren Anweisungen nicht gefolgt, sie sind nicht in ihre Häuser zurückgekehrt. Sie haben sich vor den Toren des Centers versammelt und weigern sich wegzugehen«, berichtet Luz. »Der Vorstand berät gerade darüber, wie damit zu verfahren ist. Einige wollen Tränengas einsetzen. Andere halten weniger gewalttätige Methoden für wirksamer. Ich habe vorgeschlagen, dass ihr uns helft, indem ihr mit der Menge redet und sie dazu bringt, nach Hause zu gehen.«

»Machen Sie Witze?«, unterbreche ich ihn. »Sie haben wohl vergessen, auf welcher Seite wir stehen.«

»Nettie, wenn ihr nicht kooperiert, könnte alles noch viel schlimmer werden.« Luz kratzt sich aufgebracht am Bart. »Der Vorstand ist wütend.«

»Wir machen es, wenn dafür *Patrioten-Abenteuer* eingestellt wird«, sagt Scoop.

Luz lacht nur. »Nein. Ich sollte nicht lachen«, sagt er dann. »Aber wenn ich das vorschlage, würde der Vorstand euch sofort wieder in die Zelle sperren lassen.«

»Gut, dann sollen sie das machen«, erwidere ich. »Wir werden euch nicht helfen.«

»Moment mal.« Scoop legt mir die Hand auf den Arm. »Wir reden mit ihnen, aber nur, wenn der nächste Trupp Patrioten nicht verschifft wird. Belle, Revere, alle.«

»Du kannst nicht feilschen.« Ich sehe ihn an. »*Patrioten-Abenteuer* muss eingestellt werden. Mein Vater ist in dieser Serie umgekommen.«

»Wir müssen jetzt tun, was wir können«, sagt Scoop bestimmt. »Was genau sollen wir denn sagen?« Er sieht Luz fragend an.

Irgendwie weiß ich, dass er recht hat. Es ist kein Offizieller in Sichtweite, aber lange wird es nicht dauern, bis einer kommt und mit vorgehaltener Waffe dasselbe von uns fordert wie Luz. Obwohl wir *Media 1* einen Schock versetzt und einen psychologischen Treffer gelandet haben, sind die immer noch die Mächtigeren. »Okay.« Ich nicke. »Wir reden mit den Darstellern, wenn ihr den nächsten Trupp freilasst.«

»Wartet.« Luz verlässt den Raum. Ich höre ihn draußen mit jemandem flüstern.

Scoop brüllt ihm hinterher: »Und wir müssen sehen, dass Revere, Belle und Selwyn frei sind, ehe wir was sagen.«

Ein paar Minuten später kommt Luz zurück. Er nickt. »Abgemacht, dieser Trupp Patrioten wird zu ihren Familien zurückgeschickt. Indessen entscheidet *Media 1*, wie mit der gefährlichen Situation umzugehen ist, die ihr auf der Insel geschaffen habt.« Er bedeutet uns aufzustehen. »Jetzt könnt ihr euren Teil der Vereinbarung erfüllen.«

»Was sollen wir sagen?«, fragt Scoop, als wir Luz durch die unterirdischen Gänge der Sandburg folgen. Offizielle laufen hinter uns her.

»Das sage ich euch, wenn wir draußen sind.« Luz bleibt stehen und reicht mir das Megafon. »Nettie übernimmt das Reden.«

»Und ich sage nichts?« Scoop runzelt die Stirn.

»*Media 1* will Nettie«, sagt Luz, der uns jetzt die Treppe hoch und hinaus ins Sonnenlicht bringt.

Luz geht neben mir, als wir den Hügel zu den Toren des Centers hochsteigen. »Ich hab so ein schlechtes Gewissen, Nettie«, sagt er leise. »Dass ich dir all das zugemutet habe. Es ist mein schlimmster Albtraum. Als ich die Initiative begonnen habe, dachte ich, ich würde dich retten, dich für immer von der A.-L. runterholen, dafür sorgen, dass du dicke Quotenzahlungen kriegst und auf der Insel ein gutes Leben genießen kannst. Aber sieh dir an, was passiert ist.« In seinem Lachen steckt Bitterkeit. »Schlimmer hätte es nicht enden können.«

»Ein gutes Leben?«, schnaube ich. »Sie dachten, mir damit zu drohen, mich rauszuschneiden, wenn ich ein Close-up mit Callen verweigere, wäre ein gutes Leben?«

Daraufhin kann er nur murmeln: »Es tut mir leid. Ich hab mein Bestes getan, aber der Vorstand hat ständig mehr und mehr gefordert. Sie wollen, dass *Days* genauso gut läuft wie *Abenteuer*.«

Ehe ich antworten kann, ruft jemand aus der Ferne: »Scoop?« Uns kommt eine Gruppe Offizieller entgegen, in der drei kleinere Gestalten in Kampfanzügen mitmarschieren. Gerade sind sie um die Ecke der Büros für Darstellerangelegenheiten gebogen.

»Belle?«, ruft Scoop.

Die Offiziellen gehen auseinander und Belle, Selwyn und Revere kommen zum Vorschein. Sie klammern sich aneinander, blinzeln, als hätten sie seit hundert Staffeln die Sonne nicht mehr gesehen. Alle drei stecken in Patrioten-Kampfanzügen. Belle löst sich von den anderen, sie geht schneller. Scoop rennt auf sie zu und schließt sie in die Arme, sie drückt ihr Gesicht an seine Schulter.

Ich nähere mich Selwyn und Revere zögernder. Das Gefühl, schuld an ihren Cuts zu sein, lastet schwer auf mir. Reveres Gesicht hellt sich auf, als er mich sieht, doch ehe er etwas sagen kann, hat Selwyn mich erkannt. Sie kreischt und sprintet die letzten Meter auf mich zu.

Wir umarmen uns, ihre borstigen Haare kratzen meine Wange. »Ich hätte dich davon abhalten sollen, im Waschraum so viel zu reden«, flüstere ich ihr ins Ohr.

Sie löst sich von mir und sagt: »Nettie, das ist nicht deine Schuld.« Dann bemerkt sie meine Ohren. »Deine Ohrringe! Deine Doppel-A-Ohrringe.« Wehmütig berührt sie ihre eigenen nackten Ohrläppchen. Ihre Stimme klingt heiser und trocken. »Du siehst zehn plus aus damit. Ist alles in Ordnung mit dir? Ich hab mir Sorgen gemacht, ich hab gehört, dass du allen erzählt hast, was sie mit uns machen. Die Reals haben heute Nachmittag über nichts anderes geredet. Wie hast du das hingekriegt?«

Bevor ich antworten kann, drängt sich Revere zwischen uns. »Nettie«, sagt er.

Er ist dünner geworden und seine Hakennase ragt dadurch noch weiter hervor als sonst. Voll Dankbarkeit sieht er mich an. »Ich hab dich gesehen neulich Abend«, sagt er, »als du im Büro aus dem Fenster geguckt hast – und ich hab gehofft …« Seine Stimme versagt, er scheint ein Schluchzen zu unterdrücken. »Danke«, krächzt er.

Hand in Hand kommen Scoop und Belle zu uns herüber. »Hört ihr die Darsteller vor den Toren?«, fragt Belle.

Jetzt erst nehme ich den Lärm wahr, er schwillt an und ab, ein rhythmisches Skandieren. Es ist wie eine Flutwelle, in der ich untergehen könnte.

»Wir wollen die Wahrheit! Wir wollen die Wahrheit!«

Belle lässt Scoops Hand fallen und läuft vor, auf die Tore zu. Selwyn und Revere folgen ihr. Schnelligkeit und Bewegungsablauf lassen das Patrioten-Training erkennen. Das Skandieren verstummt, als sie sich den Toren nähern, der Schock reißt die Menge aus ihrer Wut. Keiner von ihnen hat je einen Patrioten gesehen. Ich höre, wie Selwyn ihren Eltern etwas zukreischt. Scoop macht einen Schritt vor, so als wollte er sich der Menge anschließen, aber Luz brüllt: »Warte!« Mit anderen Reals links und rechts von ihm kommt er zu uns.

»So, Nettie«, sagt er. »Du bist dran. Ich sage dir vor, was du sagen sollst.«

Alle von uns, die freigelassenen Patrioten, die Offiziellen, Luz, Scoop und ich, gehen zum Zaun, der das Center vom Set trennt. Selwyn, Revere und Belle stehen schon vor den verschlossenen Eingangstoren, direkt vor der Menge.

So viele Darsteller hatte ich hier gar nicht erwartet. Was beim Doppel-A passiert ist, muss die Runde gemacht haben, denn es sieht so aus, als würde fast die ganze Insel Bescheid wissen. Erst in den letzten Stunden ist richtig zu ihnen durchgedrungen, was hier vorgeht. Der anfängliche Schock hat sich gelegt und die Wut regt sich.

»Glaubst du, sie können die Reals aufhalten?«, flüstert Scoop. »Vielleicht kann die Polizei was machen.«

Ich schüttele den Kopf. Hoffentlich lassen sie das bleiben. Wir können jetzt kein Leben aufs Spiel setzen. *Patrioten-Abenteuer* soll abgesetzt werden, damit Leben gerettet werden. Nur darum geht es.

»Sagt uns die Wahrheit!«, ruft jemand auf der anderen Seite des Zaunes. Etwas fliegt durch die Luft. Glas klirrt aufs Pflaster, ich mache einen Satz zurück und kann den Scherben nur knapp ausweichen. Irgendjemand hat eine Flasche über den Zaun geworfen. Offizielle stehen an den Eisentoren, ungerührt von den Rufen der Menge.

»Da ist Nettie Starling! Nettie Starling und Scoop Cannery! Sie sind gefangen genommen worden«, ruft ein Mann, und die Menge bricht in unverständliches Gebrüll, Flüche und Beschimpfungen von *Media 1* aus. Die Tore ächzen unter dem Ansturm der Menge. Offizielle betrachten das völlig regungslos.

Luz stellt sich dicht neben mich. »Ich will, dass du Folgendes sagst: *Wir sind unverletzt und wir bitten euch, in eure*

Häuser zurückzukehren. Dort erfahrt ihr in einem Missiv von Media 1, wie das weitere Vorgehen nach den heutigen Ereignissen sein wird. Verstanden?«

»Wiederholst du das noch mal?«, flüstere ich.

Luz tut es, ich halte das Megafon an meine Lippen, doch als ich den Mund aufmache, kommt kein Ton raus.

Scoop greift nach dem Megafon. »Ich mach das«, sagt er. Ich nehme ihm das Megafon weg. »Nettie, lass mich doch«, bettelt er. »Ich will dafür sorgen, dass Belle nichts passiert. Lass mich reden.« Er guckt Luz fordernd an.

Der schüttelt energisch den Kopf. »Das muss Nettie machen.«

»Warum nicht Scoop?«, frage ich. »Warum muss ich es tun?«

»Das … ist einfach so. Beschluss des Vorstands.« Luz stottert an seiner Antwort herum, und ich weiß ganz genau, was er nicht aussprechen will. Ich bin Lias Sidekick. Bin stiller als Scoop. Und gehorsamer.

Ich halte mir das Megafon an die Lippen.

»Wir sind unverletzt …«

Die Sprechchöre und Rufe ebben ab und ich werde mit derselben Ehrfurcht angeschaut wie Belle, Selwyn und Revere.

»Uns ist nichts passiert und …« Ich mache eine Pause. Luz beobachtet mich mit stählernem Blick, es ist, als wüsste er schon vor mir, was ich sagen werde. Ich hole tief Luft. Das ist ja kein totaler Irrtum von *Media 1*, ich war tatsächlich mal gehorsam, aber ich habe mich geändert.

»Scoop und ich haben die Erklärung geschrieben und die Zettel in die Programme gelegt. Wir haben *Patrioten-Abenteuer* mit eigenen Augen gesehen. *Media 1* schickt unsere Angehörigen in die Drowned Lands, wo sie Menschen töten, in die Luft gesprengt und ermordet werden. Das haben die Originals nicht gewollt, als sie den Vertrag unterzeichnet haben. Sie wollten Sicherheit, aber stattdessen …«

Luz stürzt auf mich zu. Ich renne los, rutsche aber auf einer Dose aus, die jemand über den Zaun geworfen hat, mein Kleid zerreißt und ich falle hin. Scoop macht sich von den Offiziellen los und stürzt sich auf Luz. Ein Offizieller geht auf beide los.

Ich rappele mich wieder hoch. Mein Knie ist aufgeschlagen, ein Blutfleck verschmiert den zerfetzten Saum meines Kleides, aber ich halte das Megafon wieder an den Mund.

»Wir müssen …« Hektisch suche ich nach den richtigen Worten. »Wir müssen ihnen zeigen, dass wir uns nicht herumkommandieren lassen. *Patrioten-Abenteuer* muss enden, sonst ist Schluss mit *Blissful Days*.« Das Gebrüll der Menge ist überwältigend.

»Nettie, hinter dir!«, kreischt Selwyn. Zu spät. Eine Grille stößt mich über den Haufen, ein scharfer Schmerz, ich falle hin, das Megafon rollt mir aus den Händen. Das Geschrei der Menge wird lauter, bis es ein paarmal knallt. Da wird das Gebrüll ohrenbetäubend, Schreie sind zu hören. Ich sehe nur den Kies vor meiner Nase, im Mund habe ich den metallischen Geschmack von Blut.

»Bringt sie hier weg«, brüllt Luz hinter mir.

26

Mir dröhnt der Kopf. Ich reibe mir die Schläfe, versuche den Schmerz zu vertreiben, während wir zu Luz' Büro eskortiert werden. Scoop ist bei mir.

»Setzt euch«, knurrt ein Offizieller und zeigt aufs Sofa. Scoop und ich gehorchen. Luz kommt ein paar Minuten später in den Raum und schickt den Offiziellen weg.

»Haben sie jemandem was getan?«, frage ich. »Geht es meiner Mutter gut? Ist jemand erschossen worden?«

»Deiner Mutter geht es gut«, sagt Luz und lehnt sich auf dem Sessel zurück. »Es wurde Tränengas eingesetzt, aber niemand ist verletzt. Das waren nur Warnschüsse. Das Tränengas hat die Darsteller davon überzeugt, wieder nach Hause zu gehen. Wir haben ein Missiv rausgeschickt mit dem Befehl, in den Häusern zu bleiben, bis der Vorstand entschieden hat, wie mit den heutigen Vorfällen zu verfahren ist.«

»Sie sind einfach … sie sind nach Hause gegangen?« Ich bin hin- und hergerissen zwischen der Erleichterung darüber, dass niemand verletzt worden ist, und der Furcht, dass sich nichts ändern wird.

»Fürs Erste.« Luz seufzt und kratzt sich mal wieder den Bart. »Aber ich weiß nicht, wie lange das anhält – Darsteller haben sich die Mikros abgerissen und Kameras kaputt gemacht. Wenn du Unfrieden stiften wolltest, Nettie, dann ist dir das gelungen. Und wahrscheinlich kostet mich das meinen Job. Der Vorstand gibt mir die Schuld an deinem … äh … plötzlichen Selbstvertrauen. Und das bedeutet, es ist Schluss mit der Initiative.«

»Das bricht uns das Herz.« Scoop verdreht die Augen.

»Die Initiative war für viele Darsteller gut«, sagt Luz mit Schärfe. »Vielleicht willst du das nicht hören, Nettie, aber viele Patrioten blühen richtig auf in *Abenteuer*. Dein Vater zum Beispiel. Weil er vor seinem Tod so beliebt war, wollten einige Leute aus dem Vorstand dich rausschneiden – und nicht Belle.«

»Erwartest du, dass ich mich dafür bei dir bedanke? Niemand sollte in diese Serie müssen«, schreie ich. Ich lehne meinen schmerzenden Kopf zurück und mache die Augen zu. »Wussten die Originals von *Patrioten-Abenteuer*?«

»Nein. Es sei denn, sie sind herumgeschlichen wie du. Sie wussten nur, was im Vertrag stand«, sagt Luz. »Es war nicht immer so. Ja, Teil der Vereinbarung, die Insel und die Senderechte von den Sektoren zu kriegen, war, dass rausgeschnittene Darsteller von der Regierung für militärische Zwecke eingesetzt werden können. Aber es gab keine Serie und war auch nicht so gefährlich. Die Probleme in den Drowned Lands waren zu Beginn von *Blissful Days* auch noch nicht so schwerwiegend. Dann haben sich die Bedürfnisse geändert. Die Regierung der Sektoren ist vor sechsundzwanzig Staffeln mit der Idee für die Serie an uns herangetreten. Damit wollten sie die Zuschauer dazu aufrütteln, ihren Einsatz in den Drowned Lands zu unterstützen – und Profite machen, die den Kampfhandlungen zugutekommen sollten.«

Scoop bombardiert Luz mit Fragen: »Warum hast du uns hierherbringen lassen? Was wirst du mit uns machen?«

»Der Vorstand verlangt, dass ich euch einige Fragen stelle, die klären, wie das hier passieren konnte. Warum ihr beide so umfassend gegen den Vertrag verstoßen habt. Wenn ihr meine Fragen beantwortet habt, na ja, geht ihr nach Hause. Damit meine ich euer echtes Zuhause. Die Sektoren. Ihr seid raus aus der Serie.«

»Die Sektoren?« Mir schwirrt der Kopf. »Moment mal, und was ist mit unseren Eltern …? Was ist mit …«

»Wo genau kommen wir hin?«, unterbricht Scoop mich. »Nettie hat gesagt, so gut wie alle Originals kamen aus den Drowned Lands. Dahin können wir nicht gehen.« Er schüttelt den Kopf. »Das ist zu gefährlich.«

Ich stoße ihn mit dem Knie an. »Moment mal, du bist damit einverstanden? Was ist mit *Patrioten-Abenteuer*?« Ich wende mich wieder an Luz. »Ihr könnt doch nicht immer weiter Darsteller töten?«

»Wir wissen jetzt, dass wir euch und Mitgliedern eurer Familien als Darstellern in der Serie nicht mehr vertrauen können. Wir werden euch nach Zenta umsiedeln und dafür sorgen, dass ihr dort euren Lebensunterhalt verdienen könnt. Die übrige Besetzung beider Serien – alle, die auf der Insel oder derzeit in den *Patrioten-Abenteuern* aktiv sind –

kann ausreisen oder in ihrer jeweiligen Serie bleiben. Allerdings gilt das nur für Darsteller, die einen Vertrag unterzeichnen, der festlegt, dass sie nach einem Cut bereit sind, Patriotenpflichten zu übernehmen. So wie die Lage in den Drowned Lands derzeit ist, werden mehr Mittel für *Patrioten-Abenteuer* aufgewendet werden.«

Mir klappt der Mund auf. »Moment mal, du findest es okay, Darsteller zu töten? Nach allem, was heute passiert ist, hält *Media 1* das immer noch für eine Option?«

Luz fängt an, Papiere auf seinem Schreibtisch hin und her zu schieben. »Das ist die Vereinbarung«, sagt er. Wenigstens behauptet er nicht, dass es ihm leidtut. Das kann ich wirklich nicht mehr hören.

»Mehr können wir nicht rausholen«, flüstert Scoop. »Wir kriegen ein neues Leben in den Sektoren, mit unseren Familien. Alle können das haben – es ist ihre Entscheidung.«

Er hat recht, trotzdem fühlt es sich so an, als hätten wir der Filmgesellschaft irgendwie in die Hände gespielt.

»Gut. Aber was ist mit meiner Großmutter?«, frage ich. »Was wird aus ihr?«

»Sie hat die Option, den Vertrag zu erneuern, wie alle anderen. Die Telefone funktionieren, du kannst sie anrufen und das mit ihr besprechen.« Luz entspannt sich langsam. »Der Vorstand möchte, dass alles zivilisiert und geordnet abgewickelt wird. Und jetzt bringe ich euch nach Hause.« Er steht auf. »Heute Abend verteilen wir einen überarbeiteten Vertrag, und morgen werden die Darsteller, die nicht unterzeichnen möchten, mit Bussen abgeholt. Der Frachter, der die Patrioten abtransportieren sollte, wird Darsteller aufs Festland bringen. Der Rest kann im Center auf weitere Frachter warten. Dienstag sollten wir wieder drehen können.«

Wir gehen auf den Flur hinaus. »Wie werdet ihr den Zuschauern all das erklären?«, frage ich. »Und was ist mit den fehlenden Darstellern? Wie werdet ihr erklären, dass sie nicht mehr da sind?«

»Höchstwahrscheinlich wird die Serie ein oder zwei Wochen pausieren.« Er senkt die Stimme. »Da werden dann archivierte Episoden gezeigt, bis man mit einer Kampagne an den Start geht, in der eine aktualisierte, verbesserte Version der Serie präsentiert wird. Die Wahrheit ist, dass sie sagen können, was immer sie wollen. Die Zuschauer stellen es nicht infrage. Sie sind süchtig nach der Sendung.«

Ein ernüchternder Anblick bei unserer Abfahrt: Der Zaun ist verbogen. Ein umgefallener Mülleimer, zerbrochene Flaschen. Wir sehen viel von der Insel, als Grillen uns nach Hause bringen. Überall sind Offizielle, schwarze Schatten. Darsteller entdecke ich nicht. Der Lieferwagen biegt nach Treasure Woods ein und wir halten vor Scoops Haus. Das Licht brennt in jedem Raum, ich stelle mir vor, dass die Cannerys lebhaft über die Ereignisse des Tages diskutieren. Scoop umarmt mich schnell.

»Bis morgen – im ersten Bus«, flüstert er.

Der Lieferwagen wendet und fährt Richtung The Arbor. Die Säulen vor Lias Haus tauchen auf, und mir wird klar, dass ich nicht weiß, ob ich Lia morgen sehen werde. Keine Ahnung, ob ich sie jemals wiedersehen werde, außer vielleicht im Fernsehen.

»Halt«, platzt es aus mir heraus. Es ist ein Schock, als der Fahrer tatsächlich anhält.

»Was ist?«, fragt Luz.

»Ich will zu Lia«, sage ich. »Ich mache mir Sorgen, ich weiß nicht, wie sie sich entscheiden wird.«

Luz nickt. »Eine Viertelstunde.«

Ich klettere aus dem Wagen, laufe die Stufen hoch und drücke auf die Türklingel. Mein Herz hämmert, während ich warte. Lia kommt an die Tür, immer noch in ihrem schwarzen Doppel-A-Kleid. Die Rose hinter ihrem Ohr welkt. Sie schließt mich in die Arme.

»Ich war da, vor dem Center, aber ich habe dich nicht gesehen. Ich bin wieder gegangen, ehe du rausgekommen bist. Es wurde langsam gefährlich«, berichtet sie. Dann zupft sie an meinen Haaren. »Wie du aussiehst! Da waren all diese Gerüchte ... was sie dir angetan hätten – oh Gott. Die Filmgesellschaft hat ein Missiv geschickt, in dem stand, dass es dir gut geht. Aber ich war mir nicht sicher.«

»Es geht mir gut«, sage ich mit erstickter Stimme, weil sie mich so fest an sich drückt. »*Media 1* bringt mich heute Abend nach Hause. Aber, Lia – ich reise morgen ab. Für immer. Kommst du mit?« Es ist seltsam, das Wort *Media 1* am Set laut auszusprechen.

Sie ergreift meine Hand und zieht mich hinein. »Ich würde gerne«, flüstert sie. »Aber meine Eltern prüfen gerade die neuen Verträge. Meine Mutter …« Sie hebt ihr Kleid an der Taille auf, während sie mich ins Haus führt, um nicht darüber zu stolpern.

»Wer ist da?«, ruft ihre Mutter aus dem Esszimmer.

Ich nähere mich ängstlich dem Esszimmertisch. Eleanora schaut zu mir auf und lächelt betrunken. Lias Vater sitzt ihr gegenüber und hat irgendwelche Papiere, vermutlich den Vertrag, vor sich ausgebreitet und murmelt beim Lesen vor sich hin.

»Wir brauchen das nicht zu lesen.« Eleanora schiebt die Papiere weg. »Ich gehe nirgendwohin.«

»Warum nicht?« Ich lasse Lias Arm fallen und trete vor. »Begreifen Sie denn nicht? Wenn Sie rausgeschnitten werden, sterben Sie.«

»Meine Einschaltquoten sind hervorragend«, sagt Eleanora und zeigt auf sich selbst. »Ich werde niemals rausgeschnitten werden, und ich werde nicht in den Sektoren landen.« Eleanora schnappt sich den Stift von Mr Burnish und unterschreibt den Vertrag, während er hilflos zu Lia hinaufschaut.

»Ich muss die Show verlassen«, sage ich leise zu ihr. »Sie zwingen mich, obwohl ich natürlich sowieso gehen würde, auch ohne dass sie es mir befehlen. Aber ich würde keinem Stück Papier von *Media 1* trauen, egal wie gut meine Einschaltquoten sind.«

»Ich weiß, du hast ja recht, aber …« Lia beißt sich auf die Unterlippe. Sie geht zu ihrem Vater hinüber und kniet sich neben ihm hin. »Papa, vorhin haben wir doch darüber gesprochen, wie es wäre, ein neues Leben in den Sektoren auszuprobieren …«, sagt sie leise, fast flüsternd. »Ein vernünftiges Leben, ohne …«

»Ohne was? Ohne mich, meinst du?« Eleanora erhebt ihre Stimme theatralisch. Niemand sagt etwas. Wir sehen nur zu, wie sie ihr wirres goldenes Haar im Spiegel hinter ihrem Tisch fixiert. Dann greift sie nach ihrem Weinglas und nimmt einen Schluck. Mr Burnish beobachtet sie, dann greift er nach dem Stift und unterschreibt.

»Ich muss mich um sie kümmern«, erklärt er. »Sie ist meine Frau und deine Mutter. Wer weiß, was sie sich antun könnte, wenn wir sie allein lassen, nur mit …« Lia steht auf und weicht von ihnen zurück, in ihren Augen stehen Tränen.

»Lia, übernachte bei mir«, sage ich. Sie schaut zu mir rüber, blinzelt, als ob sie mich nicht versteht. »Du kannst morgen den Bus mit uns nehmen.«

Sie schaut zu ihren Eltern zurück. Ihr Vater streicht nervös über das Papier des neuen Vertrags. Auch ihre Mutter schweigt und schwenkt den Wein in ihrem Glas hin und her. Lia wischt sich mit dem Handrücken die Tränen aus den Augen und sagt zu mir: »Ich komme mit. Ich muss nur noch packen.«

27

Es klingelt an der Haustür, als ich gerade mit Selwyn telefoniere. Sie weiß nicht recht, welche Kleider sie mitnehmen soll in die Sektoren. Lia sitzt indessen Chips essend auf dem Hocker am Küchentresen. Sie hört mit und verdreht die Augen. Mir macht es nichts aus, ich höre mir Selwyns endlose Grübeleien über Tops und Handschuhe an. Dieses Gespräch ist viel leichter als das, das Mom und ich vorhin mit Violet hatten. Die Nachricht vom Tod meines Vaters hätte sie fast vernichtet. Ihr Schluchzen werde ich wohl nie vergessen, und sie wird *Media 1* niemals vergeben – am Ende hat sie nur noch stammeln können, dass sie sich morgen mit uns im Center trifft.

Meine Mutter geht an die Tür, und als ich Callens Stimme höre, lasse ich beinahe das Telefon fallen. Sämtliche Gedanken an ihn hatte ich absichtlich ausgeblendet. Ich habe furchtbare Angst, dass er hierbleiben wird.

Lia macht sich in der Küche zu schaffen, und ich vermeide es, in ihre Richtung zu gucken.

»Selwyn, ich muss Schluss machen.«

Ich lege auf und laufe an die Haustür, wo Callen auf mich wartet. Er packt meine Hand und zieht mich an sich – und wir küssen uns zum ersten Mal seit jenem verdammten Abend.

»Es geht dir gut«, stellt er fest, und als wir uns voneinander lösen, sehe ich die Erleichterung in seinem Gesicht. Aber da ist auch noch etwas anderes, er wirkt irgendwie präsenter. Hat er mich je so angesehen? »Dir ist nichts passiert? Ganz sicher?« Er lässt meine Hand nicht los. »Das war schrecklich auf der Plaza und dann vor dem Center. Ich hab befürchtet, dass es einen Aufstand gibt. Ich kann gar nicht fassen, dass du in Sicherheit bist. Ich hab gehört, was du ins Megafon gesagt hast, und hatte solche Angst, dass die Filmgesellschaft dir was antut.«

»Keine Sorge, mir geht es bestens.« Ich gehe mit ihm ins Wohnzimmer. »Aber … hast du dich entschieden? Bleibst du oder gehst du?«

»Meine ganze Familie verlässt die Insel«, berichtet er.

Ich explodiere fast vor Freude und lächele. »Wir auch«, flüstere ich und denke an Lia nebenan. Ich nehme seine Hand und ziehe ihn zum Sofa.

»Es war nicht ganz leicht.« Er betrachtet seine Hand, als wollte er ihren Wert schätzen. »Ich glaube, Dad wäre geblieben, aber Mom wollte raus und …«

»Du warst nicht in Versuchung, oder? Wenn man *Patrioten-Abenteuer* gesehen hat, so wie ich, kann man nicht bleiben. Das ist ausgeschlossen.«

»Ich habe eine Sekunde überlegt, ob ich bleiben soll, weil die Sektoren unheimlich sind. Natürlich nicht so unheimlich wie *Patrioten-Abenteuer*, nur unbekannt eben. Aber ich hab mir immer wieder die Bilder angesehen, die du und Scoop ins Programm gelegt habt … und hab an die Initiative gedacht und daran, was die von dir verlangt haben … Wir können nicht bleiben.«

»Du kommst mit?«, fragt Lia, die in der Tür steht. Sofort stehe ich auf, ohne nachzudenken. Ich habe Schuldgefühle. »Dein Vater ist damit einverstanden?«

»Er wird schon damit klarkommen«, sagt Callen kühl. »Was machst du hier? Verabschiedest du dich?«

»Ich gehe auch in die Sektoren.« Sie bleibt in der Tür stehen.

»Und deine Eltern?«

»Die nicht«, sagt sie unbekümmert. »Ich bin dann ein Waisenkind, aber wenigstens ende ich nicht in *Patrioten-Abenteuer*.« Sie lacht bitter und verschränkt die Arme. Ich merke, wie sehr sie versucht lässig zu tun.

Sie steht einfach nur da. Keiner sagt etwas und es ist echt ungemütlich. Ich will, dass sie geht und mir mehr Zeit mit Callen lässt. Er will das wohl auch, aber sie rührt sich nicht von der Stelle, bis er sagt: »Also, ich gehe mit euch. Das wollte ich dir nur sagen.« Er steht auf und gibt mir einen braven kleinen Kuss auf die Wange. Auf dem Weg nach draußen nuschelt er Lia ein *Tschüss* zu.

»Ihr seid also wieder zusammen? Hoffentlich benimmt er sich nicht immer so komisch, wenn ich in deiner Nähe bin.« Sie seufzt.

Ich starre auf meine Füße und berühre die Stelle an meiner Wange, auf die er mich geküsst hat. »Das wird bestimmt leichter mit der Zeit«, sage ich. Aber eigentlich möchte ich sagen, dass es nicht um sie geht.

Lias Beine sind zu lang für meine Pyjamahose mit dem Rautenmuster. Sie liegt auf dem Rücken, hält das Schicksalstagebuch hoch und nagt an ihrer Lippe, während sie darin blättert. Aber manchmal kann sie meine Handschrift nicht entziffern.

»Oh, Nettie, guck mal.« Sie setzt sich auf. »Weißt du noch, wie wir in unserem ersten Jahr auf der Highschool diese Lebensziele aufgeschrieben haben? Wir waren echt ehrgeizig.«

»Was war das noch?« Ich drehe mich auf die Seite und stütze den Kopf mit der Hand. Das ist schon so lange her. Das Motto war *Blueblood* ... Mit Miedern und so weiter und andauernd Streichmusik im Radio.

»Ich wollte heiraten ... oh Gott, nein«, stöhnt sie. »Was für eine Tragödie. Dennis Touray, diesen Sportler mit der Augenklappe. Erinnerst du dich, Nettie? Er meinte, er hätte einen Kratzer auf der Netzhaut – und er hat diese dreckige Augenklappe vierunddreißig Tage lang getragen, ohne Unterbrechung.«

»Du hast mitgezählt?«

»Er hat das bei jeder sich bietenden Gelegenheit verkündet«, stöhnt sie. »Und ich hab die Namen von unseren Kindern hier aufgeschrieben. Cressida und Credulous. Zwillinge. Credulous muss ein Witz gewesen sein, oder ich war total naiv zu denken, dass die Filmgesellschaft so einen Namen absegnen würde.«

»Wir haben geschrieben, dass wir zwei benachbarte Häuser in Treasure Woods kaufen würden.« Ich kichere. »Bei meiner Quote. Das war echt Wunschdenken.«

»Wie willst du das wissen?«, sagt sie nachdenklich und blättert weiter. »Vielleicht hätte sich deine Quote geändert, wenn du geblieben wärst. Du hast dich so gut gemacht.«

»Hmm.« Mehr kann ich dazu nicht sagen. In meiner Vorstellung lebe ich schon ein Leben ohne Quote. Quoten sind jetzt unwichtig, denn ich habe ein Leben ohne Zahlen gewählt. Ohne gemessen und gewogen zu werden.

»Jetzt werde ich meinen Kindern doofe Real-Namen geben müssen«, fährt Lia fort. Sie seufzt dramatisch. »Ich habe meinen Namen immer gehasst, weil er so kurz und hässlich ist wie die von den Reals. Gott. Ich schätze, ich werde mich früher oder später auf ein Close-up mit einem Real einlassen müssen.« Lia guckt finster. Sie steht auf und legt das Tagebuch auf meinen Schreibtisch, dann legt sie sich wieder auf ihren Platz auf dem Fußboden und kuschelt sich in die Wolldecken.

»Bist du sicher, dass du nicht einen bequemeren Schlafplatz haben willst? Hier oben ist nicht viel Platz, aber du kannst gern unten auf dem Sofa schlafen.«

»Mir gefällt es hier«, sagt sie. Ich schalte die Lampe aus. »Auf deinem schönen Teppich. So wie früher.«

Ich liege auf dem Rücken, gähne. Ohne die roten Lampen der laufenden Kameras ist die Zimmerdecke nichts als eine schwarze Schneise.

»Ja, wahrscheinlich lande ich bei einem Real«, sagt sie. »Und was ist mit dir? Callen sah aus, als sei er bereit, dir bis zum Mond zu folgen.«

»Glaubst du?«

»Ja. Und so wie du dich verhalten hast, sollte er lieber vorsichtig sein. Sonst schleppst du ihn noch da hin.«

Die Morgensonne weckt mich. Anfangs ist es nur ein schmaler Lichtstreifen, der dann irgendwann so breit wird wie der ganze Schreibtisch, der Spiegel an der Tür reflektiert ihn. Die Kameralinsen glänzen im Licht, die Kameras sind jedoch immer noch abgestellt.

Ich schließe die Augen und lausche den Vögeln, und plötzlich wird mir klar, dass ich sie nie wieder hören werde. Ich wünschte, ich könnte meine Verbindung zu Bliss einfach abbrechen, aber es wird ein bisschen wehtun. Die Insel wird mir fehlen. Ich schwinge die Beine aus dem Bett. Der Fußboden ist leer, Kissen, Laken und die Paisleydecke liegen gestapelt auf dem Stuhl vorm Schreibtisch. Ich lausche, ob im Bad Wasser läuft. Nichts. Lias Büchertasche steht nicht mehr neben der Tür. Das Schicksalstagebuch liegt noch da, aufgeschlagen.

Gute Sachen: Nettie beginnt ein neues Leben weit weg von der Insel.

Schlechte Sachen: Lia kann das nicht. Tut mir leid.

Gelöbnis: Vergiss mich nicht – ich werde dich auch nicht vergessen. (Und sieh dir alle meine Episoden im Fernsehen an!)

Ich klappe das Buch zu und lege es auf den Schreibtisch.

Dann mache ich die Tür von meinem Zimmer auf. Mom zerrt einen Hartschalenkoffer aus ihrem Zimmer. Sie ist schon angezogen, und zwar ziemlich gut – sie trägt einen grauen Wollrock und eine gestärkte weiße Bluse.

»Lia ist weg«, sage ich mit bebender Stimme.

»Oh, Nettie.« Sie nimmt mich in die Arme, legt mir das Kinn sanft auf den Kopf. »Ich weiß, es tut weh, aber ich glaube, für Darsteller wie Lia und Violet, die sich nie viel um Quoten sorgen mussten, sind die Sektoren nicht so attraktiv. Ihnen ist nicht klar, dass das Leben besser sein kann, als es in *Blissful Days* ist. Vielleicht irren sie sich, aber wir werden sie nicht überzeugen. Wir müssen einfach das tun, was für uns richtig ist.«

Ich will protestieren, aber meine Stimme bleibt mir im Hals stecken. Sie hat recht. Ich mache mich von ihr los und zwinkere die Tränen zurück. Wenn ich anfange zu weinen, höre ich vielleicht nie wieder auf. »Äh, ich muss duschen.«

Ich renne ins Bad, mache die Tür zu und gehe ans Fenster. Nebel liegt auf Mrs Herrons Garten. Sie gießt ihre Pflanzen, und Callen sitzt auf dem alten, rissigen Picknicktisch, die Füße auf der Bank. »Die werden sich um die Blumen kümmern, wenn du weg bist, Mom«, versichert Callen. »Der Garten ist als Motiv viel zu toll, um ihn verkommen zu lassen.« Ich wünschte, ich könnte zu ihm rennen und ihm erzählen, was passiert ist. Wenn er mich doch einfach nur halten könnte.

Ich dusche, verzichte auf die Hautpflege und ziehe mich an, dann gehe ich mit meiner gepackten Reisetasche nach unten. Mom springt von ihrem Platz am Esstisch auf. »Ich hole dir Müsli«, sagt sie.

»Nein, das mach ich schon.« In der Küche rühre ich mir einen Teller Müsli zusammen, schneide eine Banane drüber und verschwende ein paar Sekunden damit, mir zu überlegen, ob ich vielleicht ein wenig Reklame machen soll. Aber da fällt mir ein, dass es damit nun vorbei ist.

»Vielleicht ändert sie ihre Meinung ja noch mal«, sagt Mom beim Essen. »Du könntest sie anrufen.«

»Nein. Sie glaubt nicht, dass sie in *Patrioten-Abenteuer* landet – und vielleicht schätzt sie das ja ganz richtig ein.« Ich zucke mit den Schultern. »Egal, wir sollten an uns denken, an unsere Zukunft. Wie viel weißt du über die Sektoren?«

Viel ist es nicht, stellt sich heraus. Mom erzählt mir ein paar Dinge, die sie aus Büchern weiß, die *Media 1* zu uns durchgelassen hat. Zum Beispiel bricht jedes Jahr Husten aus, den alle bekommen und der nicht ausgemerzt werden kann, und es gibt Städte, in denen Züge die ganze Nacht durch fahren. Ich nenne ihr die Namen der Orte, die ich auf Dr. Kanavans Kalender gesehen habe.

»Ich glaube, die würde ich gern sehen«, sage ich. »Alle.«

»Aber, Nettie, das könnte gefährlich sein«, wendet Mom ein. Ich räume unsere Teller ab. »Ich will nicht, dass du …«

»Im Grab landest, wie Dad?« Das klingt viel kälter, als ich beabsichtigt hatte.

Sie wischt die Krümel vom Tisch in ihre Serviette und rückt ihre Brille zurecht. »Ja, das meine ich«, sagt sie. »Auf *Media 1* musst du da draußen nicht mehr hören, aber auf mich wirst du immer noch hören müssen.«

Ich bringe die Teller in die Küche, dann umarme ich sie spontan. »Das mache ich«, verspreche ich. Ich habe nicht gelogen, als ich sagte, ich wolle alles in den Sektoren sehen. Ich will nur beides haben: ein Zuhause und Mom und Freiheit und die Außenwelt.

Motorengeräusche grummeln die Straße entlang. Mom schnappt sich ihren Koffer. »Das muss der Bus sein.«

Der Himmel ist bewölkt, es nieselt ein wenig. Kein Drehbuchhimmel heute. Ich bleibe auf unserer Veranda stehen, während Mom – vielleicht unnötigerweise – die Tür abschließt. Leute strömen aus ihren Häusern, um in den Bus zu steigen, der alle paar Meter hält und sie einsteigen lässt. Ganze Familien und einzelne Personen machen sich auf. Der Bus soll den ganzen Tag die Runde machen, und so wie es aussieht, wird das auch nötig sein, er füllt sich schnell.

Mom und ich sind noch auf dem Weg zur Straße, als der Bus vor unserem Haus vorfährt. Die Herrons sind vor uns da. Ich stelle mich hinter Callen an. Mom steht hinter mir, und hinter ihr sind noch mehr Leute, aber ich drehe mich nicht um und sehe nach, wer es ist. Callen schaut sich einmal schnell zu mir um, nur für ein Lächeln.

Einer nach dem anderen steigen wir still in den Bus. Sogar die Kinder scheinen zu wissen, dass dies eine ernste Angelegenheit ist. Ein Geschwisterpaar, das ungefähr sechs Jahre alt sein muss, sitzt, ohne einen Mucks von sich zu geben, nebeneinander. Hinter ihnen sitzt ihr Vater, er trägt einen Ehering, ist aber ohne Frau hier. Ich frage mich, wie viele Familien wohl auseinandergerissen worden sind.

Grillen sind auch im Bus, in Uniform. Eine steht hinten, andere verteilen sich im Gang und flüstern miteinander. Callens Eltern haben sich nebeneinandergesetzt, seine Mutter schaut gedankenverloren aus dem Fenster. Callen sitzt den beiden gegenüber, allein. Er winkt mich zu sich und ich schaue Mom an.

»Geh schon«, sagt sie.

Ich rutsche neben Callen. Schützend legt er seine Hand über meine, aber als ich ihm in die Augen schaue, sehe ich Sorge und bin mir nicht so sicher, wer hier wen beschützt. Ich lege meinen Kopf auf seine Schulter.

»Lia ist nicht gekommen.«

»Dachte ich mir schon«, sagt er. Wir fahren an dem Spielplatz vorbei, der zwischen Treasure Woods und The Arbor liegt.

»Sie könnte es sich noch überlegen«, sage ich, weiß aber, dass sie es nicht tun wird. Wir fahren durch Treasure Woods – und es steigt kaum jemand ein. Das Leben auf der Insel ist ziemlich gut, wenn man eine starke Quote hat. Wir fahren an der Villa der Graysons vorbei, die auf einem Hügel liegt. Von denen wartet keiner auf uns. Als wir an Lias Haus vorbeifahren, hält Callen meine Hand ganz fest.

Dann steigen Scoop, Belle und ihre Eltern ein. Sie sind laut. Mr Cannery zieht den Hut vor dem Offiziellen-Busfahrer, und Scoops Mutter legt die Hand über die Brauen und hält nach Plätzen Ausschau, dabei beschwert sie sich scherzhaft: »Was, ich muss ganz nach hinten durchgehen?« Die Stimmung im Bus hellt sich auf und in diesem Moment bricht auch die Sonne hinter den grauen Wolken hervor. Scoop und ich nicken uns zu. Zwei Partner, die endlich ihr Projekt abgeschlossen haben.

Ich drücke mein Gesicht an die Fensterscheibe und versuche zu gucken, ohne zu denken, ich will in Erinnerung behalten, wie die Hecken den Fußweg säumen, wie die Trauerweiden den Boden streifen. Kleine Dinge, die *Blissful Days* entgehen könnten.

»Wir kommen nie mehr zurück«, sagt Callen und streicht mit dem Daumen über meinen Handrücken.

Ich gehe weg. Eine Weile werde ich die Insel im Kopf mit mir herumtragen können. Aber nach und nach werden die Eindrücke vergehen, so wie die Jahreszeiten, und dann werden es nur noch Bilder auf einem Bildschirm sein. Ich glaube, dass ich mit diesem Abstand leben kann. Abstand von Lia, von den vertrauten Orten, die an mir vorüberfliegen, von der Sicherheit, dass meine Welt am Meer endet.

Die Reals im Center behandeln alle ausreisenden Darsteller wie Könige. Sobald wir aus dem Bus steigen, hört man nur noch »Herzlich willkommen« und »Bitte hier entlang« und »Wie schön, dass ihr hier seid«. Sie teilen uns in Gruppen auf und führen uns zu verschiedenen Gebäuden des Centers. Ich glaube, sie befürchten eine Wiederholung der gestrigen Feindseligkeiten. Da wir mindestens dreihundert sind, könnten wir ernstlich Schaden anrichten, wenn wir wütend werden. Eine nervöse Energie brodelt in der Menge, aber es ist nur die Aufregung wegen unserer Zukunft als normale

Bürger der Sektoren, keine sich gegen die Filmgesellschaft richtende Aggression.

Alle Darsteller, die mit den geretteten Patrioten reisen, landen in den Büros für Darstellerangelegenheiten. Wir sind ungefähr dreißig, ich glaube, Mom, Violet und ich sind die Einzigen, die keine Angehörigen lebender Patrioten sind. Ein Tisch mit Imbissen steht bereit. Kinder laufen herum und testen die Grenzen ihrer neuen Freiheit aus, indem sie einander durch das ganze Gebäude jagen und ganz unbefangen mit den Reals sprechen. Die Erwachsenen sind vorsichtiger. Manche tragen sogar noch ihre Mikros am Kragen.

Wir bleiben nur einige Stunden hier, bis zum Sonnenuntergang. Dann begleiten die Reals uns nach draußen und die Straße nach Eden Beach hinunter. Der schwarze Frachter wartet in der Bucht auf uns, lang und flach, mit farbigen Containern auf dem Deck. Reals in lila Overalls führen uns über die Gangway. Wir bilden das Ende der Schlange, Violet humpelt langsam. Sie hat nicht viel gesagt bisher und wollte auch die Trauben nicht, die ich ihr vom Imbissstand mitgebracht hatte. Ich bin dankbar, als sie mich mit dem Ellenbogen anstößt, den Stock hebt und damit auf Callens Rücken zeigt. »Der ist es, oder?«, fragt sie. Der Anflug eines Lächelns umspielt ihre Lippen. Ich nicke, froh darüber, dass sie Lebenszeichen zeigt.

Eine Real mit braunen Augen und abgeplatztem Nagellack zeigt uns unsere Kabinen. »Wir waren nicht auf eure Ausreise vorbereitet, versteht ihr?«, sagt sie, während sie sich abmüht, die Tür zu öffnen. »Bitte verzeiht uns.« Scoop verdreht die Augen. Er ist völlig unbeeindruckt. Er hat recht. *Marionetten*, fällt mir wieder ein. Das freundliche Auftreten heute gehört zur Taktik der Filmgesellschaft. Als müsste man mir noch mal in Erinnerung rufen, keinem von denen zu trauen, sagt sie dann noch mit einem breiten Lächeln zu uns: »Denkt dran, ihr dürft eure Kabine nicht vor morgen früh acht Uhr verlassen.«

Die Kabine ist klein. Es gibt nur ein richtiges Bett, das Violet nimmt, und eine Pritsche für Mom. Ich bekomme einen Schlafsack auf dem Boden. Zum Glück gehört ein winziges Bad zur Kabine. Ich denke an Lia, die letzte Nacht auf meinem Fußboden geschlafen hat. Im Kopf spiele ich unsere Gespräche noch mal durch. Was ist mir entgangen? War es, dass sie Callen mit mir zusammen gesehen hat? Oder vielleicht der Gedanke daran, Kinder von einem Real zu kriegen? Vielleicht … Aber dann läuft der Motor des Frachters an, ein lang anhaltendes Kreischen ertönt – der Anker? – und das Nebelhorn tutet. Das ist ein vertrautes Geräusch. Ich mache die Augen zu und sehe es vor mir: Der schwarze Schatten entfernt sich von der Insel. Ich entferne mich von der Serie.

Die Reise soll drei Tage dauern, und ja, einen Teil der Zeit müssen wir unter Deck bleiben. Aber bei Tageslicht dürfen wir uns frei bewegen. Das erfahren wir alles bei einer kurzen morgendlichen Besprechung mit dem Kapitän. Jeder von uns bekommt Pläne vom Inneren des Frachters und den Flucht- und Rettungswegen. Gleich nach der Besprechung gehen alle an Deck. Selwyn und ich trennen uns von unseren Familien und gehen zusammen.

Selwyn hat zu viel an, über ihrem kurzen türkisfarbenen Sommerkleid trägt sie eine Strickjacke. Ich glaube, sie schämt sich immer noch für ihr Tattoo. Sie macht einen Schritt aufs Deck, schnuppert Seeluft, schüttelt den Kopf und zeigt auf ihren Plan. »Ich gehe in den Game Room«, verkündet sie. »Ich glaube, ich bin seekrank, das hat letzte Nacht angefangen. Vielleicht lenkt es mich ab, wenn ich mir ein paar Spiele angucke. Und vielleicht sind da ja auch ein paar süße Real-Matrosen.«

»Okay, viel Spaß.« Meine Mutter und Violet schlendern an Deck herum. Sie schützen sich mit einem von Violets Rüschensonnenschirmen vor der Sonne. Seit der Kapitän mit seiner Ansprache fertig ist, kreisen meine Gedanken endlos um meinen Vater. Darum bin ich mit Selwyn an Deck gegangen, ich wollte mich ablenken.

Scoop ist auch hier oben. Er und seine Familie wirken wie eine nahtlose Einheit, auch wenn Belle immer noch hervorsticht, ruhig und ohne das strahlende Cannery-Lächeln. Aber sie ist glücklich und ihr Gesicht wirkt voller. Scoop zeigt aufs Meer hinaus, vielleicht hat er einen Delfin entdeckt oder so, und sie reden alle ganz aufgeregt darüber. Ich schaue weg, gönne ihnen ihre Zeit als Familie.

Der Frachter ist riesig, man kann kaum spüren, wie er sich bewegt. Keine Ahnung, wie Selwyn seekrank werden konnte. Ich beobachte die Wellen. Irgendetwas fühlt sich anders an, ich glaube, es ist die Abwesenheit von Angst. Die Zukunft ist so ungewiss, dass ich nicht mal anfangen kann, mir Sorgen darum zu machen.

»Da bist du ja.« Callen legt den Arm um mich. Ich schmiege den Kopf an seine Schulter und widerstehe dem Verlangen, seinen Hals zu küssen. Violet und Mom könnten uns sehen. Er betrachtet das Meer eine Weile mit mir. »Das ist es nun. Wir sind raus aus der Falle. In der Außenwelt – dem Jenseits.«

»Das Jenseits«, wiederhole ich. Wir sind außer Hörweite von allen, die ihn für zynisch halten könnten. Aber wer wollte das leugnen? Die Insel zu verlassen, ist eine Art Tod. Der Tod meines alten Selbst. Was Luz immer gewollt hat.

»Nettie, Nettie!« Selwyn kommt die Treppe hochgelaufen. »Oh, hi, Callen. Nettie, du musst mit runterkommen. Rate mal, was es da unten gibt? Einen Fernseher, und da laufen alte Folgen von *Blissful Days*. Da ist eine von Lias Geburtstag in der siebten Klasse. Weißt du noch? Mit dem schlechten Zauberer, dem das Kaninchen weggelaufen ist?«

»Ja, das weiß ich noch.«

»Und?« Sie fährt sich mit der Hand durch die kurzen Haare.

Ich zögere. Irgendwie bin ich neugierig. Ich könnte meine jüngere Version ansehen. Könnte uns so sehen, wie alle anderen uns gesehen haben. Mir Lias Folgen anschauen.

»Komm, das wird lustig.«

Callen sagt nichts, aber er greift nach meiner Hand. Ich schaue über die Schulter, so als würde mich jemand vom

Meer her rufen. Nein, das sind nur die Wellen. Aber Grund genug, *Blissful Days* erst mal nicht anzugucken.

»Nein danke«, sage ich und schaue aufs Meer, den Frachter und Callen. »Ich bleibe hier oben.«

Danksagung

Vielen Dank an Michelle Andelmann, meine nette, einfühlsame, brillante Agentin, und an Arianne Lewin, meine witzige, zähe und kluge Lektorin, die mir so viel darüber beigebracht hat, wie man einen Roman gestaltet. Außerdem danke ich Eveline Chao, Chantal Clark, Lara Ehrlich, Trish MacGregor, Katherine Perkins, Paula Sadler, Heather Wagner und Al Zuckerman.

Maya Rock lebt in New York und arbeitet dort als freie Autorin und Lektorin. Wenn sie nicht gerade vor einem Bildschirm sitzt und schreibt, kann man sie in Karaoke-Bars ebenso antreffen wie in Kunstgalerien, Parks und Pizzerien. »BLISSFUL HIGH – Das Leben kann tödlich enden« ist ihr erstes Jugendbuch.

Catrin Frischer, im Herzen Schleswig-Holsteins geboren, hat viele Jahre in Hamburg gelernt, gelebt, gelacht und viel gearbeitet. Nun haust sie mit mehrbeinigen Gefährten auf einem Deich, guckt in den Himmel und über die Wiesen, spinnt Wolle und Wörter, backt eigenes Brot – oder steigt in die Buchstabenminen, um dort Geschichten aus einer fremden in die eigene Sprache zu übertragen.

Lena Kiefer

OPHELIA SCALE

Die Welt wird brennen,
Band 1, 464 Seiten,
ISBN 978-3-570-16542-3

Der Himmel wird beben,
Band 2, 496 Seiten,
ISBN 978-3-570-16543-0

Die Sterne werden fallen,
Band 3, 512 Seiten,
ISBN 978-3-570-16557-7

Die 18-jährige Ophelia Scale lebt im England einer nicht zu fernen Zukunft, in dem Technologie per Gesetz vom Regenten verboten ist. Die technikbegeisterte und mutige Kämpferin Ophelia hat sich dem Widerstand angeschlossen und wird auserkoren, sich beim royalen Geheimdienst zu bewerben. Gelingt das, wird sie als eine der Leibwachen in der Position sein, ein Attentat auf den Herrscher zu verüben. Doch schon bald werden dort ihre Gewissheiten infrage gestellt und Ophelia muss sich entscheiden zwischen Loyalität und Verrat, Liebe und Hass ...

20301_3

cbj

www.cbj-verlag.de